KB044342

# 국경의 남쪽, 태양의 서쪽

# 국경의 남쪽,
# 태양의 서쪽

**무라카미 하루키** 장편소설　**임홍빈** 옮김

문학사상

# 차례

# 1

# 열두 살의 첫사랑

◆
:
◆

내가 태어난 날은 1951년 1월 4일이다. 20세기 후반에 접어든 첫 해, 첫 달, 첫 주인 셈이다. 기념할 만한 날이라고 해도 좋을 것이다. 그 덕분에 나는 '시작'이라는 의미의 '하지메始'라는 이름을 갖게 되었다. 하지만 그 이름 말고는 내 출생과 관련해서 특별히 내세울 만한 건 거의 아무것도 없다. 아버지는 큰 증권회사에 근무하는 회사원이었고, 어머니는 평범한 주부였다. 아버지는 대학생 시절에 학도병으로 싱가포르로 파병되어, 전쟁이 끝난 후에도 한동안 그곳 포로수용소에 갇혀 있었다. 어머니의 고향집은 태평양전쟁의 마지막 해에, 미공군 B29의 폭격을 받고 완전히 불타버렸다. 나의 부모님은 오랜 전쟁으로 상처 입은 세대였다.

그렇지만 내가 태어났을 무렵에는, 이미 전쟁의 여운이라고 할 만한 것은 거의 남아 있지 않았다. 내가 살았던 주택가 근처에는 공습으로 불탄 흔적이나 미군의 모습도 볼 수 없었다. 우리 가족은 그 자그마하고 평화로운 소도시에서, 아버지 회사가 제공해준 사택에서 살고 있었다. 전쟁 전에 지어진 집이라 약간 낡긴 했지만, 꽤 넓은 집이었다. 뜰에는 큰 소나무가 있었고, 작은 연못과 석등까지 있었다.

우리 가족이 살던 지역은, 대도시 외곽에 위치한 그야말로 전형적인 중산층이 살 만한 주택가였다. 그곳에 살고 있는 동안 다소라도 친분이 있었던 동급생들은 모두 비교적 깔끔한 단독 주택에서 살고 있었다. 규모의 차이가 있긴 했지만 집집마다 현관이 있고, 정원이 있고, 그 정원에는 나무가 심어져 있었다. 친구들의 아버지는 대부분 회사에 다니거나 전문직에 종사하고 있었다. 어머니가 일을 하는 가정은 매우 드물었다. 대부분의 가정에서는 개나 고양이를 기르고 있었다. 나는 그 당시 아파트나 맨션에 사는 사람은 누구 하나 아는 이가 없었다. 훗날 그 근처의 다른 고장으로 이사를 하게 되었지만, 그곳도 대충 비슷한 내력을 지닌 곳이었다. 그래서 대학에 진학한 후 도쿄로 상경할 때까지, 대부분의 사람들은 한결같이 넥타이를 매고 회사에 다니고, 정원이 딸린 단독 주택에서, 개나 고양이를 기르면서 산다고 나는 믿고 있었다. 나는 그 이외의 생활이 있다는 것은 상상할 수 없었다.

대부분의 가정은 둘, 아니면 세 자녀를 두고 있었다. 그것이 내가 살았던 지역의 평균 자녀 수였다. 소년 시절부터 사춘기에 걸쳐서 알고 지내던 몇몇 친구들의 얼굴을 떠올려보아도 단 하나의 예외 없이, 마치 판에 박아놓은 듯이 두 형제거나, 아니면 세 형제 중의 한 사람이었다. 그들은 두 형제가 아니면 세 형제였고, 세 형제가 아니면 두 형제였다. 아이를 여섯이나 일곱씩 둔 가정도 드물었지만, 한 아이만을 둔 가정은 그 이상으로 찾아보기 어려웠다.

하지만 내게는 형제가 단 한 명도 없었다. 나는 외동아이였다. 어린 시절의 나는 그 때문에 줄곧 열등감 같은 것을 느끼고 있었다. 나는 이 세상에서 말하자면 특수한 존재인 것이다, 다른 사람들이 당연하게 가지고 있는 것을, 나는 가지고 있지 않았던 것이다 하고.

어렸을 적에 나는 이 '외동아이'라는 말이 견딜 수 없을 만큼 싫었다. 그 말을 들을 때마다, 나는 뭔가 가지고 있어야 할 것을 갖추지 못하고 있다는 사실을 새삼스럽게 깨닫곤 했다. 그 말은 늘 나를 업신여기는 말로 들리곤 했다. 넌 불완전한 인간이란 말이야, 하고.

외동아이는 부모의 응석받이로 자라며 허약하고 아주 버릇없다는 것이 내가 살고 있던 어린 시절의 세상에서는 확고부동한 상식으로 통했다. 그건 마치 높은 산에 오르면 기압이 내려간다든가, 암소는 많은 젖을 생산한다든가 하는 것과 같은 자연의 섭리라고 여겨졌다. 그래서 나는 누군가가 형제가 몇이냐고 물어오면 너무 싫어 견딜 수가 없었다. 형제가 없다는 말을 듣기만 해도 사람들은 반사적으로 이렇게 생각하는 것이었다. 요놈은 외아들이니까 부모가 오냐오냐 하며 키워서 허약하고 영 버릇없는 녀석일 거야, 하고. 사람들의 그런 판에 박힌 듯한 반응에 나는 적지 않게 진저리를 쳤고 상처를 입기도 했다. 그러나 어린 시절의 나를 진짜 진절머리나게 하고 상처 입힌 것은 그들의 말이 사실과 조금도 다르지 않다는 점이었다. 그렇다. 사람들이 말하는 대로 나는, 응석받이에다 허약하고 지독히도 제멋대로인 아이였던 것이다.

내가 다니던 학교에서, 형제가 없는 외동아이는 정말 희귀한 존재였다. 초등학교 6년 동안 나는 형제가 없는 아이는 딱 한 명밖에 보지 못했다. 딱 한 명뿐이었다. 그래서 나는 그녀(그래, 그 애는 여자아이였다)를 아주 잘 기억하고 있다. 나는 그녀와 가까운 친구가 되어 둘이서 많은 이야기를 나누었다. 서로 마음이 통했다고 해도 좋을 것이다. 그리고 나는 그녀에게 애정을 품고 있었다.

그녀의 이름은 시마모토라고 했다. 그녀도 외동아이였다. 그리고 태어난 후 바로 소아마비를 앓았던 탓으로, 왼쪽 다리를 약간 절었다. 게다가 그녀는 전학생이었다(시마모토가 우리 반으로 전학 온 것은 5학년이 끝나갈 무렵이었다). 그러니 그녀는 나와는 비교도 안 될 만큼, 커다란 정신적인 부담을 안고 있었다고도 할 수 있다. 그러나 어쩌면 나보다 큰 부담을 짊어지고 있는 정도만큼, 그녀는 나보다 훨씬 강인하고 자각 있는 외동아이였다. 그녀는 누구에게도 나약한 소리를 하지 않았다. 입 밖에 내는 말뿐만 아니라 얼굴 표정에도 드러내지 않았다. 뭔지 불쾌한 일이 있어도 그녀는 얼굴에 늘 미소를 띠고 있었다. 오히려 불쾌한 일이 있으면 있을수록 그녀는 얼굴에 미소를 띠고 있는 것처럼 여겨졌다. 그건 참으로 멋진 미소였다. 그 미소는 때로 나를 위로해주거나 혹은 격려해주기도 했다. 그녀의 미소는 '괜찮아' 하고 말하는 듯이 보였다. '괜찮아, 조금만 참으면 곧 끝날 테니까.' 그런 이유로 나는 그 후로도 오랫동안 시마모토의 얼굴을 마음속에 그릴 때마다 그 미소를 떠올리게 되었다.

시마모토는 학업 성적도 좋았고, 누구에게든 대체로 공평하고 친절했다. 그래서 그녀는 반에서도 늘 뛰어난 존재로 인정을 받고 있었다. 그런 의미에서 그녀는 나와 같은 외동아이라고는 하지만, 나와는 무척 다른 점이 많았다. 그러나 반 아이들이 그녀를 무조건 좋아했을까 하는 점에 대해선 잘 알 수 없었다. 아무도 그녀를 괴롭히거나 놀리지는 않았다. 그렇지만 그녀에게는 나 말고 친구라고 할 만한 아이는 한 명도 없었다.

어쩌면 반 아이들에게 그녀란 존재는 지나치게 냉정하고, 늘 자신의 처지를 잘 알고 처리할 줄 아는 아이로 비쳤을지도 모른다. 개중에는 그 같은 그녀의 자세를 차갑고 오만하다고 여기는 아이들도 있었을지 모른다. 하지만 나는 시마모토의 그런 겉모습과는 달리 마음속 깊숙한 곳에 숨겨져 있는 따뜻하고, 쉽게 상처 받기 쉬운 뭔가를 느낄 수 있었다. 그것은 마치 숨바꼭질을 하고 있는 어린아이처럼, 깊숙한 곳에 몸을 숨기고 있으면서도, 언젠가는 누군가의 눈에 띄기를 바라고 있었다. 그녀에게 드리워진 그런 그림자를 나는 그녀의 말과 표정 속에서 문득문득 엿볼 수 있었다.

시마모토는 아버지의 일 관계로 여러 번 전학을 되풀이했다. 나는 그녀의 아버지가 어떤 일에 종사하고 있었는지 정확히 기억하지 못한다. 그녀가 나에게 한 번 자세하게 설명해준 적이 있었지만, 그때 내 또래 대부분의 아이들과 다름없이, 나는 누군가의 아버지 직업 같은 것엔 거의 흥미를 갖지 않았다. 아마 은행이라든지 세무서라든지 사회 갱생 기구 같은 그런 쪽과 관련 있는 전문적인 일이었다고 기억된다. 그녀가 이사 온 집은 사택치고는 제법 큰 양옥집으로, 허리 높이의 멋진 돌담이 집 둘레를 에워싸고 있었다. 돌담 위로는 상록수가 울타리를 이루고 있었고, 그 나무들 사이 사이로 잔디가 깔려 있는 정원을 들여다볼 수 있었다.

그녀는 몸집이 크고 이목구비가 뚜렷한 여자아이였다. 키는 나와 비슷한 정도였다. 그로부터 몇 년이 지나자 그녀는 사람들의 눈길을 사로잡을 정도로 뛰어난 미인이 되었다. 하지만 내가 그녀와 처음 만났을 때, 시마모토는 그녀 자신의 자질에 걸맞는 외모를 갖추고 있지는 않았다. 그 당시의 그녀에게는 어딘지 모르게 균형이 잡히지 않은 구석이 있었기 때문에 대부분의 사람들은 그녀의 외모를 그다지 매력적이라고는 생각하지 않았다. 아마도 그건 그녀 속에 존재하는 어른스러운 면과 아직 아이로 머물고 싶어 하는 면이 순조롭게 조화를 이루지 못했기 때문이라는 생각이 든다. 그와 같은 불균형은 때로는 사람을 불안하게 하는 것이다.

집이 서로 가까웠던 까닭에(그녀의 집과 우리 집은 말 그대로 엎어지면 코 닿을 데였다) 그녀는 전학 와서 처음 한 달 동안 내 옆자리에 앉게 되었다. 나는 학교생활에 필요한 것들을 하나하나 그녀에게 알려주었다. 교재라든지, 매주 치르는 시험이라든지, 각 수업에 필요한 도구라든지, 교과서의 진도라든지, 청소나 급식당번 같은 것을 말이다. 전학생이 들어오면 가장 가까운 곳에 살고 있는 학생이 한동안 돌봐주는 것이 우리 학교의 기본 방침이었고, 더군다나 그녀의 경우는 다리가 불편했기 때문에 선생님은 나를 따로 불러 당분간 시마모토를 잘 보살펴주라고 당부하셨다.

처음 만난 열한두 살짜리 이성인 아이들이 대개 그렇듯이 처음 며칠 동안 우리의 대화는 어색하고 거북하기 그지없었다. 하지만 서로 형제자매 하나 없는 외아들, 외동딸이란 사실을 알고부터 우리의 대화는 급속히 활기를 띠고 친밀하게 바뀌어갔다. 그녀나 나나 자기가 아닌 다른 외동아이를 만나기는 처음이었기 때문이다. 그래서 우리는 외아들, 외동딸이라는 것이 어떤 것인가에 대해 꽤나 열심히 이야기를 나누게 되었다. 우리는 그것에 관해서는 하고 싶은 말이 많았다. 매일은 아니었지만 우리는 기회가 있을 때마다 둘이 함께 학교에서 집까지 걸어갔다. 우리는 1킬로미터 남짓한 길을 천천히 걸어가며(그녀가 다리가 불편해서 천천히 걸을 수밖에 없었다) 이런저런 이야기를 나누었다. 이야기를 나누다 보니 우리 사이에는 제법 많은 공통점이 있다는 것을 알게 되었다. 우리는 둘 다 책 읽는 것을 좋아했다. 음악 듣는 것을 좋아했다. 고양이를 매우 좋아했다. 남에게 자신의 기분을 설명하는데는 서툴렀다. 먹지 못하는 음식의 긴 목록을 가지고 있었다. 좋아하는 과목을 공부하는 것은 조금도 힘들어하지 않았지만, 싫어하는 과목을 공부하는 것은 끔찍이도 싫어했다. 나와 그녀 사이에 다른 점이 있다면, 그것은 그녀가 나보다 훨씬 의식적으로 자신을 지키기 위한 노력을 한다는 것이었다. 그녀는 싫어하는 과목이라도 열심히 공부해서 제법 좋은 성적을 올린 반면, 나는 그렇지 않았다. 그녀는 급식으로 싫어하는 음식이 나와도 참고 다먹었지만, 나는 그렇지 않았다. 바꿔 말하자면 그녀가 자신의 주위에 쌓아 올린 방어벽은 내 것보다 훨씬 높고 튼튼했던 것이다. 그러나 그 안에 있는 것은 놀랄 만큼 흡사했다.

나는 그녀와 단 둘이서 있는 것에 이내 익숙해졌다. 그것은 전혀 새로운 체험이었다. 나는 그녀와 함께 있으면 다른 여자아이들과 있을 때처럼 안절부절못하는 불안정한 기분이 들지 않았다. 나는 그녀와 함께 집까지 걸어가는 것을 좋아했다. 시마모토는 왼쪽 다리를 약간 끌 듯이 걸었다. 도중에 공원 벤치에 앉아 잠시 쉴 때도 있었다. 하지만 그것을 성가시다고 느낀 적은 단한 번도 없었다. 오히려 함께 있는 시간이 길어진 게 즐거울 정도였다.

우리는 그런 모습으로 곧잘 둘이서 함께 시간을 보내게 되었는데, 그 때문에 주변에 있는 누군가에게 놀림을 당한 기억은 없다. 그 당시는 딱히 그런 데에 신경을 쓰지도 않았지만 지금 생각해보면 그건 좀 이상한 일이었다. 그 나이 또래의 아이들이란 사이 좋은 남녀들을 조롱하거나 놀려 대기 마련인데 말이다. 아마도 그것은 시마모토의 성품 때문이었을 것이라고 나는 생각한다. 그녀에게는 주위 사람들에게 가벼운 긴장감을 불러일으키는 그 무언가가 있었다. 요컨대 '이 아이에게는 쓸데없는 이야기를 할수 없다'와 같은 그런 분위기가 그녀에게는 있었다는 뜻이다. 선생님조차 그녀를 대할 때면 이따금씩 긴장하고 있는 것처럼 보였다. 아니면 그녀의 다리가 불편하다는 사실과도 관계가 있었는지도 모른다. 어쨌든 시마모토를 놀린다는 것은 그다지 적절한 일은 아니라고 다들 생각하고 있었던 것 같고, 나로서는 결과적으로 고마운 일이었다.

시마모토는 다리가 불편한 탓에 체육 수업에는 거의 참가하지 않았다. 하이킹이나 등산을 하는 날에는 학교에 나오지 않았다. 여름철의 수영 합숙 같은 것에도 참가하지 못했다. 운동회가 있는 날은 좀 거북해하는 듯했다. 하지만 그런 경우를 제외하고는 그녀는 지극히 평범한 초등학생의 생활을 하고 있었다. 그녀가 자신의 불편한 다리를 화제로 삼는 일은 거의 없었다. 내가 기억하는 한, 단 한 번도 없었다. 나와 함께 하교할 때에도 "걷는 게 느려서 미안해" 같은 말은 결코 입 밖에 내지 않았고, 얼굴에도 드러내지 않았다. 그러나 그녀가 자신의 다리에 대해 신경을 쓰고 있다는 것을, 신경을 쓰고 있기에 오히려 언급하지 않으려 한다는 것을 나는 잘 알고 있었다. 그녀는 남의 집에 놀러 가는 것을 그다지 좋아하지 않았는데, 그것은 현관에서 신발을 벗어야 하기 때문이었다. 그녀의 신발은 오른쪽과 왼쪽의 모양과 바닥 두께가 조금씩 달랐는데 그녀는 그것이 남의 눈에 띄는 게 싫었던 것이다. 아마도 그것은 특별하게 만들어진 신발이었을 것이다. 내가 그런 사실을 알아차린 것은, 그녀가 자기 집에 들어가면 맨 먼저 신발을 얼른 신발장에 집어넣는 것을 봤을 때였다.

시마모토네 집 거실에는 신형 오디오가 있었는데 나는 그것을 듣기 위해 종종 그녀의 집에 놀러 갔다. 그것은 제법 훌륭한 오디오였다. 하지만 그녀 아버지가 소장한 레코드는 그 오디오만큼 훌륭한 것은 아니어서 그곳에 있었던 레코드는 기껏해야 열다섯 장 정도였던 것 같다. 그리고 그 대부분은 초보자를 위한 가벼운 클래식 음악이 전부였다. 하지만 우리는 그 열다섯 장쯤 되는 레코드를 몇 번이고 몇 번이고 되풀이해서 들었다. 그렇기에 나는 지금까지도 그 음악들의 한 소절 한 소절을 속속들이 또렷하게 떠올릴 수 있다.

레코드를 다루는 것은 시마모토의 역할이었다. 레코드를 재킷에서 꺼내어 홈에 손가락이 닿지 않도록 양손으로 턴테이블에 올려놓고, 작은 솔로 카트리지의 먼지를 털어내고, 레코드판에 천천히 바늘을 내려놓았다. 레코드가 다 돌아가 음악이 끝나면 거기에 먼지를 털어내는 스프레이를 뿌리고 펠트 천으로 닦아냈다. 그리고 레코드를 재킷에 집어넣고 원래 있던 자리에 되돌려놓았다. 그녀는 아버지가 가르쳐준 그런 일련의 작업을 하나하나 너무나도 진지한 표정으로 실행했다. 눈을 가늘게 뜨고 숨소리조차 죽였다. 나는 늘 소파에 앉아 그녀의 그런 동작을 가만히 바라보고 있었다. 레코드를 수납장에 넣고 나면 시마모토는 그제야 내 쪽을 보고 여느 때처럼 살며시 미소 지었다. 그럴 때마다 나는 생각하곤 했다. 그녀가 다룬 것은 단순한 레코드판이 아니라 유리병 속에 넣어진 누군가의 연약한 영혼 같은 것은 아니었을까 하고 말이다.

우리 집에는 오디오도 레코드도 없었다. 우리 부모님은 딱히 열심히 음악을 듣는 분들은 아니었다. 그래서 나는 늘 내 방에서 작은 플라스틱 AM 라디오에 매달려 음악을 들었다. 라디오로 나는 늘 로큰롤과 같은 종류의 음악을 들었다. 하지만 시마모토 네 집에서 듣는 가벼운 클래식 음악도 이내 좋아하게 되었다. 그 것은 '다른 세계'의 음악이었고, 내가 그것에 매료된 것은 아마 도 그 '다른 세계'에 시마모토가 속해 있었기 때문이었던 것 같다. 매주 한두 번씩 나와 그녀는 소파에 앉아 그녀의 어머니가 끓여 주시는 홍차를 마시면서 로시니의 〈서곡집〉이나 베토벤의 〈전원 교향곡〉이나 그리그의 〈페르 귄트〉를 들으며 오후를 보냈다. 내 가 집에 놀러 오는 것을 그녀의 어머니는 언제나 환영해 줬다. 시 마모토의 어머니는 전학한 지 얼마 안 된 딸에게 친구가 생긴 것 을 기뻐했고, 내가 얌전하고 언제나 단정한 차림새를 하고 있었 던 것도 마음에 들어하셨다고 생각한다. 하지만 솔직히 말해 난 그분이 도무지 좋아지지 않았다. 뭔가 구체적으로 기분 나빴던 일이 있었던 것은 아니다. 그분은 늘 나에게 친절하게 대해주셨 다. 하지만 그분의 말투 속에는 약간의 초조감 같은 것이 느껴질 때가 있었다. 그것이 때때로 나를 불안하게 했다.

　　시마모토 아버지의 레코드 중에서 내가 가장 좋아했던 곡은 리스트의 〈피아노 콘체르토〉였다. 앞면에 1번이 들어 있고 뒷면 에 2번이 들어 있었다. 내가 그 레코드를 좋아했던 데에는 두 가 지 이유가 있었다. 하나는 레코드 재킷이 매우 아름다웠기 때문 이고, 또 하나는 내 주위에 있는 사람들 중에 리스트의 〈피아노 콘체르토〉라는 곡을 들어본 적이 있는 사람이 단 한 사람—물론 시마모토를 제외하고—도 없었기 때문이었다. 그것은 정말이지 가슴 두근거릴 만한 일이었다. 나는 주위의 어느 누구도 알지 못하는 세계를 알고 있다. 그것은 말하자면 나만 들어갈 수 있는 비밀의 정원 같은 것이었다. 나에게 있어 리스트의 〈피아노 콘체르토〉를 듣는 것이란 인생의 한 단계 위로 나를 끌어 올리는 일이었다.

무엇보다 그것은 아름다운 음악이었다. 처음 얼마 동안 그 곡은 과장되고, 기교적이고, 왠지 종잡을 수 없는 음악처럼 내 귀에 들렸다. 하지만 몇 번이고 반복해 듣다 보니 마치 희미한 영상이 점점 또렷해져가듯이, 그 음악은 내 의식 속에서 조금씩 형체를 지닌 것으로 자리매김하기 시작했다. 눈을 감고 가만히 의식을 집중시키면 그 음악의 울림 속에 몇 개인가의 소용돌이가 치는 것을 볼 수 있었다. 하나의 소용돌이가 생겨나면 그 소용돌이로부터 또 다른 소용돌이가 생겨났다. 그리고 그 소용돌이는 또 다른 소용돌이와 연결되어 있었다. 그 소용돌이들은 물론 지금에 와서 생각하는 것이지만, 관념적이고 추상적인 성질을 지닌 것이었다. 나는 그와 같은 소용돌이의 존재를 어떻게든 시마모토에게 전하고 싶었다. 하지만 그것은 일상적으로 사용하는 말로 타인에게 설명할 수 있는 종류의 것은 아니었다. 그것을 정확히 표현해내기 위해서는 좀 더 다른 종류의 말이 필요했지만 나는 그런 말을 아직 알지 못했다. 그리고 내가 느끼고 있는 그런 것이 굳이 입으로 타인에게 전할 만큼 가치가 있는 것인지도 알 수 없었다.

리스트의 협주곡을 연주했던 그 피아니스트의 이름은 안타깝게도 잊어버리고 말았다. 내가 기억하고 있는 것은 다채로운 색상의 반들반들한 재킷과 그 레코드의 무게뿐이다. 레코드는 신비스러우리만치 묵직하고 두툼했다.

클래식 음악 외에 시마모토 집의 레코드 수납장에는 냇 킹 콜과 빙 크로스비의 레코드도 섞여 있었다. 우리는 그 두 장의 레코드도 정말이지 자주 들었다. 크로스비 쪽은 크리스마스 음악이 수록된 레코드였는데 우리는 계절에 상관없이 그것을 들었다. 그렇게 몇 번씩이나 들으면서도 싫증이 나지 않았던 게 지금 생각해봐도 신기할 지경이다.

크리스마스를 며칠 앞둔 12월의 어느 날, 나는 시마모토와 둘이서 그녀의 집 거실에 앉아 있었다. 우리는 여느 때처럼 소파에 앉아 레코드를 듣고 있었다. 그녀의 어머니는 볼일이 있어 외출했고 집에는 우리 둘 외에는 아무도 없었다. 구름이 짙게 깔린 어두운 겨울의 오후였다. 태양 빛은 묵직하게 드리워진 구름층을 간신히 빠져나오는 사이에, 미세한 티끌로 깎여 내린 것처럼 보였다. 눈에 비치는 모든 것이 둔하고 움직임을 잃은 상태였다. 시각은 이미 해 질 녘에 가까웠고 실내는 밤처럼 깜깜했다. 전등은 켜져 있지 않았던 것 같다. 가스 스토브의 붉은 불빛이 희미하게 벽을 비추고 있을 뿐이었다. 냇 킹 콜은 〈프리텐드〉를 부르고 있었다. 물론 우리는 영어 가사의 의미를 전혀 이해할 수 없었다. 그것은 우리에게 단지 주문 같은 것이었다. 하지만 우리는 그 노래를 좋아했고 몇 번이고 몇 번이고 되풀이해 들어왔기에 첫 부분을 흥얼거리며 따라 부를 수 있었다.

Pretend you're happy when you're blue,
It isn't very hard to do.

지금은 물론 그 노래의 의미를 알고 있다. '고통스러울 때는 행복한 척해요. 그건 그리 어려운 일이 아니잖아요.' 마치 그녀의 얼굴에 떠올라 있던 매력적인 미소 같은 노래다. 그건 분명히 사고방식의 하나기는 하다. 하지만 때에 따라서 그것은 아주 어려운 일이 되기도 한다.

시마모토는 파란 라운드 스웨터를 입고 있었다. 그녀는 파란색 스웨터를 몇 장인가 가지고 있었다. 아마도 그녀는 파란색 스웨터를 좋아했던 모양이다. 아니면 학교에 자주 입고 오던 남색 코트에 파란 스웨터가 잘 어울렸기 때문인지도 모른다. 하얀 블라우스 깃이 목 언저리 바깥으로 나와 있었다. 그리고 격자무늬 스커트에 하얀 면양말을 신고 있었다. 몸에 달라붙는 부드러운 옷감의 스웨터는 그녀의 자그마한 가슴의 봉긋한 모양을 나에게 일러주고 있었다. 그녀는 두 다리를 소파 위에 올려 엉덩이 아래로 접어 넣은 듯한 자세로 앉아 있었다. 그리고 한쪽 팔꿈치를 소파 등받이에 기댄 채 먼 곳의 풍경을 바라보는 듯한 눈으로 음악을 듣고 있었다.

"있잖아." 그녀가 말했다. "자식이 하나밖에 없는 부부는 사이가 별로 좋지 않다는 이야기가 진짜라고 생각해?"

나는 잠시 생각해보았다. 하지만 나는 그 인과관계를 잘 이해할 수 없었다. "어디서 그런 이야기를 들었는데?"

"누군가 나한테 그렇게 말했어. 아주 오래전에. 부부 사이가 좋지 않아서 자식이 한 명밖에 없는 거라고. 그 이야기를 들었을 땐 무척 슬펐어."

"그래?"

"너희 집 부모님은 사이가 좋으시니?"

나는 그 질문에 곧바로 대답할 수 없었다. 생각해본 적도 없었기 때문이었다.

"우리 집 같은 경우는 어머니가 그다지 건강하지 않으셨어." 나는 말했다. "잘은 모르겠지만 아이를 낳을 만한 체력이 안 되셨던 모양이야."

"너도 형제가 있었으면 하고 생각할 때가 있어?"

"없어."

"왜? 어떻게 그런 생각이 들지 않을 수 있지?"

나는 테이블 위에 놓여 있던 레코드 재킷을 집어 들어 바라보왔다. 하지만 거기에 인쇄된 글자를 읽기에는 방 안이 너무 어두웠다. 나는 재킷을 다시 테이블 위에 되돌려놓고 손목으로 몇 번인가 눈을 비볐다. 예전에 어머니도 내게 똑같은 질문을 한 적이 있었다. 그리고 그때의 내 대답은 어머니를 기쁘게도 슬프게도 하지 않았다. 어머니는 내 대답을 듣고 알 수 없다는 듯한 표정을 지었을 따름이었다. 그러나 그것은, 적어도 나로서는 지극히 정직하고 성실한 답변이었다.

내 답변은 매우 길었다. 나는 그것을 요령 있고 정확하게 표현해낼 수 없었다. 하지만 내가 말하고 싶었던 것은, 결국 '여기에 있는 나는 이제껏 형제 없이 자라온 나고, 만일 형제가 있었더라면 나는 지금과는 다른 내가 되어 있었을 것이고, 그렇기에 지금의 내가 형제가 있었더라면 하고 생각하는 것은 자연스럽지 않다고 생각한다'와 같은 것이었다. 그렇기에 나는 어머니의 질문을 왠지 무의미한 것처럼 느꼈다.

나는 그때와 똑같은 답변을 시마모토에게 했다. 내가 그렇게 말하자 시마모토는 물끄러미 내 얼굴을 쳐다보았다. 그녀의 표정에는 뭔가 사람의 마음을 끄는 것이 있었다. 거기에는—물론 훗날 돌이켜보고 그렇게 느낀 것이지만—사람 마음의 얇은 껍질을 한 겹 한 겹 부드럽게 벗겨나가는 듯한, 그런 관능적인 것이 있었다. 표정의 변화에 따라 섬세하게 모양을 바꾸는 얇은 입술과 눈동자의 깊은 곳에서 언뜻 엿보이는 희미한 광채를, 나는 지금도 또렷이 기억한다. 그 광채는 나에게 좁고 기다란 어두운 방의 저편에서 흔들리고 있는 작은 촛불을 떠올리게 했다.

"네 말도 대충 이해할 수 있을 것 같아." 그녀는 어른스럽게 나지막한 목소리로 말했다.

"그래?"

"응" 하고 시마모토는 말했다. "세상에는 돌이킬 수 있는 일과 돌이킬 수 없는 일이 있다고 생각해. 그리고 시간이 흐른다는 것은 돌이킬 수 없는 일이잖아. 이만큼 와버렸으니 이제 와서 뒤로 되돌아갈 순 없잖아. 그렇지?"

나는 고개를 끄덕였다.

"어느 정도 시간이 지나면 이런저런 일들이 딱딱하게 굳어져버려. 시멘트가 양동이 안에서 굳어지는 것처럼 말이야. 그리고 그렇게 되면, 우리는 되돌아갈 수 없게 되고 마는 거야. 그러니까 네가 말하고자 하는 건, 이미 너라는 시멘트는 단단하게 굳어져버린 셈이니 지금의 네가 아닌 다른 너는 없다는 이야기잖아?"

"아마도 그런 이야기겠지." 나는 불확실한 목소리로 말했다.

시마모토는 잠시 자신의 손을 바라보고 있었다. "난 말이지, 이따금씩 생각해. 내가 어른이 되어서 결혼할 때를 말이야. 어떤 집에 살고, 어떤 일을 하고 있을까 하고. 그리고 아이는 몇 명이나 낳는 게 좋을까 하는 것도."

"그래?"

"넌 그런 생각 안 해?"

나는 고개를 저었다. 열두 살짜리 소년이 그런 생각을 할 리가 없잖은가.

"그래서 아이는 몇 명이나 낳고 싶은데?"

그녀는 그때까지 소파 등받이에 걸치고 있던 손을 스커트로 덮여 있는 무릎 위에 얹었다. 그 손가락이 스커트의 격자무늬를 천천히 더듬는 것을 나는 멍하니 바라보고 있었다. 거기에는 뭔가 신비스러운 것이 있었다. 그 손가락 끝에서 투명하고 가느다란 실이 나와, 그것이 새로운 시간을 엮어내고 있는 것처럼 보였다. 눈을 감자 그 어둠 속으로 소용돌이가 떠오르는 것이 보였다. 몇 개의 소용돌이가 생겨나곤 소리도 없이 사라져갔다. 냇 킹 콜이 부르는 〈국경의 남쪽〉이 먼 곳에서 들려왔다. 물론 냇 킹 콜은 멕시코에 대해 노래하고 있었다. 하지만 그 당시 나는 그런 걸 알 수 없었다. 국경의 남쪽이라는 말에는 왠지 불가사의한 울림이 있다고 느꼈을 뿐이었다. 그 곡을 들을 때마다 늘 국경의 남쪽에는 도대체 무엇이 있는 것일까 하고 생각했다. 눈을 떠보니 시마모토는 아직도 스커트 위에서 손가락을 움직이고 있었다. 나는 내 몸 깊숙한 곳에서 아련하고 달콤한 욱신거림을 느꼈다.

"이상하지만 말이야." 그녀는 말했다. "어떻게 된 영문인지 아이가 하나인 경우밖에는 상상이 되지 않아. 나에게 아이가 있다는 건 어쩐지 상상할 수 있거든. 내가 엄마고 내 아이가 있다는 건 말이야. 하지만 그 아이에게 형제가 있다는 건 정말이지 상상이 잘 안 되는 거야. 그 아이에겐 형제가 없어. 나처럼."

그녀는 분명 조숙한 소녀였고, 나에게 틀림없이 이성으로서 호감을 느끼고 있었다. 나 역시 그녀에 대해 이성으로서 호감을 느끼고 있었다. 하지만 나는 그것을 도대체 어떻게 다루어야 좋을지 알지 못했다. 시마모토도 아마 알지 못했을 것이다. 그녀는 딱 한 번 내 손을 잡은 적이 있었다. 어딘가로 나를 안내할 때 "빨리 이쪽으로 와" 하며 내 손을 잡았다. 서로 손을 잡고 있었던 건 기껏해야 10초 정도에 불과했지만 내게는 그것이 30분 정도로 느껴졌다. 그리고 그녀가 그 손을 놓자 그냥 그대로 좀 더 오래 손을 잡아주었으면 하는 생각이 들었다. 나는 알고 있었다. 그녀는 아주 자연스럽게 내 손을 잡았지만, 사실은 그녀도 내 손을 잡아보고 싶었다는 것을.

그때 그녀 손의 감촉을 나는 지금도 뚜렷이 기억하고 있다. 그것은 내가 알고 있는 다른 어떤 감촉과도 달랐다. 그리고 내가 이후에 알게 된 그 어떤 감촉과도 달랐다. 그것은 열두 살 소녀의 작고 따뜻한 손일 뿐이었다. 하지만 그 다섯 손가락과 손바닥 속에는, 그때 내가 알고 싶었던 것과 알아야 했던 것이 마치 샘플처럼 꽉 차 있었다. 그녀는 손을 잡는 것으로 나에게 그 모든 것을 알려준 셈이었다. 그러한 장소가 이 현실 세계에 분명히 존재한다는 것을. 그 10초 동안 나는 내가 완벽하게 작은 새가 된 것 같은 기분이 들었다. 나는 하늘을 날고 바람을 느낄 수 있었다. 높은 하늘 위에서 먼 곳의 풍경을 볼 수 있었다. 너무나도 멀어서 그곳에 무엇이 있는지는 정확히 볼 수 없었다. 하지만 나는 그것이 거기에 있다는 것을 느꼈다. 나는 언젠가 그 장소에 갈 수 있게 될 것이다. 그 사실은 나를 숨 막히게 했고 가슴 떨리게 했다.

나는 집으로 돌아와 내 방 책상 앞에 앉아 시마모토가 잡았던 그 손을 한참 동안 응시했다. 나는 시마모토가 내 손을 잡아준 것을 매우 기쁘게 생각했다. 그 부드러운 감촉은 그 후 며칠 동안이나 내 마음을 따스하게 감싸주었다. 하지만 그와 동시에 나는 혼란스러워졌으며 당혹스러워졌고 애달파졌다. 그 따스함을 어떻게 해야 할지 어디로 가져가야 좋을지 나는 알지 못했던 것이다.

초등학교를 졸업하고, 나와 그녀는 각각 다른 중학교에 진학했다. 여러 가지 사정으로 우리 가족은 그때까지 살고 있던 집을 떠나 다른 소도시로 이사를 갔다. 다른 소도시라고는 해도 전철로 두 정거장 정도의 거리밖에 떨어져 있지 않았기 때문에 나는 그 후에도 몇 번인가 그녀의 집에 놀러 갔다. 이사하고 석 달 사이에 서너 차례 갔던 것 같다. 하지만 그뿐이었다. 언제부터인가 나는 그녀를 만나러 가는 것을 그만두고 말았다. 그 무렵 우리는 너무나도 미묘한 연령의 고비를 넘어가려 하고 있었다. 다른 중학교에 다니고 전철로 두 정거장 정도의 거리가 생긴 것만으로 내게는 우리의 세계가 완전히 바뀐 것처럼 느껴졌다. 친구들도 달랐고 교복도 달랐고 교과서도 달랐다. 내 몸도 목소리도 다양한 사물에 대한 생각도 급격하게 변화하고 있었고, 예전에 나와 시마모토 사이에 존재했던 친밀한 감정도 점점 어색하게 변해가는 듯했다. 아니, 그렇다기보다는 그녀가 육체적으로나 정신적으로나 나보다 훨씬 더 커다란 변화를 겪고 있는 듯 여겨졌다. 그리고 그런 느낌은 나를 왠지 거북하게 만들었다. 그런데다 그녀의 어머니가 나를 점점 기묘한 눈초리로 보기 시작하는 것을 느꼈던 것이다. '왜 이 아이는 아직도 우리 집에 놀러 오는 거지? 이제 이웃에 살지도 않고 학교도 다른데……' 하고. 어쩌면 내가 지나치게 예민하게 생각했는지도 모른다. 하지만 아무튼 당시의 나는 그녀 어머니의 시선이 마음에 걸려 어찌할 바를 몰랐다.

그렇게 나는 시마모토로부터 점점 멀어지게 되었고, 그러다 아예 발길을 끊어버렸다. 하지만 그것은 아마도(아마도라는 말을 쓸 수밖에 없을 것이다. 결국 과거라는 방대한 기억을 검증하여, 그중에 무엇이 옳고 무엇이 옳지 않은가를 결정하는 건 내 역할이 아니니까) 잘못된 일이었을 것이다. 나는 그 이후에도 시마모토와 단단하게 이어져 있어야만 했다. 나는 그녀를 필요로 했고, 그녀도 아마 나를 필요로 했을 것이다. 하지만 나의 자의식은 너무나도 강했고 상처 입는 것을 지나치게 두려워했다. 그리고 그로부터 상당한 세월이 흐르도록 나는 단 한 번도 그녀와 마주치지 못했다.

나는 시마모토와 만나지 않게 된 후에도 그녀를 그리워하며 내내 생각했다. 사춘기라는 혼란으로 가득 찬 안타까운 기간 동안 나는 몇 번이나 그 따뜻한 기억으로 격려받고 치유받곤 했다. 그리고 나는 오랫동안 그녀에게 내 마음속의 특별한 부분을 열어두었던 것 같다. 마치 레스토랑의 구석진 조용한 자리에 예약석이라는 팻말을 살며시 세워놓듯이 나는 그녀를 위하여 그 부분만은 남겨두었다. 시마모토와 만나는 일은 이제 두 번 다시 없을 것이라고 생각했음에도 불구하고.

　그녀와 만나던 무렵, 나는 불과 열두 살이어서 정확한 의미의 성욕이라는 것을 가지고 있지 않았다. 그녀의 봉긋하게 솟아오른 가슴이나 스커트 속에 있는 것에 대해 막연한 흥미를 품고는 있었다. 그러나 그것이 구체적으로 무엇을 의미하는지는 몰랐고, 그것이 나를 구체적으로 어떤 곳으로 이끌어갈 것인가 하는 것도 알지 못했다. 나는 단지 꼼짝 않고 귀를 기울이고, 눈을 감고, 그 장소에 있을 무엇인가를 마음속에 그리고만 있을 따름이었다. 그것은 물론 불완전한 풍경이었다. 그곳에 있는 모든 것은 안개가 낀 듯이 막연했고, 윤곽이 희미하게 번져 있었다. 하지만 나는 그 풍경 속에 내게 너무나도 소중한 무엇인가가 숨어 있다는 것을 감지했다. 그리고 나는 알고 있었다. 시마모토도 나와 같은 풍경을 보고 있다는 것을.

　어쩌면 우리는, 자신들이 둘 다 불완전한 존재며, 그 불완전한 점을 메우기 위해 우리 앞에, 새로운 후천적인 무엇인가가 찾아오려 하고 있다는 걸 서로 느끼고 있었던 것 같다. 그리고 우리는 그 새로운 출입구 앞에 서 있었다. 희미하고 어슴푸레한 불빛 아래서, 단둘이서, 10초 동안 손을 꼭 마주 잡은 채.

# 2

# 첫 키스의 추억

⋮

고등학교 시절의 나는 어디서나 볼 수 있는 평범한 십 대의 소년이 되어 있었다. 그것이 내 인생의 제2단계였다—평범한 사람이 되는 것. 그것은 나에게 있어 진화의 한 과정이었다. 나는 특별하기를 그만두고 평범한 사람이 되었다. 그야 물론 조심성 있는 사람이 주의 깊게 관찰한다면, 내가 나름대로 문제를 안고 있는 소년이라는 것을 쉽사리 간파했을 것이다. 하지만 나름의 문제를 안고 있지 않은 열여섯 살짜리 소년이 이 세상 어디에 존재하겠는가? 그런 의미에서는 내가 세상으로 다가간 것과 동시에 세상도 나에게 다가왔다고 할 수 있다.

아무튼 열여섯 살이 된 나는 더 이상 예전의 허약한 외동아이는 아니었다. 중학교에 들어가자 나는 우연한 계기로 집 근처에 있는 수영 학원에 다니게 되었다. 그곳에서 나는 정식 크롤 수영을 익히고 일주일에 두 번씩 본격적으로 풀을 왕복하게 되었다. 덕분에 어깨와 가슴은 삽시간에 벌어졌고 근육은 탄탄해졌다. 나는 더 이상 열이 나서 앓아눕거나 하는 아이가 아니었다. 나는 종종 알몸으로 욕실 거울 앞에 서서 한참 동안 내 몸을 꼼꼼히 점검했다. 나 자신의 몸이 의외라고 느껴질 정도로 급격하게 변해가는 것이 손에 잡힐 듯 느껴졌다. 나는 그런 변화를 즐겼다. 나 자신이 조금씩 어른이 되어간다는 걸 기뻐했던 것은 아니다. 나는 성장 그 자체보다는 오히려 나라는 인간의 변모를 즐기고 있었던 것이다. 내가 예전의 나에게서 벗어나고 있다는 사실이 기뻤다.

나는 많은 책을 읽었고 음악을 들었다. 원래부터 책과 음악을 좋아했지만, 이 두 가지 습관은 시마모토를 만나면서 성장했고 세련되어졌다. 나는 도서관에 다니게 되었고 그곳에 있는 책들을 모조리 독파해나갔다. 한번 책을 읽기 시작하면 도중에 멈출 수가 없었다. 그것은 나에게 있어 마약 같은 것이었다. 식사를 하면서도 책을 읽고, 전철 안에서도 책을 읽고, 침대에서도 새벽녘까지 책을 읽고, 수업 중에도 몰래 책을 읽었다. 그러다 작은 스테레오 장치를 구입하게 되어 틈만 나면 방에 틀어박혀 재즈 레코드를 듣게 되었다. 그러나 나는 그런 책과 음악에 대한 체험을 다른 누군가와 이야기하고 싶다는 욕망은 없었다. 나는 내가 나 자신이며 다른 누구도 아니라는 사실에 오히려 마음 편히 느끼며 만족했다. 그런 의미에서는 나는 지독히도 고독하고 오만한 소년이었다. 팀플레이가 필요한 운동은 아무리 해도 좋아할 수 없었다. 다른 사람과 점수를 놓고 겨루는 경기도 싫었다. 내가 좋아한 운동은 오로지 혼자서 묵묵히 하는 수영뿐이었다.

그렇다고 내가 머리끝에서 발끝까지 고독했던 것은 아니다. 많은 수는 아니었지만 나는 학교에서 친한 친구 몇 명을 사귈 수 있었다. 솔직히 말해 난 학교라는 걸 좋아해본 적이 한 번도 없었다. 그것은 늘 나를 짓뭉개버리려고 하는 것 같았고, 나는 그에 맞서 늘 방어 태세를 갖추고 살아가야 했다. 만일 친구들이 주위에 없었더라면 나는 십 대라는 불안정한 세월을 지나가는 동안에 더 깊은 상처를 입게 되었을 것이다.

그리고 운동을 시작한 덕분에 먹지 못하는 음식 목록도 예전에 비해 훨씬 짧아졌고, 여자아이와 이야기하다 괜스레 얼굴이 달아오르거나 하는 일도 줄어들었다. 어쩌다가 내가 외아들이라는 사실을 알게 되더라도 아무도 그런 것에 신경을 쓰지 않는 듯했다. 나는 적어도 외면적으로는 외아들이라는 것에 대한 주술로부터 벗어난 듯이 보였다.

그리고 나는 여자 친구를 사귀었다.


그녀는 그다지 예쁜 여자아이는 아니었다. 그러니까 어머니가 우리 반 애들의 사진을 보다가 한숨을 내쉬며 "이 아이 이름은 뭐니? 예쁜 아이구나"라고 할 만한 타입은 아니었다는 이야기다. 하지만 나는 그 아이를 처음 보았을 때부터 그녀가 귀엽다는 생각을 했다. 사진으로는 알 수 없지만 실제로 보면 그녀에게는 자연스럽게 사람의 마음을 끌어당기는 순수함과 따스함이 있었다. 확실히 다른 사람들에게 자랑하고 다닐 만한 미인은 아니었다. 하지만 생각해보면 나 역시 이렇다 하게 남에게 자랑할 만한 것이 있었던 건 아니었다.

나는 그녀와 고등학교 2학년 때 같은 반이 되어 몇 번인가 데이트를 했다. 처음에는 더블데이트였고 그다음부터는 둘이서 만났다. 그녀와 같이 있으면 나는 신기하게도 마음이 편안해졌다. 나는 그녀 앞에서는 어떤 마음의 부담도 없이 이야기할 수 있었고, 그녀는 늘 내 이야기를 아주 재미있고 흥미롭다는 듯이 들어주었다. 별다른 이야기를 한 것도 아닌데 내 이야기가 마치 세상을 바꿔버릴 대발견이기라도 한 듯한 표정으로 열심히 들어주었다. 여자아이가 내 이야기에 열심히 귀를 기울여준 것은, 시마모토와 헤어진 이래 처음이었다. 그리고 그와 동시에 나도 그녀에 대해 뭐든 상관없으니 알고 싶다는 생각이 들었다. 어떤 사소한 것이라도 좋았다. 그녀가 매일 무엇을 먹는지, 어떤 방에서 사는지, 그 창문에서는 어떤 풍경이 보이는지.

그녀의 이름은 이즈미였다. 멋진 이름이네, 처음 만나 그녀와 이야기를 나누었을 때 난 그녀에게 말했다. 도끼를 던지면 요정이 나올 거 같은데, 하고(이즈미는 일본어로 '샘'을 뜻한다.—옮긴이) 내가 말하자 그녀는 웃었다. 그녀에게는 세 살 터울인 여동생과 다섯 살 터울인 남동생이 있었다. 그녀의 아버지는 치과 의사였고, 역시 단독주택에 살며 개를 기르고 있었다. 개는 독일셰퍼드로 이름은 칼이라고 했다. 믿을 수 없는 이야기지만 그 이름은 칼 마르크스에서 따온 것이라고 했다. 이즈미의 아버지는 일본 공산당의 당원이었다. 물론 이 세상에는 공산당원인 치과 의사도 제법 될 것이다. 모두 모으면 대형 버스 네다섯 대가 꽉 찰지도 모른다. 하지만 내 여자 친구의 아버지가 그중 한 사람이라는 사실에 나는 왠지 묘한 기분이 들었다. 그녀의 부모님은 테니스를 무척 좋아해서 매주 일요일만 되면 라켓을 들고 테니스를 치러 갔다. 테니스광인 공산당원이라는 사실도 약간은 기묘한 일처럼 느껴졌다. 그러나 이즈미는 그런 것에는 그다지 신경 쓰이지 않는 모양이었다. 그녀는 일본 공산당에는 전혀 흥미를 가지고 있지 않았지만 부모님을 좋아했고 곧잘 함께 테니스를 쳤다. 그리고 나에게도 테니스를 권유했지만 아쉽게도 난 테니스라는 스포츠와 아무리 해도 친해질 수 없었다.

그녀는 내가 외아들이라는 사실을 부러워했다. 그녀는 자신의 여동생과 남동생을 그리 좋아하지 않았다. 둔감하고 구제 불능의 바보들이야, 하고 그녀는 말했다. 없어지면 얼마나 속시원할까, 형제가 없다니 얼마나 좋을까, 난 늘 외동딸이 되고 싶다고 생각했어, 그럼 아무도 날 방해하지 않을 테니 느긋하게 내가 하고 싶은 걸 하며 살 수 있잖아, 하고 말했다.

세 번째 데이트 때 나는 그녀에게 키스했다. 그날 그녀는 우리 집에 놀러 와 있었다. 우리 어머니는 장을 보러 나가셨다. 집에는 나와 이즈미밖에 없었다. 내가 얼굴을 가까이 하고 그녀의 입술에 내 입술을 포개자 그녀는 눈을 감고 아무 말도 하지 않았다. 그녀가 화를 내거나 얼굴을 돌릴 때에 대비하여 나는 한 다스 정도의 변명을 미리 준비해두었지만 결국 그런 말을 쓸 필요는 없었다. 나는 입술을 포갠 채 그녀의 등에 팔을 둘러 더 가깝게 끌어안았다. 여름이 끝나갈 무렵이었고, 그녀는 물결무늬 원피스를 입고 있었다. 그 원피스는 허리 언저리에서 끈을 묶도록 되어 있었는데 그 끈이 꼬리처럼 뒤로 늘어져 있었다. 내 손바닥이 그녀의 등 브래지어 고리에 닿았다. 그녀의 숨결이 내 목에 닿는 것이 느껴졌다. 내 심장은 그대로 몸 밖으로 튀어나올 만큼 두근거리고 있었다. 터질 듯이 딱딱해진 내 페니스가 그녀의 허벅지에 닿자 그녀는 살짝 몸을 비켰다. 하지만 그뿐이었다. 그녀는 그것을 특별히 부자연스러운 일이라고도 불쾌한 일이라고도 생각하지 않는 듯했다.

우리는 거실 소파 위에서 꼼짝도 않고 그렇게 서로를 끌어안고 있었다. 소파 맞은편 의자에는 고양이가 앉아 있었다. 우리가 껴안고 있을 때, 고양이는 언뜻 눈을 뜨고 우리 쪽을 보았지만 아무 소리도 없이 기지개를 켜더니 그대로 다시 잠들어버렸다. 나는 그녀의 머리카락을 쓰다듬고 그녀의 작은 귀에 입술을 가져갔다. 무슨 말이든 해야겠다는 생각이 들었지만 말이라는 것이 전혀 떠오르지 않았다. 게다가 뭔가 말을 하려 해도 나는 숨을 들이쉬는 것만으로 벅찰 지경이었다. 나는 그녀의 손을 잡고 다시 한번 그녀의 입술에 키스했다. 한참 동안 그녀는 아무 말도 하지 않았고 나 역시 아무 말도 하지 않았다.

이즈미를 전철역까지 바래다주고 오는 길에 나는 몹시도 불안한 기분이 들어 어찌할 바를 몰랐다. 나는 집으로 돌아가 소파에 드러누워 줄곧 천장을 올려다보고 있었다. 아무 생각도 할 수 없었다. 이윽고 어머니가 돌아와 저녁 금방 해줄게, 하고 말했다. 하지만 식욕 같은 건 전혀 돌지 않았다. 나는 아무 말도 하지 않고 신발을 신고 밖으로 나가 두 시간 동안이나 거리를 돌아다녔다. 이상야릇한 기분이었다. 나는 더 이상 고독하지 않았지만, 그와 동시에 이제껏 느껴본 적이 없을 만큼 깊은 고독에 사로잡혔다. 마치 태어나서 처음으로 안경을 썼을 때처럼 나는 사물의 원근감을 제대로 포착할 수 없었다. 멀리 있는 것이 손에 닿을 듯이 보이고, 선명하게 보일 까닭이 없는 것이 선명하게 보였다.

그녀는 헤어질 때 내게 말했다. "무척 기뻤어. 고마워"라고. 물론 나도 기뻤다. 여자아이가 내게 키스를 허락하다니 거의 믿을 수 없는 일이었다. 기쁘지 않을 리 없었다. 하지만 나는 무턱대고 행복해할 수는 없었다. 나는 토대가 무너져버린 탑과 같았다. 높은 곳에서 먼 곳을 내려다보려고 할수록 내 마음은 크게 흔들리기 시작했다. 어째서 그녀일까, 하고 나는 자신에게 물어보았다. 나는 그녀에 관해서 대관절 무엇을 알고 있단 말인가? 나는 그녀와 몇 차례 만나서 가벼운 이야기를 나누었을 뿐이다. 그렇게 생각하자 나는 몹시 불안해졌다. 도무지 안절부절못하고 마음의 안정을 찾을 수가 없었다.

만약 내가 껴안고 입을 맞춘 상대가 시마모토였다면 지금쯤 이렇게 갈팡질팡하지는 않을 것이라는 생각이 문득 들었다. 우리는 상대방의 모든 것을 아무 말도 하지 않고 쉬이 받아들일 수 있었을 것이다. 그리고 거기에는 불안이라든지 망설임 같은 건 전혀 존재하지 않았을 것이다.

하지만 시마모토는 이미 이곳에는 없다, 하고 나는 생각했다. 그녀는 지금 그녀 자신의 새로운 세계 속에 있는 것이다. 마치 내가 나 자신의 새로운 세계 속에 있는 것처럼 말이다. 그렇기에 이즈미와 시마모토를 나란히 놓고 비교할 수는 없었다. 그래 보았자 아무런 도움도 되지 않는다. 이곳은 이미 새로운 세계고, 일찍이 존재했던 세계로 통하는 배후의 문은 벌써 닫혀버렸다. 나는 이 새로운 나를 둘러싼 세계 속에서, 어떻게든 나를 확립해 나가지 않으면 안 되었다.

하늘의 동쪽 맨 끝쪽이 희미하게 밝아올 때까지 나는 깨어 있었다. 그리고 침대로 들어가 두 시간 정도 눈을 붙인 다음 샤워를 하고 학교에 갔다. 나는 학교에서 그녀를 붙잡고 이야기하고 싶었다. 어제 우리 사이에 있었던 일을 다시 한번 확인하고 싶었다. 그녀가 아직도 그때와 같은 마음인지 그녀의 입을 통해 확실하게 듣고 싶었다. 그녀는 또렷이 "무척 기뻤어. 고마워"라고 마지막에 내게 말했다. 하지만 날이 밝자 그런 건 모조리 내가 머릿속에서 멋대로 만들어낸 환각처럼 여겨졌다. 학교에서 이즈미와 단둘이서 이야기할 기회는 끝내 오지 않았다. 그녀는 쉬는 시간에도 친한 여자 친구와 내내 같이 있었고, 수업이 끝나자 뒤도 돌아보지 않고 혼자서 잽싸게 집으로 가버렸다. 딱 한 번 교실을 옮길 때 복도에서 그녀와 나는 눈이 마주쳤다. 그녀는 나를 향해 방긋 재빨리 미소를 보냈고, 나도 미소 지었다. 그뿐이었다. 그러나 나는 그 미소 속에서 어제 있었던 일에 대한 확인 같은 걸 감지할 수 있었다. '걱정 마, 어제 일은 진심이었으니까' 하고 그녀의 미소는 그렇게 말하는 듯했다. 전철을 타고 집으로 돌아갈 즈음에는 나의 어리둥절한 마음은 거의 사라진 상태였다. 나는 그녀를 분명히 원했고, 그것은 어젯밤에 품었던 의혹이나 망설임보다는 훨씬 건강하고 강렬한 것이었다.

내가 원하는 것은 의문의 여지없이 분명했다. 우선 이즈미를 알몸으로 만드는 것이었다. 그녀를 감싸고 있는 옷을 벗겨버리는 것이었다. 그러고 나서 그녀와 성교하는 것이다. 그것은 내게는 너무도 먼 여정이었다. 세상의 사물이란 하나하나의 구체적인 이미지를 단계적으로 쌓아감으로써 앞으로 나아가게 된다. 성교에 이르기 위해서는 먼저 원피스의 지퍼를 내리는 일부터 시작해야 한다. 그리고 성교와 원피스의 지퍼 사이에는 아마도 스무 가지나 서른 가지쯤 되는 미묘한 결단이나 판단을 필요로 하는 과정이 존재할 것이다.

내가 제일 먼저 해야 했던 건, 콘돔을 손에 넣는 일이었다. 실제로 그게 필요해질 단계까지 가려면 아직 상당한 시간이 남아 있다 해도, 아무튼 먼저 손에 넣어두지 않으면 안 될 것이라고 나는 생각했다. 언제 그것을 사용할 일이 생길지 아무도 알 수 없기 때문이다. 그러나 약국에 콘돔을 사러 간다는 건 생각할 수 없는 일이었다. 나는 어떻게 보더라도 고등학교 2학년생으로밖에 보이지 않았고 도저히 그럴 용기도 없었다. 거리에는 콘돔을 파는 자동판매기가 몇 대인가 있었지만 그런 걸 사는 걸 누가 보기라도 한다면 성가신 일이 생길 것 같았다. 나는 사나흘 동안 그 일로 줄곧 고민했다.

하지만 일은 뜻밖에 쉽게 풀렸다. 나에게는 그런 종류의 일에 비교적 통달한 친구가 한 명 있었다. 나는 큰맘 먹고 그에게 상의했다. 실은 콘돔을 구하고 싶은데 어떡하는 게 좋겠냐고. 그런 건 간단해. 필요하면 내가 한 갑 줄게, 하고 그는 별일도 아니라는 듯이 말했다. 우리 형이 통신판매인가 뭔가에서 산더미만큼 샀거든. 왜 그렇게 잔뜩 샀는지는 잘 모르겠지만 아무튼 옷장 속에 가득 들어 있어. 하나쯤 없어져도 알아차리지 못할 거야, 하고 그는 말했다. 그래 주면 고맙겠다, 하고 나는 말했다. 당연하게도 그다음 날, 그는 종이봉투에 들어 있는 콘돔을 학교로 가져왔다. 나는 그에게 점심을 사주고 절대로 그 누구에게도 이 이야기를 하지 말아달라고 부탁했다. 걱정 마, 이런 이야기를 누구한테 하겠어? 하고 그는 말했다. 하지만 그는 가만히 입을 다물고 있진 않았다. 내가 콘돔을 구한다는 사실을 그는 몇 명에게인가 이야기했다. 그 몇 명은 또 다른 몇 명에게 이야기했다. 그리고 이즈미도 그 이야기를 한 여자 친구로부터 듣게 되었다. 그녀는 방과 후에 나를 학교 옥상으로 불러냈다.

"하지메, 너 니시다한테 콘돔 얻었다면서?" 그녀가 말했다. 그녀는 '콘돔'이라는 말을 무척이나 하기 거북하다는 듯이 발음했다. 그녀가 '콘돔'이라고 하자 그것은 왠지 지독한 전염병을 야기하는 불결한 병균처럼 들렸다.

"응" 하고 나는 대답했다. 그리고 적당한 말을 찾았다. 하지만 적당한 말 같은 건 어디에도 없었다. "별다른 의미가 있는 건 아니야. 그냥 왠지 하나 정도 가지고 있는 게 좋지 않을까 하는 생각이 예전부터 들었거든."

"너, 나 때문에 그걸 구한 거야?"

"꼭 그런 것도 아니야. 어떤 것일까 하고 흥미가 생겼을 뿐이야. 하지만 만약 네가 이 일로 기분이 나빠졌다면 사과할게. 되돌려줘도 되고, 버려도 돼."

우리는 옥상 한 모퉁이에 있는 작은 돌벤치에 나란히 앉아 있었다. 당장이라도 비가 내릴 듯한 날씨였기에 옥상에는 우리 말고는 아무도 없었다. 사방은 적막하리만치 조용했다. 옥상이 그렇게 조용하게 느껴진 건 처음이었다.

학교는 산 위에 자리 잡고 있어서, 그 옥상에서는 시내와 바다를 한눈에 내려다볼 수 있었다. 우리는 언젠가 한번은 방송부실에서 오래된 레코드를 열 장쯤 몰래 가지고 나와 옥상에서 마치 플라스틱 원반처럼 날린 적이 있었다. 그 레코드들은 아름다운 포물선을 그리며 날아갔다. 바람을 타고 마치 한순간의 생명을 얻은 것처럼 행복한 듯이 항구 쪽까지 날아갔다. 하지만 그중 한 장은 바람을 타지 못해 맥없이 빙글빙글 돌다 테니스 코트로 떨어지고 말았다. 때마침 그곳에서 라켓을 들고 스윙 연습을 하고 있던 1학년 여자아이가 놀라는 일이 벌어져 나중에 문제가 좀 커졌다. 1년도 더 된 일이다. 나는 지금, 그때와 같은 장소에서 여자 친구에게 콘돔 때문에 추궁을 받고 있다. 하늘을 올려다보니 독수리가 천천히 아름다운 원을 그리고 있는 것이 보였다. 독수리로 산다는 건 틀림없이 멋진 일일 거라고 나는 상상했다. 그들은 단지 하늘을 날기만 하면 되니 말이다. 적어도 피임에 신경을 쓸 필요는 없을 것이다.

"너 나를 정말로 좋아하니?" 그녀는 조용한 목소리로 내게 물었다.

"물론이지. 물론 널 좋아해." 나는 대답했다.

그녀는 입술을 굳게 다물고 내 얼굴을 똑바로 쳐다보았다. 거북해질 정도로 한참 동안 뚫어지게 쳐다보고 있었다.

"나도 널 좋아해." 잠시 후 그녀가 말했다.

하지만, 하고 나는 생각했다.

"하지만 말이야"라고 그녀는 내가 예상했던 대로 말을 이었다. "서두르지 마."

나는 고개를 끄덕였다.

"너무 성급해하지 마. 나에겐 내 페이스pace란게 있어. 나는 그렇게 요령이 좋은 편이 아니거든. 나는 여러 가지 일에 대해서 준비를 하는 데 시간이 걸리는 편이야. 기다려줄 수 있지?"

나는 다시 한번 묵묵히 고개를 끄덕였다.

"약속해줄 수 있어?" 그녀는 말했다.

"약속할게."

"나에게 상처 주지 않을 거지?"

"상처 주지 않을 거야." 나는 대답했다.

이즈미는 고개를 숙이고 한동안 자신의 신발을 쳐다보고 있었다. 평범한 검은색 단화였다. 옆에 있는 내 신발에 비하면 그건 장난감처럼 작아 보였다.

"겁이 나." 그녀는 말했다. "왠지 요즘, 이따금씩 껍데기가 없는 달팽이가 된 것 같은 기분이 들어."

"나도 겁나." 나는 말했다. "왠지 이따금씩 물갈퀴가 없는 개구리가 된 것 같은 기분이 들어."

그녀는 고개를 들고 내 얼굴을 바라보았다. 그리고 살며시 웃었다.

그러고 나서 우리는 누가 먼저랄 것도 없이 건물 뒤쪽 그늘로 가서 꼭 껴안고 키스했다. 우리는 껍데기를 잃어버린 달팽이였고, 물갈퀴를 잃어버린 개구리였다. 나는 그녀의 가슴을 내 가슴 쪽으로 힘껏 끌어당겼다. 내 혀와 그녀의 혀가 부드럽게 닿았다. 나는 블라우스 위로 그녀의 가슴을 손으로 더듬었다. 그녀는 저항하지 않았다. 다만 조용히 눈을 감고 크게 숨을 내쉬었을 뿐이었다. 그녀의 가슴은 그리 크지는 않았지만, 내 손바닥 안에 아주 친숙하게 들어왔다. 마치 처음부터 그러기 위해 만들어진 것처럼. 그녀는 내 심장 위에 손바닥을 대었다. 그 손바닥의 감촉은 내 가슴의 고동 소리에 찰싹 달라붙어 있는 것 같았다. 그녀는 시마모토와는 물론 다르다, 하고 나는 생각했다. 이 여자아이는 시마모토가 나에게 준 것과 똑같은 것을 주지는 않는다. 하지만 그녀는 이렇게 내 품 안에 있고, 그리고 그녀가 내게 줄 수 있는 무엇인가를 주려고 하고 있다. 내가 그녀에게 상처를 주어야 할 이유 같은 게 어디에 있단 말인가.

하지만 그때의 나는 모르고 있었던 것이다. 내가 언젠가, 누군가에게, 돌이킬 수 없을 정도로 깊은 상처를 입히게 될지도 모른다는 사실을. 인간이란 건 어떤 경우에는, 그 인간이 존재하고 있다는 것만으로도 누군가에게 상처를 입히게 되는 것이다.

# 3

# 혼자만의 세계에 갇힌 고립된 자아

❖
⋮
❖

나와 이즈미는 그 후 1년이 넘게 사귀었다. 우리는 일주일에 한 번 데이트를 했다. 영화를 보러 가기도 했고, 도서관에 가서 같이 공부하기도 했고, 아니면 딱히 하는 일도 없이 여기저기 마냥 돌아다니기도 했다. 그러나 나와 그녀는 성적인 면에서 마지막 단계까지 가지는 않았다. 부모님이 집에 안 계실 때 이따금씩 그녀를 집으로 불러들이기도 했다. 그리고 우리는 내 침대 위에서 서로를 껴안았다. 한 달에 두 번 정도 그런 일이 있었던 것 같다. 그러나 집에 우리만 있을 때에도 그녀는 결코 옷을 벗지 않았다. 언제 누가 올지도 모르잖아, 그때 발가벗고 있기라도 한다면 골치 아파지잖아, 하고 말했다. 그런 면에서 이즈미는 매우 조심스러웠다. 겁쟁이였던 건 아니다. 하지만 자신이 난처한 상황에 놓이는 것을 그녀는 성격적으로 견뎌내지 못했던 것 같다.

그런 탓에 나는 늘 옷을 입은 채로 그녀를 안았고, 속옷 사이로 손가락을 넣어 매우 부자연스럽게 그녀의 몸을 애무하지 않으면 안 되었다.

"서두르지 마"라고, 내가 무척 실망한 표정을 지을 때마다 그녀는 말했다. "내가 마음의 준비를 할 수 있을 때까지 조금만 더 기다려줘. 부탁이야."

솔직히 말해서 나는 별로 서두르고 있는 건 아니었다. 나는 단지 이런저런 일에 적지 않게 곤혹스러웠고, 실망하고 있었을 뿐이었다. 물론 나는 이즈미를 좋아했고, 그녀가 내 여자 친구인 것에 감사하기도 했다. 만약 그녀가 없었더라면 내 십 대의 나날은 훨씬 더 지루하고 색채를 잃은 채 무미건조하게 지나가고 말았을 것이다. 그녀는 기본적으로는 솔직하고 시원시원한 여자아이였고, 많은 사람이 그녀에게 호감을 가지고 있었다. 단 우리 둘의 취미가 잘 맞았다고는 하기 힘들다. 내가 읽는 책이나 내가 듣는 음악을 그녀는 거의 이해하지 못했다고 생각한다. 그렇기에 그런 영역에 관해서 우리가 대등한 입장에서 이야기를 나누는 일은 거의 없었다. 그런 점에서 나와 이즈미와의 관계는 시마모토와의 관계와는 상당히 달랐다.

하지만 그녀 곁에 앉아 그녀의 손가락을 내 손으로 매만지고 있으면 나는 아주 자연스럽게 포근한 기분에 젖어들 수 있었다. 다른 사람에게는 하지 못하는 이야기도 그녀에게는 비교적 편안하게 할 수 있었다. 나는 그녀의 눈꺼풀과 입술 위에 키스하는 것을 좋아했다. 그녀의 머리카락을 쓸어 올리고 그녀의 작은 귀에 입 맞추는 것을 좋아했다. 내가 그렇게 하면 그녀는 킥킥거리며 웃었다. 지금도 그녀를 생각하면 나는 늘 일요일 아침의 조용하고 차분한 풍경을 떠올리게 된다. 평온하고 날씨도 좋고, 이제 막 시작된 일요일. 숙제도 없고, 그저 좋아하는 일을 하면 되는 일요일. 그녀는 곧잘 내게 그런 일요일 아침 같은 기분에 젖어들게 해주었다.

물론 그녀에게도 결점은 있었다. 그녀는 어떤 종류의 사물에 대해서는 약간 지나치리만치 완고했고, 상상력도 부족하다고 말하지 않을 수 없었다. 그녀는 이제껏 자신이 속하고 자라온 세계로부터 좀처럼 나가려고 하지 않았다. 뭔가 좋아하는 일에 잠자는 것과 먹는 것을 잊고 열중하는 일도 없었다. 그리고 부모님을 사랑하고 존경했다. 그녀가 말하는 몇몇 의견은—지금 생각해보면 열여섯, 열일곱 살 소녀로서는 지극히 당연한 것이었지만—단순하고 깊이가 없었다. 그건 때때로 나를 따분하게 했다. 하지만 그녀가 다른 사람의 험담을 하는 것은 한 번도 들어본 적이 없었다. 쓸데없이 자기자랑을 늘어놓는 일도 없었다. 그리고 그녀는 나를 좋아해주었고 소중히 대해주었다. 내가 하는 말에 진지하게 귀를 기울여주었고 나를 격려해주었다. 나는 나 자신과 장래에 대해서 그녀에게 많은 이야기를 했다. 앞으로 무엇을 하고 싶은지, 어떤 사람이 되고 싶은지. 대부분은 그 나이 또래의 소년이 곧잘 이야기하는 그런 비현실적인 꿈 같은 이야기였다. 하지만 그녀는 그런 이야기들을 열심히 들어주었다. 그리고 용기를 북돋아주었다. "넌 틀림없이 멋진 사람이 될 거야. 네 안에는 뭔가 아주 훌륭한 게 있으니까 말이야"라고 이즈미는 말했다. 그 말은 그녀가 진심으로 한 이야기였다. 태어나서 이제껏 나에게 그런 이야기를 해준 사람은 그녀뿐이었다.

그리고 그녀를 끌어안을 수 있다는 것도—비록 옷을 입은 채라고 해도—황홀한 일이었다. 내가 곤혹스러워하고 실망했던 것은, 아무리 시간이 흘러도, 내가 이즈미 안에서 **나를 위한 것**을 발견할 수 없다는 점이었다. 나는 그녀의 좋은 점들을 적지 않게 나열할 수 있었다. 그리고 그 목록은 그녀의 결점을 나열한 목록보다 훨씬 더 긴 것이었다. 그것은 확실히 나라는 인간이 지닌 좋은 점을 나열한 목록보다 훨씬 더 긴 것이었다. 하지만 그녀에게는 결정적인 무엇인가가 빠져 있었다. 만약 그녀 안에서 **그 무엇인가**를 찾아낼 수 있었더라면 나는 아마도 그녀와 잠자리를 같이했을 것이다. 나는 아마도 결코 참고 있지만은 않았을 것이다. 시간이 걸리더라도 나는 그녀를 설득해서 그녀가 왜 나와 같이 자야 하는가를 납득시켰을 것이다. 하지만 결국, 굳이 그렇게 해야만 할 확신을 나로서는 갖지 못했던 것이다. 나는 물론 성욕과 호기심으로 머리가 꽉 찬 열일곱, 열여덟 살의 분별없는 소년에 지나지 않았다. 그렇지만 머리 어느 한구석으로는 알고 있었다. 만약 그녀가 섹스하는 것을 원하지 않는다면, 무리하게 섹스를 해서는 안 된다, 적어도 그럴 만한 시기가 올 때까지 참을성 있게 기다려야 한다는 것을.

하지만 나는 딱 한 번 발가벗은 이즈미를 안아본 적이 있다. 더 이상 옷을 입은 채로 너를 안는 건 싫다, 하고 나는 이즈미에게 확실하게 선언했다. 섹스를 하고 싶지 않다면 하지 않아도 좋다. 하지만 나는 꼭 너의 발가벗은 몸을 보고 싶고, 아무것도 걸치지 않은 너를 안고 싶다고 말했다. 나는 그렇게 해야만 하고, 더 이상 참을 수가 없다고 분명하게 말했다.

이즈미는 잠시 머뭇거리더니 네가 정말로 그러길 원한다면 그렇게 해도 좋다고 말했다. "하지만 약속해"라고 그녀는 진지한 표정으로 말했다. "그뿐이야. 내가 하고 싶지 않은 건 하지 마. 알았지?"

그녀는 휴일에 우리 집에 왔다. 11월 초의 상쾌하게 맑은, 하지만 약간 쌀쌀한 일요일이었다. 어머니와 아버지는 볼일이 있어 친척 집에 가고 없었다. 아버지 쪽 친척의 제삿날인지 뭔지로, 실은 나도 같이 가야만 했지만 시험 준비를 해야 한다는 핑계로, 혼자 집에 남기로 했다. 부모님은 밤 늦게나 돌아올 것이었다. 이즈미는 점심때가 지나서 왔다. 우리는 내 방 침대 위에서 포옹했다.

그리고 나는 그녀의 옷을 벗겼다. 그녀는 눈을 감고 아무 말 없이 내가 옷을 벗기도록 가만히 있었다. 하지만 나는 이모저모로 시간이 걸렸다. 본래 손놀림이 서툰 데다, 여자아이의 옷이라는 것은 정말이지 까다롭게 만들어져 있던 것이다. 결국 이즈미는 도중에 포기하고 눈을 뜨더니 스스로 옷을 벗어버렸다. 그녀는 옅은 하늘색의 조그마한 팬티를 입고 있었다. 그리고 그것과 세트인 브래지어를 하고 있었다. 그녀는 그날을 위하여 그 속옷을 일부러 사 입었을 것이다. 그 전까지 그녀는 보통 엄마들이 고등학생 딸에게 사줄 법한 속옷을 입고 있었으니 말이다. 그리고 나도 내 옷을 벗었다.

나는 아무것도 걸치지 않은 그녀의 알몸을 끌어안고 그녀의 목과 가슴에 키스했다. 나는 그녀의 매끄러운 피부를 어루만지고, 살갗의 냄새를 맡을 수 있었다. 둘이서 알몸이 되어 꼭 껴안는다는 것은 황홀한 일이었다. 나는 그녀 안으로 들어가고 싶어 미칠 것만 같았다. 하지만 그녀는 나를 단호하게 제지했다.

"미안해." 그녀는 말했다.

그 대신 그녀는 내 페니스를 입에 넣고 혀를 움직여주었다. 그녀가 그런 걸 해준 건 처음 있는 일이었다. 그녀의 혀가 몇 번인가 내 귀두 위를 기어가자 나는 뭔가 생각할 겨를도 없이 이내 사정하고 말았다.

그러고 나서 난 한참 동안 이즈미의 몸을 안고 있었다. 나는 그녀의 몸을 천천히 구석구석 애무했다. 창문으로 스며드는 가을날의 햇살에 드러난 그녀의 몸을 바라보며 여기저기에 입맞춤을 했다. 그건 정말로 멋진 오후였다. 우리는 발가벗은 채 몇 번이고 서로를 꼭 끌어안았다. 그리고 나는 몇 번인가 사정했다. 내가 사정할 때마다 그녀는 화장실에 가서 입을 헹구었다. "이상한 느낌이 드는 것 같은데"라고 이즈미는 웃으며 말했다.

나는 그녀와 1년 남짓 사귀었지만, 그 일요일 오후는 분명 우리 둘이 함께 보낸 가장 행복한 시간이었다. 서로 알몸이 되고 나자, 우리 사이에는 더 이상 아무 숨길 것이 없는 것처럼 느껴졌다. 나는 지금까지보다 한층 더 이즈미를 이해하게 된 것만 같은 기분이 들었고, 그녀도 나와 같은 기분이 들었을 것이다. 필요한 것은 작은 일들의 축적이다. 단순한 말이나 약속뿐만이 아니라 작고 구체적인 사실을 하나하나 정성껏 쌓아가는 것으로 우리는 조금씩 앞으로 나아갈 수 있는 것이다. 그녀가 원하는 것도 결국 그런 것일 거라고 나는 생각했다.

이즈미는 한참 동안 내 가슴에 머리를 얹어놓고, 심장의 고동 소리를 듣는 듯한 자세로 꼼짝 않고 있었다. 나는 그녀의 머리카락을 쓰다듬었다. 나는 열일곱 살이었고, 건강했고, 어른이 되려 하고 있었다. 그것은 분명히 멋진 일이었다.

그런데 4시쯤 되어, 그녀가 슬슬 집에 돌아갈 준비를 하려던 즈음, 현관 벨이 울렸다. 처음에 나는 그 소리를 무시했다. 누가 왔는지는 모르겠지만 나가지 않으면 그냥 돌아가겠거니 하고. 하지만 벨은 몇 번이고 몇 번이고 집요하게 울려댔다. 좋지 않은 예감이 들었다.

"부모님이 돌아오신 거 아냐?" 이즈미는 새파랗게 질린 얼굴로 말했다. 그녀는 침대에서 일어나 황급히 옷을 챙겨 입기 시작했다.

"걱정 마. 이렇게 빨리 오실 리도 없고, 더군다나 우리 부모님이라면 벨 같은 건 누르지도 않을 거라고. 부모님은 열쇠를 가지고 계시니까 말이야."

"내 신발" 하고 그녀가 말했다.

"신발?"

"내 신발이 현관에 그대로 있잖아."

나는 옷을 입고 아래층으로 내려가 이즈미의 신발을 신발장에 숨기고 나서 문을 열었다. 거기에는 이모가 서 있었다. 어머니의 동생인 그녀는 우리 집에서 전철로 한 시간가량 떨어진 곳에 혼자 살고 있는데 때때로 우리 집에 놀러 오곤 했다.

"뭐 하고 있었니? 벨을 계속 눌렀잖아." 이모는 말했다.

"헤드폰을 끼고 음악을 듣고 있어서 못 들었어요." 나는 말했다. "아버지 어머니는 제사가 있어서 친척 집에 가셨어요. 밤에나 돌아오실 텐데. 이모도 알고 계시죠?"

"알고 있지. 마침 이 근처에 볼일이 있어서 왔다가 네가 집에서 공부하고 있다길래, 저녁이라도 챙겨주려고 들른 거야. 여기 시장도 봐 왔다."

"이모, 저녁 정도는 저 혼자 해먹을 수 있어요. 애도 아니고." 나는 말했다.

"어쨌든 시장도 봐 왔겠다, 게다가 넌 바쁠 거 아니니? 이모가 식사 준비를 할 동안 천천히 공부하고 있어."

맙소사! 난 죽고 싶은 심정이 되었다. 이렇게 되면 이즈미가 집에 갈 수 없게 된다. 우리 집은 현관으로 가기 위해서는 거실을 통과해야 하고, 문을 나서려면 부엌 창문 앞을 지나가야 하는 구조였다. 물론 이즈미를 집에 놀러 온 친구라고 이모에게 소개할 수도 있었다. 하지만 나는 집에서 열심히 시험공부를 하는 걸로 되어 있었다. 그러니 여자아이를 집에 불러들였다는 걸 들키기라도 한다면 상당히 골치 아픈 일이 될 것이다. 이모한테 부탁해서 부모님에게는 비밀로 해달라고 하는 건 불가능했다. 이모는 나쁜 사람은 아니지만 무슨 일이든 혼자서 가슴속에 묻어두지는 못하는 사람이었다.

이모가 부엌에 들어가 시장 봐 온 것들을 정리하고 있는 사이, 나는 이즈미의 신발을 들고 2층에 있는 내 방으로 갔다. 이즈미는 이미 옷을 다 챙겨 입고 있었다. 나는 그녀에게 사정을 설명했다.

그녀는 새파랗게 질렸다. "난 그럼 어떡해? 만약에 여기서 나

갈 수 없게 되면 어떡해? 나도 저녁 식사 전에는 집에 들어가야
한단 말이야. 안 그러면 큰일 나."

"걱정 마. 어떻게든 해볼게. 잘 될 거니까 걱정하지 마"라며 나
는 그녀를 진정시켰다. 하지만 어떻게 하면 좋을지 나도 알 수가
없었다. 어떻게 해야 할지, 전혀 생각조차 할 수 없었다.

"그리고 가터벨트(스타킹이 흘러내리지 않도록 매어주는 띠―옮긴이)
가 어디론가 사라져버렸어. 아무리 찾아봐도 없어. 못 봤니?"

"가터벨트?" 나는 물었다.

"조그만 거야. 이 정도 크기의 고리인데……."

나는 방바닥과 침대 위를 찾아봤다. 하지만 그런 건 보이지
않았다.

"할 수 없으니 스타킹은 신지 말고 그냥 가, 미안하지만." 나는 말
했다.

부엌에 가보니 이모는 조리대에서 야채를 썰고 있었다. 식용
유가 모자라는데 좀 사다주지 않겠냐고 이모는 내게 말했다. 거
절할 이유를 댈 수 없어 나는 자전거를 타고 식용유를 사러 집 근
처에 있는 가게로 갔다. 밖은 벌써 어둑어둑해져 있었다. 나는 점
점 걱정스러워졌다. 이대로 있다가는 이즈미는 정말 집에서 나갈
수 없게 되고 만다. 부모님이 돌아오시기 전에 어떻게든 손을 써
야 했다.

"이모가 화장실에라도 간 사이 살짝 빠져나가는 수밖에 없을

거 같아." 나는 이즈미에게 말했다.

"잘 될까?"

"어떻게든 해보자. 이대로 가만히 있는다고 무슨 수가 생기는 것도 아니잖아."

나와 이즈미는 계획을 세웠다. 내가 아래층에 있다가 이모가 화장실에 들어가면 큰 소리가 나게 두 번 손뼉을 친다. 그러면 그녀는 재빨리 아래층으로 내려와서 신발을 신고 나간다. 잘 빠져 나갔으면 집 근처에 있는 공중전화로 내게 전화를 건다.

이모는 맘 편하게 노래까지 불러가면서 야채를 썰고, 된장국을 끓이고, 계란말이를 만들고 있었다. 하지만 아무리 시간이 지나도 그녀는 화장실에 가지 않았다. 나는 몹시 초조해졌다. 어쩌면 이모는 굉장히 거대한 방광을 가지고 있는지도 모른다고 나는 생각했다. 그런데 내가 거의 포기하려 할 즈음, 이모는 마침내 앞치마를 풀고 부엌에서 나갔다. 나는 이모가 화장실에 들어가는 것을 확인하고 나서 거실로 뛰어들어가 힘껏 손뼉을 두 번 쳤다. 이즈미가 신발을 들고 계단을 내려와 재빠르게 신발을 신고 소리를 죽여 현관으로 나갔다. 나는 부엌으로 가서 그녀가 무사히 대문으로 나가는 것을 확인했다. 그러고 바로, 거의 간발의 차로 이모가 화장실에서 나왔다. 나는 한숨을 쉬었다.

5분 후에 이즈미로부터 전화가 걸려 왔다. 15분만 나갔다 오겠다고 이모에게 말하고 나는 집에서 나왔다. 그녀는 공중전화박스 앞에 서서 기다리고 있었다.

"나 이제 이런 거 싫어." 내가 입을 열기도 전에 이즈미는 말했다. "이런 짓은 이제 두 번 다시 하지 않을 거야."

그녀는 혼란스러운 상태였고 화가 나 있었다. 나는 그녀를 역 근처에 있는 공원으로 데려가 벤치에 앉혔다. 그리고 다정하게 그녀의 손을 잡았다. 이즈미는 빨간 스웨터 위에 옅은 베이지색 코트를 입고 있었다. 그 속에 있는 것들을 나는 그리워하며 떠올렸다.

"그래도 오늘은 정말로 멋진 하루였어. 물론 이모가 오기 전까지였지만. 넌 그렇게 생각하지 않니?" 나는 말했다.

"그야 물론 나도 즐거웠어. 너랑 같이 있을 때는 **언제나** 아주 즐거워. 그렇지만 말이지, 그 후에 혼자가 되면, 난 여러 가지 일들이 알 수 없게 되어버린단 말이야."

"예를 들면 어떤 일이?"

"이를테면 이제부터 앞으로 어떻게 될까 하는 거. 고등학교를 졸업한 후의 일. 넌 아마 도쿄에 있는 대학으로 진학할 거고, 나는 여기에 남아 이 고장의 대학에 갈 테고……. 우리는 앞으로 어떻게 되는 건데? 넌 나를 도대체 어떻게 할 셈이야?"

나는 고등학교를 졸업하면 도쿄에 있는 대학에 진학하기로 결정한 상태였다. 이 고장을 떠나서 부모로부터 떨어져 혼자서 살 필요가 있다고 생각했던 것이다. 나의 학년 석차는 종합 성적으로 본다면 그다지 좋은 편은 아니었지만, 내가 좋아하는 몇몇 과목은 제대로 공부하지 않아도 그런대로 괜찮은 성적을 받고 있었으니 수험 과목 수가 적은 사립대학을 지원한다면 그다지 고생하지 않고 들어갈 수 있을 것 같았다. 하지만 그녀가 나와 함께 도쿄로 갈 수 있는 가능성은 희박했다. 이즈미의 부모님은 그녀를 곁에 두고 싶어 했고, 이즈미가 그런 부모님에게 거역하리라고는 생각되지 않았다. 그녀는 그때까지 단 한 번도 부모에게 반항한 적이 없었다. 그래서 이즈미는 당연히 내가 이 고장에 남아주기를 바랐다. 여기에도 좋은 대학은 있지 않아, 왜 꼭 도쿄까지 가야 해? 하고 그녀는 말했다. 만일 내가 도쿄에 가지 않는다고 했더라면 아마도 그녀는 금방이라도 나와 잤을 것이다.

"뭐, 외국에 가는 것도 아니잖아. 세 시간이면 오갈 수 있어. 게다가 대학교는 방학 기간이 길잖아. 1년에 서너 달은 여기에 있게 될 거야"라고 나는 말했다. 그것은 이제까지 수십 번이나 그녀에게 설명한 이야기였다.

"하지만 넌 이곳을 떠나가면 틀림없이 나를 잊을 거야. 그리고 다른 여자아이를 찾겠지." 그녀는 말했다. 그 말도 그녀가 나에게 수십 번이나 한 이야기였다.

그때마다 나는 그럴 리 없다고 그녀에게 말했다. 나는 널 좋아하고, 널 그렇게 쉽게 잊지는 않는다고. 하지만 솔직히 말하면, 난 그다지 확신을 가질 수는 없었다. 장소가 바뀐 것만으로 시간이나 감정의 흐름이 완전히 변해버리는 경우도 있는 것이다. 나는 시마모토와 헤어졌을 때를 떠올렸다. 그만큼 서로 친밀한 느낌을 가졌음에도 불구하고 중학교에 올라가 다른 고장으로 이사하게 되자 나는 그녀와 다른 길을 걷게 되었다. 나는 그녀를 좋아했고, 그녀는 나에게 놀러 와달라고 말했다. 하지만 결국 나는 발길을 끊고 말았다.

"난 잘 알 수 없게 돼버릴 때가 있어"라고 이즈미는 말했다. "넌 나를 좋아한다고 말하지. 그리고 나를 소중히 대해주고 있어. 그건 알아. 하지만 네가 **정말로** 무얼 생각하고 있는지, 난 때때로 알 수 없어진단 말이야."

이즈미는 그렇게 말하고는 코트 주머니에서 손수건을 꺼내어 눈물을 닦았다. 그녀가 울고 있다는 걸 난 그때까지 알아차리지 못하고 있었다. 나는 뭐라 말해야 좋을지 알 수 없었기에, 잠자코 그녀의 이야기가 계속 이어지기를 기다렸다.

"넌 분명 머릿속으로 혼자서 여러 가지 일들을 생각하는 걸 좋아하는 거겠지. 그리고 다른 사람이 그걸 눈치채는 걸 별로 좋아하지 않을 거야. 그건 어쩌면 네가 외아들이기 때문인지도 몰라. 넌 혼자서 많은 것을 생각하고 처리하는 데에 익숙해져 있는 거야. 너 자신만 알면 그걸로 됐다고 생각하는 거야"라고 말하며 이즈미는 고개를 가로저었다. "그런 게 나를 때로는 몹시 불안하게 해. 왠지 모르게 외톨이가 될 것 같은 기분이 든단 말이야."

외아들이라는 말을 들은 건 오래간만이었다. 나는 그 말이 초등학교 시절 얼마나 나 자신에게 상처를 주었던가 하는 생각이 났다. 하지만 지금 이즈미는 그것과는 전혀 다른 의미로 그 말을 쓰고 있는 것이다. 이즈미가 나를 '외아들이기 때문'이라고 했을 때 그녀는 응석받이로 자라 버릇없는 아이에 대한 이야기를 한 것이 아니라, 자기 혼자만의 세계에서 좀처럼 밖으로 나오려고 하지 않는, 나의 고립된 자아에 대하여 이야기한 것이었다. 그녀는 나를 비난하고 있는 것은 아니었다. 그녀는 단지 그 사실을 슬프게 생각하고 있을 따름이었다.

"나도 그렇게 너랑 껴안고 있을 수 있어서 기뻤고, 어쩌면 모든 일이 이대로 잘돼갈지도 모른다고 생각했어"라고 이즈미는 헤어질 때 말했다. "하지만 모든 게 내 맘처럼 그렇게 쉽게 되지는 않겠지?"

나는 역에서 집으로 돌아가는 동안, 그녀가 한 말에 대해서 생각해보았다. 그녀가 말하고자 한 것은 나도 대충 이해할 수 있었다. 나는 누군가에게 마음을 여는 것에 익숙하지 않았다. 이즈미는 나에게 마음을 열고 있었다고 생각한다. 하지만 나는 그러지 못했다. 나는 이즈미를 좋아했지만, 진정한 의미에선 그녀를 받아들이지는 않고 있었다.

역에서 집으로 가는 길은 몇 천 번이나 걸었던 길이었다. 하지만 그때 그 길은 내 눈에는 낯선 거리의 광경처럼 비쳤다. 길을 걸으면서 나는 그날 오후에 안았던 이즈미의 알몸을 줄곧 떠올리고 있었다. 그녀의 딱딱해진 젖꼭지와 덜 성숙한 음모와 부드러운 허벅지를 떠올렸다. 그러는 동안 나는 점점 참을 수 없는 기분이 들었다. 나는 담배가게 앞에 설치된 자동판매기에서 담배를 사가지고 이즈미와 방금 전에 함께 앉아 있었던 공원의 벤치로 돌아가 마음을 가라앉히기 위해서 그것에 불을 붙였다.

만일 이모가 갑자기 들이닥치지만 않았더라면 이런저런 일들이 모두 순조롭게 잘 되었을지도 모른다, 하고 나는 생각했다. 만일 아무 일도 없었더라면, 아마도 우리는 훨씬 기분 좋게 헤어질 수 있었을 것이고, 훨씬 더 행복한 기분에 젖어 있었을 것이다. 그렇지만 설사 오늘 이모가 오지 않았다 하더라도, 아마도 그와 비슷한 무엇인가가 언젠가는 일어났을 것이다. 만일 오늘 일어나지 않았더라도 그것은 아마 내일 일어날 것이다. 가장 큰 문제는 내가 그녀를 납득시킬 수 없다는 사실이었다. 그리고 왜 내가 그녀를 납득시키지 못하느냐 하면, 그건 내가 내 자신을 납득시키지 못하기 때문이었다.

해가 저물자 바람이 갑자기 차가워져 겨울이 바로 눈앞에 성큼 다가왔다는 걸 내게 일러주었다. 그러면 곧 새해가 밝을 것이고, 눈 깜짝할 사이에 대학교 입시철이 닥칠 것이고, 그다음에는 전혀 새로운 장소에서의, 전혀 새로운 생활이 나를 기다리고 있을 것이다. 아마도 그 새로운 상황은 나라는 인간을 크게 변화시키게 될 것이다. 그리고 나는 불안감을 가지고 있으면서도 그와 같은 변화를 강렬히 원하고 있었다. 내 몸과 마음은 낯선 땅과 신선한 숨결을 원하고 있었다. 그해에는 많은 대학이 학생들의 손에 의해 점거되었고, 데모의 폭풍이 도쿄의 거리를 휩쓸고 있었다. 세계가 눈앞에서 크게 변모하려 하고 있었고, 나는 그 뜨거운 바람을 피부로 실감하고 싶었다. 내가 이곳에 남는 것을 설사 이즈미가 애타게 원했다 하더라도, 그것과 맞바꾸어 그녀가 나와 자는 것을 허락했다 하더라도, 나는 더 이상 이 조용하고 고상한 고장에 머물 생각은 없었다. 만일 그렇게 하는 것이 그녀와 나와의 관계를 끝내는 결과를 낳는다 하더라도 말이다. 만일 이곳에 남는다면 내 안의 무엇인가는 분명히 상실되고 말 것이다. 하지만 그건 상실되어서는 안 되는 것이라고 나는 생각했다. 그것은 막막한 꿈 같은 것이었다. 거기에는 열기가 있고 통증이 있었다. 그것은 십 대 후반의 한정된 시기에만 품을 수 있는 종류의 꿈이었다.

그것은 또한 이즈미가 이해할 수 없는 꿈이었다. 그 무렵의 그녀가 좇고 있었던 건, 내 꿈과는 다른 형태의 꿈이었고, 다른 장소에 있을 세계였다.

그렇지만 결국, 그와 같은 새로운 장소에서의 새로운 생활이 실제로 시작되기도 전에 나와 이즈미는 생각지도 않은 갑작스러운 파국을 맞이하게 되었다.

# 4

# 잔혹한 거짓말

◆
⋮
◆

내가 처음으로 같이 잔 여자는 외동딸이었다.

그녀는—그녀도 역시라고 해야 할지도 모르겠지만—함께 거리를 걷고 있으면 스쳐 지나간 남자가 무심결에 뒤돌아볼 정도의 타입은 아니었다. 오히려 거의 눈에 띄지 않는다고 말하는 편에 가까운 그런 평범한 여자였다. 그런데도 처음 그녀와 마주했을 때, 나 자신도 영문을 알 수 없을 만큼 격렬하게 그녀에게 끌리게 됐다. 그건 마치, 대낮에 길을 걷다가 느닷없이, 눈에는 보이지 않는 소리 없는 벼락을 맞은 것과 같은 충격이었다. 거기에는 어떤 제한도, 조건도 없었다. 원인도 없었고 설명도 없었다. '그러나'도 없고, '만약'도 없었다.

지금까지의 내 인생을 돌아보면, 몇 번의 작은 예외를 제외하고는, 나는 보편적인 의미의 미인에게 강렬하게 마음이 끌린 적이 거의 없다. 친구와 함께 길을 걷다 보면 "방금 전에 지나간 그 여자아이 예뻤지?" 같은 이야기를 듣게 되는 일이 있다. 그런데 그런 이야기를 들어도 이상하게도 나는 그런 '예쁜' 여자아이의 얼굴이 떠오르지 않았다. 아름다운 여배우나 모델에게 마음이 끌려본 경험도 거의 없다. 왜 그런지는 알 수 없지만 아무튼 그렇다. 나는 현실 세계와 꿈의 영역과의 경계선이 상당히 애매해서 동경이라는 것이 엄청난 위력을 발휘하는 십 대 초기에조차 단지 그녀들이 아름답다는 이유만으로 아름다운 여자들에게 마음이 끌리지는 않았다.

내가 강렬하게 끌리게 되는 것은 수량화·일반화할 수 있는 외면적인 아름다움이 아니라 그 여자의 깊숙한 곳에 있는 보다 절대적인 무엇인가다. 나는 어떤 특이한 성격의 사람들이 집중호우나 지진이나 대정전大停電을 남몰래 좋아하는 것처럼, 이성이 나에게 뿜어내는 그와 같은 종류의 강렬하고 은밀한 무엇인가를 좋아했다. 그 무엇인가를 '흡인력'이라 부르기로 하겠다. 그건 좋아하고 좋아하지 않고에 상관없이 어쩔 수 없이 사람을 끌어당기고 빨아들이는 힘이다.

어쩌면 그 힘을 향수 냄새에 비유할 수 있을지도 모르겠다. 어떠한 작용에 의하여 그런 특별한 힘을 지닌 향기가 생기는 것인지는 그것을 만들어낸 조향사조차 설명할 수 없을 것이다. 과학적으로 분석하는 것도 어려울 것이다. 그러나 설명의 유무에 상관없이 어떤 종류의 향료의 배합은 교미기의 짐승의 냄새처럼 이성을 끌어당긴다. 어떤 냄새는 100명 중 50명을 끌어당길지도 모른다. 그러나 그와는 별개로 100명 중 한두 사람만을 매우 강렬하게 끌어당기는 냄새도 이 세상에는 존재한다. 그것은 특별한 냄새다. 그리고 내게는 그와 같은 특별한 냄새를 뚜렷이 감지해낼 수 있는 능력이 있었다. 그것이 나를 위한 숙명적인 냄새라는 걸 나는 알 수 있었다. 아주 먼 곳에서도 정확하게 가려낼 수 있었다. 그럴 때 나는 그녀들의 곁에 다가가 이렇게 말하고 싶었다. 있잖아, 난 알 수 있어, 하고. 다른 누구도 알지 못하지만 나는 알 수 있다고.

처음 그녀와 만났을 때부터, 나는 이 여자와 자고 싶다고 생각했다. 좀 더 정확하게 표현하자면 나는 이 여자와 자야 한다고 생각했던 것이다. 그리고 이 여자 역시 나와 자고 싶어 한다고 본능적으로 느꼈다. 그녀 앞에 서자 나는 말 그대로 몸이 부들부들 떨렸다. 그리고 그녀 앞에 있는 동안 몇 번이나 격렬하게 발기하여 걸음걸이가 힘들 지경이었다. 그것은 내가 태어나서 처음으로 경험한 흡인력이었다(나는 시마모토에게 아마도 그 원형을 느꼈겠지만 그 것을 흡인력이라고 부르기에는 당시의 나는 너무나도 미숙했다). 그녀와 만났을 때 나는 열일곱 살의 고등학교 3학년생이었고, 상대 여자는 스무 살의 대학교 2학년생이었다. 그리고 그녀는 하필이면 이즈미의 사촌 언니였다. 그녀에게는 남자 친구라고 부를 만한 사람이 있었다. 하지만 그런 건 우리 두 사람에게 아무런 장애가 되지 않았다. 만약 그녀가 마흔두 살이고, 아이가 세 명 있고, 엉덩이에 두 갈래 꼬리가 붙어 있었다 해도 나는 문제 삼지 않았을 것이다. 그 흡인력은 그만큼 강렬한 것이었다. 이 여자와 이대로 스쳐 지나갈 수는 없다고 나는 확실하게 생각했다. 그렇게 되면 나는 틀림없이 평생 후회하게 될 것이라고.

아무튼 그런 연유로 내가 태어나서 처음으로 성교를 한 상대는 내 여자 친구의 사촌 언니였다. 그것도 보통 사촌 언니가 아니라 매우 친한 사촌 언니였다. 이즈미와 그녀는 어렸을 때부터 사이가 좋아 줄곧 왕래했다. 그녀는 교토에 있는 대학교에 다니고 있어 고쇼의 서쪽에 위치해 있는 아파트에 살고 있었다. 나와 이즈미는 둘이서 교토에 놀러 갔을 때, 그녀를 불러내어 점심 식사를 함께 했다. 그것은 이즈미가 우리 집에 와서 알몸으로 서로를 껴안고, 이모의 갑작스런 방문으로 한바탕 소동을 피웠던 그 일요일로부터 2주가 지났을 때였다.

나는 이즈미가 잠시 자리를 비운 틈을 타서 그녀가 다니고 있는 대학교에 관한 일로 나중에 묻고 싶은 일이 생길 것 같다며 전화번호를 물었다. 이틀 후, 나는 그녀의 아파트로 전화를 걸어 혹시 괜찮다면 다음 일요일에 만나고 싶다고 했다. 그래, 그날은 마침 하루 종일 비어 있어, 하고 그녀는 잠시 뜸을 두더니 대답했다.

그 목소리를 듣고 나는 그녀도 나와 자고 싶어한다는 확신을 가지게 되었다. 그녀의 목소리 톤에서 나는 그것을 분명히 느낄 수 있었다. 다음 일요일에 나는 혼자서 교토에 가서 그녀를 만났고, 그날 오후에는 벌써 그녀와 자고 있었다.

나와 이즈미의 사촌 언니는 그 후 두 달 동안 뇌수가 녹아내릴 정도로 격렬하게 섹스를 했다. 나와 그녀는 영화관에도 가지 않았고, 산책도 하지 않았다. 소설에 대해서도, 음악에 대해서도, 인생에 대해서도, 전쟁에 대해서도, 혁명에 대해서도 무엇 하나 이야기하지 않았다. 우리는 오로지 성교를 했을 뿐이었다. 그야 물론 가벼운 세상 사는 이야기 같은 건 했던 것 같다. 하지만 어떤 이야기를 했는지 거의 생각나지 않는다. 내가 기억하고 있는 건, 거기에 있었던 소소하고 구체적인 사물의 이미지뿐이다. 머리맡에 놓여 있던 자명종 시계, 창문에 걸려 있던 커튼, 테이블 위에 놓여 있던 검은색 전화기, 달력의 사진, 방바닥에 벗어 던진 그녀의 옷. 그리고 그녀의 살냄새와 그 음성. 나는 그녀에게 아무것도 묻지 않았고, 그녀도 나에게 아무것도 묻지 않았다. 하지만 딱 한 번 그녀와 함께 침대에 누워 있을 때, 문득 궁금해져 혹시 외동딸이 아니냐고 물어본 적이 있다.

"맞아." 그녀는 이상하다는 듯한 표정으로 대답했다. "형제가 없긴 한데, 그걸 어떻게 알았어?"

"어떻게라고 할 것도 없이 그냥 그런 느낌이 들었어."

그녀는 한동안 내 얼굴을 쳐다보았다. "너도 혹시 외아들이야?"

"맞아." 나는 대답했다.

내가 그녀와 나누었던 대화 가운데 기억에 남는 것은 그 정도가 전부다. 나는 문득 그런 느낌이 들었던 것이다. 이 여자는 어쩌면 외동딸이 아닐까 하고.

꼭 필요한 경우를 제외하곤 우리는 먹지도 마시지도 않았다. 우리는 만나기만 하면 거의 아무 말도 하지 않고 곧바로 옷을 벗고 침대에 들어가 서로를 끌어안고 몸을 섞었다. 그건 어떤 단계를 거치거나, 절차를 밟은 끝에 이루어진 행위가 아니었다. 나는 내 앞에 놓인, 할 수 있거나 해야 할 것을 그저 단순히 탐닉했을 뿐이었고, 그녀도 아마 나와 마찬가지였을 것이다. 우리는 만날 때마다 네다섯 번씩 성교를 했다. 나는 말 그대로 정액이 한 방울도 남지 않을 때까지 그녀와 몸을 섞었다. 귀두가 부어올라 아파질 정도로 격렬하게 몸을 섞었다. 하지만 그만큼 정열적이었음에도 불구하고, 그만큼 서로에게 강렬한 흡입력을 느꼈음에도 불구하고, 우리가 연인 사이가 되어 오래도록 행복한 만남을 이어나갈 수 있으리라는 생각은 우리 둘 다 하지 않았다. 우리에게 그것은 말하자면 맹렬한 회오리 같은 것이었고, 언젠가는 지나가 버릴 것이었다. 이런 일이 언제까지고 계속될 **리는 없다**고 우리는 느꼈던 것 같다. 그렇기에 우리는 만날 때마다, 이렇게 서로를 품을 수 있는 것도 오늘이 마지막이 될지도 모른다는 생각을 머리 한

구석에 가지고 있었고, 그런 생각은 우리의 성욕을 한층 더 자극하게 되었다.

정확하게 말하자면, 나는 그녀를 사랑하지는 않았다. 그녀도 물론 나를 사랑하지는 않았다. 그러나 상대를 사랑하고 안 하고는 그 당시의 나에게는 중요한 문제가 아니었다. 중요했던 것은, 내가 지금 **무엇인가**에 격렬하게 휩쓸려 있고, 그 **무엇인가** 안에는 나에게 있어 중요한 것이 포함되어 있을 거라는 것이었다. 그것이 무엇인지 나는 알고 싶었다. 너무나도 알고 싶었다. 할 수만 있다면 그녀 몸속에 손을 쑤셔 넣고 그 **무엇인가**를 직접 만져보고 싶다는 생각마저 했다.

나는 이즈미를 좋아했다. 하지만 그녀는 설명이 불가능할 이런 열정을 단 한 번도 내게 느끼게 해주지 못했다. 그에 비해 나는 그 여자에 대해선 아무것도 알지 못했다. 애정을 느끼고 있었던 것도 아니었다. 하지만 그녀는 나를 전율하게 했고, 강렬하게 끌어당겼다. 우리가 진지하게 이야기를 하지 않았던 것은, 결국 진지하게 대화를 나눌 필요를 느끼지 않았기 때문이었다. 진지하게 대화를 나눌 만한 에너지가 있다면, 우리는 그 에너지를 사용해서 한 번 더 섹스를 했다.

나와 그녀는 아마도 그와 같은 관계를 몇 달 동안인가 숨돌릴 틈도 없이 열중한 다음, 누가 먼저랄 것도 없이 멀어져갔던 것 같다. 그 까닭은 그 당시 우리의 행위는 의문이 들어설 여지도 없는 지극히 자연스럽고 당연한 행위였고, 필요한 행위였기 때문일 것이다. 애정이라든지 죄악감이라든지 미래 같은 것이 거기에 끼어들 여지는 애당초부터 없었던 것이다.

그러니까 만약 나와 그녀와의 관계가 들통나지 않았더라면(그렇지만 그것은 현실적으로는 상당히 어려운 일이었음에 틀림없다. 왜냐하면 나는 그녀와의 섹스에 너무나도 몰두해 있었으므로) 나와 이즈미는 그 후에도 한동안은 연인 사이로 있을 수 있었을 것이다. 우리는 1년에 몇 달은 되는 대학의 방학 기간에만 만나 데이트를 하는 관계를 이어나갔을 것이다. 그런 관계가 얼마만큼 오래 이어졌을지는 모르겠다. 그러나 몇 년 후에는 누가 먼저랄 것도 없이 우리는 자연스럽게 헤어지게 되지 않았을까 하는 기분이 든다. 우리 두 사람 사이에는 몇 가지의 커다란 차이점이 있었고, 그것은 성장하고 나이를 먹어가면서 조금씩 커져갈 종류의 차이점이었다. 지금 돌이켜보면 나는 그런 걸 잘 알 수 있다. 그렇지만 어차피 결국은 헤어질 수밖에 없었다고 하더라도, 만일 내가 그녀의 사촌 언니와 자지 않았더라면, 우리는 아마도 좀 더 평온한 형태로 헤어질 수 있었을 것이다. 그리하여 좀 더 건강한 모습으로 인생의 새로운 단계에 발을 들여놓을 수 있었을 것이다.

그러나 실제로는 그렇게 되지 않았다.

실제로 나는 그녀에게 참혹한 상처를 입히고 말았다. 나는 그녀를 망가뜨리고 말았다. 그녀가 얼마나 상처 입고, 얼마나 망가져버렸는지 나도 쉽게 상상할 수 있었다. 이즈미는 그녀의 성적으로 쉽사리 들어갈 수 있을 대학의 입시에도 실패해서 이름도 알 수 없는 어느 작은 여자대학에 들어가게 되었다. 나는 그 사촌 언니와의 관계가 드러난 후에, 딱 한 번 이즈미를 만나 이야기를 했다. 나와 그녀가 데이트할 때 주로 약속 장소로 삼았던 카페에서 긴 이야기를 했다. 나는 그녀에게 어떻게든 사실을 고백하려고 했다. 되도록이면 정직하게, 정성껏 말을 골라 나는 내 심정을 이즈미에게 전하려고 했다. 나와 그녀의 사촌 언니 사이에 일어난 일은 결코 진지한 것이 아니라고. 사촌 언니와의 일은 내가 처음부터 의도했던 것이 아니라고. 그것은 일종의 물리적인 흡인력 같은 것이었고, 내 마음속에는 너를 배신했다는 양심의 가책조차 거의 없다고. 그 일은 나와 너와의 관계에는 아무런 영향도 미치지 않는 일이라고.

그렇지만 이즈미가 그런 이야기를 이해할 리 없었다. 그녀는 내게 지저분한 거짓말쟁이라고 했다. 그건 분명 맞는 말이었다. 나는 그녀에게 아무 말도 하지 않고, 뒤에서 몰래 그녀의 사촌 언니와 자고 있었던 것이다. 그것도 한두 번이 아니라 열 번이나 스무 번이나 말이다. 나는 그녀를 줄곧 속여왔다. 만일 그것이 올바른 일이었다면 속일 필요 같은 건 없었을 것이다. 나는 네 사촌 언니와 자고 싶다. 뇌수가 녹아내릴 만큼 섹스를 하고 싶다. 온갖 체위를 써가며 천 번쯤 하고 싶다. 하지만 그건 너와는 아무런 상관도 없는 행위인 만큼, 별로 신경 쓸 일은 아니다, 하고 미리 말해두었어야 할 일이었다. 그러나 현실적으로 이즈미에게 그런 이야기를 할 수는 없었다. 그렇기에 나는 거짓말을 했다. 백 번이고 이백 번이고 거짓말을 했다. 나는 적당한 핑계를 대어 그녀와의 데이트를 거절하고 교토에 가서 그녀의 사촌 언니와 잤다. 그것에 대해 나에게는 변명의 여지가 없었고, 말할 것도 없이 모든 책임은 내게 있었다.

이즈미가 나와 그 사촌 언니와의 관계를 알게 된 것은 1월도 끝나갈 무렵이었다. 나의 열여덟 번째 생일이 지나고 얼마 되지 않았을 때였다. 2월에는 시험을 본 몇몇 대학으로부터 합격했다는 통지를 받았고, 3월 말에는 이 고장을 떠나 도쿄에 가기로 되어 있었다. 나는 떠나기 전에 이즈미에게 몇 번이나 전화를 걸었다. 하지만 그녀는 두 번 다시 나와 이야기를 하려 하지 않았다. 긴 편지도 몇 차례 썼다. 하지만 답장은 오지 않았다. 나는 이대로 이곳을 떠날 수는 없다고 생각했다. 이즈미를 이런 상태로 이곳에 혼자 남겨두고 갈 수는 없다고. 하지만 아무리 그런 생각을 해도 현실적으로는 어찌할 수 없었다. 이즈미는 어떤 형태로건, 나와 관계를 갖지 않으려고 냉정하게 돌아서버렸기 때문이다.

도쿄로 향하는 신칸센 안에서 멍하니 바깥 풍경을 바라보면서 나는 줄곧 나라는 인간에 대해서 생각했다. 나는 무릎 위에 얹혀진 내 손을 바라보고, 창문에 비친 내 얼굴을 바라보았다. 여기 있는 나라는 인간은 도대체 무엇일까, 하고 나는 생각했다. 나는 태어나서 처음으로 나 자신에 대하여 지독한 혐오감을 느꼈다. 어떻게 이럴 수 있을까, 하고 나는 생각했다. 그렇지만 나는 알고 있었다. 만일 다시 한번 똑같은 상황에 놓이더라도 역시 똑같은 짓을 되풀이하리라는 것을. 나는 이즈미에게 거짓말을 해서라도 그 사촌 언니와 잤을 것이다. 설사 그것이 이즈미에게 깊은 상처를 주게 되는 일일지라도. 그런 사실을 인정한다는 건 괴로웠다. 하지만 진실이었다.

물론 나는 이즈미를 망가뜨린 것과 동시에 나 자신도 망가뜨렸다. 나는 나 자신에게 깊은—나 자신이 그때 느꼈던 것보다 훨씬 깊은—상처를 주었다. 나는 그 일로 여러 가지 교훈을 얻을 수도 있을 터였다. 하지만 몇 년이 지난 뒤, 새삼스럽게 돌이켜보니 그 체험으로부터 내가 체득한 것은 단 한 가지 기본적인 사실뿐이었다. 그것은 나라는 인간이 궁극적으로 악을 행할 수 있는 인간이라는 사실이었다. 나는 누군가에게 악을 행하고자 했던 적은 단 한 번도 없었다. 하지만 동기나 생각이 어떻든, 나는 필요에 따라 제멋대로일 수 있었고, 잔혹해질 수 있었다. 나는 정말로 소중히 해야 할 상대에게조차 그럴듯한 이유를 대며 돌이킬 수 없을 정도로 결정적인 상처를 줄 수 있는 인간이었다.

나는 대학에 들어가면서 다시 한번 새로운 곳으로 옮겨, 다시 한번 새로운 나 자신을 찾아서, 다시 한번 새로운 생활을 시작해보려고 했다. 새로운 인간이 되는 것으로 내가 저지른 잘못을 씻어보려고 했다. 그런 내 시도는 처음 한동안은 그럭저럭 잘 될 것처럼 보였다. 그러나 결국 나는 역시 나일 수밖에 없었다. 나는 같은 잘못을 되풀이했고, 변함없이 남에게 상처를 주었고, 그리고 나 자신을 망가뜨리고 있었다.

스무 살이 지났을 무렵, 나는 문득 이렇게 생각했다. 나는 어쩌면 두 번 다시 제대로 된 인간이 될 수 없을지도 모른다고. 나는 몇몇 잘못을 저질렀다. 하지만 그것은 잘못이 아니었는지도 모른다. 그것은 잘못이라기보다는, 오히려 나 자신이 본래 가지고 있는 성향 같은 것이었는지도 모른다. 그렇게 생각하자, 나는 몹시 우울한 기분에 사로잡히고 말았다.

# 5

# 실망과 고독과 침묵 속에서

◆
⋮
◆

4년 동안의 대학 시절에 대해서 이야기할 만한 것은 별로 없다.

대학에 들어간 첫해에 나는 몇몇 데모에 참가했고 경찰과도 맞서 싸웠다. 대학 동맹 휴학을 지원하고 정치적 집회에도 얼굴을 내밀었다. 거기에서 나는 몇몇 흥미로운 사람들과도 알게 되었다. 그러나 나는 그와 같은 정치 투쟁에 진심으로 열중할 수 없었다. 데모에 참가해 옆에 있는 누군가와 손을 잡을 때마다 나는 왠지 마음이 불편해졌고, 경찰대를 향하여 돌을 던져야 할 때에는 왠지 내가 나 자신이 아닌 것 같은 기분도 들었다. 이것이 정말로 내가 추구하고 있는 것일까, 하는 생각이 들었다. 나는 사람들 사이에 연대감이라는 것을 느낄 수 없었다. 시가지를 뒤덮은 폭력의 여운과 사람들이 입에 담는 강경한 말은, 내 안에서 점점 그 빛을 잃어가고 있었다. 나는 조금씩 이즈미와 둘이서 함께한 시간을 그리워하게 되었다. 그렇지만 이미 그곳으로 돌아갈 수는 없었다. 나는 그 세계를 등지고 떠났던 것이다.

그리고 다른 한편, 나는 대학에서 배우고 있는 학과에 대해서도 거의 흥미를 느낄 수 없었다. 내가 선택했던 강의의 대부분은 무의미하고 지루한 것이었다. 그 모든 강의 가운데 나의 흥미를 불러일으킬 만한 것은 전혀 없었다. 아르바이트하느라 대학 캠퍼스에 변변하게 얼굴도 내밀지 않았기 때문에, 그럭저럭 4년 만에 졸업할 수 있었다는 게 다행일 정도였다. 여자 친구도 생겼다. 3학년 때는 반년쯤 동거도 했다. 하지만 결국 순조롭게 되지 않았다. 그 무렵의 나는, 나 자신의 인생에서 도대체 무엇을 추구하고 있는지, 짐작조차 못하는 상태였다.

정신을 차렸을 때에는 이미 정치의 계절은 지나가버린 뒤였다. 한때는 시대를 뒤흔든 거대한 태동으로 보였던 몇몇 물결들도 마치 바람을 잃어버린 깃발처럼 기운을 잃고 색깔을 잃어버린 숙명적인 일상 속에 삼켜져갔다.

대학을 졸업하자 나는 지인의 소개로 교과서를 편집하고 출판하는 회사에 취직했다. 머리를 짧게 깎고 가죽 구두를 신고 양복을 입었다. 얼핏 보기에도 잘나가는 회사 같지는 않았지만, 그해의 취업 상황은 문학을 전공한 대학 졸업자들에게 그리 따뜻한 것은 아니었고, 내 성적과 인맥으로 좀 더 흥미로울 듯한 회사를 지원해본들 문전박대당할 게 뻔했다. 그 회사에 들어갈 수 있었던 것만도 다행이라고 여겨야 했다.

일은 예상했던 대로 지루한 것이었다. 직장의 분위기 자체는 나쁘지 않았지만, 유감스럽게도 나는 교과서를 편집한다는 작업에 아무런 희열도 느끼지 못했다. 그래도 나는 어떻게든 첫 직장인 이곳에서 흥미를 느껴볼 수 없을까 하고 반년쯤 열심히 일에 몰두해보았다. 어떤 일이든 온 힘을 기울여 하다 보면, 뭔가 얻는 것이 있겠지 하고. 하지만 결국 나는 포기하고 말았다. 아무리 애써본들 이 일은 내게 맞지 않는다, 그것이 내가 내린 최종 결론이었다. 나는 어쩐지 맥이 탁 풀리고 말았다. 내 인생은 거기에서 이미 끝나버린 듯한 느낌이 들었다. 아마도 이제부터의 긴 세월을 이곳에서 재미도 없는 교과서나 만들면서 소모하게 될 테지 하고 나는 생각했다. 별일이 생기지 않는다면 정년퇴직까지는 앞으로 33년, 날이면 날마다 이 책상에 앉아 교정쇄를 쳐다보고 행수를 계산하고 한자 표기를 정정하는 것이다. 그리고 적당한 여자와 결혼하여 아이를 몇 명인가 낳고 1년에 두 번 나오는 보너스를 유일한 낙으로 삼으며 살아갈 것이다. 나는 오래전에 이즈미가 해준 말을 떠올렸다. "넌 틀림없이 멋진 사람이 될 거야. 네 안에는 아주 훌륭한 것이 있으니 말이야." 나는 그 말을 떠올릴 때마다 씁쓸한 기분이 들었다. 내 안에는 멋있는 구석이라곤 하나도 없어, 이즈미. 지금쯤은 너도 그 사실을 잘 알게 됐겠지만 말이야. 그래도 어쩔 수 없지, 누구든 실수는 하게 마련이야.

나는 직장에서 내게 주어진 일을 기계적으로 해내고, 남은 시간에는 혼자서 좋아하는 책을 읽거나 음악을 들으면서 지냈다. 일이라는 건 원래 지루하고 의무적인 작업이니, 그 이외의 시간은 나 자신을 위하여 유용하게 쓰면서 나름대로 인생을 즐길 수밖에 없는 거라고 생각하기로 했다. 그래서 나는 직장 동료들과 어딘가로 술을 마시러 가거나 하지도 않았다. 동료들과 잘 지내지 못했다거나 고립되었다는 이야기는 아니다. 단지 근무 시간 외에 회사가 아닌 장소에서 동료들과의 친분을 적극적으로 발전시키려고 하지 않았을 뿐이었다. 가능하다면 내 시간은 나만을 위하여 남겨두고 싶었다.

그렇게 4, 5년의 세월이 훌쩍 지나갔다. 그동안에 나는 몇 명의 여자와 사귀었다. 하지만 누구와도 오래가지 못했다. 나는 그녀들과 몇 달 동안 데이트를 한다. 그리고 이렇게 생각한다. '아니야, 이런 게 아냐' 하고. 나는 그녀들 안에서 나를 위해 준비된 무엇인가를 도저히 찾아낼 수 없었다. 나는 그녀들 중 몇 명과 자기도 했다. 하지만 그런 행위에 감동 같은 것은 없었다. 그것이 내 인생의 제3단계였다. 대학에 들어가고 나서 삼십 대를 맞이하기까지의 12년간을 나는 실망과 고독과 침묵 속에서 지냈다. 그동안 나는 누구와도 마음을 나누지 못했다. 그 시간은 내게 있어 이른바 말하자면 냉동되어버린 세월이었다.

나는 예전보다도 더 깊이 나 혼자만의 세계에 틀어박히게 되었다. 나는 혼자서 식사를 하고, 혼자서 산책을 하고, 혼자서 수영장에 가고, 혼자서 콘서트나 영화관에 가는 데 익숙해졌다. 그리고 그것을 딱히 쓸쓸하다고도 괴롭다고도 느끼지 않았다. 나는 곧잘 시마모토를 생각하고, 이즈미를 생각했다. 그녀들은 지금쯤 어디서 무엇을 하고 있을까. 어쩌면 둘 다 이미 결혼했을지도 모른다. 아이도 있을지 모른다. 하지만 그녀들이 어떤 상황에 놓여 있든, 나는 그녀들과 만나 잠시라도 좋으니 이야기를 하고 싶다고 생각했다. 정말 단지 한 시간만이라도 좋다. 시마모토한테라면, 혹은 이즈미한테라면, 나 자신의 심정을 훨씬 더 정확하게 표현할 수 있을 것 같았다. 나는 이즈미와 화해할 방법을 생각하거나, 시마모토와 재회할 방법을 생각하며 시간을 보내기도 했다. 만일 그럴 수만 있다면 얼마나 좋을까 하고 생각했다. 하지만 그런 생각을 실현시키기 위해서 뭔가 노력을 한 것은 아니었다. 결국 그녀들은 이미 내 인생으로부터 상실되어버린 존재인 것이다. 시계를 거꾸로 돌릴 수는 없다. 나는 곧잘 혼잣말을 하고, 밤이면 혼자서 술을 마시게 되었다. 어쩌면 평생 결혼하지 않을지도 모른다고 생각하게 된 것도 그 즈음이었다.

회사에 들어간 지 2년째 되었을 때, 다리를 저는 여자와 데이트를 한 적이 있었다. 더블데이트였다. 내 동료가 자리를 마련했다.

"다리가 좀 불편해"라고, 말하기 난처하다는 듯이 동료는 이야기를 꺼냈다. "하지만 예쁘고 성격도 좋은 여자야. 만나보면 마음에 들 거야. 더구나 다리가 불편하다고는 하지만 크게 눈에 띌 정도는 아니야. 약간 저는 정도야."

"그런 건 별 상관없어." 나는 말했다. 솔직한 이야기로 그때 만일 동료가 그녀의 다리가 불편하다는 이야기를 꺼내지 않았더라면 나는 그런 데이트에는 아마도 나가지 않았을 것이다. 나는 더블데이트라든지 소개팅 같은 것엔 이미 진력이 나 있었다. 하지만 그 여자가 다리가 불편하다는 이야기를 듣고 나자 난 그의 제안을 도저히 거절할 수 없었다.

'다리가 불편하다고는 하지만 크게 눈에 띌 정도는 아니야. 약간 저는 정도야.'

그 여자는 내 동료의 여자 친구와 가까운 친구였다. 고등학교 동창인지 뭔지 그런 사이였던 것 같다. 그녀는 아담한 체구에 반듯한 용모의 소유자였다. 하지만 화려한 아름다움은 아니고, 조용하고 수줍음을 타는 듯한 느낌이 드는 아름다움이었다. 마치 깊은 숲속에서 좀처럼 나오려 하지 않는 작은 동물을 연상케 했다. 우리는 일요일의 조조 영화를 보고 난 후, 넷이서 점심 식사를 같이했다. 그동안 그녀는 거의 아무 말도 하지 않았다. 이야기를 하도록 유도해봐도, 아무 대꾸도 하지 않고 그저 얼굴에 미소를 띠고 있을 뿐이었다. 그러고 나서 우리는 커플끼리 산책을 했다. 나와 그녀는 히비야 공원에 가서 차를 마셨다. 그녀는 시마모토와는 다른 쪽 다리를 절었다. 다리를 저는 모습도 좀 달랐다. 시마모토는 다리를 약간 회전하듯이 옮기는 데 반해, 그녀는 다리 끝을 살짝 옆으로 돌리며 똑바로 끌었다. 그럼에도 불구하고 그녀들의 걷는 모습은 흡사했다.

그녀는 빨간 터틀넥 스웨터에 청바지를 입고 있었고, 구두는 발목까지 오는 보통 부츠를 신고 있었다. 화장기는 거의 없고 머리는 포니테일 스타일로 묶고 있었다. 대학 4학년생이라 했지만 더 어려 보였다. 정말로 말이 없는 여자였다. 늘 그렇게 말이 없는지, 처음 만난 상대이기에 긴장해서 말을 잘 못하는 건지, 그것도 아니면 단순히 화제가 궁한 건지, 나로서는 판단할 수 없었다. 아무튼 처음 한동안은 우리 사이에 대화라고 부를 만한 것은 거의 없었다. 내가 그녀에 대해 안 것이라곤 그녀가 사립대학의 약학과에 적을 두고 있다는 정도였다.

"약학 공부를 하는 건 재미있나요?" 나는 물었다. 나와 그녀는 공원 안에 있는 커피숍에서 커피를 마시고 있었다.

내가 그렇게 묻자 그녀는 얼굴을 살짝 붉혔다.

"괜찮아요. 교과서를 만드는 것도 그리 재미있는 일은 아니거든요. 세상에는 재미없는 일이 산더미처럼 많으니 일일이 신경 쓸 것도 없어요." 나는 말했다.

그녀는 한동안 생각했다. 그리고 겨우 입을 열었다. "딱히 재미있는 건 아니에요. 하지만 우리 집이 약국을 하고 있어서……."

"약학에 대해서 내게 뭔가 가르쳐주지 않을래요? 난 약학에 대해서는 아는 게 없거든요. 솔직히 나는 지난 6년 동안 약이라는 걸 단 한 알도 먹어본 적이 없답니다."

"건강하시네요."

"술을 마셔도 다음 날 멀쩡하죠." 나는 말했다. "하지만 어렸을 적에는 몸이 약해서 병치레를 하기 일쑤였죠. 약도 꽤 많이 먹었고요. 외아들이라 부모님이 과보호했던 거죠."

그녀는 고개를 끄덕이더니 한동안 커피 잔 속을 들여다보고 있었다. 그녀가 다시 입을 열기까지는 긴 시간이 걸렸다.

"약학이라는 건 분명 그다지 재미있는 학문은 아니라고 생각해요." 그녀는 말했다. "세상에는 약의 성분을 하나하나 암기하는 것보다 재미있는 일이 얼마든지 많을 테니까요. 같은 과학이라도 천문학처럼 낭만적이지도 않고, 의학처럼 드라마틱하지도 않죠. 하지만 약학에는 우리 생활과 훨씬 긴밀하고 친밀감을 가질 수 있는 게 있거든요. 등신대의 학문이라고 하면 좋을지 모르겠네요."

"그렇군요." 나는 수긍했다. 이 여자는 이야기를 하고자 하면 제대로 이야기할 줄도 안다. 무슨 말을 해야 할까, 어떻게 대꾸를 해야 할까, 하고 말을 찾는 데 다른 사람보다 시간이 걸릴 뿐이다.

"형제는 있어요?" 나는 물었다.

"오빠가 둘 있어요. 한 명은 결혼했고요."

"약학 전공이면, 그럼 나중에 약제사가 되어 부모님 약국을 잇게 되는 건가요?"

그녀는 또다시 얼굴을 조금 붉혔다. 그리고 다시 한참 입을 열지 않았다. "모르겠어요. 오빠들은 둘 다 취직했으니까 어쩌면 제가 이어받게 될지도 모르겠어요. 하지만 그렇게 결정된 건 아니에요. 만약 제가 이어받을 생각이 없다면, 그래도 괜찮다고 아버지는 말씀하세요. 약국은 아버지가 하는 데까지 하시다가, 나중에 팔면 된다고 하시면서요."

나는 고개를 끄덕이고 그녀가 이야기를 계속하기를 기다렸다.

"하지만 전 제가 약국을 이어나가도 괜찮다는 생각을 하고 있어요. 다리도 불편하니 일을 찾는 것도 쉽지 않을 거고요."

그런 식으로 우리 두 사람은 이야기를 나누며, 그날 오후를 같이 보냈다. 말을 안 하고 있을 때가 많아서, 대화를 이어가는 데 시간이 걸렸다. 뭘 물어보면 금세 얼굴을 붉혔다. 하지만 그녀와 이야기하는 것은 그다지 지루하지 않았고 답답하지도 않았다. 나는 그 대화를 즐겼다고 해도 좋을 것이다. 그것은 당시의 나에게는 드문 일이었다. 그 커피숍의 테이블을 사이에 두고 한동안 마주 앉아 이야기를 나누고 나자 나는 아주 오래전부터 그녀를 알고 있었던 것 같은 기분조차 들었다. 그것은 그리움과 닮은 감정이었다.

그렇지만 누군가가 그녀에게 마음이 끌렸느냐고 묻는다면, 솔직하게 말해서 그다지 강하게는 끌리지 않았다고밖엔 말할 수 없을 것 같다. 나는 물론 그녀에게 호감을 갖게 됐고, 함께 있으면서 즐거운 시간을 보낼 수 있었다. 예쁜 여자였고 내 동료가 처음에 말한 것처럼 성격도 좋은 것 같았다. 하지만 그런 사실들의 나열을 넘어 그녀 안에서 내 마음을 압도적으로 뒤흔들 만한 무엇인가를 발견할 수 있었느냐고 묻는다면, 그 대답은 유감스럽게도 '노'였다.

그런데 시마모토 안에는 그게 있었다, 하고 나는 생각했다. 나는 그녀와 함께 있는 동안 줄곧 시마모토를 생각했다. 미안하다는 생각을 하면서도 난 시마모토를 생각하지 않을 수 없었다. 시마모토를 생각하면 내 마음은 지금도 떨린다. 내 마음속 깊은 곳에 있는 문을 살며시 여는 듯한, 미열을 머금은 홍분이 거기에는 있었다. 그러나 다리가 불편한 예쁜 그녀와 둘이서 히비야 공원을 산책하고 있어도 나는 그와 같은 종류의 홍분과 떨림을 느낄 수 없었다. 내가 그녀에게 느꼈던 것은, 어떤 종류의 공감과 온화한 다정함뿐이었다.

그녀의 집은, 그러니까 그 약국은 분쿄구의 고히나타에 있었다. 나는 버스를 타고 그녀를 집까지 바래다주었다. 버스 좌석에 둘이서 나란히 앉아 있는 동안에도 그녀는 거의 말을 하지 않왔다.

며칠 후 동료가 내게로 와 그녀가 나를 무척 마음에 들어 한 것 같다고 했다. 그리고 혹시 괜찮다면 다가오는 휴일에 네 명이서 어디 놀러 가지 않겠냐고 제안했다. 하지만 나는 적당한 구실을 대고 거절했다. 다시 한번 그녀를 만나 이야기를 나누는 것 자체에는 아무런 문제도 없었다. 솔직히 나는 좀 더 느긋하게 그녀와 이야기하고 싶었다. 만약 우리가 다른 상황에서 만났더라면 우린 어쩌면 사이 좋은 친구가 될 수 있었을지도 모른다는 생각이 들었다. 그러나 뭐라고 해도, 그건 더블데이트였다. 연인을 찾는 게 그 행위의 본래 목적이다. 만약 그 상대와 두 번 계속해서 데이트를 한다면, 거기에는 그 나름의 책임이라는 것이 생기게 된다. 나는 어떠한 형태로든 그 여자의 마음에 상처를 주고 싶지 않았다. 나는 거절할 수밖에 없었다. 그리고 물론, 내가 그녀를 만나는 일은 그 후 두 번 다시 없었다.

# 6

# 기묘한 미행의 끝

◆
◆

또 하나, 다리가 불편한 여자에 관한 일로 나는 또 다른 무척이나 기묘한 경험을 한 적이 있다. 그때 나는 스물여덟 살이었다. 그건 너무도 기묘한 사건이어서, 나는 지금도 그 일이 도대체 무엇을 의미했는지 헤아리지 못하고 있다.

나는 연말, 시부야의 혼잡한 인파 속에서 시마모토와 똑같은 모습으로 다리를 저는 여자를 보았다. 그 여자는 빨간색 긴 코트를 입고, 검은색 에나멜 핸드백을 옆구리에 끼고 있었다. 왼쪽 손목에는 팔찌형 은색 손목시계를 차고 있었다. 그녀가 몸에 걸치고 있는 것들은 모두 고가품처럼 보였다. 나는 건너편 쪽에서 걷고 있었는데, 언뜻 그녀의 모습을 보고 서둘러 건널목을 건넜다. 대관절 어디에 이렇게 많은 사람이 있었던 걸까 하고 감탄스러울 정도로 거리는 붐볐지만 내가 그녀를 따라잡는 데는 그리 오랜 시간이 걸리지 않았다. 다리가 불편한 탓으로 그녀는 빨리 걷지 못했기 때문이었다. 그녀의 걷는 모습은 내가 기억하고 있는 시마모토의 걸음걸이와 너무나도 흡사했다. 그녀도 시마모토와 마찬가지로 왼쪽 다리를 약간 휘돌리는 듯한 느낌으로 걸음을 옮기고 있었다. 나는 그녀의 뒤를 따라 걸으면서 스타킹으로 감싸인 예쁜 다리가 그런 우아한 곡선을 그려내는 것을 질리지 않고 바라보고 있었다. 그 모습 속에는 오랜 세월에 걸친 훈련에 의해 습득된 능란한 솜씨만이 만들어낼 수 있는 종류의 우아함이 있었다.

나는 그녀와 조금 거리를 두고 한참을 따라갔다. 그녀의 보조에 맞추어(그러니까 사람들의 흐름의 속도를 거슬러) 걷기란 쉬운 일은 아니었다. 나는 때때로 상점의 쇼윈도를 들여다보기도 하고, 멈춰 서서 코트 주머니 속을 뒤지는 시늉을 하며 걷는 속도를 조절했다. 그녀는 검은 가죽장갑을 끼고 있었고, 핸드백을 끼고 있지 않은 쪽 손에는 빨간색의 백화점 종이봉투를 들고 있었다. 그리고 잔뜩 찌푸린 겨울날이었음에도 불구하고 커다란 선글라스를 끼고 있었다. 그녀의 뒤에서 내가 볼 수 있는 것은 깔끔하게 정돈된 아름다운 머리칼(어깨 언저리에서 바깥쪽으로 매우 우아하게 컬이 들어가 있었다)과 부드럽고 따뜻해 보이는 빨간색 코트의 등 부분뿐이었다. 물론 나는 그녀가 시마모토인지 아닌지 확인하고 싶었다. 확인하는 것 자체는 그리 어렵지 않다. 앞질러 돌아가 얼굴을 들여다보면 된다. 하지만 만일 정말로 시마모토라면 나는 그녀에게 무슨 말을 해야 좋을 것인가? 어떻게 행동하면 좋을 것인가? 무엇보다도 그녀가 아직도 나를 기억하고 있을까? 나는 생각을 정리하기 위한 시간이 필요했다. 나는 호흡을 가다듬고, 머릿속을 정리하고, 그녀와 마주할 태세를 갖추지 않을 수 없었다.

나는 그녀를 앞지르지 않도록 주의하면서, 그녀의 뒤를 계속 쫓았다. 그러는 동안 그녀는 단 한 번도 뒤를 돌아보지 않았고, 단 한 번도 멈춰 서지 않았다. 한눈을 파는 일도 없었다. 그녀는 어딘가 목적지를 향해 가야 한다는 오직 한 가지 생각으로 걸어가고 있는 듯이 보였다. 그녀는 시마모토가 종종 그랬듯이, 등줄기를 곧게 펴고 머리를 들고 걷고 있었다. 만일 그녀의 왼쪽 다리의 움직임을 보지 않는다면, 만일 그녀의 상체만을 보고 있었다면, 그녀가 다리를 절고 있다는 걸 어느 누구도 알아차리지 못할 것이다. 단지 걷는 속도가 보통 사람들보다는 다소 늦다는 차이뿐이었다. 그녀의 그런 걸음걸이는 보면 볼수록 나에게 시마모토와의 추억을 떠올리게 했다. 그녀의 걸음걸이는 시마모토의 걸음걸이 그대로라고 할 만큼 똑같았다.

여자는 시부야 역의 인파를 빠져나가, 아오야마 방향으로 난 언덕길을 향해 계속 앞으로 걸어 올라갔다. 언덕길에 이르자 그녀의 걸음걸이는 더욱 느려졌다. 그녀는 상당히 먼 거리를 걸었다. 택시를 타도 이상하지 않을 거리였다. 다리가 온전한 사람이더라도 걸어가기에는 다소 힘들 정도의 거리였다. 그러나 그녀는 다리를 절면서도 하염없이 걸었다. 그리고 나도 적당한 거리를 두고 그 뒤를 쫓았다. 그녀는 여전히 한 번도 뒤를 돌아보지 않았고 한 번도 멈춰 서지 않았다. 상점의 쇼윈도에 눈길을 주는 일조차 없었다. 그녀는 핸드백과 종이봉투를 몇 번인가 바꾸어 들었다. 하지만 그것 말고는 줄곧 똑같은 자세로, 똑같은 모습으로, 계속해서 걸었다.

그녀는 이윽고 대로변의 인파를 피해 뒷길로 접어들었다. 그녀는 이 부근의 지리를 잘 알고 있는 듯했다. 번화가에서 한 발자국 안으로 꺾어 들어가자 주위는 조용한 주택가로 바뀌었다. 나는 사람이 줄어든 만큼 주의 깊게 거리를 유지하며 뒤를 쫓았다.

아마도 총 40분쯤, 나는 그녀의 뒤를 쫓으며 걸었다고 생각된다. 인적이 그리 많지 않은 길을 따라 몇 번인가 모퉁이를 돌자 또다시 번화한 아오야마 거리가 나왔다. 하지만 이번에는 인파 속을 걷지 않았다. 거리로 나가자 그렇게 하기로 미리 작정한 듯이 망설이지 않고 곧바로 어느 카페로 들어갔다. 제과점에서 운영하는 그다지 크지 않은 카페였다. 나는 조심스럽게 10분쯤 그 근처를 어슬렁거리며 시간을 보내고 나서 그 카페로 들어갔다.

나는 안으로 들어가서 바로 그녀의 모습을 찾아냈다. 카페 안은 후텁지근할 정도로 따뜻했지만 그녀는 코트를 입은 채로, 입구를 등지고 앉아 있었다. 무척 고급스러워 보이는 그 빨간 코트는 단박에 눈에 띄었다. 나는 맨 구석 테이블에 앉아서 커피를 주문했다. 그리고 가까이에 있던 신문을 집어 들고 읽는 척하면서 슬그머니 그녀의 모습을 훔쳐보고 있었다. 그녀의 테이블에는 커피 잔이 놓여 있었지만, 아무리 봐도 그녀는 커피 잔에 손도 대지 않았다. 그녀는 딱 한 번 핸드백에서 담배를 꺼내 금색 라이터로 불을 붙였지만, 그것 말고는 딱히 하는 일도 없이 꼼짝 않고 거기에 앉아 창밖의 풍경을 바라보고 있었다. 그저 쉬고 있는 것처럼 보이기도 했고, 뭔가 중요한 생각에 빠져 있는 것처럼 보이기도 했다. 나는 커피를 마시면서 몇 번이나 신문의 같은 기사를 되풀이하여 읽고 있었다.

제법 오랜 시간이 지나고 나서, 그녀는 무슨 결심이라도 한 듯이 자리에서 벌떡 일어나더니 내가 앉아 있는 테이블로 걸어왔다. 너무나도 갑작스러운 동작이어서 나는 한순간 심장이 멎을 뻔했다. 하지만 그녀는 내게로 오는 것이 아니었다. 그녀는 내가 앉아 있는 테이블 옆을 지나쳐 입구 근처에 놓인 공중전화 앞으로 갔다. 그리고 동전을 집어넣고 다이얼을 돌렸다.

전화는 내 자리에서 그다지 멀지 않은 곳에 있었지만 주위 사람들의 이야기 소리가 시끄러웠고, 스피커에서는 요란한 크리스마스 캐럴이 흘러나오고 있었기에 나는 그녀의 음성을 들을 수 없었다. 그녀는 꽤 오랫동안 통화를 했다. 그녀의 테이블에 놓인 커피는 손도 대지 않은 채 식어갔다. 내 옆을 지나갈 때, 정면에서 그녀의 얼굴을 보긴 했지만 나는 여전히 그녀가 시마모토라고 단언할 수 없었다. 화장을 꽤 짙게 한 데다 그 커다란 선글라스가 얼굴의 절반가량을 덮고 있었다. 그녀는 눈썹을 아이펜슬로 또렷이 그리고, 선명한 빨간색으로 칠한 얇은 입술은 굳게 다물고 있었다. 그리고 무엇보다도 내가 시마모토를 마지막으로 본 것은 우리가 열두 살 때였다. 그러니 벌써 15년이나 지난 옛일이었다. 그 여자의 얼굴 생김새가 시마모토의 소녀 시절의 얼굴을 막연히 떠오르게 하지 않는 것은 아니었지만, 전혀 다른 사람이라고 한다면 그럴 수도 있었다. 내가 알 수 있었던 것은, 그녀는 얼굴이 매우 예쁜 이십 대 여성이고, 상당히 돈을 들인 복장을 하고 있다는 것뿐이었다. 그리고 다리가 불편하다는 것.

나는 자리에 앉은 채 땀을 흘리고 있었다. 속옷이 흠뻑 젖어버릴 정도의 땀이었다. 나는 코트를 벗고 커피를 한 잔 더 리필해달라고 웨이트리스에게 부탁했다. '넌 대체 여기서 뭘 하고 있는 거냐?' 하고 나는 생각했다. 나는 장갑을 어딘가에서 잃어버려서 새로 사려고 시부야에 나온 것이다. 그런데 나는 그 여자의 모습을 보자 마치 뭔가에 홀린 듯이 뒤를 밟고 말았다. 지극히 상식적으로 생각한다면 그냥 그녀에게 다가가서 "실례합니다만, 시마모토 씨 아닌지요?"라고 직접 물어봤어야 했다. 그게 가장 빠른 방법이었을 것이다. 하지만 난 그러지 않았다. 나는 몰래 그녀의 뒤를 밟았다. 그리고 나는 더 이상 물러설 수 없는 곳까지 와 있었다.

그녀는 전화를 끊자 자기 자리로 돌아갔다. 그리고 방금 전처럼 여전히 내 쪽에 등을 지고 앉아 창밖의 풍경을 꼼짝 않고 바라보고 있었다. 웨이트리스가 그녀에게 다가가 식어버린 커피를 치워도 되겠냐고 물었다. 목소리는 들리지 않았지만 아마도 그렇게 물었을 것이다. 그녀는 창밖에 두고 있던 시선을 돌려 고개를 끄덕였다. 그리고 다시 커피를 주문하는 것 같았다. 그러나 웨이트리스가 새로 가져다준 그 커피에도 그녀는 손을 대지 않았다. 나는 때때로 곁눈질로 그녀의 모습을 관찰하면서 손에 든 신문을 읽는 시늉을 하고 있었다. 그녀는 몇 번인가 팔목을 얼굴 앞으로 들어올려, 그 은색 팔찌형 손목시계를 들여다보았다. 아무래도 그녀는 누군가를 기다리고 있는 듯했다. 지금이 마지막 기회일지도 모른다고 나는 생각했다. 그 누군가가 와버리면 나는 그녀에게 말을 걸 기회를 영원히 잃어버릴지도 모른다. 하지만 나는 도저히 의자에서 일어날 수 없었다. 아직 괜찮다고 나 자신에게 변명했다. 아직 괜찮아, 서두를 필요는 없어, 하고.

아무 일도 일어나지 않은 채 15분인가 20분이 지났다. 그녀는 줄곧 바깥 거리의 풍경을 바라보고 있었다. 그리고 아무런 기미도 보이지 않다가 조용히 일어났다. 그리고 핸드백을 옆구리에 끼고 백화점 종이봉투를 다른 한 손에 들었다. 아무래도 그녀는 누군가를 기다리다 포기한 듯했다. 아니면 처음부터 누군가를 기다린 건 아니었는지도 모른다. 그녀가 계산대에서 돈을 내고 문으로 나가는 것을 보고 나서 나도 서둘러 자리에서 일어났다. 그리고 계산을 하고 그녀의 뒤를 쫓았다. 그녀의 빨간 코트가 인파 속을 빠져나가는 것이 보였다. 나는 흘러가는 사람들을 헤쳐 가르며 그녀 쪽으로 향했다.

그녀는 손을 들고 택시를 잡으려고 하고 있었다. 이윽고 택시 한 대가 깜빡이등을 점멸하면서 다가왔다. 말을 걸어야 하는데, 하고 나는 생각했다. 그녀가 택시에 타버리면 끝장인 것이다. 하지만 그 쪽으로 발을 내딛으려 했을 때, 누군가가 내 팔꿈치를 잡았다. 그것은 깜짝 놀랄 만큼 강한 힘이었다. 아픈 건 아니었다. 하지만 거기에 담긴 힘의 세기는 나를 숨막히게 했다. 내가 뒤돌아보자 한 중년 남자가 내 얼굴을 보고 있었다.

나보다는 5센티미터쯤 키가 작았지만, 다부지게 생긴 몸집의 남자였다. 나이는 사십 대 중반쯤 됐을 것 같았다. 짙은 회색 코트를 입고 목에는 캐시미어 머플러를 두르고 있었다. 그 모두가 다 아주 비싼 고급품 같았다. 머리는 반듯하게 가르마를 타고, 값비싼 귀갑龜甲테 안경을 쓰고 있었다. 운동을 자주 하는 듯 얼굴은 보기 좋게 햇볕에 그을어 있었다. 아마도 스키를 타겠지. 아니면 테니스를 칠지도 모른다. 나는 테니스를 좋아했던 이즈미의 아버지가 이런 얼굴빛이었던 것을 떠올렸다. 아마도 번듯한 회사의 높은 자리를 차지하고 있는 사람 같다고 나는 생각했다. 아니면 고위 관료일지도 모른다. 그건 눈을 보면 알 수 있었다. 많은 사람에게 명령을 내리는 데 익숙한 사람의 눈이었다.

"커피라도 마시지 않겠습니까?" 그가 나지막한 음성으로 말했다.

나는 빨간 코트를 입은 여자의 모습을 눈으로 쫓았다. 그녀는 몸을 굽히고 택시에 타면서 선글라스 너머로 이쪽을 힐끗 보았다. 적어도 나는 그녀가 이쪽을 본 듯한 인상을 받았다. 그리고 택시 문이 닫히고 그녀의 모습은 내 시야에서 사라져버렸다. 그녀가 사라져버리자, 나는 그 기묘한 중년 남자와 단둘이 그곳에 남겨졌다.

"잠깐 실례합니다." 남자는 말했다. 그의 말투에는 억양이라는 것이 거의 느껴지지 않았다. 그는 화가 나 있거나 흥분해 있는 것 같지도 않았다. 그는 마치 누군가를 위해 문이라도 붙잡고 있는 것처럼 무표정하게 내 팔꿈치를 계속 잡고 있었다. "커피라도 마시면서 이야기합시다."

물론 나는 그대로 그 자리를 뜰 수도 있었다. "커피 같은 건 마시고 싶지도 않고, 당신과 이야기할 것도 없다. 당신이 누구인지조차 나는 모른다. 난 급한 일이 있어 이만 실례한다"라든가 뭐라고 하면서. 하지만 나는 아무 말도 하지 않고 물끄러미 그의 얼굴을 보고 있었다. 그리고 고개를 끄덕이곤 그의 말을 따라 방금 전까지 앉아 있던 카페로 다시 들어갔다. 나는 어쩌면 그의 약력에 깃들어 있는 무엇인가를 두려워했는지도 모른다. 나는 그의 몸집과 말 그리고 행동 속에서, 기묘한 일관성 같은 것을 느꼈다. 그는 그 손아귀의 힘을 늦추지도 조이지도 않고 마치 기계처럼 단단하고 정확하게 나를 잡고 있었다. 만일 그의 요청을 거절한다면 이 남자가 나에게 어떤 태도로 나올 것인지 나로서는 짐작도 가지 않았다.

하지만 그런 두려움과 동시에 내게는 약간의 호기심도 있었다. 그가 지금부터 내게 도대체 어떤 이야기를 하려는 것인가, 하고 흥미를 느꼈다. 그것은 어쩌면 나에게 그 여자에 관한 어떤 정보를 주게 되는 것일지도 모른다. 그녀가 사라져버린 지금에는, 이 남자가 그녀와 나를 이어줄 유일한 끈이 될지도 모른다. 더군다나 카페 안에서라면 이 남자가 나에게 폭력을 휘두르는 일도 없을 것이다.

나와 그 남자는 테이블을 사이에 두고 마주 앉았다. 웨이트리스가 올 때까지 우리 둘은 한마디도 하지 않았다. 우리는 테이블 너머로 상대방의 얼굴을 뚫어지게 쳐다보고만 있었다. 그리고 남자는 커피 두 잔을 주문했다.

"왜 당신은 줄곧 그녀 뒤를 밟은 겁니까?" 남자는 정중한 말투로 나에게 물었다.

나는 아무 대답도 하지 않고 잠자코 있었다.

그는 표정 없는 눈으로 나를 응시했다. "당신이 시부야에서부터 쭉 그녀 뒤를 밟은 걸 알고 있습니다." 남자는 말했다. "그렇게 오랫동안 뒤를 밟으면 누구든 눈치를 채게 마련입니다."

나는 아무 말도 하지 않았다. 아마도 그녀는 내가 뒤를 밟고 있다는 걸 알아차리고 카페에 들어가 전화를 걸어 이 남자를 불러낸 모양이었다.

"말하고 싶지 않다면 하지 않아도 좋습니다. 당신이 말하지 않아도 그 사정은 훤히 알고 있으니까." 남자는 말했다. 남자는 흥분해 있었는지도 모르지만 정중하고 차분한 말투는 조금도 흔들리지 않았다.

"내가 몇 가지 당신에게 할 수 있는 일들이 있습니다"라고 남자는 말했다. "정말입니다. 하려고 마음만 먹으면 할 수 있습니다."

남자는 그 말만 하고는 입을 다물곤 내 얼굴을 지그시 쏘아보았다. 더 이상 설명하지 않아도 내가 말하고 싶은 게 뭔지 알겠지? 하고 협박이라도 하듯이 말이다. 나는 여전히 한마디도 하지 않았다.

"하지만 이번만은 일을 시끄럽게 만들고 싶지 않습니다. 쓸데없이 소란을 일으키고 싶지 않다는 말입니다. 알겠습니까? 이번만은, 이라는 이야기입니다"라고 남자는 말했다. 그리고 그는 테이블 위에 올려놓았던 오른손을 코트 주머니에 넣더니 그 안에서 하얀 봉투를 꺼냈다. 그 사이 왼손은 계속 테이블 위에 놓여 있었다. 아무런 특징도 없는 사무용의 하얀 봉투였다. "아무 소리 말고 이걸 받으십시오. 당신도 의뢰를 받고 이런 일을 하고 있을 뿐이지, 무슨 원한이 있어 하는 일은 아니겠지요. 그래서 나로서도 될 수 있으면 융통성 있게 일을 수습하려는 겁니다. 쓸데없는 말은 하지 않았으면 좋겠습니다. 당신은 오늘 특별한 것은 아무것도 보지 않았고, 나하고도 만나지 않은 겁니다. 이만하면 알아들었겠지요? 만약 쓸데없는 이야기를 떠벌린 걸 내가 알게 되는 날엔 어떻게 해서라도 당신을 찾아내 결단을 낼 겁니다. 그러니까 그녀를 미행하는 건 이걸로 끝내십시오. 피차 성가신 일을 하고 싶지는 않겠지요. 그렇지 않습니까?"

남자는 그렇게 말하고서 봉투를 내 쪽으로 내밀고는 자리에서 일어났다. 그리고 계산서를 낚아채듯 집어 들고 성큼성큼 카페에서 나가버렸다. 기가 막힌 나는 한참 동안 그 자리에 얼떨떨하게 앉아 있었다. 그러고서 테이블 위에 놓인 그 봉투를 집어 들고 안을 들여다보았다. 봉투 속에는 1만 엔짜리 지폐가 열 장 들어 있었다. 접힌 자국 하나 없는 빳빳한 1만 엔권 새 지폐였다. 내 입속은 바짝 말라 있었다. 나는 그 봉투를 코트 주머니에 넣고 카페에서 나왔다. 그리고 주위를 둘러보며 그 남자의 모습이 어디에도 보이지 않는 것을 확인하고 나서 택시를 잡아 타고 시부야로 돌아왔다.

그것이 이야기의 전부다.

나는 지금도 그 10만 엔이 들어 있는 봉투를 가지고 있다. 나는 그것을 봉한 채 책상 서랍에 넣어두었다. 잠이 오지 않는 밤이면 종종 그의 얼굴이 떠오른다. 마치 불길한 예감이 무슨 일이 있을 때마다 뇌리에 되살아나듯이. 그 남자는 도대체 누구였을까? 그리고 그 여자는 시마모토였을까?

나는 그 후, 돌발적인 그 해프닝에 대해서 몇 가지의 가설을 세워보았다. 그건 정답이 없는 퍼즐 같은 것이었다. 나는 가설을 세우고는, 그걸 무너뜨리는 작업을 몇 번이고 몇 번이고 되풀이했다. 그 남자는 그녀의 애인이고, 그들은 나를 그녀의 남편이 고용하여 뒷조사를 하고 있는 사립 탐정쯤으로 생각했던 것이다. 그것이 내가 세운 가장 설득력 있는 가설이었다. 그리고 남자는 돈으로 나를 매수해서 입을 막으려 했던 것이다. 어쩌면 그들 두 사람은 내가 미행을 하기 전에 어느 호텔에선가 밀회라도 하며 즐겼는데, 내가 그 현장을 목격했다고 생각했을 것이다. 충분히 있을 수 있는 일이고, 이야기의 줄거리도 그럴싸했다. 그럼에도 나는 그 가설을 속 시원하게 수긍할 수 없었다. 거기에는 몇몇 의문점이 남았다.

그가 마음만 먹으면 할 수 있는 일들이란, 도대체 어떤 종류의 일이었을까? 어째서 그는 그렇게 기묘한 방식으로 나를 꼼짝 못하게 했던 것일까? 어째서 그 여자는 내가 뒤를 밟고 있다는 걸 알면서도 택시를 타지 않았던 것일까? 택시를 잡아 탔더라면 금방이라도 나를 따돌릴 수 있었을 텐데. 어째서 그 남자는 10만 엔이라는 큰돈을 아무렇지도 않게, 내가 누구인지 제대로 확인도 하지 않고 내밀었던 것일까?

아무리 생각해봐도 그것은 수수께끼로 남았다. 나는 이따금 그때 일어난 일은 모두 내 환각의 소산이 아닐까 하고 생각할 때가 있다. 그것은 내가 처음부터 끝까지 모두 머릿속에서 만들어 낸 것이 아닌가 하고. 혹은 아주 리얼한 긴 꿈을 꾸고, 그것이 머릿속에 현실이라는 겉옷을 걸치고 달라붙어버린 것은 아닌가 하고. 하지만 그것은 실제로 일어난 일이었다. 왜냐하면 책상 서랍 속에는 실제로 하얀 봉투가 들어 있고, 그 봉투 속에는 1만 엔짜리 지폐가 열 장 들어 있기 때문이었다. 그것이야말로 모든 일이 현실에서 일어난 사건이라는 증거품이었다. **그건 실제로 일어났던 것이다.** 나는 때때로 그 봉투를 책상 위에 올려놓고 물끄러미 쳐다보았다. **그건 실제로 일어났던 일이다.**

# 7

# 남는 것은 사막뿐

◆
⋮
◆

서른 살이 되고 나는 결혼을 했다. 여름 휴가 때 혼자서 여행을 하다가 그녀를 만났다. 그녀는 나보다 다섯 살 아래였다. 시골길을 거닐고 있는데 갑자기 소낙비가 퍼부어, 비를 피하려고 뛰어든 곳에, 때마침 그녀와 그녀의 친구가 있었던 것이다. 우리 세 사람은 모두 흠뻑 젖어 있었고, 그런 허물없는 분위기에서 비가 그칠 때까지 이런저런 세상 사는 이야기를 나누다 보니 어느새 가까워졌다. 만일 그곳에 비가 내리지 않았더라면, 혹은 그때 내가 우산을 가지고 있었더라면(그건 있을 수 있는 일이었다. 나는 호텔에서 나올 때 우산을 가지고 갈까 말까 하고 꽤 망설였으니까) 나는 그녀와 만나지 못했을 것이다. 그리고 만일 그녀와 만나지 못했더라면, 나는 지금도 교과서 회사에서 근무하면서, 밤이 되면 홀로 아파트 방 벽에 기대어 혼잣말을 중얼거리면서 술을 마시고 있을지도 모른다.

그런 일을 생각하면 나는 언제나, 사람은 참으로 한정된 가능성 속에서만 살고 있다는 사실을 실감하게 된다.

나와 유키코(그녀의 이름이다)는 첫눈에 서로에게 끌리게 되었다. 함께 있던 친구가 훨씬 미인이었지만 내가 끌린 사람은 유키코였다. 그것도 설명이 불가능할 정도로 강렬하게 끌렸다. 그것은 내가 오랜만에 느낀 흡인력이었다. 그녀도 도쿄에 살고 있어서 우리는 여행에서 돌아온 후에도 몇 번인가 데이트를 했다. 만나면 만날수록 나는 그녀가 좋아졌다. 그녀는 어느 쪽이냐 하면 얼굴은 평범한 편이었다. 적어도 가는 곳마다 남자들이 다가와 말을 거는 타입은 아니었다. 하지만 나는 그녀의 얼굴 속에서 확실하게 '나를 위한 것'을 느낄 수 있었다. 나는 그녀의 얼굴을 좋아했다. 나는 만나면 한참 동안 그녀의 얼굴을 응시하곤 했다. 나는 그 속에 보이는 무엇인가를 강렬하게 사랑했다.

"뭘 그렇게 뚫어지게 쳐다봐?" 그녀가 물었다.

"당신이 예뻐서 그래." 나는 대답했다.

"그런 말을 한 사람은 당신이 처음이야."

"나 말고는 아무도 당신이 예쁜 걸 몰라. 하지만 난 그걸 알 수 있어."

그녀는 처음 한동안은 좀처럼 내 말을 믿지 않았다. 하지만 얼마 안 가 믿게 되었다.

우리는 만나면 둘만의 조용한 장소에 가서 여러 가지 이야기를 나누었다. 나는 그녀에게는 어떤 이야기든 솔직하게 할 수 있었다. 그녀와 함께 있으면 10년도 넘는 지난 세월 동안, 내가 계속 잃어버리고 있던 것들의 무게를 절절히 느낄 수 있었다. 나는 그 긴 세월을 거의 헛되이 보내고 말았던 것이다. 하지만 아직 늦지는 않았다. 지금이라면 아쉬운 대로 때를 만날 수 있다. 더 늦기 전에 조금이라도 헛되게 보낸 세월을 되돌려놓지 않으면 안 된다. 그녀를 안고 있으면 나는 가슴의 그리운 떨림을 느낄 수 있었다. 그녀와 헤어져 돌아서면 몹시도 허전하고 쓸쓸한 기분이 들었다. 고독은 나에게 상처를 주고, 침묵은 나를 초조하게 했다. 그렇게 석 달 정도 데이트를 한 후에 나는 그녀에게 청혼했다. 내 서른 번째 생일을 맞이하기 일주일 전이었다.

그녀의 아버지는 중견 건설회사의 사장이었다. 그는 상당히 흥미로운 인물로, 정규 교육은 거의 받지 않았지만 일에 관한 한 수완가였고 자기 나름의 철학이라는 것을 가지고 있었다. 지나치게 외골수인 그의 성격에 밀려, 나로서는 찬동할 수 없었던 일도 있었지만, 그가 나름 지니고 있는 어떤 종류의 통찰력 같은 것에는 감동을 하게 되었다. 그런 부류의 인간을 만난 건 나로서는 난생처음이었다. 그리고 그는 기사가 딸린 벤츠를 타고 다니는 사람치고는 그다지 잘난 척하지도 않았다. 내가 그를 찾아가, 실은 따님과 결혼하고 싶습니다만 하고 말하자 "두 사람 다 어린애도 아니니 서로 좋다면 결혼하게"라고 말했을 뿐이었다. 나는 세속적인 눈으로 보자면 별 탐탁지 않은 회사에 근무하는 별 탐탁치 않은 월급쟁이였지만, 그런 건 그에게는 아무래도 상관없는 듯했다.

유키코에게는 오빠 한 명과 여동생이 한 명 있었다. 오빠는 아버지 회사를 물려받기로 되어 있어, 그 회사에서 부사장으로 일하고 있었다. 사람은 나쁘지 않았지만 아버지에 비한다면 어딘지 모르게 존재감이 희박한 구석이 있었다. 형제들 중에서는 대학생인 여동생이 가장 외향적이며 화려하고, 남에게 명령하는 데에도 익숙했다. 그녀가 아버지 뒤를 잇는 쪽이 낫지 않을까 하는 느낌이 들 정도였다.

결혼하고 반년쯤 지났을 무렵, 장인이 나를 불러 지금 다니는 회사를 그만둘 생각이 없느냐고 물었다. 내가 그 교과서 출판사에서 하는 일을 그다지 좋아하지 않는다는 이야기를 아내로부터 들은 것이다.

"그만두는 데에는 전혀 문제없습니다." 나는 말했다. "다만 그만두고 나서 무엇을 할 것인가가 문제겠지요."

"자네 우리 회사에서 일할 생각은 없나? 일은 좀 힘들지도 모르지만, 월급은 괜찮거든" 하고 장인은 말했다.

"분명 교과서를 편집하는 일이 제게 맞는다고는 생각하지 않습니다만, 건설업은 아마도 더 맞지 않을 거라는 생각이 듭니다"라고 나는 솔직하게 대답했다. "제게 이런 권유를 해주신 건 매우 기쁩니다만, 제게 맞지 않는 일을 하게 되면 나중에는 결국 폐를 끼치게 될 것 같습니다."

"그건 그렇지. 자신에게 맞지 않는 일을 억지로 할 필요는 없지." 장인은 말했다. 장인은 내가 그런 대답을 하리라는 것을 미리 예측하고 있었던 듯했다. 그때 우리는 술을 마시고 있었다. 처남은 술을 거의 마시지 않았기 때문에 장인은 때때로 나와 함께 술을 마시곤 했다. "실은 우리 회사가 아오야마에 빌딩을 한 채 가지고 있네. 지금 건물을 짓고 있는데 다음 달에는 거의 완공될 거야. 장소도 좋고 건물도 좋아. 지금은 좀 후미진 듯이 보일지도 모르지만 앞으로 번화해질 장소지. 자네가 괜찮다면 거기서 뭔가 장사를 해보지 않겠나? 회사 명의의 건물이니 임대료도 보증금도 시세대로 받게 되겠지만, 혹시 정말로 해볼 마음이 있다면 자금은 필요한 만큼 빌려주겠네."

나는 그 제안에 대해서 잠시 생각해보았다. 나쁘지 않은 이야기였다.


결국 나는 그 빌딩의 지하에서 재즈음악을 들려주는 고급 바를 시작하게 되었다. 나는 학생 시절에 그런 가게에서 줄곧 아르바이트를 해온 경험이 있어, 경영의 노하우는 대충 알고 있었다. 어떤 술과 음식을 제공하고, 손님층은 어느 수준에서 잡으면 될지, 어떤 음악을 틀어야 될지, 인테리어는 어떤 식으로 하면 될지,

대강의 이미지는 내 머릿속에 있었다. 인테리어 공사는 장인이 전부 맡아서 해주었다. 그는 최고의 인테리어 디자이너와 최고의 내장업자를 데려와 시세보다 싼 비용으로 꼼꼼하게 공사를 진행시켰다. 공사가 끝나고 나서 보니 확실히 고급스러워 보였다.

가게는 예상했던 것보다 훨씬 번창했고, 2년 후에는 아오야마에 가게를 하나 더 내게 되었다. 그쪽은 피아노 트리오를 할 수 있을 정도의 좀 더 규모가 큰 가게였다. 공도 들였고 상당한 자금을 쏟아붓긴 했지만 제법 그럴싸한 가게가 완성되었고, 손님도 많이 들었다. 그래서 나는 겨우 한숨 돌릴 수 있었다. 나는 주어진 기회를 어떻게든 내 것으로 할 수 있었던 것이다. 그 무렵, 첫 아이가 태어났다. 여자아이였다. 처음 한동안은 내가 직접 칵테일을 만들기도 했지만 가게가 두 군데로 늘어나자 그럴 여유는 도저히 없어져 가게 관리와 경영에만 전념하게 되었다. 나는 재료 구입을 위한 교섭을 하고, 일손을 확보하고, 장부를 기록하고, 모든 일이 원활하게 돌아가도록 신경을 썼다. 다양한 아이디어를 생각해내고, 곧바로 실행에 옮겼다. 식사 메뉴도 이것저것 여러 가지를 시도해보았다. 그때까지는 나 자신도 미처 깨닫지 못했지만 난 그런 일이 제법 적성에 맞는 듯했다. 나는 아무것도 없는 상태에서 무엇인가를 만들어내거나, 그렇게 만들어진 것을 시간을 들여 꼼꼼하게 개량하는 작업을 좋아했다. 그곳은 나의 가게며, 나의 세계였다. 그와 같은 희열은 교과서 회사에서 교열을 보고 있을 때에는 결코 맛볼 수 없었던 종류의 것이었다.

나는 낮 동안에는 온갖 잡무를 처리하고, 밤이 되면 매일 두 가게를 돌며 카운터에서 칵테일을 시음하거나, 손님들의 반응을 관찰하고, 종업원들이 일하는 것을 살피고, 음악을 들었다. 매달 장인에게 빌린 돈을 갚아나가고 있었지만 그러고 나서도 수입은 제법 되었다. 우리는 아오야마에 방이 네 개 딸린 맨션을 사고, BMW 320을 샀다. 그리고 둘째 아이를 가졌다. 그 아이도 딸이었다. 나는 두 딸의 아버지가 되었다.

서른여섯 살이 되었을 때에는 하코네에 작은 별장을 소유하고 있었다. 아내는 쇼핑을 하고 아이들을 태우고 다니기 위해, 빨간 지프 체로키를 샀다. 가게는 양쪽 다 제법 수익을 올리고 있었으므로 그 돈으로 세 번째 가게를 낼 수도 있었지만, 나는 더 이상 지점 수를 늘릴 생각은 없었다. 가게가 늘어나면 아무래도 세세한 곳까지는 눈길이 미치지 않게 될 것이고, 아마도 그걸 관리하는 것만으로 녹초가 되고 말 것이다. 게다가 나는 더 이상 일 때문에 나 자신의 시간을 희생하고 싶지 않았다. 장인에게 그 일로 상의하자, 남은 돈을 주식과 부동산에 투자할 것을 권유했다. 그렇게 하면 따로 품을 들일 필요도 없고, 시간도 뺏기지 않을 것이라고. 하지만 나는 주식에 대해서도 부동산에 대해서도 전혀 아는 것이 없었다. 내가 그렇게 말하자 "사소한 일은 내게 맡겨두면 돼. 내가 하라는 대로 하면 틀림없어. 이런 일에는 적절한 방법이라는 게 있는 법이니까"라고 장인은 말했다. 나는 그가 하라는 대로 투자했다. 그리고 단기간에 꽤 높은 수익을 올렸다.

"자네, 이젠 알겠지?" 장인은 말했다. "모든 일에는 나름대로의 방법이라는 것이 있어. 월급쟁이 생활이나 하고 있으면 백 년이 지나도 이렇게 쉽게 성공하긴 힘들지. 성공하기 위해서는 행운도 필요하고 머리도 좋아야 해. 그건 당연한 거야. 하지만 그것만으로는 부족해. 무엇보다도 자금이 필요하지. 충분한 자금 없이는 아무것도 할 수 없거든. 하지만 그보다 더 필요한 것은 **수법**을 아는 거야. 수법을 모른다면 다른 모든 것이 갖추어져 있더라도 아무것도 얻지 못하지."

"그렇군요." 나는 말했다. 장인이 무슨 이야기를 하려는 것인지는 잘 알 수 있었다. 그가 말하는 **수법**이라는 것은, 그가 이제까지 쌓아 올린 시스템을 뜻했다. 유용한 정보를 빨아들이고, 인적 네트워크를 뿌리내리고, 투자하고, 수익을 올리기 위한 까다롭고 복잡한 시스템을 뜻했다. 수익금은 때로는 다양한 법률이나 세금의 그물망을 교묘하게 빠져나가, 이름을 바꾸기도 하고, 형태를 바꾸기도 하며 증식되어간다. 그는 그런 시스템의 의미를 나에게 가르치려고 하는 것이었다.

만약 내가 장인을 만나지 않았더라면 아마도 난 지금도 교과서를 편집하고 있었을 것이다. 그리고 니시오기쿠보의 보잘것없는 아파트에 살며, 에어컨도 제대로 돌아가지 않는 중고 도요타

코로나나 타고 다녔을 것이다. 나는 분명 주어진 조건 안에서 꽤 잘 해냈다고 생각한다. 나는 가게 두 군데를 단기간에 궤도에 올려놓았고, 서른 명도 넘는 종업원을 부리며, 평균 수준을 훨씬 웃도는 수익을 올리고 있었다. 경영은 세무사가 감탄할 정도로 우수했고 가게의 평판도 좋았다. 그렇기는 하지만 그 정도의 재능이 있는 인간은 이 세상에는 얼마든지 있다. 내가 아니더라도 그 정도의 일을 해낼 수 있는 인간은 어디에나 있다. 하지만 장인의 자금과 그 **수법**이라는 혜택이 없었다면, 나 혼자서는 아무것도 해낼 수 없었을 것이다. 그런 생각을 하자 나는 마음이 편치 않았다. 왠지 나 혼자만 부정한 방법으로 지름길을 택하고, 불공평한 수단을 써서 호사를 누리고 있는 듯한 기분이 들었다. 우리는 이른바 운동권 세대로서, 60년대 후반에서 70년대 전반에 걸친 치열한 학원투쟁의 시대를 살아온 세대였다. 좋든 싫든 우리는 그런 시대를 살았다. 아주 간략하게 말하자면 그건 전후 한 시기에 존재했던 이상주의를 배경으로 탐욕스럽게 살쪄가는 고도의, 보다 복잡하고 보다 세련된 자본주의의 논리에 맞서 주창했던 노 (No)였다. 적어도 나는 그렇게 인식했다. 그것은 전환기 사회의 격렬한 발열 같은 것이었다. 하지만 지금 내가 머물고 있는 세계는 이미, 더욱 **고도의 자본주의 논리**에 의하여 성립된 세계였다. 결국 나는 나도 모르는 사이에 그 세계에 꿀꺽 집어삼켜지고 만 것이다. 나는 BMW의 핸들을 잡고 슈베르트의 〈겨울 나그네〉를 들으면서 아오야마 거리에서 신호 대기를 하던 중 문득 그런 생각을 했다. 이건 왠지 내 인생 같지 않다고. 마치 누군가가 마련해둔 장소에서 누군가가 준비해 마련해준 방식으로 살고 있는 것 같다고. 도대체 나라는 인간의 어디까지가 진짜 나고, 어디부터가 내가 아닐까? 핸들을 잡고 있는 내 손의 어디까지가 진짜 내 손일까? 내가 지금 보고 있는 주변 풍경의 어디까지가 진짜 현실의 풍경인 것일까? 그런 것에 대해 생각하면 생각할수록 나는 알 수 없는 혼란에 빠졌다.

하지만 나는 대체로 행복한 생활을 하고 있었다고 생각한다. 내게 불만이라고 할 만한 것은 없었다. 나는 아내를 사랑하고 있었다. 유키코는 온화하고 사려 깊은 여자였다. 그녀는 출산 후 조금씩 살이 찌기 시작해 다이어트와 운동이 주요 관심사였다. 하지만 나는 그녀를 변함없이 아름답다고 생각했다. 나는 그녀와 함께 있는 것을 좋아했고, 그녀와 자는 것을 좋아했다. 그녀 속에는 무엇인가 나를 위로하고 안심시켜주는 것이 있었다. 나는 무슨 일이 있어도 두 번 다시 그 쓸쓸하고 고독했던 이십 대의 생활로는 되돌아가고 싶지 않았다. 여기가 내 장소라고 생각했다. 여기에 있으면 나는 사랑받고 보호받는다. 그리고 그와 동시에 나는 아내와 딸들을 사랑하고 보호하고 있는 것이다. 그것은 나에게 있어서는 전혀 새로운 체험이며, 내가 그런 처지에서 잘 살아갈 수 있다는 건 뜻밖의 발견이었다.

나는 매일 아침 큰딸을 차에 태워 사립유치원에 데려다주는 길에 카 스테레오로 동요를 틀어놓고 함께 따라 불렀다. 그리고 집으로 돌아와 집 근처에 마련한 작은 사무실에 나가기 전까지 작은딸과 놀았다. 여름철 주말에는 넷이서 하코네에 있는 별장에 갔다. 우리는 불꽃놀이를 구경하거나, 호수에서 배를 타기도 하고, 산길을 거닐기도 했다.

나는 아내가 임신 중일 때, 몇 번인가 가벼운 바람을 피운 적이 있었다. 하지만 그건 심각한 것도 아니었고, 오래 지속되지도 않았다. 나는 한 상대와는 한 번 내지 두 번밖에 자지 않았다. 많아야 세 번이었다. 솔직히 말해 나에게는 바람을 피우고 있다는 명확한 자각조차 없었다. 내가 원했던 것은 '누군가와 잔다'는 행위 그 자체였고, 상대 여자들도 같은 걸 원했으리라 생각한다. 나는 그 이상으로 깊어지는 관계를 피했고, 그러기 위해서 신중하게 상대를 골랐다. 아마도 나는 그때 그 여자들과 자는 것으로 뭔가를 시험해보고 싶었던 것이리라. 내가 그 여자들 속에서 무엇을 찾아낼 수 있는지, 그 여자들이 내 속에서 무엇을 찾아내는지, 하는 것을.

첫 아이가 태어나고 얼마 지나지 않아, 나는 친가를 통해서 전송되어 온 한 통의 엽서를 받았다. 그건 장례식에 참석해준 데 대한 답례의 엽서였다. 거기에는 여자 이름이 쓰여 있었다. 그 여자는 서른여섯 살의 나이로 죽었다고 했다. 하지만 그 이름은 내게 전혀 생소한 이름이었다. 소인은 나고야로 되어 있었다. 나는 나고야에 아는 사람이 한 명도 없었다. 하지만 잠시 생각하는 동안 그 여자가 교토에 살았던 이즈미의 사촌 언니라는 사실이 떠올랐다. 나는 그녀의 이름을 까마득히 잊어버리고 있었던 것이다. 그녀의 본가는 나고야였다.

그 엽서를 보낸 사람이 이즈미라는 것은 생각하고 말 것도 없이 바로 알았다. 그녀 말고는 그런 걸 내게 보내올 사람이 없었다. 하지만 이즈미가 도대체 무엇 때문에 그런 엽서를 보내온 것일까? 처음에는 도무지 알 수가 없었다. 하지만 몇 번인가 그 엽서를 보고 있는 사이에 나는 거기에서 그녀의 무겁고 차가운 감정을 읽을 수가 있었다. 이즈미는 아직도 내가 한 일을 잊지 않고 있고 용서하지도 않은 것이다. 그리고 그녀는 그러한 사실을 내게 알리고 싶었던 것이다. 그 때문에 이즈미는 이 엽서를 내게 보내온 것이다. 이즈미는 지금 분명히 그다지 행복하지 않을 것이다. 어쩐지 나는 알 수 있었다. 만일 그녀가 현재 행복하게 지내고 있다면 내게 이런 엽서를 보내지는 않았을 것이다. 만일 보낸다 해도 거기에 뭔가 한마디쯤 메시지든 설명이든 덧붙였을 것이다.

나는 그 사촌 언니를 생각했다. 그녀의 방과 그녀의 육체를 떠올렸다. 우리의 격렬했던 성교를 떠올렸다. 예전에는 그런 것들이 그렇게도 생생하게 존재했었는데 이제는 전혀 존재하지 않게 됐다. 그것들은 바람에 날리는 연기처럼 사라져버렸다. 그녀가 왜 죽었는지 나로서는 짐작도 가지 않았다. 서른여섯이라는 나이는 사람이 자연스럽게 죽을 만한 나이는 아니다. 그리고 그녀의 성姓은 옛날 그대로였다. 결혼하지 않았거나, 결혼을 했다 해도 이혼을 해서 처녀적 성으로 다시 돌아갔거나 둘 중 하나였다.

내게 이즈미의 소식을 알려준 사람은 내 고등학교 동창생이었다. 그는 한 남성 잡지의 '도쿄 바 가이드'라는 특집 기사에 실린 내 사진을 보고 내가 아오야마에서 가게를 경영하고 있다는 사실을 알게 되었다. 그는 카운터에 앉아 있던 내게로 다가와서, 오래간만이네. 잘 지냈나? 하고 말을 건네왔다. 그렇다고 그가 나를 만나기 위해 온 것은 아니었다. 단지 동료와 술을 마시러 왔다가 우연히 그곳에 있던 나를 만나 반갑게 인사를 한 것이다.

"이 가게에는 예전부터 몇 번인가 왔어. 회사 근처고 해서 말이야. 하지만 네가 주인인 건 전혀 몰랐는걸. 세상이 정말 좁군" 하고 그는 말했다.

고등학교 시절, 나는 반에서 두드러지는 존재는 아니었던 반면, 그는 성적도 좋고 운동도 잘하는 데다 성실한 학급 임원 같은 타입이었다. 성격도 온순하고 잘난 척 설치는 구석도 없었다. 인상이 그런대로 좋다고 할 수 있는 동창이었다. 그는 축구부에 소속되어 있었고 원래 몸집이 컸었는데 지금은 거기에 상당한 군살까지 붙어 있었다. 턱은 이중 턱이 되려는 상태였고 남색 스리피스 양복의 허리는 다소 답답해 보였다. 이게 다 접대 탓이야, 하고 그는 말했다. 아무튼 상사商社 같은 덴 근무하는 게 아니라니까. 잔업은 많지, 날이면 날마다 접대해야지, 시도 때도 없이 전근이지, 실적 나쁘면 불호령이 떨어지지, 실적이 좋으면 일이 더 많아지지, 정말이지 사람이 할 짓이 아니야. 그의 회사는 아오야마 1번가에 있어서 퇴근길에 우리 가게까지 걸어서 올 수도 있는 거리였다.

우리는 고등학교 시절의 동창생이 18년 만에 만나 흔히 나눌 법한 이야기를 나누었다. 하는 일은 어떻다든가, 결혼해서 아이는 몇 명이 있다든가, 누구누구를 어디에서 만났다든가 하는, 그런 화제였다. 그때 그가 이즈미에 대한 이야기를 한 것이다.

"네가 그 무렵 사귀었던 그 여자아이 있었지? 늘 같이 다니던 아이 말이야. 성이 오하라인 여자애였지, 아마?"

"오하라 이즈미." 나는 말했다.

"그래, 그래. 오하라 이즈미. 그 애를 얼마 전에 만났어."

"도쿄에서?" 나는 깜짝 놀라 물었다.

"아니, 도쿄가 아니라 도요바시에서."

"도요바시?" 나는 더욱 놀라 물었다. "도요바시라니, 아이치현의 도요바시 말이야?"

"그래, 그 도요바시."

"모를 노릇이군. 어떻게 도요바시 같은 데서 이즈미를 만난 거지? 왜 이즈미가 그런 곳에 있는 거지?"

그는 그때 내 목소리에서 뭔가 딱딱하게 경직된 것을 감지한 듯했다. "왜라니, 그걸 내가 어떻게 알겠어? 아무튼 도요바시에서 그 애를 봤어"라고 그는 말했다. "그리 대수로운 이야기는 아니야. 정말 그 애였는지도 확실하지도 않고."

그는 와일드 터키 온 더 록을 한 잔 더 주문했다. 나는 보드카 김릿을 마시고 있었다.

"대수롭지 않은 이야기라도 상관없어. 아무튼 이야기해봐."

"뭐랄까, 근데 그뿐이 아냐"라고 그는 좀 난처한 목소리로 말했다. "대수롭지 않은 이야기라고 한 건 말이지. 그러니까, 이따금씩 그게 정말로 일어난 일이 아닌 것 같은 기분이 든다는 뜻이야. 그건 아주 이상한 느낌이야. 마치 너무나도 생생한 꿈을 꾼 듯한 느낌이랄까. 정말로 일어난 일일 텐데 어찌된 영문인지 현실의 일이라고는 여겨지지 않는 거야. 어떻게 잘 설명할 수는 없지만 말이야."

"하지만 진짜 일어난 일이지?" 나는 물었다.

"진짜 일어난 일이지." 그는 대답했다.

"그럼 듣고 싶은데."

그는 단념한 듯 고개를 끄덕이고는 바텐더가 내준 위스키를 한 모금 마셨다.

"내가 도요바시에 간 것은 여동생이 거기 살고 있어서야. 나고

야에 출장 갔다가 금요일에 일이 끝나 여동생 집에서 하룻밤 묵고 오려고 했거든. 거기서 이즈미를 만난 거야. 내 여동생이 살고 있는 아파트의 엘리베이터를 탔더니 거기 그 애가 있더라고. 난 이렇게 닮은 사람도 있구나 하는 생각을 했지. 하지만 설마 그 여자가 정말 오하라 이즈미일 거라고는 생각하지 않았어. 설마 여동생이 살고 있는 도요바시의 아파트 엘리베이터 안에서 그 애를 만나게 될 거라고 누가 생각이라도 할 수 있었겠어? 더군다나 얼굴도 많이 변해 있었어. 어떻게 그 애라고 바로 알아보았는지 나 자신도 이해할 수 없을 정도였다니까. 아마도 느낌 같은 것이었겠지."

"하지만 이즈미였단 말이지?"

그는 고개를 끄덕였다. "우연히도 그 애는 내 여동생과 같은 층에 살고 있었어. 우리는 같은 층에서 엘리베이터를 내려 같은 방향으로 걸어갔지. 그리고 그 애는 여동생이 살고 있는 집의 두 집 건너에 있는 문으로 들어갔어. 난 아무래도 마음에 걸려 문패를 봤는데, 오하라라고 쓰여 있었어."

"이즈미는 널 알아보지 못했어?"

그는 고개를 저었다. "나랑 그 애는 같은 반이었지만 딱히 친하게 지낸 사이도 아니었고, 난 그때보다 20킬로그램이나 체중이 늘었잖아. 알아볼 리 없지."

"그런데 정말로 오하라 이즈미였을까? 오하라라는 성은 그리

희귀한 성도 아니고, 이 세상에는 얼굴이 닮은 사람도 많잖아?"

"그래 맞아. 나도 그 점이 마음에 걸려서 여동생에게 물어봤지. 그곳에 사는 오하라라는 여자는 어떤 사람이냐고. 그랬더니 여동생이 아파트의 주민 명단을 보여주더라고. 왜, 있잖아, 벽의 페인트를 새로 칠하기 위해 모금을 한다든가, 그런 걸 결정하려고 적어놓은 것 말이야. 그 명단에 그곳 사람들의 이름이 전부 적혀 있었어. 거기에 오하라 이즈미의 이름이 적혀 있었지. 가타가나로 쓰인 이즈미 말이야. 성이 오하라고 이름이 가타가나 표기의 이즈미라는 사람은 그리 흔치 않잖아."

"그렇다면 그 애는 아직도 독신이란 건가?"

"여동생도 그에 대해선 전혀 알지 못하더라고." 그는 말했다. "오하라 이즈미는 그 아파트에서는 수수께끼의 인물이었어. 그 누구도 그 애와 말을 한 적이 없다더군. 복도에서 스쳐 지나면서 인사를 해도 모른 척한대. 용건이 있어 벨을 눌러도 내다보지도 않는다는 거야. 집에 있어도 나오지 않는단 이야기야. 아무래도 이웃 사람들에게 인기 있는 성격은 아닌 듯했어."

"분명 사람을 잘못 본 걸 거야"라고 나는 말했다. 그리고 웃으면서 고개를 가로저었다. "이즈미는 그런 여자가 아냐. 사람을 만나면 방긋방긋 웃으며 인사를 하는 성격이야."

"그래. 아마 사람을 잘못 본 걸 거야." 그는 말했다. "동명이인이었을 거야. 아무튼 이 이야기는 그만하자. 그리 재밌지도 않은데."

"그런데 그 오하라 이즈미는 그곳에서 혼자 살고 있는 거야?"

"그런가 봐. 이제껏 남자가 드나드는 걸 본 사람이 없다고 하더라고. 뭘 해서 먹고 사는지 아무도 몰라대. 그야말로 모든 것이 수수께끼래."

"그래서 넌 어떻게 생각했는데?"

"어떻게 생각하다니 뭘?"

"그 여자를 말이야. 그 동명이인인지 뭔지 알 수 없는 오하라 이즈미 말이야. 엘리베이터 안에서 얼굴을 보고 어떻게 생각했냐고? 그러니까 잘 지내는 것 같았다든지, 그리 잘 지내는 것 같지는 않았다든지, 뭐 그런 거 말야."

그는 잠시 생각했다. "나쁘진 않았어." 그는 말했다.

"나쁘진 않다니, 어떤 식으로?"

그는 위스키 잔을 달그랑달그랑 소리 내어 흔들었다. "물론 나름대로 나이는 먹었지. 그건 그렇잖아. 벌써 서른여섯이니까. 너나 나나 모두 서른여섯이야. 신진대사도 둔해지고, 근육도 쇠퇴했지. 언제까지나 고등학생은 아니니까."

"물론이지." 나는 말했다.

"이제 이 이야기는 그만하자. 어차피 사람을 잘못 본 걸 테니까."

나는 한숨을 쉬었다. 그리고 카운터 위에 양손을 얹고 그의 얼굴을 바라보았다. "이봐, 난 말이지, 알고 싶어. 알아야 한다고. 사실 난 이즈미와 고등학교를 졸업하기 직전에 몹시 안 좋게 끝났단 말이야. 내가 멍청한 짓을 해서 이즈미에게 상처를 주었지. 그리고 그 후로 그 애가 어떻게 되었는지 난 알 길이 없었어. 그 애가 지금 어디에서 무엇을 하고 있는지 전혀 모르고 있다고. 나는 그 일이 줄곧 마음에 걸렸어. 그러니까 뭐든 좋으니, 그게 좋은 일이든 나쁜 일이든 솔직하게 말해주었으면 해. 너는 그 여자가 오하라 이즈미라고 믿는 거지?"

그는 고개를 끄덕였다. "그렇다면 말하겠는데, 틀림없어. 그 애야. 너한테는 미안하게 생각하지만."

"그래서 정말 어땠는데?"

그는 잠시 잠자코 있었다. "하지메, 이건 알아주었으면 하는데 말이야. 나도 같은 반에 있으면서 그 애를 귀엽다고 생각했어. 좋은 애였지. 성격도 좋고 귀여웠지. 대단한 미인은 아니었지만 뭐랄까, 매력이 있었어. 사람의 마음을 끄는 뭔가가 있었지. 그렇지?"

나는 고개를 끄덕였다.

"정말로 솔직하게 이야기해도 괜찮을까?" 그는 물었다.

"괜찮아." 나는 대답했다.

"좀 듣기 괴로울지도 모르는데……."

"상관없어. 사실을 알고 싶어."

그는 위스키를 한 모금 마셨다. "나는 네가 늘 그 애와 같이 있는 게 부러웠어. 나도 그런 여자 친구를 사귀고 싶었거든. 지금이니까 솔직히 말하지만 말이야. 그랬기 때문에 그 애 얼굴을 똑똑히 기억하고 있었던 거야. 머릿속에 뚜렷이 각인되어 있었지. 그래서 18년 후에 엘리베이터 안에서 갑작스레 만났는데도 금세 생각이 난 거고. 그러니까 내가 말하고 싶은 건 말이지, 내게는 그 애에 대해 나쁘게 이야기할 만한 이유 같은 건 아무것도 없다는 사실이야. 나도 그 일로 적지 않은 충격을 받았어. 나도 그런 걸 인정하고 싶진 않았어. 하지만 이 이야기만은 할 수 있어. 그 애는 이젠 예쁘지 않아."

나는 입술을 깨물었다. "어떤 식으로 예쁘지 않다는 거지?"

"그 아파트에 사는 아이들이 그녀를 무서워한다더라."

"무서워한다고?" 나는 무슨 소리인지 알 수 없어 그의 얼굴을 빤히 쳐다보았다. 그가 언어를 잘못 선택한 것이라고 나는 생각했다. "무슨 이야기야? 무서워한다는 게."

"이봐, 이 이야기는 정말 그만두자고. 애당초 꺼내는 게 아니었는데."

"이즈미가 아이들을 해코지하기라도 한다는 거야?"

"그 애는 누구에게도 아무 말도 하지 않아. 조금 전에도 말했듯이 말이야."

"그럼 아이들은 그 애의 얼굴을 무서워하는 건가?"

"그래."

"무슨 흉이라도 있어?"

"흉터는 없어."

"그럼 뭐가 무섭다는 거야?"

그는 위스키를 한 모금 마시고는 잔을 가만히 카운터에 내려놓았다. 그리고 한동안 내 얼굴을 지그시 쳐다보았다. 그는 좀 난처해하는 것 같기도 하고 망설이고 있는 것 같기도 했다. 하지만 그와는 별개로 그의 얼굴에는 뭔가 특별한 표정이 떠올라 있었다. 나는 그 표정에서 고등학교 시절의 그의 그림자 같은 것을 문득 엿볼 수 있었다. 그는 고개를 들고 한동안 먼 곳을 가만히 바라보았다. 마치 흘러가는 강물의 끝이라도 확인하려는 듯이. 그리고 그는 말했다. "나는 그걸 제대로 설명할 수 없고, 또 설명하고 싶지도 않아. 그러니 더 이상 묻지 말아줘. 너도 네 눈으로 직접 보면 알 수 있을 거야. 실제로 보지 않은 사람에게 그것을 설명하기란 불가능해."

나는 더 이상 아무 말도 하지 않았다. 고개를 끄덕이곤, 보드카 김릿을 들이켰을 뿐이었다. 그의 말투는 온화했지만 거기에는 그 이상 묻는 것을 강하게 거부하는 뭔가가 있었다.

그러고 나서 그는 회사 일로 2년 동안 브라질에 주재했을 때에 있었던 이야기를 했다. 이봐, 믿을 수 있겠어? 상파울로에서 중학교 동창을 만났지 뭐야. 그 친구는 도요타의 엔지니어로, 상파울로에 파견되어 일하고 있었어.

그러나 물론 내 귀에는 그런 이야기 따위는 이미 들리지 않고 있었다. 헤어질 때 그는 내 어깨를 툭툭 다독이며 말했다. "이봐, 세월이라는 건 말이지, 사람을 다양한 모습으로 바꿔놓는다고. 그때 너랑 이즈미 사이에 무슨 일이 있었는지 난 몰라. 하지만 설사 무슨 일이 있었다 해도, 그건 네 탓이 아냐. 정도의 차이는 있겠지만 누구든 그런 경험은 하게 마련이지. 내게도 있어. 거짓말이 아냐. 나도 그와 비슷한 일을 겪었거든. 하지만 어쩔 수 없는 일이야, 그건. 누군가의 인생이라는 건, 결국 그 누군가의 인생인 거야. 네가 그 누군가를 대신해서 책임을 질 수는 없는 거라고. 여기는 사막 같은 곳이고, 우리는 모두 거기에 익숙해질 수밖에 없는 거야. 초등학교 때 월트 디즈니의 〈사막은 살아 있다〉라는 영화 본 적 있지?"

"있지."

"그거랑 마찬가지야. 우리가 사는 세계는 그 영화와 마찬가지인 거야. 비가 내리면 꽃이 피고, 비가 내리지 않으면 꽃은 시들어버린다고. 벌레는 도마뱀에게 잡아먹히고, 도마뱀은 새에게 먹히지. 그러다 언젠가는 모두 죽지. 죽고 나서 텅 비게 되는 거라고. 한 세대가 죽으면 다음 세대가 그 자리를 대신하지. 그게 세상사의 이치야. 모두들 다른 방식으로 살아가지. 죽는 방법도 제각기 다르고. 하지만 그건 중요한 게 아니야. 남는 건 사막뿐이지. 정말로 살아 있는 것은 사막뿐이라고."

그가 돌아가고 난 뒤에도 나는 카운터에 남아 혼자서 술을 마셨다. 영업이 끝나고, 손님들이 떠나고, 종업원들이 뒷정리와 청소를 끝내고 돌아간 후에도, 나는 그곳에 홀로 남아 있었다. 나는 그대로 집에 돌아가고 싶지 않았다. 나는 아내에게 전화를 걸어 오늘은 가게 일로 좀 늦을 거라고 말했다. 그리고 가게의 조명을 끄고 칠흑 같은 어둠 속에서 위스키를 마셨다. 얼음을 꺼내는 것도 귀찮아서 스트레이트로 마셨다.

모두 점점 사라져간다고 나는 생각했다. 어떤 것은 끊어져 버린 듯 순식간에 사라지고, 어떤 것은 시간을 두고 희미하게 사라져간다. **그리고 남는 것은 사막뿐이다.**

동이 트기 조금 전, 가게를 나섰을 때에는 아오야마 거리에 가랑비가 내리고 있었다. 나는 몹시 지쳐 있었다. 촉촉히 내리는 비가 묘비처럼 세워진 빌딩 숲을 소리 없이 적시고 있었다. 나는 차를 가게 주차장에 둔 채 집까지 걸었다. 도중에 가드레일에 잠시 걸터앉아, 신호등 위에서 울고 있는 커다란 까마귀 한 마리를 바라보았다. 새벽 4시의 거리는 무척 초라하고 더러워 보였다. 온갖 곳에 부패와 붕괴의 그림자가 엿보였다. 그리고 거기에는 나라는 존재도 포함되어 있었다. 마치 벽에 비친 그림자처럼.

# 8

# 다시 만난 흡인력

◆
⋮
◆

잡지에 내 이름과 사진이 실린 덕분에, 그로부터 한 열흘 동안 예전에 알고 지냈던 이들이 나를 찾아 가게에 왔다. 중학교와 고등학교 동창생들이었다. 그때까지 나는 서점에 진열돼 있는 방대한 수의 잡지를 볼 때마다, 도대체 누가 그런 걸 일일이 읽는 것일까 하고 늘 의아스럽게 생각했었다. 그리고 나 자신이 잡지에 실리고 나서야 사람들이 내가 상상했던 것보다 훨씬 더 열심히 잡지를 읽는다는 걸 알게 되었다. 그 사실을 의식하고 주위를 둘러보니, 미용실이나 은행이나 찻집이나 전철 안 등 온갖 장소에서 마치 무엇인가에 홀린 듯이 사람들은 손에 잡지를 펼쳐 들고 있었다. 어쩌면 사람들은 아무것도 하지 않고 시간을 놀리는 것이 두려워, 뭐든 개의치 않고 가까이에 있는 것을 손에 들고 읽고 있는 것인지도 모른다.

예전에 알고 지냈던 지인들과의 만남은, 결과적으로는 그다지 즐거운 일이라고는 말할 수 없었다. 그들을 만나 이야기를 나누는 것이 싫었던 것은 아니다. 나도 물론 옛 지인들과 만나는 건 반가웠다. 그들도 나를 만난 걸 기뻐했다. 하지만 결국 그들의 입에 오르내리는 화제는 지금의 내게는 아무 상관 없는 것들이었다. 고향이 어떻게 되었든, 다른 동창생들이 지금 어떤 길을 걷고 있든, 나는 그런 것에는 전혀 흥미를 가질 수 없었다. 나는 예전에 내가 있었던 장소와 시간으로부터 너무나도 멀리 떠나와 버리고 만 것이다. 그리고 그들이 입에 올리는 이야기는 싫든 좋든 이즈미를 떠오르게 했다. 나는 고향에서의 옛 이야기가 나올 때마다 이즈미가 그 도요바시의 작은 아파트에서 홀로 죽은 듯이 숨어 지내고 있는 모습을 떠올리게 되었다. **그녀는 이젠 예쁘지 않다**고 그는 말했다. **아이들은 그녀를 무서워한다**고 그는 말했다. 그 두 마디는 내 머릿속에 언제까지고 울려 퍼지고 있었다. 이즈미는 아직도 나를 용서하지 않은 것이다.

그 잡지가 나온 후 한동안, 가게의 홍보를 하기 위한 것이긴 했지만, 그런 취재에 안이하게 응했던 것을 심각하게 후회했다. 나는 그 기사를 이즈미만은 읽지 않았으면 했다. 내가 아무런 상처를 받지도 않고 이런 식으로 잘 살고 있다는 것을 알게 되면 이즈미는 도대체 어떤 기분이 들 것인가?

하지만 한 달쯤 지나자 부러 나를 찾아오는 사람도 없어졌다.

그것이 잡지의 좋은 점이다. 순식간에 유명해진다. 하지만 또 순식간에 잊힌다. 나는 안도의 한숨을 내쉬었다. 적어도 이즈미에게서는 아무 소식도 없었다. 아마도 그녀는 남성 잡지 같은 건 읽지 않을 것이라고 나는 생각했다.

하지만 한 달 반쯤 지나 잡지에 관한 일을 거의 잊어버렸을 즈음, 마지막 손님이 나를 찾아왔다. 시마모토였다.

그녀는 11월의 첫째 주 월요일 밤에 내가 경영하는 재즈클럽 (클럽의 상호인 '로빈스 네스트'는 내가 좋아하는 흘러간 노래의 제목에서 따왔다)의 카운터에 앉아서 홀로 조용히 다이커리를 마시고 있었다. 나도 같은 카운터의 세 자리 떨어진 곳에 앉아 있었지만, 그 여자가 시마모토라는 걸 전혀 눈치 채지 못하고 있었다. 무척 예쁜 여자 손님이 왔구나, 하고 감탄했을 정도였다. 이제까지 한 번도 본적이 없는 손님이었다. 전에 본 적이 있었다면 틀림없이 기억하고 있었을 것이다. 그 정도로 눈에 띄는 여자였다. 머지않아 그녀가 만나기로 한 상대가 올 것이라고 나는 생각했다. 물론 여자 혼자 오는 손님이 없는 건 아니다. 그녀들 중 어떤 이는 남자 손님이 말을 걸어올 거라고 예상하기도 하고, 어떤 경우에는 기대하기도 한다. 그런 건 보고 있으면 대충 알 수 있다. 하지만 내 경험에 비추어, **정말** 예쁜 여자는 절대로 혼자서 술을 마시러 오지 않는다. 그녀들에게는 남자가 말을 걸어오는 것이 즐거운 일도 아무 일도 아니기 때문이다. 그녀들은 그런 것들이 단지 성가실 뿐이다.

그렇기에 나는 그때 그 여자에게 거의 주의를 기울이지 않았다. 처음에 얼핏 한번 보고, 그러곤 이따금 몇 번인가 눈길을 주었을 뿐이었다. 그녀는 옅은 화장을 하고 품위 있는 고급스러운 옷을 입고 있었다. 파란 실크 원피스 위에 옅은 베이지색의 캐시미어 카디건을 걸치고 있었다. 마치 양파의 얇은 껍질처럼 가벼워 보이는 카디건이었다. 그리고 원피스 색깔과 비슷한 색상의 핸드백이 카운터 위에 놓여 있었다. 나이는 짐작할 수 없었다. 한창 좋은 나이라고밖에 달리 표현할 길이 없었다.

그녀는 사람의 시선을 확 끌 정도의 미인이었지만, 그렇다고 배우나 모델로는 보이지 않았다. 내 가게에는 그런 사람들도 종종 오는데, 그녀들에게는 자신들이 늘 타인의 눈에 띈다는 의식이 있어, **그야말로** 남을 의식하는 듯한 분위기 같은 게 어렴풋이 몸 주위에서 풍겨나게 마련이었다. 하지만 그 여자는 달랐다. 그녀는 아주 자연스러우면서도 여유롭게 주위 분위기에 녹아 있었다. 그녀는 카운터에 턱을 괴고 앉아 피아노 트리오의 연주에 귀 기울이며 마치 아름다운 문장을 음미하듯이 칵테일을 조금씩 홀짝이고 있었다. 그리고 때때로 내 쪽에 시선을 주었다. 나는 그 시선을 몇 번인가 똑똑히 느낄 수 있었다. 하지만 그녀가 정말로 나를 보고 있다고는 생각하지 않았다.

나는 여느 때처럼 양복을 입고 넥타이를 매고 있었다. 아르마니의 넥타이와 소프라니 우모의 슈트, 와이셔츠도 아르마니였다. 구두는 로세티. 나는 딱히 복장에 신경을 쓰는 편은 아니다. 필요 이상으로 옷에 돈을 들이는 것은 멍청한 짓이라는 생각을 기본적으로 가지고 있었다. 일상생활을 하기에는 청바지와 스웨터만 있으면 충분했다. 하지만 내게는 나름의 작은 철학이 있었다. 가게의 경영자라면 자기 가게에 오는 손님들이 되도록이면 이런 차림을 하고 와주었으면 하고 바라는 차림을 본인 스스로도 하여야 한다는 것이다. 내가 그렇게 함으로써 손님이나 종업원에게도 그 나름의 긴장감 같은 것이 생겨나게 하는 것이다. 그래서 나는 가게에 얼굴을 내밀 때에는 의식적으로 비싼 양복을 입고 반드시 넥타이를 맸다.

나는 거기에 앉아 칵테일을 맛보는 한편, 손님들에게도 주의를 기울이며, 피아노 트리오의 연주를 듣고 있었다. 가게 문을 열 즈음에는 제법 손님이 많았는데, 9시가 지나 비가 세차게 퍼붓기 시작하자 손님들의 발길이 뚝 끊겼다. 10시에는 손님이 앉아 있는 테이블은 얼마 안 되었다. 하지만 그 여자는 여전히 그 자리에 앉아 홀로 조용히 다이커리를 마시고 있었다. 나는 그녀가 점점 마음에 걸리기 시작했다. 아무래도 그녀는 누군가와 만날 약속을 한 것 같지 않았다. 그녀는 시계를 보는 일도 없었고, 입구 쪽을 바라보지도 않았다.

이윽고 여자가 핸드백을 손에 들고 카운터 의자에서 내려서는 것이 보였다. 시계는 벌써 11시 가까이를 가리키고 있었다. 지하철로 돌아가려면 슬슬 자리를 떠야 할 시간이었다. 하지만 그녀는 가게에서 나가려는 게 아니었다. 그녀는 천천히, 그리고 자연스럽게 내 쪽으로 다가와 내 옆자리에 앉았다. 향수 냄새가 아련하게 났다. 의자에 앉고 나서 그녀는 핸드백에서 살렘 한 갑을 꺼내 한 개비를 입에 물었다. 나는 그런 그녀의 행동을 곁눈으로 어렴풋이 보고 있었다.

"멋진 가게네요"라고 그녀는 내게 말했다.

나는 읽고 있던 책에서 얼굴을 들고 어리둥절한 채 그녀를 보았다. 하지만 그때 무엇인가가 나를 탁 치는 것이 느껴졌다. 가슴속의 공기가 갑자기 묵직해진 듯한 기분이 들었다. 나는 흡인력이라는 걸 떠올렸다. **이건 그 흡인력일까?**

"고맙습니다"라고 나는 말했다. 아마도 그녀는 내가 이곳의 사장이라는 것을 알고 있는 것 같았다. "마음에 드신다니 기쁘군요."

"네, 무척 마음에 들어요." 그녀는 내 얼굴을 빤히 들여다보듯하며 방긋 웃었다. 매혹적인 미소였다. 입술이 활짝 벌어지며 눈가에 매력적인 잔주름이 지어졌다. 그 미소는 내게 뭔가를 떠오르게 했다.

"연주도 근사하고요." 그녀는 피아노 트리오를 가리키며 말했다. "그런데 불 좀 빌릴 수 있을까요?"

나는 성냥도 라이터도 가지고 있지 않았다. 나는 바텐더를 불러 가게의 성냥을 가져오도록 했다. 그리고 그녀가 입에 문 담배에 불을 붙여주었다.

"고마워요." 그녀는 말했다.

나는 정면에서 그녀의 얼굴을 보았다. 그리고 그제야 가까스로 알아차렸다. 그 여자가 시마모토라는 사실을. "시마모토!" 나는 메마른 소리로 말했다.

"알아보는 데 꽤 시간이 걸렸네." 그녀는 잠시 뜸을 두고 나서 재미있다는 듯이 말했다. "너무한 거 아냐? 영영 못 알아보는 줄 알았어."

나는 오랫동안 마치 소문으로밖에 들어본 적이 없는 매우 진귀한 정밀기계를 눈앞에 대했을 때처럼, 아무 말도 하지 못하고 그녀의 얼굴을 바라보고 있었다. 내 눈앞에 있는 사람은 분명히 시마모토였다. 하지만 그 사실을 사실로서 받아들일 수가 없었다. 나는 그때까지 너무나도 오랫동안 시마모토를 생각해왔다. 그리고 그녀를 만나는 일은 이제 두 번 다시 없을 거라고 생각했다.

"멋진 슈트네." 그녀는 말했다. "아주 잘 어울려."

나는 잠자코 고개만 끄덕였다. 제대로 말문이 열리지 않았다.

"저기, 하지메, 예전보다 무척 근사해졌는걸. 몸도 탄탄해진 것 같고."

"수영을 하고 있지"라고 나는 가까스로 소리 내어 말했다. "중학교 때 시작해서 계속하고 있어."

"수영을 한다는 건 즐겁겠지? 옛날부터 줄곧 그런 생각을 했어. 수영을 한다는 건 즐거울 거라고."

"그렇지. 배우면 누구나 수영은 할 수 있어." 나는 말했다. 그 말을 뱉고 나서야 나는 그녀의 다리가 생각났다. **나는 도대체 무슨 말을 하고 있는 거지**, 하고 난 생각했다. 나는 혼란스러워서 좀 더 그럴듯한 이야기를 하려 했다. 하지만 생각처럼 말은 나오지 않았다. 나는 바지 주머니에 손을 쑤셔 넣고 담뱃갑을 찾았다. 그리고 아차 하고, 내가 5년 전에 담배를 끊었다는 사실을 깨달았다.

시마모토는 그런 내 행동을 아무 말도 하지 않고 가만히 바라보고 있었다. 그러곤 손을 들어 바텐더를 부르더니 다이커리를 한 잔 더 주문했다. 그녀는 남에게 무엇인가를 청할 때마다 언제나 방긋하고 활짝 웃었다. 그녀의 웃는 얼굴은 정말로 매력적이었다. 그 근처에 있는 모든 것을 쟁반에 얹어 가져다주고 싶어질 정도로 매력적인 웃음이었다. 만약 다른 여자가 똑같은 행동을 했더라면 왠지 역겨운 느낌이 들었을지도 모른다. 하지만 그녀가 미소를 지으면 온 세계가 미소 짓고 있는 것처럼 보였다.

"넌 지금도 파란 옷을 입고 있구나." 나는 말했다.

"그래, 난 옛날부터 파란색 옷을 좋아했지. 아직도 기억하고 있네."

"너에 관한 거라면 거의 다 기억하고 있지. 연필을 깎는 법에서 홍차에 각설탕을 몇 개 넣는가 하는 것까지."

"몇 개 넣더라?"

"두 개."

그녀는 눈을 약간 가늘게 하고 내 얼굴을 바라보았다.

"있잖아, 하지메. 왜 그때 내 뒤를 밟았어? 아마 8년쯤 전이었던 것 같은데."

나는 한숨을 내쉬었다. "그 사람이 너인지 아닌지, 알 수 없었어. 걷는 모습은 너랑 똑같았지. 하지만 네가 아닌 것처럼 보이기도 했어. 나는 확신할 수 없었지. 그래서 네 뒤를 따라간 거야. 뒤를 밟은 건 아냐. 기회를 봐서 말을 걸 작정이었지."

"그럼 왜 말을 걸지 않은 건데? 왜 직접 확인해보지 않았는데? 그랬다면 이야기는 간단했을 텐데?"

"왜 그러지 않았는지 나도 잘 모르겠어." 나는 솔직하게 말했다. "어쨌든 그때는 도저히 그럴 수가 없었어. 목소리가 나오질 않았어."

그녀는 살짝 입술을 깨물었다. "그때는 그 남자가 너라는 걸 알아차리지 못했어. 누군가가 계속 내 뒤를 미행하는 것 같아 무섭다는 생각밖엔 없었어. 정말이야. 굉장히 무서웠어. 그러다 택시를 타고 잠시 후, 겨우 한숨 돌리고 나서야 불현듯 생각이 든 거야. 그 남자는 어쩌면 하지메가 아니었을까 하고 말이야."

"저, 시마모토. 그때 내가 맡아둔 게 있어. 그 사람이 너랑 어떤 관계인지는 모르겠지만 나는 그때……."

그녀는 집게손가락을 들어올리더니 입술로 가져갔다. 그리고 살며시 고개를 저었다. 그 이야기는 이제 하지 말자. 부탁이니까 두 번 다시 그 이야기는 묻지 말아줘, 하고 말하듯이.

"결혼을 했겠지?" 시마모토는 화제를 바꾸려는 듯이 말했다.

"아이가 둘 있어." 나는 말했다. "둘 다 여자애야. 아직 어리지만."

"멋지다. 너에겐 틀림없이 딸이 어울릴 것 같았어. 왜냐고 물으면 이유는 잘 설명할 수 없지만, 왠지 그런 기분이 들었어. 여자애가 어울린다고."

"그런가?"

"어쩐지 그래"라고, 시마모토는 말하곤 살며시 웃었다. "아무튼 네 아이는 외동아이로 만들지 않으려고 한 거지?"

"딱히 그런 생각을 한 건 아냐. 어쩌다 보니 그렇게 됐을 뿐이지."

"어떤 기분일까? 딸이 둘 있다는 건."

"왠지 좀 이상해. 큰아이가 다니는 유치원을 보면 원아의 절반 이상이 외아들, 외동딸이야. 우리 어렸을 때와는 시대가 완전히 달라진 거지. 대도시에서는 외동아이가 오히려 당연하거든."

"어쩌면 우리는 태어난 시대가 너무 일렀던 건지도 모르지."

나는 "그럴지도 모르지"라고 말하며 웃었다. "아마도 세계가 우리에게 다가오고 있는 거겠지. 하지만 아이들이 집 안에서 늘 둘이서 놀고 있는 걸 보고 있으면 때로 왠지 불가사의한 기분이

들 때가 있어. 이런 방법으로 자라기도 하는구나, 하고 감탄하게 되다니까. 나는 어렸을 적부터 늘 혼자서 놀아서 아이들이란 다들 혼자서 노는 거라고 생각했거든."

피아노 트리오가 〈코르코바두〉의 연주를 끝마치자 손님들이 박수를 쳤다. 늘 그렇듯이 밤이 깊어갈수록 연주는 점점 분위기에 녹아들어 친밀하게 다가온다. 피아니스트는 곡과 곡 사이에 레드 와인 잔을 기울이고, 베이시스트는 담배에 불을 붙였다.

시마모토는 칵테일을 한 모금 마셨다. "있잖아, 하지메. 솔직히 말하면 여기 오는 걸 굉장히 망설였어. 거의 한 달 가까이 망설이고 고민했지. 어디에선가 잡지를 넘기다가 네가 이곳에서 클럽을 열었다는 걸 알게 되었어. 처음에는 뭔가 잘못된 게 아닐까, 하고 생각했지. 그렇잖아, 넌 바를 경영할 것 같은 타입으로는 전혀 보이지 않았거든. 하지만 이름도 너였고, 사진 속의 얼굴도 너였어. 이웃에 살던 그리운 하지메였어. 난 사진으로나마 너와 다시 한번 만날 수 있어서 무척 기뻤어. 하지만 현실의 너를 만나는 게 좋을지 어떨지는 알 수 없었어. 만나지 않는 편이 어쩌면 서로를 위해 좋지 않을까 하는 기분이 든 거야. 네가 이렇게 잘 지내고 있는 걸 알았으니 그걸로 충분한 게 아닌가 하고."

나는 묵묵히 그녀의 이야기를 듣고 있었다.

"하지만 이왕 네 소재지를 알게 됐으니까 슬쩍 모습을 보는 정도는 괜찮겠다 싶어서 와볼 생각이 든 거야. 그리고 나는 저 의자

에 앉아서 바로 옆에 있는 너를 보고 있었지. 만일 네가 나를 알아
차리지 못한다면 그냥 그대로 말없이 돌아갈 생각이었어. 하지만
도저히 참을 수가 없었어. 반가워서 말을 걸지 않을 수 없었거든."

"왜 그런 생각이 들었지?" 나는 말했다. "그러니까 왜 나를 만
나지 않는 편이 좋겠다고 생각했던 거야?"

그녀는 손가락으로 칵테일 잔의 테두리를 매만지면서 잠시
생각했다. "만일 나를 만나면 아마도 넌 나에 대해서 이런저런 것
들을 알고 싶어 할 거라는 생각이 들었지. 이를테면 결혼은 했는
지, 어디에 살고 있는지, 이제까지 무엇을 했는지, 그런 거 말이
야. 그렇잖아?"

"그야 자연스럽게 이야기가 그런 쪽으로 흐르게 되겠지."

"당연히 그렇지. 그게 자연스럽게 흘러가는 이야기의 흐름이
라고 나도 생각해."

"하지만 넌 그런 이야기는 별로 하고 싶지 않다는 거지?"

그녀는 난처하다는 듯이 미소를 짓곤 고개를 끄덕였다. 시마
모토는 다양한 종류의 미소를 가지고 있는 듯했다. "그래, 난 그
런 이야기는 별로 하고 싶지 않아. 그 이유는 묻지 마. 아무튼 난
내 신상에 관해서는 말하고 싶지 않아. 하지만 그런 건 분명히 자
연스럽지 않고 이상한 거겠지? 왠지 일부러 비밀에 둘러싸여 있
는 척하는 것 같기도 하고, 잘난 척하는 것 같기도 하고 말이야.
그래서 나는 차라리 너를 만나지 않는 편이 좋을 거라고 생각한

거야. 네가 나를 잘난 척하는 이상한 여자라고 생각하는 게 싫었거든. 그게 내가 여기에 오고 싶지 않았던 이유의 하나야."

"다른 이유는?"

"실망하고 싶지 않았기 때문이야."

나는 그녀가 손에 들고 있는 유리잔을 바라보았다. 그리고 어깨까지 곧게 늘어져 있는 그녀의 머리카락을 바라보고, 예쁜 모양의 얇은 입술을 바라보았다. 또 한없이 깊고 까만 그녀의 눈동자를 바라보았다. 그 눈꺼풀에는 사려 깊어 보이는 가느다란 선이 있었다. 그 선은 아득히 먼 곳에 보이는 수평선처럼 느껴졌다.

"난 그 옛날의 너를 아주 좋아해서 지금의 너를 만나 실망하고 싶지 않았어."

"그래서 내가 널 실망시켰어?"

그녀는 살며시 고개를 저었다. "저기에 앉아서 너를 계속 보고 있었어. 처음에는 왠지 딴 사람처럼 보였어. 무척 몸집도 커지고, 슈트도 입고 있고. 그런데 자세히 들여다보니 틀림없는 그 옛날의 하지메였어. 너, 그거 아니? 네 몸짓은 말이야, 열두 살 때랑 변한 게 거의 없는 것 같거든."

"몰랐는걸" 하고 나는 말했다. 웃으려고 했지만 제대로 웃음이 나오지 않았다.

"손을 움직이는 모습이라든지, 눈을 움직이는 모습이라든지, 손톱 끝으로 톡톡 무엇인가를 두드리는 버릇이라든지, 꽤 까다로운 사람처럼 미간을 찌푸리는 모습이라든지, 옛날과 전혀 달라지지 않은 거야. 아르마니의 슈트를 입게 되었어도 알맹이는 그다지 변하지 않은 것 같아."

"아르마니가 아냐"라고 나는 말했다. "와이셔츠랑 넥타이는 아르마니지만 슈트는 아니야."

시마모토는 방긋 웃었다.

"저 말이야, 시마모토. 난 늘 너를 만나고 싶었어. 너와 만나 이야기를 하고 싶었어. 네게 하고 싶은 이야기가 아주 많았어."

"나도 널 만나고 싶었어." 그녀는 말했다. "하지만 네가 오지 않았어. 그건 인정하지? 중학교에 들어간 후 네가 다른 고장으로 이사 간 뒤로, 나는 내내 네가 와주기를 기다렸어. 그런데 왜 오지 않았던 거야? 나는 무척 외로웠어. 틀림없이 넌 새로운 곳에서 새로운 친구들을 만나 나 같은 건 잊어버린 거라고 생각했어."

시마모토는 담배를 재떨이에 비벼 껐다. 그녀의 손톱에는 투명한 매니큐어가 칠해져 있었다. 마치 정교하게 만들어진 듯한 손톱이었다. 매끈하고 완벽하다.

"난 두려웠어." 나는 말했다.

"두려웠다고? 대체 뭐가 두려웠는데? 내가 두려웠어?"

"아니야. 네가 두려웠던 게 아냐. 내가 두려웠던 건 거부당하는 거였어. 나는 아직 어린애에 불과했지. 네가 나를 기다리고 있다고는 상상도 할 수 없었어. 네가 날 거부할까 봐 정말로 두려웠어. 너희 집에 놀러 가면 네가 귀찮아할까 봐 몹시 두려웠고. 그래서 발길이 멀어지고 만 거야. 그렇게 괴로운 생각을 하는 것보다는 차라리 너랑 함께했던 친밀한 추억만을 안고 살아가는 편이 좋을 것 같은 기분이 든 거지.”

그녀는 살짝만 고개를 갸웃했다. 그리고 손바닥 위로 캐슈너트를 굴렸다.

“좀처럼 잘 안 되는 거네.”

“좀처럼 잘되지 않아.” 나는 말했다.

“우린 더 오랫동안 친구로 있을 수도 있었는데 말이야. 사실 난 중학교에 들어가서도, 고등학교에 들어가서도, 대학에 들어가서도, 한 명의 친구도 생기지 않았어. 어디에 있든 늘 혼자였어. 그래서 난 늘 네가 곁에 있다면 얼마나 좋을까 하고 생각했어. 설령 곁에 있어주지 않더라도 편지를 주고받는 것만으로도 좋겠다고 생각했어. 그랬다면 많은 것이 지금과는 달라졌을 거란 생각이 들어. 많은 일이 훨씬 견디기 쉬웠을 거야.” 시마모토는 잠시 뜸을 두고 아무 말도 없었다. “왜 그랬는지 모르겠지만 중학교에 들어갔을 무렵부터 난 도무지 학교생활을 할 수가 없었어. 그리고 그 때문에 나는 더욱더 내 안으로 움츠러들게 되었어. 악순환이라는 거지.”

나는 고개를 끄덕였다.

“초등학교 무렵까지는 그럭저럭 잘 해나갔던 것 같은데, 상급

학교로 진학한 후에는 엉망이 되고 말았어. 줄곧 우물 바닥에서 살고 있는 거 같았지."

그건 내가 대학에 들어가고 나서 유키코와 결혼하기까지의 10년쯤 지나는 동안 줄곧 느꼈던 일이기도 했다. 한 번 뭔가가 잘 되지 않는다. 그러면 그 잘되지 않은 일이 다른 잘 안 되는 일을 만들어낸다. 그리하여 상황은 끝도 없이 나빠지고 만다. 아무리 몸부림쳐봐도, 거기에서 벗어날 수 없게 된다. 누군가가 다가와 서 그곳에서 꺼내주기까지.

"무엇보다 난 다리를 절잖아. 그래서 보통 사람이 쉽게 할 수 있는 일을 할 수 없었어. 그래서 책만 읽으면서 타인에게 좀처럼 마음을 열려고 하지 않았어. 더구나 뭐랄까, 외모가 눈에 띄었으 니까. 그래서 대부분의 사람들은 나를 정신적으로 비뚤어진 오만 한 여자라고 생각했지. 어쩌면 정말 그랬을지도 모르지만."

"확실히 넌 너무 예쁜지도 몰라"라고 나는 말했다.

그녀는 담배를 꺼내 입에 물었다. 나는 성냥을 그어 불을 붙여 주었다.

"정말로 내가 예쁘다고 생각해?" 시마모토는 물었다.

"그럼. 그런 이야기는 남들한테도 늘 듣는 이야기일 텐데."

시마모토는 웃었다. "그렇지 않아. 게다가 솔직히 말해 나는 내 얼굴을 그다지 좋아하는 편이 아니야. 네가 그렇게 말해주니 굉장히 기쁜데"라고 그녀는 말했다. "아무튼 대부분의 여자들은 날 그다지 좋아하지 않아. 유감스럽게도 말이야. 나는 몇 번이나 생각했어. 예쁘다는 소리를 듣지 않아도 좋으니 그냥 평범한 여자가 되어 지극히 평범하게 친구를 사귀고 싶다고."

시마모토는 손을 뻗어 카운터 위에 있는 내 손을 살짝 만졌다. "정말 다행이야. 네가 행복하게 살고 있어서."

나는 아무 말도 하지 않았다.

"행복하지?"

"행복한지 어쩐지 잘 모르겠어. 하지만 적어도 불행하다고는 생각하지 않고 고독하지도 않아." 나는 말했다. 그리고 잠시 뜸을 두고 덧붙였다. "하지만 이따금 문득 이런 생각을 할 때가 있어. 너희 집 거실에서 둘이서 음악을 들었을 때가 내 인생에서 가장 행복했던 시절이 아니었을까 하고 말이야."

"그 레코드들은 지금도 간직하고 있어. 냇 킹 콜, 빙 크로스비, 로시니, 그리그의 〈페르 귄트〉, 그 밖에 이런저런 것들. 한 장도 빠짐없이 가지고 있어. 아버지가 돌아가시고 나서 유품으로 내가 간직하고 있어. 아주 조심스럽게 다룬 덕에 지금도 흠집 하나 나지 않았어. 내가 얼마나 정성껏 그 레코드들을 다루었는지 기억하지?"

"아버지가 돌아가셨구나."

"5년 전에 직장암으로 돌아가셨어. 말기에 지독하게 고생하시다 돌아가셨지. 무척 건강한 분이셨는데."

나는 몇 번 시마모토의 아버지를 만난 적이 있었다. 그녀의 집 정원에 있는 떡갈나무처럼 탄탄해 보이는 분이셨다.

"어머니는 안녕하시고?" 나는 물었다.

"응, 아마 그럴 거야."

나는 그녀의 말투에 담긴 무엇인가가 마음에 걸렸다. "어머니와 사이가 안 좋니?"

시마모토는 다이커리를 비우고 그 잔을 카운터에 놓더니 바텐더를 불렀다. 그리고 나에게 물었다. "하지메, 이 가게에서 추천하는 칵테일은 없니?"

"우리 집에서 만들어낸 독창적인 칵테일이 몇 가지 있긴 하지. 가게 이름과 같은 '로빈스 네스트'라는 게 있는데 그게 제일 반응이 좋아. 내 작품이지. 럼과 보드카가 베이스야. 마시기는 좋은데 꽤 술기운이 돌지."

"여자를 유혹하는 데 좋을 거 같네."

"이봐, 시마모토. 넌 잘 모르는 것 같은데 칵테일이라는 건 애당초 그걸 목적으로 존재하는 거야."

그녀는 웃었다. "그럼 그걸 마실게."

칵테일이 나오자 그녀는 한동안 색깔을 바라보고 나서 한 모금 홀짝이곤 잠시 눈을 감고 맛을 음미했다. "아주 미묘한 맛이 나네"라고 그녀는 말했다.

"달지도 않고 쓰지도 않고. 깔끔하고 단순한 맛인데 깊이 같은 게 있어. 네게 이런 뛰어난 재능이 있다는 건 몰랐는걸."

"난 선반 하나 만들 줄 모르지. 자동차의 오일 필터도 바꿀 줄 모르고, 우표 하나 똑바로 붙이질 못해. 전화번호도 시도 때도 없이 잘못 누르곤 해. 하지만 나만의 독창적인 칵테일은 몇 가지 만들었지. 반응도 좋다고."

그녀는 칵테일 잔을 받침 위에 놓고 한동안 그 속을 가만히 들여다보았다. 그녀가 칵테일 잔을 기울이자 잔 속에 비친 천장의 불빛이 아련하게 흔들렸다.

"엄마와는 만나지 않은 지 벌써 오래됐어. 10년쯤 전에 이런저런 성가신 일이 있고 나서 거의 만나지 않았어. 아버지 장례식 때 보긴 했지만 그뿐이야."

피아노 트리오가 오리지널 블루스 연주를 끝내자, 피아니스트가 〈스타 크로스드 러버스〉의 도입부를 치기 시작했다. 내가 가게에 있을 때, 피아니스트는 자주 그 발라드를 연주한다. 내가 그 곡을 좋아하는 걸 알고 있기 때문이다. 듀크 엘링턴이 만든 곡 중에서는 그다지 유명한 편도 아니고, 그 곡에 얽힌 개인적인 추억이 있는 것도 아니지만 우연히 듣게 된 이후로 나는 그 곡을 오랫동안 좋아해왔다. 학생 시절에도, 교과서 출판사에서 근무했을 무렵에도, 밤이 되면 듀크 엘링턴의 LP 〈서치 스위트 선더〉에 들어 있는 〈스타 크로스드 러버스〉를 몇 번이고 몇 번이고 되풀이해서 듣곤 했다. 그 곡에서는 조니 허지스가 섬세하며 기품 있는 솔로 연주를 했다. 나른하면서도 아름다운 그 멜로디를 듣고 있으면, 당시의 일들이 언제나 내 머릿속에 되살아났다. 그리 행복한 시절이었다고는 할 수 없고, 나는 채워지지 않는 빈 가슴을 안고 살고 있었다. 나는 지금보다 더 젊었고, 더 굶주려 있었고, 더 고독했다. 하지만 나는 정말로 온전한, 마치 잘 갈아진 칼날 같은 나 자신이었다. 그 무렵에는 듣는 음악 한 음 한 음이, 읽는 책 한 줄 한 줄이 몸속으로 스며들어오는 걸 느낄 수 있었다. 신경은 송곳처럼 예리해서, 내 눈은 상대를 찌를 듯한 날카로운 빛을 담고 있었다. 그런 시절이었다. 〈스타 크로스드 러버스〉를 들으면, 나는 언제나 그 무렵의 나날과 거울에 비친 내 눈이 떠올랐다.

"실은 중학교 3학년이 되었을 때, 너를 만나러 간 적이 있었어. 혼자서는 도저히 견딜 수 없을 정도로 쓸쓸했었거든" 하고 나는 말했다. "전화를 걸어봤지만 연결이 되지 않았어. 그래서 전철을 타고 너희 집까지 가봤지. 하지만 그땐 이미 다른 사람의 문패가 걸려 있었어."

"네가 이사를 하고 나서 2년 후에, 아버지 일 때문에 후지사와로 이사했어. 에노시마에서 아주 가까운 곳이었지. 그리고 그 후론 쭉 거기서 살았어. 내가 대학에 들어갈 때까지. 이사 가면서 너한테 새 주소지를 엽서로 보냈는데 못 받았어?"

나는 고개를 저었다. "받았더라면 당연히 답장을 했겠지. 이상하네. 틀림없이 어딘가에서 착오가 있었을 거야."

"그게 아니면 우리가 그저 단순히 운이 나빴던 것일지도 모르 겠네"라고 시마모토는 말했다. "그런 일엔 차질이 많아서 늘 엇 갈리곤 하니까. 어쨌든 그건 그렇고 네 이야기를 해봐. 이제까지 의 네 인생에 대해서 들려줘."

"그리 재미있는 이야기도 아니야."

"재미없어도 괜찮으니까 듣고 싶어."

나는 이제까지 내가 어떠한 인생을 살아왔는지 대충 그녀에 게 들려주었다. 고등학교 시절에 여자 친구를 사귀었지만, 결국 은 그녀에게 깊은 상처를 안겨주고 말았던 일을 세세히는 말하지 않았다. 하지만 어떤 뜻하지 않은 일로 그녀에게 상처를 입히게 되었고, 동시에 나 자신도 상처를 입게 되었다고 나는 설명했다. 도쿄에 있는 대학에 입학했고, 졸업하고 나서는 교과서 출판사에 들어간 일. 하지만 이십 대를 통틀어 볼 때, 나는 늘 고독한 나날 을 보냈다는 것. 친구라고 부를 만한 사람도 없었다는 것. 몇 명의 여자와 사귀었지만 조금도 행복해지지 않았다는 것. 고등학교를 졸업한 후부터 서른 살이 다 되어 우연히 유키코를 만나 결혼하 기까지, 누군가를 진정으로 좋아한 적은 단 한 번도 없었다는 것. 그 무렵 곧잘 시마모토를 생각했었다는 것. 너를 만나 단 한 시간 만이라도 좋으니까 대화를 나눌 수 있다면 얼마나 근사할까 하는 생각을 했었지, 하고 내가 말하자 그녀는 미소 지었다.

"내 생각, 자주 했어?"

"그래."

"나도 네 생각을 자주 했어"라고 시마모토는 말했다. "언제나, 힘들어질 때마다. 넌 나에게 있어 태어나서 이제까지, 유일한 친구였던 것 같은 기분이 들어." 그리고 그녀는 카운터에 한 팔로 턱을 괴고, 온몸의 힘을 빼듯이 잠시 눈을 감고 있었다. 그녀의 손가락에는 반지가 하나도 끼워져 있지 않았다. 그녀의 속눈썹이 이따금씩 가늘게 떨리는 것이 보였다. 이윽고 그녀는 천천히 눈을 뜨고, 손목시계를 보았다. 나도 내 손목시계를 보았다. 벌써 자정이 다 되어가고 있었다.

그녀는 핸드백을 손에 들고 조금 몸을 움직여 의자에서 내려왔다. "갈게. 널 찾아오길 잘했어"

나는 그녀를 입구까지 배웅했다. "택시를 잡아줄까? 혹시 택시로 돌아갈 거면 비가 와서 잡기 힘들 텐데." 나는 물었다.

시마모토는 고개를 저었다. "괜찮아. 신경 쓰지 마. 그쯤은 혼자서도 할 수 있으니까."

"정말로 실망하지 않았어?"라고 나는 물었다.

"너한테?"

"그래."

"실망 안 했어. 괜찮아." 시마모토는 웃으며 말했다. "안심해. 그런데 그 슈트, 정말 아르마니 아니야?"

그러고서 난 시마모토가 예전처럼 다리를 절지 않는다는 걸 깨달았다. 걸음걸이는 그다지 빠르지 않았고, 주의해서 보니 그 걸음걸이에는 기교적인 구석이 엿보이기는 했다. 하지만 그녀의 걸음걸이에서 부자연스러운 흔적은 거의 찾아볼 수 없었다.

"4년 전쯤에 수술해서 나았어." 시마모토는 마치 변명하듯이 말했다. "완전히 나았다고는 할 수 없지만 예전처럼 심하지는 않아. 힘든 수술이었는데 그럭저럭 잘 되었어. 여기저기 뼈를 깎아내기도 하고 붙이기도 하고……."

"어쨌든 잘됐네. 이젠 다리가 불편한 것처럼 보이지 않아." 나는 말했다.

"그래. 잘된 거라고 생각해. 너무 늦었는지도 모르지만."

나는 코트 보관소에서 그녀의 코트를 찾아 그녀에게 입혀주었다. 나란히 서보니 그녀의 키는 그리 크지 않았다. 열두 살 무렵에는 나와 키가 비슷했다는 생각을 하자 조금 이상야릇한 기분이 들었다.

"시마모토, 다시 만날 수 있을까?"

"아마도"라고 그녀는 말했다. 그리고 희미한 미소를 입가에 떠었다. 바람 없는 날 조용히 피어오르는 실연기 같은 미소였다. "아마도."

그리고 그녀는 문을 열고 나갔다. 나는 5분쯤 뒤에 계단을 올라가 거리로 나가보았다. 그녀가 택시를 잘 잡았는지 마음에 걸렸던 것이다. 밖에는 아직도 비가 내리고 있었다. 시마모토는 이미 보이지 않았다. 거리에는 인적 하나 없었다. 자동차가 젖은 길바닥에 헤드라이트 불빛을 아련하게 보도 위로 번지게 하고 있을 따름이었다.

어쩌면 난 환상 같은 걸 보았는지도 모른다고 생각했다. 나는 그곳에 우두커니 선 채로, 거리에 내리는 비를 한참 동안 바라보았다. 다시 한번 열두 살 소년으로 돌아간 듯한 기분이 들었다. 어렸을 적, 나는 비가 내리는 날에는 아무것도 하지 않고 가만히 비를 쳐다보며 시간을 보냈다. 아무 생각도 하지 않고 비를 보고 있으면, 내 몸이 조금씩 풀어져 현실세계에서 빠져나가는 듯한 기분이 들곤 했었다. 아마도 빗속에는 사람에게 최면을 걸어버리는 것 같은 특수한 힘이 있는 것이리라. 적어도 그 무렵의 나에게는 그렇게 느껴졌다.

하지만 그것은 환상이 아니었다. 가게에 돌아와 보니 시마모토가 앉았던 자리에 아직도 술잔과 재떨이가 남아 있었다. 재떨이 속에는 립스틱이 묻은 담배꽁초 몇 개비가 살며시 찌그러진 채 들어 있었다. 나는 그 옆자리에 앉아 눈을 감았다. 음악의 여운이 조금씩 멀어지고, 나는 혼자가 되었다. 그 부드러운 암흑 속에서는 아직도 비가 소리 없이 내리고 있었다.

# 9

# 사랑과 죄의식의 거리

◆
⋮
◆

그 후 꽤 오랫동안 시마모토는 모습을 나타내지 않았다. 나는 매일 밤 '로빈스 네스트'의 카운터에 앉아서 긴 시간을 보냈다. 나는 책을 읽으면서 때때로 입구 쪽 문으로 눈길을 보냈다. 하지만 그녀는 오지 않았다. 나는 시마모토에게 뭔가 말을 잘못한 건 아닌가 하고 걱정스러워졌다. 뭔가 쓸데없는 말을 해서 그녀에게 상처를 준 것은 아닐까 하고. 나는 그날 밤 내가 한 말을 하나하나 되새겨보고, 그녀가 한 말을 떠올려보았다. 하지만 짐작이 가는 건 딱히 아무것도 없었다. 어쩌면 시마모토는 나를 만나고 정말로 실망했는지도 모른다. 그건 충분히 있을 수 있는 일이었다. 그녀는 그렇게 아름답고, 이젠 다리도 절지 않는다. 그녀는 자신에게 있어 귀중한 무엇인가를 내 안에서 찾아내지 못했던 것이리라.

한 해가 저물고, 크리스마스가 지나더니 금세 새해가 찾아왔다. 그리고 눈 깜짝할 사이에 1월이 지나갔다. 나는 서른일곱 살이 되었다. 난 체념하고 더 이상은 그녀를 기다리지 않기로 했다. 나는 '로빈스 네스트'에 가끔씩만 얼굴을 내밀게 되었다. 그곳에 가면 나도 모르게 그녀가 생각났고, 손님들 자리에서 그녀의 모습을 찾게 되었기 때문이었다. 나는 바의 카운터에 앉아, 책을 펼쳐놓고 하염없는 상념에 빠져들었다. 뭔가에 정신을 집중하는 것에 어려움을 느끼게 되었다.

그녀는 나를 자신의 유일한 친구라고 말했다. 태어나서 이제까지 오직 한 사람의 친구라고 말했다. 나는 그 말을 듣고 무척 기뻤다. 우리가 다시 친구가 될 수 있을 거라고 생각했다. 나는 그녀에게 많은 이야기를 하고 싶었다. 그리고 그것에 대한 그녀의 의견을 듣고 싶었다. 그녀가 자신에 대해서 아무 이야기도 하고 싶지 않다고 해도 상관없다고 생각했다. 그녀를 만나 이야기할 수 있다는 것만으로도 난 기뻤다.

하지만 그날 이후로 그녀는 모습을 나타내지 않았다. 어쩌면 나를 만나러 올 틈이 없을 정도로 바빴는지도 모른다. 하지만 석 달이라는 건 너무나도 긴 공백이었다. 만일 정말로 올 수 없었다 하더라도 전화 정도는 걸 수 있었을 것이다. 결국 그녀는 나를 잊은 것이라고 난 생각했다. 나라는 인간은 이미 그녀에게는 그다지 소중한 존재가 아닌 것이다. 그렇게 생각하자 난 몹시 괴로웠다. 마치 가슴에 작은 구멍이 뚫려버린 것 같은 기분이었다. 그녀는 그런 말을 하지 말았어야 했다. 어떤 종류의 말은 언제까지고 사람의 마음속 깊이 남는 법이다.

그런데 2월초, 역시 비 내리는 밤에 그녀는 나타났다. 소리 없이 내리는, 얼어붙을 듯이 차가운 비였다. 그날 밤 나는 마침 볼일이 있어 이른 시간부터 '로빈스 네스트'에 나와 있었다. 손님들이 가지고 들어오는 우산에서 차가운 비 냄새가 풍겼다. 그날 밤은 피아노 트리오에 테너 색소폰이 가담하여 몇 곡을 연주했다. 즉석에서 가담한 그는 꽤 유명한 색소폰 연주자라서 객석이 들끓고 있었다. 늘 앉는 카운터 구석 자리에서 책을 읽고 있으려니, 시마모토가 소리도 없이 다가와 옆자리에 앉았다.

"안녕" 하고 그녀는 말했다.

나는 책을 놓고 그녀의 얼굴을 바라보았다. 그녀가 정말 내 옆에 앉아 있다는 것을 믿을 수가 없었다.

"이제 두 번 다시 이곳엔 오지 않을 줄 알았어."

"미안해." 그녀는 말했다. "화났어?"

"화 같은 건 나지 않았어. 난 그런 일로 화를 내거나 하진 않아. 시마모토, 여기는 가게야. 손님은 누구나 오고 싶을 때 오고, 가고 싶을 때 가거든. 나는 그저 사람들이 오길 기다리고 있을 뿐이야."

"하지만, 아무튼 미안해. 어떻게 설명해야 좋을지 모르겠지만 아무튼 여기에 올 수가 없었어."

"바빴어?"

"바쁘진 않았어." 그녀는 조용한 목소리로 말했다. "바쁜 건 아니었어. 단지 여기에 올 수가 없었을 뿐이야."

그녀의 머리카락은 비에 젖어 있었다. 물기를 머금은 앞머리 몇 가닥이 이마에 들러붙어 있었다. 나는 웨이터에게 새 수건을 가져오게 했다.

"고마워"라고 말하곤 그녀는 수건을 받아 들고 젖은 머리를 닦았다. 그리고 담배를 꺼내어 자신의 라이터로 불을 붙였다. 비를 맞아 추웠던지 손가락이 가늘게 떨리고 있었다. "가랑비라서, 택시를 타면 되겠거니 하고 레인코트 차림으로 나왔는데, 걷다 보니 생각보다 꽤 오래 걷게 되었어."

"뭐 따뜻한 거라도 마시겠어?" 나는 물었다.

시마모토는 내 얼굴을 들여다보며 방긋 웃었다. "고마워, 하지만 됐어."

그 미소를 보자 나는 석 달 동안의 공백 같은 건 순식간에 잊고 말았다.

"뭘 읽고 있어?" 그녀는 내 책을 가리키며 물었다.

나는 그녀에게 책을 보여주었다. 역사책이었다. 베트남전쟁 후에 일어난 중국과 베트남과의 전쟁을 다룬 책이었다. 그녀는 책장을 넘기며 대충 훑어보곤 내게 돌려주었다.

"이젠 소설은 잘 안 읽어?"

"소설도 읽어. 하지만 옛날만큼 많이 읽지는 않고, 새로 나온 소설은 거의 아무것도 몰라. 옛날 소설이나 읽고 있지. 대부분이 19세기 소설. 그것도 옛날에 읽었던 걸 다시 읽는 경우가 많아."

"왜 새로 나온 소설들은 읽지 않는 거야?"

"아마도 실망하는 게 싫어서겠지. 시시한 책을 읽고 나면 시간만 낭비한 듯한 기분이 들거든. 그리고 굉장히 실망을 하지. 옛날에는 그렇지 않았어. 시간도 많았고, 시시한 걸 읽었다는 생각이 들어도 거기에서 뭔가 얻을 게 있을 것 같은 기분이 들었거든. 그 나름대로 말이야. 그런데 지금은 아냐. 단순히 시간만 낭비했다는 생각만 들거든. 나이가 들어서겠지."

"그렇지, 나이가 들었다는 건 확실하지"라고 그녀는 말하곤 장난스럽게 웃었다.

"넌 아직도 책을 많이 읽고 있어?"

"응, 늘 읽고 있어. 새로운 것도, 옛날 것도. 소설도, 소설이 아닌 것도. 시시한 것도, 시시하지 않은 것도. 너와는 달리 난 그냥 책을 읽으며 시간 때우는 걸 좋아하는 것 같아."

그리고 그녀는 바텐더에게 '로빈스 네스트'를 주문했다. 나도 같은 걸 시켰다. 그녀는 칵테일이 나오자 한 모금 마시더니 가볍게 고개를 끄덕이고 나서 술잔을 카운터 위에 내려놓았다.

"있잖아, 하지메. 어째서 이 가게 칵테일은 어느 것을 마셔도 다른 집보다 맛있는 걸까?"

"나름대로 노력을 하고 있기 때문이지." 나는 말했다. "노력 없이는 이루어지는 게 없어."

"이를테면 어떤 노력?"

"이를테면 저 사람이지"라고 나는 말하곤, 진지한 표정으로 아이스 피크를 사용해서 얼음을 깨고 있는 젊고 잘생긴 바텐더를 가리켰다. "나는 저 사람에게 아주 많은 급료를 주고 있거든. 다들 깜짝 놀랄 정도의 보수지. 그 사실은 다른 종업원들에게는 비밀이지만 말이야. 왜 저 사람에게만 그렇게 많은 월급을 주느냐 하면 말이지, 그에게는 맛있는 칵테일을 만드는 재능이 있기 때문이야. 세상 사람들은 잘 이해하지 못하는 것 같지만 재능 없이는 맛있는 칵테일을 만들 수 없어. 물론 누구든 노력하면 어느 수준까지는 이르지. 몇 달 동안 견습생으로 훈련을 받으면 손님에게 내놓아도 부끄럽지 않을 정도의 것은 만들 수 있게 돼. 대부분의 가게에서 내놓는 칵테일은 그 정도 수준이야. 물론 그쯤만 돼도 통하긴 해. 하지만 그 수준을 뛰어넘으려면 특별한 재능이 필요한 거야. 그건 피아노를 친다거나, 그림을 그린다거나, 100미터 경주를 하는 것과 마찬가지야. 나도 제법 맛있는 칵테일을 만들 줄 알지. 꽤 연구도 했고 연습도 했어. 하지만 아무리 애를 써봐도 저 친구를 당해낼 재간이 없거든. 같은 술을 넣고, 저 남자와 똑같은 방식으로, 똑같은 시간 동안 셰이커를 흔들어도 완성된 칵테일의 맛은 다르단 말이야. 왜 그런지는 모르겠어. 그건 재능이라고밖에 할 수 없는 거지. 예술과 마찬가지야. 거기에는 선이 하나 있는데 그것을 넘을 수 있는 인간과 넘지 못하는 인간이 있어. 그러니까 일단 재능이 있는 사람을 만나게 되면, 소중히 대해서 떠나지 않도록 하는 거야. 높은 보수를 주는 거지. 저 남자는 동성애자여서 게이 친구들이 카운터에 모여드는 일도 있어. 하지만 그들은 조용한 사람들이었고, 나는 특별히 꺼려하지 않았어. 난 저 남자가 마음에 들었고, 그도 나를 신뢰하고 성실하게 일하지."

"보기보다는 경영 쪽에 재능이 있는 것 같네?" 시마모토는 말했다.

"내게 경영의 재능 같은 건 없어" 나는 말했다. "나는 실업가도 아니야. 작은 가게를 두 개 가지고 있을 뿐이지. 더군다나 더 이상 가게 수를 늘릴 생각도 없고, 더 많은 돈을 벌 생각도 없어. 그런 건 재능도 수완이라고도 할 수 없지. 하지만 말이야, 난 틈만 나면 늘 상상을 하거든. 만일 내가 손님이라면 하고. 만일 내가 손님이라면, 누구와 어떤 가게에 가서, 어떤 것을 마시고 먹고 싶어 할까? 만일 내가 이십 대의 독신 남성이고 좋아하는 여자와 함께라면 어떤 가게에 갈까? 그런 상황을 하나하나 세세한 부분까지 상상해가는 거야. 예산은 어느 정도일까? 어디에 살고 있고, 몇 시쯤까지 가게를 떠나 집에 가지 않으면 안 될까? 그런 구체적인 상황들을 수없이 생각하는 거야. 그런 생각을 거듭하는 사이에 가게의 이미지가 점점 명확한 모습을 띠게 돼."

그날 밤 시마모토는 밝은 파란색 터틀넥 스웨터에 남색 스커트를 입고 있었다. 귀에는 조그마한 귀걸이 두 개가 빛나고 있었다. 몸에 딱 맞는 얇은 스웨터는 가슴 모양을 예쁘게 돋보이게 하고 있었다. 그리고 그 모습은 나를 숨 가쁘게 했다.

"더 이야기해줄래?" 시마모토는 말했다. 그러고서 여느 때의 그 환한 미소를 얼굴 가득히 떠올렸다.

"뭐에 대해서?"

"네 경영 방침에 대해서." 그녀는 대답했다. "이렇게 네가 이야기하는 걸 듣는 게 너무 멋져."

나는 얼굴이 조금 달아올랐다. 다른 사람 앞에서 얼굴이 달아오르기는 실로 오랜만이었다. "그건 경영 방침이라고 할 만한 것도 아냐. 단지 말이지, 시마모토. 난 그런 작업에는 예전부터 익숙해져 있어. 혼자서 머릿속으로 이런저런 생각을 하는 거야. 상상의 날개를 펼치는 거지. 그건 어렸을 때부터 내가 줄곧 해온 일이거든. 가공의 장소를 하나 만들고, 거기에 하나하나 정성껏 살을 붙여가는 거야. 여기는 이렇게 하는 게 좋겠다, 저건 이쪽으로 바꾸는 편이 좋겠다는 식으로 말이야. 시뮬레이션 같은 거지. 전에도 말했듯이 난 대학을 졸업하고 나서 교과서를 출판하는 회사에서 일했잖아. 거기에서 한 일은 정말로 따분했어. 왜냐하면 그곳에서는 상상의 날개 같은 건 펼칠 수도 없었기 때문이야. 오히려 상상력을 죽이는 것이 내 일과였지. 그래서 난 일이 지루해서 견딜 수 없었어. 회사에 가는 게 너무나도 싫었지. 정말로 숨이 막힐 거 같았어. 거기에 있으면 내가 점점 조그맣게 줄어들다가 어느 틈엔가 사라져버리고 마는 건 아닐까 하는 기분이 들었어."

나는 칵테일을 한 모금 마시곤 천천히 손님들을 둘러보았다. 비가 내리는 날치고는 손님이 많은 편이었다. 놀러 온 테너 색소폰 연주자가 색소폰을 케이스에 집어넣고 있었다. 나는 웨이터를 불러, 그에게 위스키를 한 병 가져다주고 먹을 건 필요하지 않은지 물어보라고 일렀다.

"하지만 여기는 그렇지 않아. 여기서는 상상력을 동원하지 않고는 살아남을 수 없거든. 그리고 난 머릿속에 떠오른 것을 곧바로 실행에 옮길 수 있지. 여기에는 회의도 없고, 상사도 없어. 전례도 없고, 문교부의 지침도 없지. 그건 정말로 멋진 일이야. 넌 회사에 다닌 적이 있어?"

그녀는 미소를 머금은 채 고개를 저었다. "없어."

"그건 잘됐네. 회사라는 데는 내겐 맞지 않아. 아마 네게도 맞지 않을 거야. 8년 동안 그 회사에서 일한 덕분에 난 그 사실을 알게 되었지. 나는 그곳에서 8년 동안이나 인생을 허비한 거나 다름없어. 이십 대의 가장 좋은 세월을 말이야. 어떻게 8년 동안이나 견뎌냈는지 내가 생각해도 믿기지가 않는다니까. 하지만 그 세월이 없었더라면, 아마 이 가게도 이렇게 잘 되지는 않았을 테지. 그런 생각이 들어. 나는 지금 하는 일이 좋아. 나는 지금 두 군데에 가게를 가지고 있어. 하지만 때때로 그건 내가 내 머릿속에 만들어낸 가공의 장소에 지나지 않는다는 생각이 들기도 해. 그건 그러니까, 공중정원空中庭園 같은 거지. 나는 거기에다 꽃을 심기도 하고, 분수를 만들기도 하는 거야. 아주 정교하게, 아주 생생하게 만들고 있는 거지. 거기에 사람들이 찾아와 술을 마시고, 음악을 듣고, 이야기를 나누고, 그리고 돌아가. 어째서 매일 밤마다 많은 사람이 비싼 돈을 내가면서 일부러 여기까지 술을 마시러 오는 거라고 생각해? 그건 말이지, 너 나 할 것 없이 누구나 다 많든 적든 간에 가공의 장소를 찾고 있기 때문이야. 정교하게 만들어진, 공중에 떠 있는 것처럼 보이는 인공 정원을 보기 위해서, 그 풍경 속으로 자신도 들어가기 위해서, 그들은 여기에 오는 거야."

시마모토는 작은 손지갑에서 살렘을 꺼냈다. 그녀가 라이터를 집어 들기 전에 나는 성냥을 그어 불을 붙여주었다. 나는 그녀의 담배에 불을 붙여주는 게 좋았다. 그녀가 눈을 가늘게 뜨고 불꽃의 그림자가 흔들리는 것을 바라보는 게 좋았다.

"솔직히 고백하자면, 난 태어나서 이제껏 단 한 번도 일한 적이 없어"라고 그녀는 말했다.

"한 번도?"

"단 한 번도. 아르바이트를 한 적도 없고, 취직도 하지 않았어. 노동이라는 이름이 붙는 걸 경험한 적이 없어. 그래서 지금 네가 한 그런 이야기를 듣고 있으면 몹시 부러워. 나는 그런 식으로 생각을 해본 적이 한 번도 없거든. 난 늘 혼자서 책을 읽었을 뿐이야. 그리고 내가 생각하는 건 돈을 쓰는 일뿐이지."

그러곤 그녀는 두 팔을 내 앞으로 내밀었다. 그녀의 오른손에는 가느다란 금팔찌가 두 개, 왼손에는 아주 비싸 보이는 금시계가 채워져 있었다. 그녀는 그 두 팔을 언제까지고 상품 견본처럼 내 앞에 내밀고 있었다. 나는 그녀의 오른손을 잡고, 손목의 팔찌를 한동안 바라보았다. 그리고 나는 열두 살 때 그녀가 내 손을 잡았던 일을 떠올렸다. 나는 그때의 감촉을 지금도 생생하게 기억하고 있다. 그것이 얼마나 내 마음을 떨리게 했는지도.

"돈을 쓰는 방법만 생각하는 편이 어쩌면 더 나은 건지도 몰라"라고 나는 말했다. 그리고 그녀의 손을 놓았다. 손을 놓자 왠지 내가 그대로 어디론가 날아가버릴 듯한 착각이 엄습했다. "돈을 버는 방법을 생각하게 되면 말이지, 많은 것이 점점 닳아가거든. 자신도 깨닫지 못하는 사이에 조금씩 닳아가는 거야."

"하지만 넌 모를 거야. 아무것도 생산하지 않는다는 것이 얼마나 허무한 것인지."

"난 그렇게 생각하지 않아. 넌 많은 것을 생산해내고 있다고 생각해."

"이를테면 어떤 걸?"

"이를테면 형태가 없는 것을" 하고 나는 말했다. 나는 무릎 위에 얹혀 있는 내 양손을 들여다보았다.

시마모토는 술잔을 손에 든 채 오랫동안 나를 쳐다보았다. "그건 감정 같은 걸 말하는 거야?"

"그렇지. 무엇이든 언젠가는 사라지고 말잖아. 이런 가게도 언제까지 계속할 수 있을지 알 수 없지. 사람들의 기호가 조금씩 변하고, 경제의 흐름이 조금만 바뀌어도 지금 여기 있는 상황 같은 것은 눈 깜짝할 사이에 사라지고 말지. 나는 그런 예들을 적지 않게 보아왔거든. 정말로 간단한 거야. 형태가 있는 건 하나같이 언젠가는 사라져버리지. 하지만 어떤 종류의 생각이라는 건 언제까지고 남는 법이지."

"하지만 하지메, 그런 생각이 남기 때문에 그만큼 괴로운 감정이라는 것도 있잖아. 그렇게 생각하진 않아?"

테너 색소폰 연주자가 내게 다가와서 술을 내준 것에 대해 고맙다고 인사했다. 나는 좋은 연주를 들려주어 고맙다고 답례를 했다.

"요즘 재즈 뮤지션들은 다들 예의가 바르지." 나는 시마모토에게 알려주었다. "내가 학생 시절에는 이렇지 않았거든. 재즈 뮤지션이라고 하면 하나같이 마약을 했고, 절반 정도는 성격 파탄자들이었어. 하지만 때때로 까무러칠 정도로 굉장한 연주를 들을 수 있었지. 나는 늘 신주쿠에 있는 재즈클럽에 다니며 재즈를 들었거든. 그런 까무러칠 듯한 경험을 찾아서 말이야."

"그런 사람들을 좋아하나 봐. 하지메, 안 그래?"

"아마도." 나는 말했다. "그저 그런 걸 추구하기 위해 무언가에 광적으로 몰두하는 사람은 없어. 아홉 번 엇나가도 한 번의 지고한 체험을 추구하기 위해 사람들은 무엇인가에 매진해가는 거지. 그리고 그것이 세계를 움직이고 있는 거고. 그런 게 예술이 아닐까 싶어."

나는 무릎 위에 얹힌 내 양손을 물끄러미 쳐다보았다. 그리고 고개를 들어 시마모토를 보았다. 그녀는 내 이야기가 계속되기를 기다리고 있었다.

"하지만 지금은 좀 달라. 지금은 경영자니까. 내가 하고 있는 일은 자본을 투자하고 회수하는 거지. 나는 예술가도 아니고, 뭔가를 창조해내고 있는 것도 아니야. 그리고 내가 여기에서 예술을 지원하고 있는 것도 아니고 말이야. 좋든 싫든, 이곳에서는 그런 걸 추구할 수도 없지. 경영하는 입장에서는 예의 바르고 깔끔한 사람들이 훨씬 다루기 쉽거든. 그거야 어쩔 수 없는 일이겠지. 온 세계가 찰리 파커로 가득 차 있어야 하는 건 아니니까 말이야."

그녀는 칵테일을 한 잔 더 주문했다. 그리고 새 담배를 피웠다. 긴 침묵이 이어졌다. 시마모토는 그동안 뭔가를 혼자서 골똘히 생각하고 있는 듯했다. 나는 베이시스트가 연주하는 〈엠브레이서블 유〉의 긴 솔로에 귀를 기울이고 있었다. 피아니스트가 이따금 코드를 나지막이 치고, 드러머는 땀을 닦으며 술을 한 모금 마셨다. 단골 한 사람이 내게로 다가와 짤막한 이야기를 나누었다.

"저기, 하지메." 시마모토는 시간이 제법 흐른 뒤 말했다. "있잖아, 어디 아는 강 없어? 계곡처럼 깨끗한 강. 그렇게 크지도 않고, 강변이 있고, 너무 고여 있지도 않고, 바로 바다로 흘러드는 강. 물줄기는 센 편이 좋겠고."

나는 조금 놀라 시마모토의 얼굴을 쳐다보았다. "강?" 하고 나는 되물었다. 그녀가 도대체 무슨 말을 하려는 건지 나는 잘 알 수 없었다. 시마모토의 얼굴에는 표정이라 할 만한 건 전혀 드러나 있지 않았다. 그녀의 얼굴은 나를 향해 아무것도 이야기하려 하지 않았다. 그녀는 그저 먼 곳의 풍경을 바라보듯이 나를 무심히 보고 있었다. 어쩌면 실제로 난 그녀로부터 아득히 먼 곳에 존재하고 있는 건지도 모른다는 기분이 들었다. 그녀와 나는 상상도 할 수 없을 정도의 거리로 격리되어 있는지도 모른다. 그런 생각을 하자 나는 어떤 슬픔을 느끼지 않을 수 없었다. 그녀의 눈에는 그런 슬픔을 느끼게 하는 무엇인가가 깃들어 있었다.

"왜 갑자기 강 이야기를 하는 거야?" 나는 물었다.

"그냥 문득 생각이 나서 물어본 것뿐이야." 시마모토는 대답했다. "그런 강 몰라?"

나는 학생 시절에 혼자서 배낭을 메고 일본 전역을 돌아다녔다. 그래서 일본 전국에 있는 여러 강을 봐왔다. 하지만 그녀가 말하는 그런 강은 좀처럼 생각나지 않았다.

"동해 쪽에 그런 강이 하나 있었던 것 같기도 한데……" 라고, 나는 잠시 생각한 후에 말했다. "강 이름은 기억나지 않아. 그렇지만 분명히 이시가와현에 있는 강이었을 거야. 가보면 알겠지만, 그 강이 아마도 네가 원하는 강에 가장 가깝지 않을까 싶은데."

나는 그 강을 뚜렷하게 기억하고 있었다. 내가 그곳에 간 것은 대학 2학년인가 3학년의 가을방학 때였다. 단풍이 들어 주위의 산들이 마치 피로 물든 것처럼 보였다. 산이 바로 바다에 잇대어 있었고, 물살은 멋들어지고, 힘차고, 때때로 숲속에서 사슴 소리가 들려왔다. 거기에서 먹은 맛있는 민물고기도 생각났다.

"나를 거기에 데려가줄 수 있을까?" 시마모토가 말했다.

"이시가와현이야." 나는 메마른 소리로 말했다. "에노시마에 가는 거랑은 이야기가 달라. 비행기를 타고 가서, 거기에서 차로 한 시간 넘게 가야 한다고. 가면 자고 와야 하고, 너도 알다시피 그건 지금의 나로서는 힘든 일이야."

시마모토는 의자 위에서 천천히 몸을 돌려 나를 정면에서 바라보았다. "있잖아, 하지메. 이런 걸 너한테 부탁하는 게 잘못된 거라는 건 나도 잘 알아. 네게 큰 부담이 된다는 것도 잘 알고 있어. 하지만 난 너밖에 부탁할 사람이 없어. 난 꼭 거기에 가야 하고 혼자서는 가고 싶지 않거든. 그리고 너 말고는 다른 누구에게도 부탁할 수가 없어."

나는 시마모토의 눈을 바라보았다. 그녀의 눈은 어떤 바람도 닿지 않는 조용한 바위 그늘에 있는 깊은 샘처럼 보였다. 그곳에서는 아무것도 움직이지 않고, 모든 것이 고요에 잠겨 있었다. 가만히 들여다보고 있으면, 그 수면에 비추어진 영상을 분별할 수 있을 것 같은 느낌이 들었다.

"미안해"라고 말하며 그녀는 불현듯 몸의 힘을 빼듯이 웃었다. "너한테 이런 걸 부탁하려고 여기 온 건 아니야. 난 그저 널 만나서 이야기를 하고 싶었을 뿐이야. 이런 이야기를 꺼낼 생각은 없었어."

나는 머릿속으로 재빨리 시간 계산을 해보았다. "아침 일찍 떠나서 비행기로 왕복한다면 아마 저녁 무렵에는 돌아올 수 있을 거야. 거기에서 얼마나 머물 거냐에 따라 다르겠지만."

"거기서는 그렇게 시간이 걸리진 않을 거야." 그녀는 말했다. "하지메, 정말 시간을 낼 수 있겠어? 나와 함께 비행기로 그곳에 갔다 올 만한 시간을?"

"아마도." 나는 잠시 생각하고 나서 말했다. "지금은 아직 뭐라고 말할 수 없어. 하지만 아마 시간을 낼 수 있을 거야. 내일 밤에라도 여기로 연락해줄래? 이 시간쯤에는 여기에 있을 거야. 그리고 그때까지 날짜를 정해놓을게. 넌 언제가 괜찮아?"

"난 언제라도 괜찮아. 예정 같은 건 전혀 필요 없어. 난 너만 시간이 되면 언제든지 갈 수 있어."

나는 고개를 끄덕였다.

"여러 가지로 미안해"라고 그녀는 말했다. "정말로 널 만나지 않는 게 나았을지도 모르겠다. 난 결국 많은 것을 망쳐버리고 있는 건지도 몰라."

11시가 되기 전에 그녀는 돌아갔다. 나는 우산을 쓰고 그녀가 타고 갈 택시를 잡아주었다. 비는 아직도 내리고 있었다.

"잘 있어. 여러 가지로 고마웠어." 시마모토는 말했다.

"잘 가." 나는 말했다.

그리고 나는 가게로 돌아와 카운터의 같은 자리에 앉았다. 거기에는 그녀가 마시던 칵테일 잔이 아직 남아 있었다. 재떨이에는 그녀가 피운 살렘 꽁초가 몇 개비 들어 있었다. 나는 웨이터에게 그것을 치우라고 말하지 않았다. 나는 그 잔과 꽁초에 남아 있는 엷은 색의 립스틱을 하염없이 바라보았다.

집에 돌아갔을 때 아내는 아직 자지 않고 나를 기다리고 있었다. 그녀는 파자마 위에 카디건을 걸치고 비디오로 〈아라비아의 로렌스〉를 보고 있었다. 로렌스가 온갖 역경을 극복한 끝에 사막을 횡단해서 마침내 수에즈 운하에 도착하는 장면이었다. 그녀는 그 영화를, 내가 알고 있는 것만으로도 이미 세 번은 보았다. 몇 번을 봐도 재미있다고 그녀는 말했다. 나는 그녀 옆에 앉아 와인을 마시면서 함께 그 영화를 보았다.

이번 일요일에 수영 클럽 모임이 있어, 하고 나는 그녀에게 말했다. 클럽 멤버 중에 제법 큰 요트를 가지고 있는 사람이 있는데 우리는 때때로 그걸 타고 바다에 나가 놀곤 했다. 거기에서 술도 마시고 낚시도 하면서. 2월은 요트를 타고 나가기에는 좀 춥지만 아내는 요트에 관해서는 거의 아무것도 몰라서 별다른 의문을 품지 않았다. 내가 일요일에 혼자서 외출하는 건 드문 일이었고, 또 가끔은 누군가 다른 세계의 사람과도 만나 바깥바람을 쐬는 편이 나을 거라고 생각하는 듯했다.

"아침 일찍 나갈 거야. 아마 8시까지는 돌아올 수 있을 거야. 저녁은 집에서 먹을게."

"그래. 일요일엔 마침 여동생이 놀러 오기로 했어." 그녀는 말했다. "그러니까 춥지 않으면 도시락 싸가지고 신주쿠 교엔(일본 도쿄에 있는 황실의 정원 — 옮긴이)에라도 놀러 갔다 올게. 여자들만 넷이서."

"그것도 나쁘지 않겠는걸" 하고 나는 말했다.

다음날 오후, 나는 여행사에 가서 일요일의 비행기 좌석과 렌터카를 예약했다. 오후 6시 반에 도쿄로 돌아오는 비행기 편이 있었다. 그걸 탄다면 저녁 식사 때까지는 집에 돌아올 수 있을 것 같았다. 그러고 나서 나는 가게에 가서 그녀가 연락해오기를 기다렸다. 전화는 10시에 걸려왔다. "시간을 낼 수 있을 것 같아. 좀 일정이 빡빡하긴 하겠지만 말이야. 이번 일요일은 어때?" 나는 물었다.

좋다고 그녀는 말했다.

나는 비행기 출발 시간과 하네다 공항에서 만날 장소를 알려
줬다.

"정말 여러모로 미안해." 시마모토는 말했다.

나는 전화를 끊고 나서 카운터에 앉아 잠시 책을 읽었다. 하지
만 가게의 소음이 신경에 거슬려 도저히 책에 정신을 집중할 수
없었다. 나는 화장실에 가서 차가운 물로 얼굴과 손을 씻고 거울
에 비친 내 얼굴을 물끄러미 쳐다보았다. 나는 유키코에게 거짓
말을 하고 있는 거야, 라고 생각했다. 나는 이제까지 몇 번인가 그
녀에게 거짓말을 했다. 다른 여자와 잤을 때도 대수롭지 않게 거
짓말을 했다. 하지만 그때는 내가 유키코를 속이고 있다는 생각
은 들지 않았다. 그런 바람기는 그저 해를 끼치지 않는 기분전환
일 뿐이라고 여겼다. 하지만 이건 안 된다, 하고 나는 생각했다.
나는 시마모토와 잘 생각은 없었다. 하지만 그래도 안 된다. 나는
오랜만에 거울에 비친 내 눈을 뚫어지게 들여다보았다. 하지만
그 눈은 나라는 인간의 상像을 전혀 비추고 있지 않았다. 나는 세
면대에 두 손을 짚고 깊은 한숨을 쉬었다.

# 10

# 강물과 상황의 흐름

⬦
⬦

그 물줄기는 재빠르게 바위 사이를 빠져나가 곳곳에 작은 폭포를 만들기도 하고, 또 다른 물줄기 속에 고요히 잠겨 들기도 했다. 수면에는 둔탁한 태양 빛이 흐리게 반사되고 있었다. 하류로 눈길을 돌리니 거기에는 오래된 철교가 보였다. 철교라고 해도 자동차 한 대가 간신히 지나갈 만한 작고 비좁은 다리였다. 그 시커멓고 표정 없는 철교는 얼어붙을 듯한 2월의 침묵 속에 묵직하게 가라앉아 있었다. 온천에 가는 손님과 여관 종업원과 삼림을 관리하는 사람들만이 그 다리를 건너다녔다. 우리는 그 다리를 건널 때, 누구와도 스쳐 지나지 않았고, 그 후에도 몇 번 뒤를 돌아보았지만 철교를 건너는 사람의 모습은 보지 못했다. 우리는 여관에 들러 간단히 점심을 먹은 다음, 그 다리를 건너 강을 따라 걸었다. 시마모토는 두터운 피코트의 깃을 바짝 세우고 머플러를

코 바로 아래까지 둘둘 감고 있었다. 그녀는 여느 때와는 달리 산속을 걷기 위해 캐주얼한 차림이었다. 머리는 뒤로 묶고 신발도 워크 부츠를 신고 있었다. 그리고 녹색의 나일론 숄더백을 어깨에서 가슴으로 비스듬히 메고 있었다. 그런 차림을 하니 그녀는 마치 고등학생처럼 보였다. 강변의 여기저기에는 새하얀 눈이 꽁꽁 얼어붙은 채 남아 있었다. 철교의 꼭대기에는 까마귀 두 마리가 꼼짝 않고 앉아서 강을 내려다보며, 이따금씩 뭔가 비난이라도 하듯 딱딱하고 날카로운 소리로 울어댔다. 그 소리는 잎사귀를 떨군 숲속으로 냉랭하게 메아리치고 강을 건너 우리 귀를 찔렀다.

강을 따라 포장이 안 된 좁은 도로가 길게 이어져 있었다. 어디까지 이어지는 것인지, 어디로 통하는 것인지는 알 수 없지만, 그 길은 무척이나 한적하고, 인적조차 보이지 않았다. 주변에는 사람 사는 주택 같은 건 보이지 않고, 여기저기 아무 작물도 자라지 않고 방치된 밭이 눈에 들어올 뿐이었다. 밭고랑에는 눈이 쌓여, 몇 줄기인가 뚜렷한 하얀 선을 그려내고 있었다. 까마귀는 가는 곳마다 볼 수 있었다. 까마귀들은 우리가 다가오는 것을 보고, 마치 다른 무리에게 신호라도 보내듯이 짧게 몇 번인가 울어댔다. 다가가도 까마귀들은 좀처럼 도망갈 생각을 하지 않았다. 나는 그들의 흉기 같은 뾰족한 부리와 선명한 색깔의 다리를 바로 눈앞에서 볼 수 있었다.

"아직 시간 괜찮아?" 시마모토가 물었다. "이대로 좀 더 걸어도 괜찮을까?"

나는 손목시계를 보았다. "괜찮아. 아직 시간 있어. 앞으로 한 시간 정도는 여기에 있어도 돼."

"정말 조용한 곳이네." 그녀는 주위를 천천히 둘러보며 그렇게 말했다. 그녀가 입을 열자 딱딱하고 하얀 입김이 두둥실 공중으로 떠올랐다.

"이런 강이면 되는 건가?"

그녀는 내 얼굴을 보며 미소 지었다. "넌 내가 원하는 것을 하나부터 열까지 어김없이 알고 있는 것 같아."

"색깔에서 모양, 그리고 사이즈까지." 나는 말했다. "난 예전부터 강에 대해서 무척 흥미를 느껴왔거든."

그녀는 웃었다. 그리고 장갑 낀 손으로 역시 장갑 낀 내 손을 잡았다.

"어쨌든 다행이다. 여기까지 와서 이런 강으론 곤란하다고 해도 어쩔 수가 없으니 말이야"라고 나는 말했다.

"걱정 마. 그리고 좀 더 자기 자신에게 자신감을 가져봐. 넌 터무니없는 실수는 하지 않으니까 말이야." 시마모토는 말했다. "어쨌든 이렇게 둘이서 나란히 걷고 있으니 왠지 옛날로 돌아간 것 같지 않니? 곧잘 학교에서 집까지 같이 걸어갔잖아."

"넌 옛날만큼 걷는 게 불편하진 않아 보여."

시마모토는 방긋 웃으며 내 얼굴을 보았다. "네가 그렇게 말하니까 왠지 내 다리가 나은 게 억울하다는 듯한 말투로 들리는데……."

"그럴지도 모르지"라고 말하곤 나도 웃었다.

"정말 그렇게 생각해?"

"농담이야. 네 다리가 좋아져서 정말로 다행이라고 생각하고 있어. 단지 그냥 그리운 마음으로 떠올리곤 했어. 네 다리가 불편했던 시절의 일들을."

"있잖아, 하지메." 그녀는 말했다. "오늘 일은 너한테 무척 감사하고 있어. 그건 알아줘야 돼."

"대단한 일도 아닌 걸 뭐. 그저 비행기를 타고 소풍 나온 것뿐이잖아." 나는 말했다.

시마모토는 한동안 앞만 보고 걸어갔다. "하지만 네 부인한테 거짓말을 하고 나왔을 거 아냐?"

"음, 그건 그렇지."

"그리고 그건 너에게는 상당히 힘든 일이었을 거야. 넌 부인에게 거짓말 같은 건 하고 싶지 않았겠지?"

나는 어떻게 대답해야 좋을지 몰라 잠자코 있었다. 근처의 숲 속에서 또 까마귀가 날카로운 울음소리를 냈다.

"난 틀림없이 네 생활을 어지럽게 하고 있을 거야. 그건 나도 잘 알고 있어." 그녀는 나지막한 목소리로 말했다.

"자아, 이제 그런 이야기는 그만하자." 나는 말했다. "모처럼 여기까지 왔으니 좀 더 밝은 이야기를 하자."

"이를테면 어떤 이야기?"

"그런 차림으로 있으니까, 너 꼭 고등학생처럼 보인다."

"고마워. 정말로 고등학생이면 좋을 텐데……."

우리는 상류를 향하여 천천히 걸어갔다. 우리는 한동안 아무 이야기도 하지 않고 오로지 걷는 데만 신경을 집중했다. 그녀는 여전히 그다지 빠르게는 걷지 못하는 것 같았으나 천천히 걷는 데는 불편함이 없는 듯했다. 그런데도 시마모토는 내 손을 꼭 잡고 있었다. 길이 꽁꽁 얼어붙어 있어서 우리가 신고 있는 신발의 고무바닥은 소리다운 소리를 거의 내지 않았다.

정말로 시마모토가 말했듯이 십 대 무렵에, 아니면 이십 대 무렵에 둘이서 이렇게 걸을 수 있었더라면 얼마나 근사했을까, 하고 나는 생각했다. 일요일 오후에 둘이서 손을 잡고 강줄기를 따라 아무도 없는 길을 어디까지나 하염없이 걸을 수 있었더라면 나는 얼마나 행복한 기분이 들었을까. 하지만 우리는 이미 고등학생이 아니었다. 나에게는 아내와 아이들이 있고, 일이 있었다. 그리고 여기에 오기 위해서 아내에게 거짓말을 해야 했다. 나는 이제부터 차를 타고 공항까지 가서 6시 반에 도쿄에 도착하는 비행기를 타고 아내가 기다리고 있는 집으로 서둘러 돌아가지 않으면 안 된다.

이윽고 시마모토는 멈춰 서서 장갑을 낀 손을 비비면서 천천히 주위를 둘러보았다. 그녀는 상류를 보고, 하류를 보았다. 맞은편에는 산줄기가 이어지고, 왼쪽에는 잎사귀를 떨어뜨린 잡목림이 이어져 있었다. 사람의 그림자는 어디에도 보이지 않았다. 우리가 점심 식사를 했던 온천 여관의 모습도, 철교의 모습도, 이제는 산등성이에 가려 보이지 않았다. 이따금씩 생각났다는 듯이 구름이 갈라진 틈으로 태양이 얼굴을 드러냈다. 까마귀 소리와 강물 소리 외에는 아무것도 들리지 않았다. 나는 그런 풍경을 바라보면서, 언젠가는 이 풍경을 어딘가에서 다시 보게 되겠지 하고 문득 생각했다. 그건 말하자면 기시감의 반대였다. 언젠가 나는 여기와 똑같은 풍경을 본 적이 있다고 생각하는 것이 아니라, 언젠가 이것과 똑같은 풍경을 어딘가에서 만나게 될 것이라는 예감이 든 것이다. 그 예감은 긴 손을 뻗어 내 의식의 근원을 단단히 움켜쥐고 있었다. 나는 그 감각을 느낄 수 있었다. 그리고 그 손끝에 있는 것은 나 자신이었다. 미래에 존재할, 나이를 더 먹은 나 자신이었다. 하지만 물론 나는 그런 나 자신의 모습을 볼 수는 없었다.

"이 부근이 좋겠어." 그녀는 말했다.

"뭘 하는데?" 나는 물었다.

시마모토는 여느 때의 희미한 미소를 떠올리고 나를 보았다. "내가 하려고 하는 걸 하기에." 그녀는 말했다.

그리고 우리는 둑을 거쳐 강 가장자리까지 내려갔다. 작은 웅덩이가 있고, 그 표면에는 얇은 살얼음이 얼어 있었다. 웅덩이 바닥에는 낙엽 몇 잎이 마치 죽은 납작한 물고기처럼 조용히 누워 있었다. 나는 강변에 떨어져 있던 둥근 돌을 하나 집어 들고 그것을 손바닥 안에서 잠시 굴렸다. 시마모토는 양손의 장갑을 벗어 코트 주머니에 집어넣었다. 그리고 숄더백의 지퍼를 열고 두툼한 고급 천으로 만들어진 주머니 같은 것을 꺼냈다. 그 주머니 속에는 자그마한 단지가 들어 있었다. 그녀는 그 단지를 포장했던 끈을 풀고 살며시 뚜껑을 열었다. 그리고 한동안 그 속을 가만히 들여다보았다.

나는 아무 말도 하지 않고 그 모습을 지그시 보고 있었다.

안에는 하얀 재가 들어 있었다. 시마모토는 그 단지 속의 재를 천천히, 밖으로 흘리지 않도록 매우 조심하면서 왼쪽 손바닥에 쏟았다. 그건 그녀의 손바닥에 들어갈 정도의 양밖에 되지 않았다. 나는 뭔가를, 혹은 누군가를 태운 재일 거라고 생각했다. 바람 없는 잔잔한 오후여서 그 하얀 재는 언제까지나 그녀의 손 안에 머물러 있었다. 그러고는 시마모토는 텅 빈 단지를 가방 안에 다시 집어넣고, 집게손가락 끝에 그 재를 조금 묻히더니 손가락을 입가로 가져가 살며시 핥았다. 그리고 내 얼굴을 보며 미소 지으려 했다. 하지만 그녀는 미소를 지을 수가 없었다. 그녀의 손가락은 아직도 그 입술 위에 있었다.

그녀가 강가에 웅크리고 앉아 그 재를 강물에 흘려보내는 동안, 나는 옆에 서서 그녀를 지켜보고 있었다. 그녀 손 안에 있던 한 움큼도 안 되는 재는 눈 깜짝할 사이에 흐르는 물줄기에 사라져버렸다. 나와 시마모토는 강가에 서서 그 물이 흘러가는 방향을 가만히 바라보고 있었다. 그녀는 한동안 물끄러미 손바닥을 바라보더니 이윽고 거기에 묻어 있던 재를 강물 위에 털어내고 장갑을 끼었다.

"정말로 바다까지 흘러갈까?" 그녀는 내게 물었다.

"아마도 그렇겠지." 나는 대답했다. 하지만 그 재가 바다까지 흘러갈 것이라는 확신이 내게는 없었다. 바다에 다다르기까지는 제법 거리가 된다. 그 재는 어딘가의 웅덩이에 침전된 채 그대로 거기에 가라앉게 될지도 모른다. 하지만 물론 그중 일부분은 바다에 다다를 것이다.

그러고 나서 그녀는 그 부근에 떨어져 있던 판자 조각을 주워 부드러워 보이는 지면을 파기 시작했다. 나도 거들었다. 작은 구멍이 생기자 시마모토는 주머니에 들어 있던 단지를 거기에 묻었다. 어딘가에서 까마귀 울음소리가 들려왔다. 아마도 그 까마귀들은 우리 행동을 처음부터 끝까지 빠짐없이 보고 있었을 것이다. 상관없다, 보고 싶으면 보라지, 하고 나는 생각했다. 나쁜 짓을 하고 있는 것도 아니다. 우리는 무엇인가를 태운 재를 강물에 흘려보냈을 뿐이다.

"비가 되어 내릴까?" 시마모토는 신발 끝으로 지면을 고르면서 말했다.

나는 하늘을 올려보았다. "아직 한동안은 괜찮을 것 같은데."

"그게 아니라, 내 말은 저 아이의 재가 바다로 흘러들어, 물과 뒤섞여 증발해서, 그것이 구름이 되고, 다시 비가 되어 지상에 내리게 될까 하는 그런 이야기야."

나는 다시 한번 하늘을 올려보았다. 그리고 강물의 흐름에 눈길을 주었다.

"어쩌면 그렇게 될지도 모르지."


우리는 렌터카를 타고 공항으로 향했다. 갑자기 날씨가 변덕을 부리기 시작하고 있었다. 머리 위는 묵직한 구름으로 뒤덮이고, 방금 전까지 드문드문 보였던 하늘은 이제 전혀 보이지 않았다. 지금이라도 눈이 내릴 것 같은 날씨였다.

"그건 내 아기의 재야. 내가 낳은, 유일한 아기의 재"라고 시마모토는 혼잣말을 하듯 중얼거렸다.

나는 그녀의 얼굴을 보고, 그러고는 다시 앞을 보았다. 트럭이 눈 녹은 웅덩이에 고인 진흙탕 물을 튀기며 달리는 바람에 이따금씩 와이퍼를 작동해줘야 했다.

"태어나자마자 그다음 날 죽어버렸어"라고 그녀는 말했다. "딱 하루밖에 살지 못했어. 두 번인가 세 번 안아본 게 다야. 무척 예쁜 아기였어. 부드럽고……. 원인은 알 수 없지만 호흡을 잘 하지 못했어. 죽었을 때에는 벌써 얼굴색이 변해 있었어."

나는 아무 말도 할 수 없었다. 나는 왼손을 뻗어 그녀의 손 위에 얹었다.

"여자아이였어. 이름은 짓지도 못했지."

"그게 언제 일인데?"

"작년 이맘때쯤. 2월이었어."

"가엾게도."

"어디에도 묻고 싶지 않았어. 어두운 데 묻고 싶지 않았어. 한동안 내 곁에 두었다가 강에서 바다로 흘려보내 비가 되게 하고 싶었어."

그리고 시마모토는 침묵했다. 그대로 오랫동안 침묵하고 있었다. 나는 아무 말도 하지 않고 운전을 했다. 아마도 아무 이야기도 하고 싶지 않을 거라고 난 생각했다. 나는 그냥 그대로 그녀를 가만히 내버려두고 싶었다. 그러나 얼마 지나지 않아 그녀가 좀 이상하다는 걸 깨달았다. 그녀는 기묘한 소리를 내며 숨을 쉬고 있었다. 그건 기계음에 흡사한 소리였다. 처음에는 자동차 엔진이 잘못되었나 하는 생각이 들었을 정도였다. 하지만 그 소리는 틀림없이 내 옆자리에서 들려왔다. 그건 오열도 아니었다. 마치 그녀의 기관지에 구멍이 뚫려 숨을 쉴 때마다 거기에서 공기가 새고 있는 듯한 소리였다.

나는 신호 대기로 차가 멈췄을 때, 그녀의 옆얼굴을 보았다. 그녀의 얼굴은 백지장처럼 하얗게 질려 있었다. 그리고 얼굴 전체가 뭔가를 칠해놓은 듯이 부자연스럽게 굳어 있었다. 그녀는 머리 받침대에 머리를 기대고 말끄러미 앞을 노려보고 있었다. 꼼짝도 하지 않고, 이따금씩 거의 의무적인 것처럼 희미하게 눈을 깜박일 뿐이었다. 나는 그대로 차를 몰다가 눈에 띈 적당한 장소에 들어가 차를 세웠다. 그곳은 폐쇄된 볼링장의 주차장이었다. 텅 빈 비행기의 격납고 같은 건물 지붕에는 거대한 볼링 핀 간판이 세워져 있었다. 마치 세계의 끝까지 와버린 듯한 황량한 정경이었다. 넓디넓은 주차장에는 우리 차밖에 세워져 있지 않았다.

"시마모토! 이봐, 시마모토, 괜찮아?" 나는 말을 걸었다.

그녀는 대답하지 않았다. 시트에 몸을 기대고 그 기묘한 소리를 내며 호흡하고 있을 따름이었다. 나는 그녀의 뺨에 손을 대어보았다. 뺨은 마치 주위의 광경에 물들어버린 듯이 차갑고 핏기가 없었다. 이마에도 역시 온기가 없었다. 나는 숨이 막힐 것만 같았다. 어쩌면 이대로 그녀가 이곳에서 죽어버리는 게 아닌가 하는 생각이 들었다. 그녀의 눈에는 표정이라는 것이 전혀 떠올라 있지 않았다. 나는 그 눈동자를 가만히 들여다보았다. 하지만 거기에는 전혀 아무것도 보이지 않았다. 눈동자 속은 죽음 그 자체처럼 어둡고 차가웠다.

"시마모토!" 나는 다시 한번 큰 소리로 불러보았다. 하지만 반응은 없었다. 아주 미세한 반응조차 없었다. 그 눈은 어디도 보고 있지 않았다. 의식이 있는지 어떤지도 알 수 없었다. 응급실로 데려가는 편이 낫겠다는 생각이 들었다. 일반 병원 같은 데 가다가는 틀림없이 비행기를 놓치고 말 것이다. 하지만 그런 생각을 하고 있을 때가 아니었다. 시마모토는 이대로 죽어버릴지도 모른다. 무슨 일이 있어도 그녀를 죽게 할 수는 없었다.

그런데 막 차의 시동을 걸려던 참에 나는 시마모토가 내게 뭔가 말하려고 한다는 걸 눈치챘다. 나는 시동을 끄고 그녀의 입가에 귀를 가까이 가져다댔다. 그래도 그녀의 말은 알아들을 수 없었다. 그건 말이라기보다는 틈새바람 소리처럼 들릴 뿐이었다. 그녀는 있는 힘을 다해 쥐어짜듯이 그 말을 몇 번이고 되풀이했다. 나는 의식을 집중해서 어떻게든 그녀가 말하려고 하는 게 뭔지 알아내려고 안간힘을 썼다. 그녀는 아무래도 '약'이라고 말하는 것 같았다.

"약을 먹고 싶어서 그래?"라고 나는 물었다.

시마모토는 살짝 고개를 끄덕였다. 보일 듯 말 듯한 미세한 동작이었다. 그것이 그녀가 할 수 있는 최대한의 동작인 듯했다. 나는 그녀의 코트 주머니를 뒤졌다. 주머니에는 지갑과 손수건과 열쇠 몇 개가 달려 있는 키홀더가 들어 있었다. 그러나 약은 없었다. 그래서 숄더백을 열어보았다. 안주머니에 약봉지가 있고, 그 안에 작은 약 캡슐이 네 알 들어 있었다. 나는 그 캡슐을 그녀에게 보여주었다. "이거지?"

그녀는 눈은 움직이지 않고 고개만 끄덕였다.

나는 차의 등받이를 뒤로 젖히고 그녀의 입을 벌려 캡슐 한 알을 집어넣었다. 하지만 그녀의 입 속은 메말라 있어 그걸 목 안으로 넘길 수가 없었다. 나는 음료수 자판기 같은 것이 어디 없나 하고 주위를 둘러보았다. 하지만 그런 건 보이지 않았고 지금부터 어딘가로 찾으러 갈 만한 시간적인 여유도 없었다. 주위에 물기가 있는 거라곤 눈뿐이었다. 눈이라면 고맙게도 그 부근에 얼마든지 있었다. 나는 차에서 내려 처마 밑에 굳어 있는 눈 가운데 깨끗한 듯한 부분을 시마모토가 쓰고 있던 털모자 안에 담아왔다. 그리고 그걸 조금씩 내 입에 넣어 녹였다. 녹이는 데에 시간이 걸렸고, 혀끝의 감각이 없어졌지만 그 이외의 다른 방법은 떠오르지 않았다. 나는 시마모토의 입을 벌리고, 내 입에 고인 물을 그녀의 입 속으로 옮겼다. 그러고 나서 그녀의 코를 잡고 그 물을 억지로 넘기게 했다. 그녀는 숨이 막혀 컥컥대면서 간신히 그 물을 삼킬 수 있었다. 몇 번인가 그렇게 되풀이하는 사이에 그녀는 그 약 캡슐들을 가까스로 목 안으로 흘려보낼 수 있었다.

나는 그 약 봉투를 보았다. 하지만 아무것도 적혀 있지 않았다. 약 이름도, 그녀의 이름도, 약을 먹을 때 주의해야 할 지시사항도, 무엇 하나 적혀 있지 않았다. 거 참, 이상하군 하고 나는 생각했다. 약 봉투에는 보통 이런저런 사항들이 적혀 있게 마련이다. 잘못 먹지 않도록, 혹은 다른 사람이 환자에게 그 약을 먹일 경우에 대비해서 말이다. 어쨌든 나는 그 약 봉투를 가방 안주머니에 되돌려 넣고, 한동안 그녀의 상태를 살폈다. 무슨 약인지는 알 수 없고, 무슨 증상인지도 알 수 없지만, 이렇게 늘 약을 가지고 다니는 걸 보면 효과는 있을 것이다. 적어도 이건 돌발적인 사태가 아니라, 어느 정도 미리 예상했던 증상인 것이다.

10분쯤 지나자 그녀의 뺨에 조금씩 핏기가 돌기 시작했다. 나는 내 뺨을 그녀의 뺨에 살며시 대어보았다. 아주 조금이긴 하지만 거기에는 원래의 따스함이 되돌아온 듯했다. 나는 안도의 한숨을 내쉬고 시트에 몸을 기대었다. 그녀는 죽지 않았다. 나는 그녀의 어깨를 안고 이따금씩 그녀의 뺨에 내 뺨을 대보았다. 그녀가 천천히 이쪽 세계로 돌아오는 것을 확인할 수 있었다.

"하지메." 이윽고 가느다랗고 메마른 목소리로 시마모토는 내 이름을 불렀다.

"병원에 가지 않아도 괜찮겠어? 가야 할 거 같으면 응급실을 찾아볼게." 나는 말했다.

"안 가도 돼"라고 그녀는 말했다. "이제 괜찮아. 약을 먹으면 나아. 조금만 있으면 평소대로 돌아오니까 걱정하지 않아도 돼. 그보다도 시간은 괜찮아? 빨리 공항에 가지 않으면 비행기를 놓칠지도 모르잖아?"

"괜찮아. 시간은 걱정하지 않아도 돼. 진정될 때까지 조금 더 여기에 가만히 있는 게 좋겠어."

나는 손수건으로 그녀의 입가를 닦아주었다. 시마모토는 그 손수건을 손에 들더니 한동안 물끄러미 쳐다보았다. "넌 누구에게나 이렇게 친절하니?"

"누구에게나가 아니야. 너니까 그런 거지. 누구에게나 친절한 게 아냐. 누구에게나 친절하기에는 내 인생은 너무나도 한정되어 있어. 너 한 사람한테 친절하기에도 내 인생은 벅차다고. 만일 한정되어 있지 않다면 너에게 더 많은 것을 해줄 수 있을 거야. 하지만 그렇지 않아."

시마모토는 얼굴을 내 쪽으로 향하더니 나를 가만히 바라보았다.

"하지메, 난 널 비행기 시간에 대지 못하게 하려고 일부러 이런 짓을 한 건 아니야"라고 시마모토는 나지막한 목소리로 말했다.

나는 깜짝 놀라 그녀의 얼굴을 보았다. "물론이지. 그런 얘긴 하지 않아도 알고 있어. 넌 아팠던 거야. 그건 어쩔 수 없는 일이잖아."

"미안해." 그녀는 말했다.

"사과할 거 없어. 네가 잘못한 게 아니잖아."

"하지만 내가 네 발목을 붙잡고 있잖아."

나는 그녀의 머리카락을 어루만지며, 몸을 숙여 그녀의 뺨에

살며시 입맞춤했다. 할 수만 있다면 그녀의 온몸을 꼭 껴안고, 그
체온을 내 피부로 확인하고 싶었다. 하지만 난 그럴 수 없었다.
나는 그녀의 뺨에 입술을 대었을 뿐이었다. 그녀의 뺨은 따뜻하
고 부드럽게 젖어 있었다. "넌 아무 걱정하지 않아도 돼. 결국 다
잘될 거니까." 나는 말했다.


우리가 공항에 도착해 렌터카를 반납했을 때에는, 이미 비행
기 탑승 시간이 한참이나 지났지만, 고맙게도 비행기의 이륙이
늦어지고 있었다. 도쿄행 비행기는 아직 활주로에 있었고 승객을
태우지 않은 상태였다. 우리는 그 사실을 알고 후유 하고 안도의
한숨을 내쉬었다. 하지만 대신에 이번에는 1시간 이상이나 탑승
을 기다려야만 했다. 엔진 정비 문제라고 카운터의 담당자는 말
했다. 그 이상의 정보는 그들도 알지 못했다. 언제 정비가 끝날지
모르겠습니다. 저희도 아무것도 모르고 있습니다. 공항에 도착했
을 즈음, 흩날리기 시작한 눈은 세찬 눈발이 되어 퍼붓고 있었다.
이대로 비행기가 뜨지 않을 가능성도 충분히 있었다.

"만약 오늘 중에 도쿄로 돌아가지 못하면, 넌 어떡하지?" 그녀
가 나에게 말했다.

"걱정하지 않아도 돼. 비행기는 뜰 거야." 나는 말했다. 그러나
비행기가 뜰 것이라는 확증은 물론 없었다. 만일 비행기가 정말
로 뜨지 못할 사태가 발생할 것을 생각하니 나는 마음이 무거워

졌다. 그렇게 되면 나는 뭔가 그럴듯한 변명을 생각해내야 한다. 어째서 내가 이시가와현 같은 곳에 와 있는가에 대해서 말이다. 하지만 그건 그때 가서의 일이다, 하고 난 생각했다. 그렇게 되면 그때 가서 다시 천천히 생각하면 된다. 지금 내가 생각해야 하는 건 시마모토다.

"넌 어때? 만약 오늘 중으로 도쿄에 돌아가지 못하게 된다거나 하면……" 하고 나는 시마모토에게 물어보았다.

그녀는 고개를 저었다. "내 일은 신경 쓰지 않아도 돼." 그녀는 말했다. "난 어찌 되든 괜찮아. 문제는 네 쪽이야. 넌 무척 난처해질 거 아냐."

"조금은. 하지만 그런 건 네가 신경 쓰지 않아도 돼. 그리고 아직 비행기가 뜨지 않는다고 결정된 것도 아니잖아."

"이런 일이 생기리라는 걸 알고 있었어"라고 시마모토는 자신을 타이르듯 조용한 목소리로 말했다. "내가 있으면 주위에선 꼭 변변치도 않은 일만 일어난단 말이야. 늘 그래. 내가 관여하는 것만으로 모든 게 엉망이 되어버린다고. 그 전까지 아무런 문제도 없이 잘 되던 일도 갑자기 뒤틀리기 시작하거든."

나는 공항의 의자에 앉아 비행기가 결항하게 될 경우 유키코에게 걸어야 할 전화에 대한 생각을 했다. 그 변명의 말들을 머릿속으로 생각했다. 하지만 결국 어떻게 설명한들 소용없을 것이라는 생각이 들었다. 수영 클럽의 모임에 간다고 하고 일요일 아침에 집을 나와 이시가와현의 공항에서 눈 때문에 발이 묶여 있다는 것이다. 변명의 여지가 없었다. "집을 나섰더니 갑자기 바다가 보고 싶어져 그대로 하네다로 향했다"라고 할 수도 있었다. 하지만 그건 너무나도 멍청한 변명이라는 생각이 들었다. 그런 변명을 할 바에야 차라리 아무 이야기도 하지 않는 편이 나을 것이다. 아니면 사실대로 말하는 편이 나을 지도 모른다. 그러는 동안 나 자신이 사실은 비행기가 뜨지 않기를 기대하고 있다는 걸 깨닫고는 어이가 없어졌다. 나는 이대로 비행기가 뜨지 않고 눈에 갇혀버리기를 원하고 있었다. 나는 마음 한구석에서 시마모토와 단둘이서 이곳에 온 사실이 아내에게 알려지기를 바라고 있었다. 나는 아무런 변명도 하지 않는다. 나는 더 이상 거짓말을 하지 않는다. 나는 그냥 이곳에 시마모토와 단둘이 남는다. 그렇게 되면 이제부터는 흐름에 몸을 맡기면 된다.

결국 비행기는 예정보다 한 시간 반 늦게 이륙했다. 비행기 안에서 시마모토는 내게 기대어 잠들어 있었다. 아니면 가만히 눈을 감고 있었는지도 모른다. 나는 그녀의 어깨를 팔로 감싸 안았다. 그녀는 자면서 간혹 흐느끼는 것처럼 보였다. 그녀는 줄곧 침묵하고 있었고 나도 아무 이야기도 하지 않았다. 우리가 말문을 열게 된 건 비행기가 착륙 태세로 접어든 이후부터였다.

"저, 시마모토, 이제 정말로 괜찮아?" 나는 물었다.

그녀는 내 팔 안에서 고개를 끄덕였다. "괜찮아. 약을 먹으면 괜찮아져. 그러니까 걱정하지 마."

그리고 그녀는 내 어깨에 살며시 머리를 기대었다. "하지만 아무것도 묻지 마. 왜 그런 일이 일어났냐느니 그런 것은……."

"알았어. 아무것도 묻지 않을게." 나는 말했다.

"오늘 일은 정말로 고마워." 그녀는 말했다.

"어떤 일?"

"그곳까지 데려가 준 일. 네 입으로 내게 물을 먹여준 일. 나를 견뎌내준 일."

나는 그녀의 얼굴을 보았다. 바로 앞에 그녀의 입술이 있었다. 그것은 조금 전 내가 물을 먹였을 때 입맞춤한 입술이었다. 그리고 그 입술은 다시 한번 나를 원하고 있는 듯이 보였다. 그 입술은 살짝 열려 있었고 그 사이로 하얗고 고른 이가 보였다. 물을 먹였을 때 살며시 닿았던 그녀의 부드러운 혀의 감촉을 아직도 난 기억하고 있었다. 그 입술을 보고 있으려니까 나는 몹시도 숨이 막혀와 더 이상 아무 생각도 할 수 없게 되었다. 내 몸의 심지가 뜨거워지는 것이 느껴졌다. 그녀는 나를 원하고 있다, 하고 나는 생각했다. 그리고 나도 그녀를 원하고 있었다. 하지만 나는 어떻게든 나 자신을 억제했다. 여기에서 더 이상 나가면 안 된다. 여기서 더 나아가면 제자리로 돌아올 수 없게 되고 말지도 모른다. 그렇지만 자제하는 건, 여간 큰 노력이 필요한 게 아니었다.

나는 공항에서 집으로 전화를 걸었다. 시각은 이미 8시 반이었다. "미안해, 늦어져서. 연락하기가 힘들었어. 한 시간이면 도착할 거야." 나는 아내에게 말했다.

"계속 기다리다가 더는 못 참겠어서 먼저 저녁을 먹었어. 전골이었는데." 아내는 말했다.

나는 공항 주차장에 세워 두었던 BMW에 그녀를 태웠다.

"어디까지 데려다주면 돼?"

"혹시 괜찮다면 아오야마에서 내려줘. 거기서 난 알아서 혼자서 갈 테니까."

"정말로 혼자서 갈 수 있어?"

그녀는 방긋 미소 짓고는 고개를 끄덕였다.

가이엔 IC로 수도 고속도로를 빠져나갈 때까지, 우리는 거의 말을 하지 않았다. 나는 헨델의 오르간 콘체르토의 테이프를 작은 소리로 듣고 있었다. 시마모토는 무릎 위에 양손을 가지런히 올려놓고 창밖을 바라보고 있었다. 일요일 밤이어서, 주위의 차 안에는 어딘가 놀러 갔다 오는 듯한 가족들의 모습이 보였다. 나는 평소보다 자주 기어 변속을 했다.

"저기, 하지메." 시마모토는 아오야마 거리가 나오기 직전에 입을 열었다. "난 사실 그때 비행기가 뜨지 않으면 좋겠다고 생각했어."

나도 같은 생각을 하고 있었다고 말하고 싶었다. 하지만 결국 아무 말도 하지 않았다. 내 입은 바짝 말라 있어 말이 제대로 나오지 않았다. 나는 잠자코 고개를 끄덕이고 그녀의 손을 살며시 잡았을 뿐이었다. 나는 아오야마 1번가 모퉁이에 차를 세우고 그녀를 내려주었다. 그녀가 거기에서 내려달라고 한 것이다.

"또 만나러 가도 돼?" 시마모토는 차에서 내릴 때 내게 작은 목소리로 물었다. "아직 내가 싫진 않아?"

"기다리고 있을게. 가까운 시일 내에 또 보자."

시마모토는 고개를 끄덕였다.

나는 아오야마 거리를 달리면서 만약 이대로 그녀를 두 번 다시 만날 수 없게 된다면 틀림없이 난 머리가 이상해져버리겠지, 하고 생각했다. 그녀가 차에서 내리자 온 세상이 한순간에 텅 비어버린 듯한 기분이 들었다.

# 11

# 껍데기뿐인 일상

◆
⋮
◆


시마모토와 둘이서 이사가와현에 다녀온 나흘 후, 장인이 전화를 걸어왔다. 긴히 할 이야기가 있으니 내일 점심이라도 같이 하지 않겠느냐는 내용이었다. 네 좋습니다, 하고 말했지만 솔직히 말해 나는 조금 놀랐다. 장인은 워낙 바쁜 사람이고, 그런 장인이 사업과 연관되지 않은 사람과 식사를 같이 한다는 건 이례적인 일이었기 때문이다.

장인의 회사는 반년쯤 전에 요요기에서 요쓰야에 자리 잡은 7층짜리 새 사옥으로 막 옮긴 참이었다. 회사 소유의 빌딩이었지만 장인의 회사는 6층과 7층만 사용할 뿐이었고, 나머지 층들은 다른 회사나 레스토랑이나 가게에 임대하고 있었다. 내가 그 빌딩에 가게 된 건 처음이었다. 그곳에서는 모든 것이 새것처럼 번쩍번쩍 빛이 나고 있었다. 로비 바닥은 대리석이고, 천장은 높고,

커다란 도자기 꽃병에는 꽃이 가득 꽂혀 있었다. 6층에서 엘리베이터를 내리자 샴푸 광고에 나올 법한 보드라운 머릿결을 가진 여자가 안내데스크에 앉아 있다가 전화로 내 이름을 장인에게 전했다. 계산기가 붙어 있는 계란프라이 뒤집개 같은 모양의 짙은 회색 전화기였다. 그러곤 그녀는 방긋 웃으며 나에게 "안으로 들어가세요. 사장님께서 기다리고 계십니다"라고 말했다. 매우 화사한 미소였지만, 시마모토의 웃는 얼굴에는 약간 못 미치는 미소였다.

사장실은 빌딩 맨 꼭대기 층에 있었다. 커다란 유리창을 통해서 도시를 내려다볼 수 있었다. 그다지 마음이 푸근해지는 경치라고는 말할 수 없었지만 햇볕이 잘 들고 널찍한 방이었다. 벽에는 인상파의 그림이 걸려 있었다. 등대와 배가 그려진 그림이었다. 조르주 쇠라의 그림 같아 보였는데 어쩌면 진품인지도 모른다.

"경기가 좋은 것 같네요." 나는 장인에게 말했다.

"나쁘진 않지"라고 말하며 장인은 창가에 서서 밖을 가리켰다. "나쁘지 않아. 더구나 앞으로는 더 좋아질 거야. 지금이 벌어들일 때야. 우리 사업에는 20년이나 30년 만에 한 번 있을까 말까 한 호기지. 지금 벌어들이지 않으면 돈 벌 시기가 없어. 왜 그런지 알겠는가?"

"잘 모르겠는데요. 건설업에 대해서는 아는 게 없으니까요."

"잘 들어, 여기서 도쿄의 거리를 내려다보라고. 여기저기 빈터가 있는 게 보이지? 마치 이가 빠진 것처럼 여기저기 아무것도 세워져 있지 않은 땅이 보일 거야. 위에서 내려다보면 잘 알 수 있지. 걸어 다니면서는 여간해선 알 수 없어. 저런 땅은 오래된 가옥이나 빌딩이 있었던 자리야. 요즘 들어 땅값이 급등하면서 종전의 오래된 빌딩으로는 수익을 올리기 힘들어졌어. 오래된 건물로는 임대료를 비싸게 받을 수도 없는 데다 임대인의 숫자도 줄게 마련이니까. 그렇기 때문에 새롭고 더 큰 건물이 필요해지는 거야. 개인 소유의 집도 이렇게 도심의 땅값이 치솟으면 고정 재산세라든지 상속세 같은 걸 낼 수가 없게 되지. 그래서 다들 팔아버리는 거야. 도심의 집을 팔아버리고 교외로 이사 가는 거지. 그런 집을 사들이는 건 대개가 전문 부동산 업자들이야. 그런 사람들이 원래 있던 오래된 건물을 부수고 그 자리에 더욱 효과적으로 이용할 수 있는 새 건물을 세우지. 그러니까 다시 말해 저기보이는 공터에는 앞으로 새 빌딩이 들어서게 될 거란 이야기야. 그것도 앞으로 2, 3년 안에. 아마도 2, 3년 후에는 도쿄의 모습이 확 바뀌게 될 거야. 자금 문제도 걱정 없어. 일본 경제는 활발하게 움직이고 있고 주식시세도 계속 오르고 있지. 은행은 충분한 돈을 가지고 있고 말이야. 땅만 가지고 있으면 은행은 그걸 담보로 얼마든지 돈을 빌려주니까, 땅만 갖고 있으면 돈을 융통하는 데는 어려움이 없을 거야. 그렇게 해서 잇따라 빌딩이 올라가는 거지. 그리고 누가 그런 빌딩을 지을 거라고 생각하나? 물론 우리가 짓는 거지. 두말할 것도 없이."

"그렇군요. 하지만 그렇게 많은 빌딩이 생기게 되면 도쿄는 도대체 어떻게 되는 거지요?"

"어떻게 되다니…… 도시는 활기에 넘치고, 더욱 아름다워지고, 더욱 기능적이 되겠지. 도시의 양상이라는 건 경제의 양상을 여실히 반영해내는 것이니 말이야."

"활발해지고 아름다워지고 기능적이 되는 건 좋겠죠. 저도 그건 좋은 일이라고 생각합니다. 하지만 지금도 도쿄의 거리는 차들로 넘쳐나고 있습니다. 이 이상 빌딩이 늘어나면 그야말로 도로는 꼼짝달싹할 수 없게 되고 말 겁니다. 수도도 강우량이 줄어들면 급수가 힘들어질 거고요. 게다가 여름철에 모든 빌딩이 에어컨을 일제히 틀게 되면 틀림없이 전력이 부족해질 테죠. 그 전기는 중동에서 들여오는 석유를 쓰고 있는 거 아닙니까? 석유 위기라도 오게 되면 어떻게 되는 겁니까?"

"그건 일본 정부와 도쿄도에서 생각할 일이야. 그 때문에 우리는 그들에게 엄청난 세금을 내고 있는 거잖아. 그 정도는 도쿄대를 졸업한 공무원들이 열심히 연구하면 될 일이라고. 그치들은 늘 잘났다는 표정으로 으스대고 있잖아. 마치 자기네들이 이 나라를 움직이고 있기라도 한 듯한 표정으로 말이야. 그러니까 가끔씩은 그 좋은 머리를 써서 뭐라도 고안해내는 게 좋지 않겠어?

난 그런 건 몰라. 단순히 건설업자일 뿐이지. 주문이 들어오면 빌딩을 짓는다. 그런 걸 시장 원리라고 하는 거지. 그렇잖은가?"

나는 그것에 대해서는 아무 말도 하지 않았다. 장인과 일본 경제의 양상에 대한 토론을 펼치기 위해서 여기에 온 것은 아닌 것이다.

"그런 어려운 토론은 그만두고, 밥이나 먹으러 가자고. 배가 고프군" 하고 장인은 말했다.

우리는 전화가 딸려 있는 그의 검은색 대형 벤츠를 타고 아카사카에 있는 장어집에 갔다. 안쪽에 있는 방으로 안내되어 우리는 둘이 마주 앉아 장어 요리를 먹고 술을 마셨다. 아직 대낮이라서 나는 입술을 축일 정도로만 마셨지만 장인은 제법 빠른 속도로 마셨다.

"그래서, 하실 말씀이라는 건 뭡니까?" 나는 말을 꺼내보았다. 좋지 않은 이야기라면 먼저 듣고 싶었기 때문이다.

"실은 좀 부탁할 게 있네." 장인은 말했다. "뭐, 그리 대단한 건 아니고, 자네 이름을 잠깐 빌렸으면 해서 말이야."

"이름을 빌린다고요?"

"이번에 새로운 회사를 하나 만들 생각이야. 그 절차에 설립 명의인이라는 게 필요하거든. 명의인이라고 해도 딱히 특별한 자격 같은 게 필요한 건 아니고. 그저 이름만 있으면 되는 일이야. 자네에게 폐를 끼치진 않을 거고, 사례도 충분히 하겠네."

"사례 같은 건 필요 없습니다." 나는 말했다. "꼭 필요하시다면 이름 같은 건 얼마든지 빌려드리겠습니다. 그런데 그건 도대체 어떤 회사입니까? 설립인의 한 사람으로 이름이 들어가는 것이니만큼 그쯤은 알아두고 싶습니다만."

"정확히 말하자면 아무 회사도 아니야"라고 장인은 말했다. "자네니까 솔직히 말하겠네만 그건 아무것도 하지 않는 회사야. 이름만 존재하는 회사지."

"요컨대 유령회사라는 말씀이시군요. 페이퍼 컴퍼니. 터널 회사."

"뭐, 그런 거지."

"도대체 목적은 뭐지요? 세금을 절약할 목적인가요?"

"그런 것도 아니야." 그는 말하기 거북한 듯이 대답했다.

"비자금인가요?" 나는 큰맘 먹고 물어보았다.

"뭐 그런 거라고 할까." 장인은 말했다. "사실 바람직한 건 아니지만. 우리 사업에는 그런 게 약간은 필요하지."

"만약 무슨 문제라도 생기게 되면 전 어떻게 되는 겁니까?"

"회사를 만드는 그 자체는 합법적이야."

"전 그 회사가 무엇을 하는가를 문제 삼고 있는 겁니다."

장인은 주머니에서 담배를 꺼내고 성냥을 그어 불을 붙였다. 그리고 허공을 향해서 연기를 내뿜었다.

"문제라고 할 만한 건 특별히 없어. 게다가 만일 뭔가 문제 같은 게 생긴다고 해도 말이지, 자네가 나에 대한 의리로 이름을 빌려주었을 뿐이라는 건 누가 보더라도 알 수 있어. 장인이 부탁해서 할 수 없이 이름을 빌려준 거라고 말이야. 아무도 자네를 책망하지는 않을 거야."

나는 그 일에 대해서 잠시 생각해보았다. "그 비자금은 도대체 어디에 쓰이기 위한 겁니까?"

"그런 건 모르는 편이 좋아."

"저는 시장 원리에 대해서 좀 더 자세한 내용을 알고 싶습니다." 나는 말했다. "정치가에게 가는 겁니까?"

"그것도 조금은 있지."

"관료입니까?"

장인은 담뱃재를 재떨이에 털었다. "여보게, 그렇게 되면 뇌물이 되고 만다고. 뒷조사를 당하게 되지."

"그렇지만 정도의 차이는 있겠지만 업계에서는 다들 하고 있는 일이잖습니까?"

"뭐, 조금은 그렇다고 할 수 있지"라고 장인은 말했다. 그러고는 거북한 표정을 지었다. "뒷조사를 당하지 않을 정도는 말이지."

"조폭은 어떻습니까? 토지를 매수하는 데는 그런 사람들 도움도 필요하죠?"

"그런 일은 없을 거네. 난 예전부터 그놈들을 좋아하지 않거든.

난 토지의 매점까지는 하지 않아. 돈벌이가 되기는 하겠지만 그런 짓은 안 하네. 난 단지 건물을 지을 뿐이야."

나는 깊은 한숨을 내쉬었다.

"이런 이야기는 자네 마음에 안 들겠지?"

"하지만 제가 마음에 들어하든 안 들어하든 장인어른은 저를 계획에 넣고 이야기를 진행시키고 계신 거 아닙니까? 제가 승낙한다는 걸 전제로요."

"실은 그렇네"라고 말하며, 그는 실없이 웃었다.

나는 한숨을 내쉬었다. "장인어른, 전 솔직히 이런 건 그리 좋아하지 않습니다. 제가 사회적인 부정을 용납하지 못한다든가 하는 그런 말씀을 드리는 건 아닙니다. 하지만 아시다시피 저는 평범하게 살아가는 보통 사람입니다. 가능하다면 그런 뒤쪽의 일에는 말려들고 싶지 않습니다."

"그건 나도 잘 알고 있네." 장인은 말했다. "그렇지만 이번 일은 내게 맡겨놓게나. 아무튼 자네에게 폐를 끼칠 일은 절대로 없을 거네. 만일 그렇게 되면 결과적으로 유키코와 손녀들에게도 폐를 끼치게 되는 것 아닌가? 내가 뭣 때문에 그러겠나? 내가 내 딸과 손녀들을 얼마나 소중히 여기는지는 자네도 잘 알지 않는가?"

나는 고개를 끄덕였다. 무슨 말을 한들 내가 장인의 부탁을 거절할 수 있는 입장은 아니었다. 그렇게 생각하자 마음이 무거워졌다. 나는 조금씩 이 세계에 발목을 잡히고 있는 것이다. 이건 그 첫걸음이다. 이걸 받아들인다. 그러면 그다음에는 아마도 또 다른 무엇인가가 찾아올 것이다. 그러고서 우리는 한동안 식사를 계속했다. 나는 차를 마셨지만, 장인은 여전히 빠른 속도로 술을 마시고 있었다.

"여보게, 자네 올해 몇이나 됐나?" 장인이 갑작스레 내 나이를 물었다.

"서른일곱입니다."

장인은 가만히 내 얼굴을 쳐다보았다.

"서른일곱이라면 한창 놀고 싶을 때로군" 하고 장인은 말했다. "일도 왕성하게 할 때고 자신감도 생길 나이지. 그러니까 여자들도 제법 달려들지. 그렇지 않은가?"

"유감스럽게도 그렇게 많이는 달려들지 않는데요"라고 나는 웃으며 말했다. 그리고 장인의 표정을 살폈다. 나는 한순간 장인이 나와 시마모토의 일을 알고 그 이야기를 하려고 나를 불러낸 것은 아닌가 하는 생각을 했다. 그러나 장인의 말투에는 무엇인가를 추궁하는 듯한 긴장된 울림은 없었다. 장인은 단지 나를 상대로 세상 살아가는 이야기를 하고 있을 뿐이었다.

"나도 그 나이 때는 꽤나 놀았지. 그러니까 자네한테도 바람을 피우지 말라고는 안 할 거네. 사위에게 이런 말을 하는 건 이상하지만, 난 오히려 적당히 노는 편이 좋다고 생각하고 있을 정도지.

때로는 그렇게 하는 편이 후련해지거든. 적당히 그런 걸 해소해 두는 편이 가정생활도 원만해지고 일에도 집중할 수 있어. 그러니까 나는 자네가 어딘가에서 다른 여자와 잔다고 해도 그걸 책망하지는 않을 거네. 그렇지만 말이지, 노는 건 좋지만 노는 상대만큼은 제대로 고르는 편이 좋다는 걸 알아야 해. 자칫 상대를 잘못 고르게 되면 인생을 망치게 돼. 나는 그런 경우를 여러 번 봐왔네."

나는 고개를 끄덕였다. 그리고 유키코로부터 처남 부부 사이가 원만하지 않다는 이야기를 들은 것이 문득 떠올랐다. 아내의 오빠인 그는 나보다 한 살 아래인데, 다른 여자가 생겨 집에도 잘 들어가지 않는다고 했다. 장인은 아마도 그 장남 일이 마음에 걸려 그런 것이라고 나는 짐작했다. 그래서 나를 상대로 이런 이야기를 꺼낸 것이리라.

"알겠는가? 별 볼 일 없는 여자를 상대하지는 말게. 별 볼 일 없는 여자랑 놀다 보면 본인까지 별 볼 일 없는 사람이 되고 마네. 멍청한 여자랑 놀다 보면 본인까지 멍청한 사람이 되고 말지. 하지만 그렇다고 해서 너무 좋은 여자와도 놀지 말게. 너무 좋은 여자와 얽히다 보면 제자리로 돌아갈 수 없게 돼. 제자리로 돌아갈 수 없게 되면 미궁에 빠지게 되는 거고. 내 말 이해하지?"

"대충은요." 나는 대답했다.

"몇 가지만 조심하면 돼. 여자에게 살 집을 마련해 주면 안 되네. 그건 치명타야. 그리고 무슨 일이 있어도 새벽 2시까지는 집에 들어가게. 새벽 2시가 의심을 받지 않을 한계점이야. 그리고 또 하나, 핑계를 대기 위해 친구를 끌어들이지 말게. 바람을 피우다 보면 언젠가 들킬 수도 있지. 그건 어쩔 수 없는 일이지만, 친구까지 잃을 필요는 없는 거야."

"왠지 경험담처럼 들리는데요."

"맞아. 인간은 경험으로밖에는 배울 수가 없거든" 하고 장인은 말했다. "경험에서 배우지 못하는 인간도 더러 있지. 하지만 자넨 그렇지 않아. 내 생각엔 말이야, 자넨 사람을 보는 안목이 있어. 경험으로부터 배울 줄 모르는 인간은 그런 걸 터득할 수 없지. 자네 가게에는 두세 번밖에 가본 적이 없지만, 난 단번에 알 수 있었네. 자넨 제법 쓸 만한 사람들을 모아놓고 그들을 잘 다루고 있다고 느꼈지."

나는 아무 말 없이 가만히 이야기가 돌아가는 것을 헤아리고 있었다.

"아내를 고르는 안목도 있지. 결혼생활도 이제까지 순탄하게 잘해왔어. 유키코도 자네와 둘이서 행복하게 살고 있고. 아이들도 둘 다 착하고 말이야. 그 점에 대해서는 자네한테 감사하고 있네."

오늘은 많이 취한 것 같군, 하고 나는 생각했다. 하지만 나는 아무 말도 하지 않고 묵묵히 이야기를 듣고 있었다.

"아마도 자넨 모르겠지만, 유키코는 자살 시도를 한 적이 있었네. 수면제를 먹었지. 병원에 실려갔는데 이틀 동안 의식이 돌아오지 않았어. 난 그때 가망이 없다고 생각했지. 몸은 차가워지고, 호흡도 거의 없다시피 했거든. 이젠 확실히 죽겠구나 하고 생각했지. 눈앞이 캄캄하더군."

나는 얼굴을 들고 장인의 얼굴을 쳐다보았다. "그게 언제 일입니까?"

"스물두 살 때였지. 대학을 막 졸업했을 때였다네. 원인은 남자였어. 그 남자와 약혼까지 했었지. 별 볼 일 없는 녀석이었어. 유키코는 겉보기에는 얌전하지만 심지가 굳은 아이야. 머리도 좋지. 그런데 어쩌다 그런 별 볼 일 없는 녀석과 사귀게 되었는지 난 지금도 이해할 수 없지만 말이야." 장인은 도코노마(일본식 다다미 방의 한 쪽을 바닥보다 높게 만든 공간—옮긴이)에 기대어 담배를 입에 물고 불을 붙였다. "하지만 어쨌든 그놈이 유키코에게는 첫 남자였어. 처음이라는 건 누구든 많건 적건 간에 실수를 하게 마련이지. 하지만 유키코의 경우는 그 충격이 컸었어. 그래서 자살까지 하려고 했던 거지. 그리고 그 후로 그 아이는 남자와는 일절 사귀려고 하지 않았어. 그 전까지는 제법 적극적인 아이였는데 그런 일이 있고 나서부터는 좀처럼 외출도 하지 않게 되었지. 말이 없어지고 늘 집 안에만 틀어박혀 있었네. 그런데 자네와 사귀기 시작하고 나서부터 몰라보게 밝아졌다네. 사람이 바뀐 듯이 말이야.

여행지에서 만났다고 했던가?"

"네. 야쓰가다케에서 만났습니다."

"그 여행도 내가 억지로 떠다밀다시피 해서 보낸 거야. 가끔씩은 여행도 좀 다녀오라고 하면서."

나는 고개를 끄덕였다. "자살을 시도한 적이 있다는 건 몰랐습니다."

"모르는 편이 나을 거라고 생각해서 여태껏 말하지 않고 있었던 거지. 하지만 이제 슬슬 알아두는 편이 좋겠다는 생각이 드네. 자네들은 앞으로 오랫동안 함께 살아갈 테니 좋은 일이든 나쁜 일이든 전부 알아두는 편이 좋지 않겠나? 그리고 그건 아주 오래전의 이야기고."

장인은 눈을 감고 담배 연기를 허공으로 내뿜었다. "부모인 내가 이렇게 말하는 건 좀 그렇지만 그 아인 괜찮은 여자야. 난 그렇게 생각하네. 난 여러 여자랑 놀아봐서 여자를 보는 안목은 있다고 생각하네. 내 딸이 됐든 누가 됐든 좋은 여자와 나쁜 여자는 확실히 분별할 줄 알지. 같은 내 딸이라도 동생 쪽이 얼굴 생김새는 미인이지만 인간 됨됨이는 이야기가 다르지. 자넨 사람을 보는 안목이 있어."

나는 잠자코 있었다.

"이봐, 자넨 형제가 없다고 했지?"

"없습니다."

"난 아이가 셋 있지. 그래서 말인데, 자네 생각엔 내가 세 아이를 모두 공평하게 좋아하는 것 같은가?"

"모르겠습니다."

"자넨 어떤가? 두 딸이 똑같이 예쁜가?"

"똑같이 예쁩니다."

"그건 아직 아이들이 어리기 때문일 거야." 장인은 말했다. "같은 자식이라도 커갈수록 점점 좋아지거나 싫어지는 기호라는 게 나타나지. 자식들도 그렇지만 부모도 그런 게 생기지. 자네도 곧 내 말을 이해하게 될 거야."

"그런가요?"

"자네니까 이야기하는 거지만, 난 세 아이 가운데 유키코를 제일 좋아하지. 다른 애들한테 미안하다는 생각은 들지만 그건 확실해. 유키코와는 마음도 맞고 믿을 수가 있어."

나는 고개를 끄덕였다.

"자네는 사람을 보는 안목이 있네. 그건 굉장한 재능이야. 그 눈을 언제까지고 소중히 하는 게 좋을 거야. 나 자신은 변변찮은 인간이지만 변변찮은 것만 만들어내는 건 아니라고."

나는 꽤나 취해버린 장인을 벤츠에 태웠다. 그는 뒷자리에 앉더니 다리를 벌린 채 그대로 눈을 감았다. 나는 택시를 잡아타고 집으로 향했다. 집에 들어서자 유키코가 자기 아버지와 내가 어떤 이야기를 했는지 듣고 싶어 했다.

"대단한 이야기는 아무것도 없었어. 장인어른은 그냥 누군가와 함께 술을 드시고 싶었을 뿐이야. 꽤 취하신 것 같았는데 회사로 들어가서 제대로 일을 하실 수 있을까 걱정이군."

"늘 그래"라고 아내는 웃으며 말했다. "대낮부터 술을 드시고 주무시지. 사장실 소파에서 한 시간쯤 낮잠을 주무셔. 그래도 아직 뭐 멀쩡하잖아? 그러니까 괜찮아. 그냥 내버려두면 돼."

"그래도 예전보다는 술이 약해지신 것 같던데."

"그렇긴 해. 당신은 모르겠지만 어머니가 돌아가시기 전까지는 아무리 마셔도 얼굴색 하나 변하지 않으셨어. 아무튼 밑 빠진 독처럼 엄청 마셔댔지. 하지만 아버지도 어쩔 수 없나 봐. 모두 나이를 먹잖아."

우리는 그녀가 새로 끓인 커피를 부엌 식탁에서 함께 마셨다. 유령회사의 명의인으로 이름을 올린다는 이야기는 아내에게는 하지 않기로 했다. 그 사실을 알게 되면 장인어른이 내게 폐를 끼쳤다고 생각하여 그녀가 틀림없이 언짢아할 것이라고 여겨졌기 때문이다. "분명히 아버지한테 돈을 빌리기는 했지. 하지만 그것과 이건 다른 이야기잖아? 당신은 그 돈에 이자까지 더해서 갚아나가고 있잖아"라고 유키코는 말할 것이다. 하지만 그렇게 간단한 문제는 아닌 것이다.

작은딸은 제 방에서 새근새근 잠들어 있었다. 나는 커피를 다 마시고는 유키코를 침실로 데려갔다. 우리는 옷을 벗고 알몸이 되어 대낮의 밝은 햇살 아래서 조용히 서로를 안았다. 나는 시간을 들여 그녀의 몸을 달구고 나서 안으로 들어갔다. 하지만 그날 난 그녀 안에 들어가 있으면서도 줄곧 시마모토를 생각하고 있었다. 나는 눈을 감고, 지금 나는 시마모토를 안고 있는 거라고 생각했다. 나는 지금 시마모토 안에 들어가 있는 거라고 상상했다. 그리고 나는 격렬하게 사정했다. 나는 샤워를 하고 나서 다시 침대로 들어가 조금 자려고 했다. 유키코는 벌써 옷을 다 입고 있었는데, 내가 침대로 다시 들어가자 자기도 옆에 들어와 내 등에 입 맞추었다. 나는 눈을 감은 채 꼼짝도 않고 있었다. 나는 시마모토를 생각하면서 그녀와 성교를 한 것이 무척이나 마음에 찔렸다. 나는 눈을 감은 채 가만히 있었다.

"여보, 난 당신이 정말로 좋아." 유키코는 말했다.

"벌써 결혼한 지 7년이나 지났고 애도 둘이나 있는걸"이라고 나는 말했다. "이제 슬슬 지겨워질 때 아닌가?"

"그런가? 그래도 좋아."

나는 유키코의 몸을 안았다. 그리고 그녀의 옷을 벗기기 시작했다. 나는 그녀의 스웨터와 스커트를 벗기고 속옷을 벗겼다.

"당신, 설마 또……." 유키코는 깜짝 놀라며 말했다.

"그래. 다시 한번 하자고." 나는 말했다.

"어머, 일기에 적어둬야겠네." 유키코가 말했다.

이번에는 시마모토를 생각하지 않으려고 노력했다. 나는 유키코의 몸을 껴안고 얼굴을 바라보고 유키코만을 생각했다. 나는 유키코의 입술과 목과 젖꼭지에 입 맞추었다. 그리고 유키코의 몸 안에서 사정했다. 사정이 끝나고도 나는 그대로 그녀의 몸을 안고 있었다.

"여보, 무슨 일 있어?" 유키코는 내 얼굴을 보며 말했다. "오늘 아버지와 무슨 일 있었던 거야?"

"아무 일도 없어." 나는 말했다. "전혀 아무 일도 없어. 하지만 잠시 이러고 있고 싶어."

"좋아. 당신이 원하는 대로 해." 그녀는 말했다. 그리고 나를 그녀 안에 받아들인 채 내 몸을 꼭 껴안아주었다. 나는 눈을 감고 나 자신이 어딘가로 가버리지 않도록 그녀의 몸에 내 몸을 꽉 밀착시키고 있었다.

나는 유키코를 안으면서 아까 장인한테 들은 그녀의 자살 미수 이야기를 문득 떠올렸다. '난 그때 가망이 없다고 생각했지. 이젠 확실히 죽겠구나 하고 생각했지.' 그때 자칫 잘못되었더라면 이 몸은 벌써 사라져 없어져 버렸을지도 모른다, 하고 나는 생각했다. 나는 유키코의 어깨와 머리카락과 가슴에 살며시 손을 대어보았다. 그것은 따뜻하고 부드럽고 분명한 것이었다. 나는 유키코의 존재를 손바닥에 느낄 수 있었다. 하지만 그런 것이 언제까지 존재할 수 있을지는 아무도 알 수 없다. 형태가 있는 것은 눈 깜짝할 사이에 사라져버린다. 유키코도, 그리고 우리가 있는 이 방도 말이다. 이 벽도 이 천장도 이 창문도 정신을 차렸을 때에는 모두 사라져버리고 없을지도 모른다. 그리고 나는 이즈미를 문득 떠올렸다. 아마도 그 남자가 유키코에게 깊은 상처를 준 것과 마찬가지로 나도 이즈미에게 깊은 상처를 주었겠지. 유키코는 그 후에 나를 만났다. 하지만 이즈미는 분명 그 누구와도 만나지 못했을 것이다.

나는 유키코의 부드러운 목에 키스했다.

"잠시 자고 싶어. 그러고 나서 유치원에 아이를 데리러 갔다 올게."

"푹 자." 그녀는 말했다.


나는 잠깐 눈을 붙였다 일어났다. 눈을 뜬 건 오후 3시가 조금 지나서였다. 침실 창문으로부터 아오야마 묘지가 보였다. 나는 창가에 놓여 있는 의자에 앉아 한참 동안 그 묘지를 가만히 바라보았다. 여러 가지 풍경들이 시마모토가 나타나기 전과는 상당히 다르게 보이는 듯한 기분이 들었다. 부엌에서 아내가 저녁 식사 준비를 하고 있는 소리가 들려왔다. 그 소리는 내 귀에 공허하게 울렸다. 아득히 먼 곳에 있는 세계에서 파이프나 다른 뭔가를 통해 들려오는 소리처럼 여겨졌다.

그러고서 나는 지하 주차장에서 BMW를 꺼내 타고 큰딸을 데리러 유치원으로 갔다. 그날은 유치원에서 무슨 특별한 행사가 있어서 딸아이가 밖으로 나온 건 4시가 되기 조금 전이었다. 유치원 앞에는 여느 때처럼 반지르르하게 닦인 고급 승용차가 즐비해 있었다. SAAB, 재규어, 알파 로메오 같은 차들의 모습이 보였다. 무척이나 고급스러워 보이는 코트를 입은 젊은 엄마들이 거기에서 내려 아이를 찾아 차에 태우곤 집으로 돌아갔다. 아버지가 데리러 온 아이는 내 딸뿐이었다. 나는 딸아이를 보자 이름을 부르며 커다랗게 손을 흔들었다. 딸아이도 내 모습을 보자 그 앙증맞은 손을 흔들며 이쪽으로 오려 했다. 그런데 도중에 파란색 벤츠 260E의 조수석에 탄 여자아이의 모습을 발견하고 뭐라고 외치면서 그쪽으로 달려갔다. 그 여자아이는 빨간 털모자를 쓴 채 멈춰 서 있는 차의 창문으로 몸을 내밀고 있었다. 그 아이의 어머니는 빨간 캐시미어 코트를 입고 커다란 선글라스를 쓰고 있었다. 내가 거기로 가서 딸아이의 손을 잡자 그녀는 나에게 방긋 미소를 지어 보였다. 나도 그녀에게 미소를 보냈다. 그 빨간 캐시미어 코트와 큼직한 선글라스가 시마모토를 떠올리게 했다. 내가 시부야에서 아오야마까지 따라갔을 때의 그 시마모토를.

"안녕하세요"라고 나는 말했다.

"안녕하세요"라고 그녀도 내게 인사했다.

예쁘게 생긴 여자였다. 나이는 어떻게 봐도 스물다섯 위로는 보이지 않았다. 카 스테레오에서 토킹 헤즈의 〈버닝 다운 더 하우스〉가 흐르고 있었다. 뒷좌석에는 기노쿠니야(도쿄의 아오야마에 있는 대형 고급 슈퍼마켓 — 옮긴이)의 종이봉투가 두 개 놓여 있었다. 그녀의 웃는 얼굴은 아주 매력적이었다. 딸은 그 친구와 속닥속닥 무슨 이야기인가를 한참 나누더니 잘 가, 하고 말했다. 잘 가, 하고 그 여자아이도 말했다. 그러곤 버튼을 눌러 유리창을 닫았다. 나는 딸아이의 손을 잡고 BMW를 세워둔 곳까지 걸어갔다.

"어땠어? 오늘 무슨 즐거운 일이라도 있었니?" 나는 딸에게 물었다.

딸아이는 커다랗게 고개를 저었다. "즐거운 일 같은 건 하나도 없었어. 아주 재미없는 날이었어요." 딸아이는 말했다.

"그래 너나 나나 힘든 날이었구나." 나는 몸을 숙여 딸아이의 이마에 키스했다. 딸아이는 한껏 거드름을 피우는 프랑스 식당의 지배인이 아메리칸 익스프레스 카드를 받아들 때 같은 환한 표정으로 내 키스를 받았다. "하지만 내일은 훨씬 편안해질 거야, 틀림없이." 나는 말했다.

나도 가능하다면 그렇게 믿고 싶었다. 내일 아침에 눈을 뜨면 세상은 좀 더 분명한 형태를 갖추게 되어 여러 가지 일들이 지금보다 훨씬 편안해질 것이라고. 하지만 세상사가 그렇게 순조롭지는 않다. 내일이 되어도 분명 사태는 더 복잡해져 있을 뿐일 거라고 나는 생각했다. 문제는 내가 사랑을 하고 있다는 것이다. 그리고 나에게는 아내가 있고 딸들이 있는 것이다.

"있잖아요, 아빠!" 딸이 말했다. "나, 말 타고 싶어요. 언젠가 나한테 말을 사줄래요?"

"아, 좋아. 그래. 언젠가 사줄게." 내가 말했다.

"언젠가가 언제인데?"

"아빠가 돈을 많이 벌면. 돈이 모이면 그 돈으로 말을 사주지."

"아빠도 저금통을 가지고 있어요?"

"그럼, 큰 걸 가지고 있지. 이 자동차만큼 큰 걸 가지고 있단다. 그만큼 돈을 모으지 않으면 말을 살 수 없거든."

"할아버지한테 부탁하면 말을 사줄까요? 할아버지는 부자잖아요?"

"글쎄." 나는 말했다. "할아버지는 저기 보이는 건물만큼이나 커다란 저금통을 가지고 계시지. 그 안엔 돈도 가득 들어 있고. 그렇지만 너무 커서 안에 있는 돈을 좀처럼 꺼낼 수가 없단다."

딸은 그 말을 듣고 한동안 혼자서 생각에 잠겼다.

"그래도 할아버지한테 한번 여쭤봐도 될까요? 말을 사주셨으면 좋겠다고."

"글쎄. 한번 여쭤보는 건 괜찮겠지. 어쩌면 사주실지도 모르니까 말이야."

맨션 주차장에 도착할 때까지 나는 딸아이와 말에 관한 이야기를 하고 있었다. 어떤 색깔의 말이 갖고 싶은가. 어떤 이름을 붙일까. 말을 타고 어디에 가고 싶은가. 말은 어디에 재울까. 딸아이를 주차장에서 엘리베이터에 태워주곤 나는 곧장 가게로 향했다.

그리고 내일은 도대체 어떻게 될 것인가 하고 생각했다. 나는 자
동차의 핸들에 두 손을 얹어놓고 눈을 감았다. 내가 내 몸속에 있
는 것처럼 느껴지지 않았다. 내 몸은 어딘가에서 임시변통으로
빌려온 일시적인 그릇처럼 느껴졌다. 내일 나는 도대체 어떻게
될 것인가? 하고 생각했다. 난 가능하다면 딸아이에게 지금 당장
말을 사주고 싶었다. 이런저런 모든 게 사라져버리기 전에. 모든
것이 훼손되고 망가져버리기 전에.

# 12

# 공기가 없는 달의 표면

♦
⋮
♦

그로부터 봄이 오기까지의 약 두 달 동안 나는 시마모토와 거의 매주 만나다시피 했다. 그녀는 홀연히 가게에 나타났다. 재즈바 쪽으로 올 때도 있었지만 '로빈스 네스트' 쪽으로 오는 경우가 더 많았다. 그녀는 늘 밤 9시가 지나서 나타났다. 그리고 카운터에 앉아 칵테일을 두세 잔 마시고는 11시경에는 돌아갔다. 그녀가 와 있으면 나는 그녀 옆자리에 앉아 이야기를 나누었다. 가게 종업원들이 나와 그녀를 어떻게 생각했는지는 알 수 없다. 하지만 난 그런 것에는 거의 신경 쓰지 않았다. 초등학교 때 동급생들이 우리 사이를 어떻게 생각하든 거의 염두에 두지 않았던 것처럼.

때때로 그녀는 가게로 전화를 걸어와 내일 낮에 어딘가에서 만나지 않겠느냐고 하기도 했다. 우리는 대개 오모테산도에 있는 커피숍에서 만났다. 그리고 둘이서 가벼운 식사를 하거나 그 주변을 산책하기도 했다. 그녀가 나와 같이 있는 시간은 대략 두 시간에서 길어야 세 시간이었다. 돌아갈 시간이 되면 그녀는 시계를 보고 나서 나를 쳐다보며 방긋 미소 짓곤 "자, 이제 슬슬 가봐야지"라고 말했다. 그 미소는 여느 때와 마찬가지의 정말 멋진 것이었다. 하지만 난 그 미소 속에서 그녀가 그때 가지고 있는 감정 같은 걸 거의 읽어낼 수 없었다. 그녀가 이제 나와 헤어져야 한다는 것을 아쉬워하는 것인지, 아니면 그다지 아쉬워하지 않는 것인지, 아니면 나랑 헤어지게 되어 안도하고 있는 것인지조차 읽어낼 수가 없었다. 그 시각에 그녀가 정말로 어디론가 돌아가야 하는지조차 나로서는 확인할 도리가 없었다.

아무튼 그 이별의 시간이 올 때까지의 두세 시간 동안 우리는 상당히 열심히 이야기를 나누었다. 그러나 내가 그녀의 어깨를 안는다거나 그녀가 내 손을 잡는 것과 같은 일은 더 이상 없었다. 우리는 두 번 다시 서로의 몸에 접촉하지 않았다.

도쿄 거리에서의 시마모토는 예전의 쿨하고 매력적인 웃는 얼굴을 되찾은 듯했다. 2월의 추운 날, 이시가와현에 갔을 때 보였던 것과 같은 감정의 격렬한 동요는 이제 찾아볼 수 없었다. 그때 우리 사이에 생겼던 따뜻하고 자연스러운 친밀감도 더 이상 돌아오지 않았다. 둘이서 그렇게 하자고 합의한 것도 아니었는데, 그 기묘한 짧은 여행에서 일어난 일을 우리가 화제로 삼는 일은 한 번도 없었다.

나는 그녀와 어깨를 나란히 하고 걸으면서 이따금 그녀의 마음속에는 어떤 것이 담겨 있는 것일까 하고 생각했다. 그리고 그런 것들은 그녀를 이제부터 어디로 데려가려 하고 있는 것일까. 나는 때때로 그녀의 눈동자를 들여다보았다. 하지만 거기에는 온화한 침묵이 있을 뿐이었다. 그녀의 눈꺼풀에 그어진 한 줄기 가느다란 선은 여전히 내게 아득한 수평선을 연상케 했다. 나는 고등학교 시절 이즈미가 내게 가졌을 고독감 같은 것을 이제야 조금은 이해할 수 있을 것 같은 기분이 들었다. 시마모토 안에는 그녀만의 고립된 작은 세계가 있다. 그것은 그녀만이 알고 있으며, 그녀 자신만을 받아들이고 있는 세계였다. 나는 거기에 들어갈 수 없었다. 그 세계의 문은 딱 한 번 내게 열리려고 했었다. 하지만 그 문은 다시금 닫혀버리고 말았다.

그런 생각을 하기 시작하자 무엇이 옳고, 무엇이 잘못된 건지 알 수 없어졌다. 나는 내가 다시 한번 그 무력하고 어쩔 줄 몰라 하던 열두 살짜리 소년으로 돌아가 버린 듯한 기분이 들었다. 그녀 앞에서는 난 무엇을 해야 좋을지, 무슨 말을 해야 좋을지 판단할 수가 없게 되어버리는 것이다. 나는 냉정해지려고 했다. 애써 머리를 써보려고 했다. 그러나 허사였다. 나는 늘 내가 그녀에게 실언을 하고 실수를 하고 있는 것처럼 느껴졌다. 하지만 내가 무슨 말을 하든, 무슨 일을 하든 그녀는 모든 감정을 삼켜버린 듯한 그 매력적인 미소를 띤 채 나를 보고 있을 뿐이었다. '괜찮아. 별로 신경 쓸 것 없어. 이대로가 좋으니까'라고 말하듯이.

나는 지금 시마모토가 처해 있는 상황에 대해서 무엇 하나 알지 못했다. 그녀가 어디에 살고 있는지도 알지 못했다. 누구와 살고 있는지도 알지 못했다. 그녀가 무엇을 해서 수입을 얻고 있는지도 알지 못했다. 결혼한 상태인지, 아니면 예전에 결혼한 적이 있는지조차 알지 못했다. 단 한 번 아기를 낳았고, 그 아기는 그 이튿날 죽었다. 그건 작년 2월의 일이었다. 그리고 그녀는 이제까지 단 한 번도 일한 적이 없다고 했다. 그런데도 그녀는 언제나 고급 옷을 입고 비싼 장신구를 몸에 걸치고 있었다. 그것이 의미하는 것은 그녀가 어디선가 많은 수입을 얻고 있다는 것이었다. 내가 그녀에 대해서 알고 있는 건 그게 전부였다. 아마도 아이를 낳았을 때 그녀는 결혼한 상태였을 것이다. 물론 확증이 있는 건 아니다. 그건 단지 추측에 지나지 않는다. 결혼하지 않고 아이를 낳는 경우도 없는 건 아닌 것이다.

그래도 몇 번 만나는 사이, 시마모토는 조금씩 중학교와 고등학교 시절 이야기를 했다. 그 시절에 대한 이야기는 현재의 상황과 직접적인 연관이 없으니까 이야기해도 별 거리낄 것 없다고 생각하는 듯했다. 그리고 나는 그녀가 그 당시 얼마나 고독한 나날을 보냈는지 알게 되었다. 그녀는 주위 사람들에게 되도록이면 공평해지려 하였다. 그리고 무슨 일이 있어도 변명을 하지는 않았다. "나는 변명만큼은 하고 싶지 않아"라고 그녀는 말했다. "인간이라는 건, 한 번 변명을 하기 시작하면 끝도 없이 변명을 하게 마련이고, 난 그렇게 살고 싶지는 않아." 하지만 그런 삶의 방식은 그 시절의 그녀에게 적지 않은 고통을 감내하게 했다. 그것은 주위 사람들에게 많은 불필요한 오해를 낳게 했고, 그런 오해는 시마모토의 마음에 깊은 상처를 주었다. 그녀는 점점 자신 속으로 틀어박히게 되었다. 아침에 눈을 뜨면 그녀는 자주 토했다. 학교에 가는 게 싫어서였다. 한번은 고등학교에 들어갔을 무렵의 사진을 내게 보여주었다. 그 사진 속에서 그녀는 어느 정원의 벤치에 앉아 있었다. 정원에는 해바라기가 피어 있었다. 계절은 여름이었다. 그녀는 청 반바지에 하얀 티셔츠를 입고 있었다. 그리고 그녀는 정말로 아름다웠다. 그녀는 카메라를 향해 방긋 미소 짓고 있었다. 그 미소는 지금에 비해 어색하기는 했지만 그래도 근사한 미소였다. 어떤 면에서는 불안정해서 오히려 사람의 마음을 끄는 미소였다. 그것은 불행한 나날을 보내고 있는 고독한 소녀의 미소로는 보이지 않았다.

"이 사진만 봐서는 넌 행복 그 자체인 것처럼 보이는데……." 나는 말했다. 시마모토는 천천히 고개를 저었다. 뭔가 아득한 옛날의 추억을 떠올릴 때처럼 눈가에 매력적인 주름이 생겼다. "하지메, 사진으로는 아무것도 알 수 없어. 그건 단지 그림자 같은 거야. 진짜 나는 다른 곳에 있어. 그런 건 사진에는 나오지 않아." 그녀는 말했다.

그 사진은 내 가슴을 아프게 했다. 그 사진을 보고 있으려니 내가 이제까지 얼마나 많은 시간을 잃어버렸는지 실감할 수 있었다. 그것은 이제 두 번 다시 돌이킬 수 없는 귀중한 시간이었다. 아무리 노력해도 다시는 원상회복할 수 없는 시간이었다. 그건 그때 그 장소에만 존재하는 시간이었다. 나는 오랫동안 그 사진을 바라보고 있었다.

"뭘 그렇게 열심히 보는 거야?" 그녀는 물었다.

"시간을 메우고 있는 거야. 그동안 20년도 넘게 널 만나지 못했잖아. 그 공백을 조금이라도 메우고 싶어."

그녀는 좀 이상야릇한 미소를 지으며 내 얼굴을 쳐다보았다. 마치 내 얼굴에서 뭔가 이상한 점이라도 발견한 것처럼. "이상하네. 넌 그 세월의 공백을 메우려고 하고 있으니 말이야. 난 그 세월을 조금이라도 공백으로 놔두고 싶은데 말이야." 그녀는 말했다.

중학교에서 고등학교 시절 내내 그녀에게는 남자 친구가 없었다. 누가 뭐래도 그녀는 예쁜 아이였으니 말을 걸어오는 남자가 없었을 리는 없다. 하지만 그녀는 그런 남자아이들과는 거의 사귀지 않았다. 몇 번인가 사귀어보려 했지만 오래가지는 않았다.

"난 그 나이 또래의 남자아이들을 그다지 좋아할 수가 없었던 걸 거야. 알잖아? 그 나이 또래의 남자아이들이라는 건, 멋도 없고, 자기 생각밖에 못 하고 머릿속엔 여자아이 스커트 속으로 손을 집어넣을 생각밖엔 없고. 뭔가 그런 비슷한 일이 생기면 난 엄청 실망하고 말았어. 내가 원한 건 예전에 너랑 함께했을 때 존재했던 것과 같은 그런 거였거든."

"있잖아, 시마모토. 열여섯 살 무렵에는 나 역시 나밖엔 생각하지 않았고, 여자아이 스커트 밑으로 손을 집어넣는 생각밖엔 하지 못한 유치한 남자아이였던 것 같거든. 틀림없이 그랬을 거야."

"그렇다면 우리가 그 무렵에 만나지 않았던 게 다행인지도 모르겠네"라고 말하곤, 시마모토는 방긋 웃었다. "열두 살 때 헤어져서 서른일곱 살에 이렇게 만나고……. 우리에겐 이 방식이 가장 좋은 게 아닌지 모르겠어."

"그런 걸까."

"지금의 너는 여자들 스커트 속으로 손을 집어넣는 것 말고도 조금은 다른 생각을 할 수 있잖아?"

"조금은 그렇지." 나는 말했다. "조금은 말이야. 하지만 만약 내가 무슨 생각을 하고 있는지 신경이 쓰인다면 다음에 만날 때는 바지를 입고 나오는 편이 나을 거야."

시마모토는 테이블 위에 두 손을 올려놓은 채 웃으면서 자기 손을 물끄러미 바라보고 있었다. 그녀의 손가락에서는 여전히 반지를 볼 수 없었다. 그녀는 팔찌도 곧잘 했고, 손목시계도 볼 때마

다 다른 것을 차곤 했다. 귀걸이도 하고 있었다. 그렇지만 반지만
은 끼지 않았다.

"게다가 난 남자아이들이 나 때문에 불편해하는 게 싫었어."
그녀는 말했다. "잘 알잖아? 내겐 할 수 없는 일이 많았거든. 소풍
도 갈 수 없었고, 수영도 할 수 없었고, 스키나 스케이트도 탈 수
없었고, 디스코장에도 갈 수 없었어. 산책을 할 때도 아주 천천히
걸을 수밖에 없었지. 내가 할 수 있는 것이라곤 둘이서 앉아 이야
기를 하거나 음악을 듣는 정도뿐이었거든. 그리고 그 또래의 남
자아이란 오랜 시간 그러고 있는 걸 견디지 못하잖아. 난 그게 싫
었어. 남자아이들에게 거치적거리는 존재만은 되고 싶지 않았어."

그녀는 그렇게 말하곤 레몬을 넣은 페리에를 마셨다. 3월 중
순의 따사로운 오후였다. 오모테산도를 걷는 사람들 중에는 벌써
반팔 셔츠를 입은 젊은이의 모습도 눈에 띄었다.

"만약 그 무렵 내가 너랑 사귀었더라도 결국은 너한테 거추장
스러운 존재가 되고 말았을 거야. 그래서 넌 내가 지겨워지고 말
았을 거고. 넌 더 활동적이고 더 크고 넓은 세상으로 날아가고 싶
다고 생각했을 거야. 그리고 그런 결과를 맞이한다는 건 내게는
괴로운 일이었을 테지."

"저, 시마모토!" 나는 말했다. "그런 일은 있을 수 없어. 난 너
를 지겨워하지 않았을 거야. 왜냐하면 너와 나 사이에는 뭔가 특
별한 것이 있기 때문이야. 그걸 난 알 수 있어. 말로는 설명할 수

없어. 하지만 그건 분명히 있고, 그리고 그건 아주 귀하고 소중한 거야. 너도 잘 알고 있을 텐데……."

시마모토는 표정을 바꾸지 않고 나를 물끄러미 보고 있었다.

"난 그리 뛰어난 사람은 아니야. 남에게 내세울 만한 것도 없고. 게다가 옛날에는 지금보다도 거칠고 무심하고 오만했어. 그러니까 어쩌면 난 너에게 어울리는 사람이었다고는 할 수 없을지도 몰라. 하지만 이 말만은 할 수 있어. 난 너를 지겨워하지 않아. 그런 점에서 난 다른 사람과는 달라. 너에 관한 한 난 정말 특별한 사람이야. 난 그걸 느낄 수 있어."

시마모토는 테이블 위에 놓인 자신의 두 손에 다시 한번 눈길을 주었다. 그녀는 열 손가락의 모양을 점검하듯이 손을 가볍게 펴고 있었다.

"있잖아, 하지메." 그녀는 말했다. "정말 유감스러운 일이지만, 어떤 종류의 일들은 되돌릴 수 없어. 한 번 앞으로 나가고 나면 아무리 노력해도 제자리로 돌아갈 수 없지. 만약 그때 뭔가가 조금이라도 뒤틀렸다면 그건 뒤틀린 채로 그 자리에 굳어버리고 마는 거야."

우리는 한 번, 둘이서 콘서트에 간 적이 있었다. 리스트의 피아노 협주곡을 들으러 갔던 것이다. 시마모토가 내게 전화를 걸어와 혹시 시간이 있으면 같이 가지 않겠느냐고 불러냈다. 연주자는 남미 출신의 유명한 피아니스트였다. 나는 시간을 내어 그녀와 함께 우에노에 있는 콘서트홀에 갔다. 그 연주는 여간 뛰어난 게 아니었다. 테크닉도 흠잡을 데 없었고, 음악 자체도 치밀하게 짜여져 깊이가 있었고, 연주자의 열정도, 감정도 곳곳에서 느껴졌다. 그럼에도 불구하고 아무리 눈을 지그시 감고 의식을 집중하려 해도 난 도저히 그 음악 세계에 몰입할 수 없었다. 그 연주와 나 사이에는 얇은 커튼 같은 칸막이가 하나 가로놓여 있었다. 그건 있는지 없는지도 알 수 없을 정도로 아주 얇은 커튼이었으나 아무리 노력해도 나는 그 커튼을 젖히고 그쪽으로 갈 수 없었다. 콘서트가 끝난 후 그런 이야기를 하다가 나는 시마모토 역시 대충 나와 비슷한 느낌을 품었다는 걸 알게 되었다.

"그런데 그 연주의 어디에 문제가 있는 거라고 생각해?"라고 시마모토는 물었다. "아주 훌륭한 연주였던 것 같은데."

"기억해? 우리가 함께 듣던 그 레코드에는 제2악장 마지막 부분에 두 군데 작은 잡음이 들어 있었어. 지지직, 하면서 말이야." 나는 말했다. "그게 없으면 난 왠지 불안하거든."

시마모토는 웃었다. "그런 건 예술적 발상이라고 할 수 있을 거 같지 않은데."

"예술 같은 건 아무래도 상관없어. 그런 건 항라머리검독수리더러 먹어 치우라고 해. 나는 누가 뭐래든 그 잡음이 좋았어."

"확실히 그럴지도 몰라." 시마모토도 인정했다. "근데 항라머리검독수리란 도대체 뭐야? 그냥 독수리는 알아도 항라머리검독수리라니."

돌아오는 전철 안에서 난 항라머리검독수리와 독수리의 차이에 대해서 그녀에게 자세히 설명해 주었다. 생식지의 차이에 대해서, 우는 소리의 차이에 대해서, 교미기의 차이에 대해서. "항라머리검독수리는 예술을 먹고 살지. 독수리는 이름도 없는 사람들의 시체를 먹고 살고. 전혀 다르지."

"이상한 사람이야"라고 그녀는 말하며 웃었다. 그리고 전철 좌석에 앉아 자신의 어깨와 내 어깨를 살며시 붙였다. 그것이 그 두 달 동안 우리가 몸을 맞댄 단 한 번의 체험이었다.


그렇게 3월이 지나가고 4월이 찾아왔다. 작은딸도 큰딸과 같은 유치원에 들어갔다. 그리고 덕분에 손이 비게 된 유키코는 지역의 자원봉사 단체에서 장애아 시설의 일을 돕게 되었다. 대개는 내가 딸들을 유치원에 데려가고 데려왔다. 내가 시간이 없으면 아내가 대신 애들을 유치원에 데려다주고 데려오곤 했다. 아이들이 조금씩 자라는 걸 보면서 나도 조금씩 늙어가고 있다는 걸 깨달았다. 내 생각과는 상관없이 아이들은 혼자서 무럭무럭 자라는 것이다. 물론 나는 딸들을 사랑했다. 아이들이 커가는 것을 보는 건 내게 있어 하나의 커다란 행복이었다. 하지만 딸들이 실제로 한 달이 다르게 자라나는 걸 보고 있으면 때때로 심한 답답함이 느껴졌다. 마치 내 몸 안에서 수목이 점점 성장해가면서 뿌리를 뻗어가고 가지를 넓혀가고 있는 것처럼 느껴졌다. 그것이 내 내장과 근육과 뼈와 피부를 압박해서 억지로 뻗쳐나가는 듯했다. 그런 생각은 때때로 잠을 이룰 수도 없을 만큼 나를 숨 막히게 했다. 나는 일주일에 한 번 시마모토를 만나 이야기를 나누었다. 그리고 딸들을 유치원에 데려다주고 데려오고 하면서, 일주일에 몇 번 아내를 안았다. 시마모토를 만나면서부터 나는 예전보다 자주 아내를 안게 되었다. 하지만 그건 죄책감 때문은 아니었다. 유키코를 안음으로써, 그리고 유키코에게 안김으로써, 난 나 자신을 어떻게든 어딘가에 매어두고 싶었던 것이다.

"여보, 무슨 일 있어? 당신 요즘 좀 이상해." 유키코는 내게 말했다. 어느 날 오후 그녀를 안고 난 뒤의 일이었다. "서른일곱 살에 남자의 성욕이 갑자기 높아진다는 이야기는 들어본 적도 없는데⋯⋯."

"아무 일도 없는데. 달라진 건 없어."

유키코는 잠시 내 얼굴을 쳐다보았다. 그리고 살짝 고개를 저었다.

"아이 참, 당신 머릿속엔 도대체 뭐가 들어 있는지 모르겠어."

나는 한가할 때에는 클래식 음악을 들으면서 거실 창문으로 내다보이는 아오야마 묘지를 멍하니 바라보았다. 이젠 예전만큼 책을 읽지 않았다. 책에 정신을 집중하는 것이 점점 어려워졌다.

벤츠 260E를 타고 다니는 젊은 여자와는 그 후에도 몇 번인가 얼굴을 마주쳤다. 우리는 딸들이 유치원에서 나오기를 기다리는 동안 이따금씩 이야기를 나누곤 했다. 우리는 대체로 아오야마 부근에 사는 사람들에게만 통할 법한 실질적인 이야기를 했다. 어느 슈퍼마켓의 주차장이 어느 시간대에 비교적 한산하다든지, 어느 이탤리언 식당의 주방장이 바뀌어 맛이 예전만 못하다든지, 메이지야의 수입 와인 세일이 다음 달에 있다는 등, 그런 이야기였다. 이건 원, 꼭 주부들이 모여서 수다를 떠는 것이나 다름없군, 하고 나는 생각했다. 하지만 어쨌든 그런 종류의 이야기가 두 사람의 대화에서는 유일한 공통 화제였다.

4월 중순경 시마모토는 또다시 자취를 감추었다. 마지막으로 만났을 때 우리는 '로빈스 네스트'의 카운터에 나란히 앉아 이야기를 나누었다. 그런데 10시가 되어갈 무렵, 재즈바에서 나를 급히 만나야 한다는 전화가 걸려와 나는 아무래도 다녀오지 않을 수 없게 되었다. "삼사십 분이면 돌아올 수 있을 거야"라고 나는 시마모토에게 말했다. "괜찮아. 어서 다녀와. 책을 읽으면서 기다리고 있을게"라고 그녀는 방긋 웃으며 말했다.

볼일을 마치고 서둘러 가게에 돌아와 보니 카운터에 그녀의 모습은 이미 없었다. 11시가 조금 지나 있었다. 그녀는 가게 성냥갑 뒷면에 내 앞으로 메시지를 써서 카운터 위에 남겨두었다. "아마도 앞으로 한동안은 여기에 올 수 없을 것 같아. 이제 가야 해.

건강히 잘 지내"라고 씌어 있었다.

　그로부터 한동안 나는 몹시 지루한 나날을 보냈다. 뭘 해야 좋을지 알 수 없었다. 나는 괜스레 집 안을 서성거리고, 거리를 돌아다니고, 시간도 되기 전에 딸들을 데리러 유치원에 가기도 했다. 그리고 260E의 젊은 여자와 이야기를 했다. 나는 그녀와 근처 찻집에서 커피까지 마셨다. 그러면서 변함없이 기노쿠니야의 야채와 유기농 가게의 유정란과 미키하우스의 세일 이야기를 했다. 그녀는 이나바 요시에의 옷을 매우 좋아하며, 시즌 전에 카탈로그를 보고 사고 싶은 옷을 모두 예약한다고 말했다. 그리고 오모테산도에 있는 파출소 근처에 있다가 지금은 없어진 맛있는 장어 식당 이야기를 했다. 우리는 그런 대화를 나누는 사이에 꽤 친해졌다. 그녀는 보기보다 훨씬 싹싹하고 성격이 좋았다. 그렇다고 내가 그녀에게 성적 관심을 가진 건 아니었다. 나는 단지 누군가와 무슨 이야기든 하고 싶었을 뿐이었다. 내가 원한 건 가능한 한 무해하고 의미 없는 이야기였다. 아무리 이야기해도 시마모토와 연관될 거리가 없는, 그런 이야기를 나는 원했다. 할 일이 없어지면 나는 백화점에 가서 쇼핑을 했다. 한꺼번에 셔츠를 여섯 장이나 산 적도 있었다. 딸들을 위해 장난감과 인형을 사고 유키코를 위해 액세서리를 샀다. BMW의 전시장에도 몇 번이나 가서 M5를 둘러보기도 하고, 살 생각도 없으면서 판매원에게 이런저런 설명을 듣기도 했다.

그러나 그런 안절부절못하는 나날을 몇 주 동안인가 보낸 후, 나는 다시금 내 일상의 업무에 신경을 집중하게 되었다. 언제까지 이러고만 있을 수는 없다고 생각한 것이다. 나는 인테리어 디자이너와 내장업자를 불러 점포 개조에 대한 이야기를 나누었다. 이제 슬슬 가게 내장을 바꾸고, 경영 방침을 재검토할 시기가 되어 있었다. 가게에는 현상을 유지해야 하는 시기와, 변화를 도모해야 하는 시기가 있게 마련이다. 그건 사람과 마찬가지다. 어떤 것이라도 똑같은 환경이 언제까지고 계속되면 에너지가 서서히 떨어지게 마련이다. 슬슬 뭔가 변화를 줄 필요가 있겠다고 나는 얼마 전부터 어렴풋이 느끼고 있었다. 공중정원은 사람들에게 결코 싫증을 느끼게 해서는 안 된다.

　나는 먼저 재즈바 쪽을 부분적으로 개조하기로 했다. 실제로 사용해본 결과 쓰기에 불편했던 설비를 바꾸고, 디자인을 우선시하다 보니 불편을 감내할 수 밖에 없었던 부분을 수리해서, 좀 더 기능적인 가게로 만들 필요가 있었다. 오디오 설비와 공기조절장치도 이제 슬슬 점검을 하고 수리를 해야 할 시기가 되었다. 그리고 메뉴도 대폭 바꿀 것이다. 나는 이미 종업원 한 사람 한 사람과 이야기를 나눠 현장의 의견을 수렴하고 어디를 어떻게 고치면 좋을지에 대해 세밀하게 목록을 만들어놓은 상태였다. 그것은 꽤 많은 항목을 담은 목록이 되었다. 나는 내 머릿속에 완성된 새로운 가게의 구체적인 이미지를 인테리어 디자이너에게 상세히 전

달하여 그것을 도면에 옮기게 했다. 그리고 완성된 도면에 또 다른 주문을 첨가하여 새로운 도면을 그리게 했다. 그런 작업이 몇 번이고 되풀이되었다. 나는 재료를 하나하나 재고해서 업자에게 견적을 내게 하고 그 품질을 가격에 따라 조금씩 올리기도 하고 내리기도 했다. 화장실의 비누 접시 하나를 결정하는 데만도 3주나 걸렸다. 3주 동안 나는 마음에 드는 비누 접시를 구하기 위해 온 도쿄 시내의 가게를 돌아다녔던 것이다. 그런 작업은 나를 정신 못 차리게 할 만큼 몹시 바쁘게 했다. 하지만 그것이야말로 내가 원하던 바였다.

5월이 지나고 6월이 찾아왔다. 그래도 시마모토는 모습을 나타내지 않았다. 이제 그녀는 떠나버린 것이라고 나는 생각했다. '아마도 한동안은 올 수 없을 것 같아'라고 그녀는 메모에 남겼었다. 그 '아마도'와 '한동안'이라는 애매한 두 단어는 그 애매함으로 나를 괴롭혔다. 그녀는 언젠가 다시 돌아올지도 모른다. 그렇다고 멍하니 앉아 그 '아마도'와 '한동안'을 기다리고 있을 수만은 없는 노릇이었다. 그런 생활을 계속한다면 나는 머지않아 얼간이와 같은 상태가 되고 말 것이다. 나는 어떡하든 나를 바쁘게 하는 데 온 신경을 집중했다. 예전보다 수영장에도 훨씬 자주 다녔다. 매일 아침마다 쉬지 않고 2천 미터 가까이 수영했다. 그러고 난 다음 한 층 위에 있는 헬스장에서 웨이트 트레이닝을 했다. 일주일쯤 지나자 근육이 비명을 질러대기 시작했다. 신호 대기를

하고 있을 때 왼발이 저려와 한동안 클러치를 밟을 수도 없을 정
도였다. 하지만 이윽고 내 근육은 그 운동량을 당연한 것으로 받
아들이기 시작했다. 그와 같은 강도 높은 운동은 내게 다른 생각
을 할 여유를 주지 않았고, 매일 몸을 움직이는 것은 일상적인 차
원에서의 집중력을 되찾아주었다. 나는 멍하니 시간을 보내는 것
을 피했다. 어떤 일을 해도 늘 집중하려고 노력했다. 세수할 때도
진지하게 세수했고, 음악을 들을 때도 진지하게 음악을 들었다.
그렇게 하지 않고는 제대로 살아갈 수가 없었기 때문이었다.

   여름이 되자 나와 유키코는 주말 동안 아이들을 데리고 하코
네에 있는 별장으로 자주 놀러 갔다. 도쿄를 떠나 자연 속에 파묻
힌 아내와 딸들은 여유롭고 즐거워 보였다. 세 모녀는 함께 꽃을
따기도 하고, 망원경으로 새를 보기도 하고, 뛰어다니기도 하고,
강에서 물놀이를 하기도 했다. 아니면 그냥 느긋하게 정원에 누
워 있기도 했다. 하지만 아내와 두 딸은 내가 어떤 일을 겪고 어
떤 심정인지, 아무것도 알지 못한다고 나는 생각했다. 눈이 내리
던 그날, 만약 도쿄행 비행기가 결항되었더라면 나는 모든 것을
버리고 그대로 시마모토와 둘이서 어디론가 떠나버렸을지도 모
른다. 그날 난 모든 걸 버릴 수 있었다. 일도 가정도 돈도 모두 깨
끗이 버릴 수 있었다. 그리고 나는 지금도 시마모토를 계속 생각
하고 있다. 나는 시마모토의 어깨를 감싸 안고 그녀의 뺨에 입술
을 가져갔을 때의 감촉을 아직도 또렷이 기억하고 있다. 그리고

나는 아내를 안으면서도 시마모토의 모습을 머리에서 떨쳐낼 수 없었다. 내가 정말로 무슨 생각을 하고 있는지 아무도 알지 못한다. 시마모토가 정말로 무슨 생각을 하고 있는지 내가 알지 못하는 것과 마찬가지로.

나는 여름 휴가를 재즈바를 개조하는 데 할애하기로 했다. 아내와 두 딸이 하코네에 가 있는 동안 나는 혼자서 도쿄에 남아 가게의 개조 작업현장에 나가 세세한 부분까지 지시를 했다. 그리고 틈나는 대로 수영장에 다니고 헬스장에서 웨이트 트레이닝을 계속했다. 주말에는 하코네에 가서 딸들과 함께 후지야호텔의 풀장에서 수영을 하고 식사를 했다. 그리고 밤이 되면 아내를 안았다.

나는 슬슬 중년이라고 불리는 나이대에 접어들고 있었지만 몸에 군살 같은 건 붙지 않았고 머리가 벗겨질 조짐도 보이지 않았다. 새치 하나 없었다. 운동을 꾸준히 한 덕분에 체력이 떨어진 느낌도 없었다. 규칙적인 생활을 하고, 무절제한 생활을 피하고, 식사에도 신경을 썼다. 아파본 적도 없었다. 겉으로 보기에는 삼십 대 초반 같았다.

아내는 나의 발가벗은 몸을 만지기를 좋아했다. 내 가슴 근육을 만지고, 내 평평한 배를 쓰다듬고, 내 페니스와 고환을 만지작거리는 걸 좋아했다. 그녀도 헬스클럽에 다니며 진지하게 운동을 하고 있었다. 하지만 그녀의 몸에 붙은 군살은 좀처럼 빠지는 것 같지 않았다.

"안타깝지만 이젠 나이가 들었나 봐." 그녀는 한숨을 쉬면서 말했다. "몸무게는 줄어도 옆구리 살은 도무지 빠질 생각을 안 해."

"하지만 나는 지금 당신 몸이 좋아. 일부러 고생해가며 운동이나 다이어트 같은 걸 하지 않아도 지금 그대로도 충분해. 살이 찐 것도 아니고 말이야." 나는 말했다. 그리고 그것은 거짓말이 아니었다. 나는 살짝 살이 오른 부드러운 그녀의 몸을 좋아했다. 발가벗은 그녀의 등을 쓰다듬는 걸 좋아했다.

"당신은 아무것도 몰라." 유키코는 고개를 가로저었다. "이대로 좋다는, 그런 말을 그렇게 쉽게 하지 마. 지금 이 상태를 유지하는 것도 난 버겁단 말이야."

남들이 보기에는 그건 어쩌면 부족할 것 없는 인생으로 보일지도 모른다. 때때로 나 자신의 눈에조차 그건 부족함 없는 인생처럼 비쳐진다. 나는 열정적으로 일하고 있었고, 그 일은 제법 높은 수입을 안겨주었다. 아오야마에 방이 네 개 딸린 호화로운 맨션을 가지고 있고, 하코네 산속에 작은 별장을 가지고 있고, BMW와 지프 체로키를 가지고 있었다. 그리고 흠잡을 데 없는 행복한 가정을 유지하고 있다. 나는 아내와 두 딸을 사랑하고 있다. 인생에서 그 이상의 추구해야 할 무엇이 더 있는 것일까? 만약 아내와 두 딸이 내게 다가와 더 좋은 아내와 딸이 되어 더 사랑받고 싶은데 그러기 위해서 자기들에게 뭔가 이렇게 해주었으면 하고 바라는 게 있으면 사양 말고 말해달라고 내게 고개 숙여 말한다 해도, 아마 난 아무것도 더 이상 떠올리지 못했을 것이다. 나는 정말로 그들에게 무엇 하나 불만이라곤 없었다. 가정생활에도 아무런 불만이 없었다. 더 이상의 쾌적한 생활을 나는 생각해낼 수도 없었다.

하지만 시마모토가 모습을 보이지 않게 되자 때때로 그곳은 마치 공기가 없는 달의 표면처럼 느껴졌다. 시마모토가 사라져버리고 나자 내가 마음을 열 수 있는 장소는 이미 이 세상 어디에도 없었다. 잠이 오지 않는 밤이면 나는 침대에 꼼짝 않고 누운 채 눈이 내리던 그 고마쓰 공항을 몇 번이고 몇 번이고 몇 번이고 떠올렸다. 몇 번이고 되풀이하여 떠올리는 사이 그 기억이 닳아서 없어져버리면 좋을 텐데 하고 생각했다. 하지만 그 기억은 절대로 닳아 없어지지 않았다. 생각하면 생각할수록 그것은 점점 강렬한 기억이 되어 되살아났다. 공항의 전광판은 ANA항공 도쿄행 비행기의 연발延發을 알리고 있었다. 창밖에는 눈이 퍼붓고 있었다. 50미터 앞도 보이지 않을 정도의 눈이었다. 시마모토는 자신의 양팔을 끌어안은 듯한 모습으로 꼼짝도 하지 않고 의자에 앉아 있었다. 그녀는 네이비블루의 피코트를 입고 머플러를 목에 감고 있었다. 그 몸에는 눈물과 슬픔의 냄새가 감돌고 있었다. 나는 지금도 그 냄새를 맡을 수 있다. 옆에서는 아내가 나직한 숨소리를 내며 잠들어 있었다. 그녀는 아무것도 모른다. 나는 눈을 감고 고개를 저었다. **그녀는 아무것도 모른다.**

　나는 폐쇄된 볼링장 주차장에서 시마모토에게 눈 녹인 물을 내 입으로 옮겨 먹였을 때를 떠올렸다. 비행기 좌석에서 내 팔 안에 안겨 있던 시마모토를 떠올렸다. 감은 그 눈과 한숨을 쉴 때처럼 살짝 열린 입술을 떠올렸다. 그녀의 몸은 부드러웠고 한껏 느슨해져 있었다. 그때 그녀는 정말로 나를 원하고 있었다. 그녀의 마음은 나를 위하여 열려 있었다. 하지만 나는 거기서 주춤한 채 더 이상 앞으로 나아가지 않았다. 달의 표면처럼 텅 빈, 생명 없는 세계에 멈춰 서고 만 것이다. 이윽고 시마모토는 떠나갔고, 내 인생은 다시 한번 상실되고 말았다.

　그녀와 함께했던 선명한 기억은 내게 잠들지 못하는 밤을 안겨다주었다. 한밤중 두세 시에 눈을 뜨곤 그대로 잠들지 못할 때도 종종 있었다. 그럴 때면 나는 침대에서 나와 부엌으로 가서 위스키를 잔에 따라 마셨다. 창밖으로 어두운 묘지와 그 아래로 난 도로를 달려가는 자동차의 헤드라이트가 보였다. 술잔을 손에 들고 나는 그런 풍경을 하염없이 바라보았다. 한밤중과 새벽을 잇는 그 시간은 길고 어두웠다. 울 수 있다면 편안해질 텐데 하는 생각을 할 때도 가끔 있었다. 하지만 무엇을 위해서 울어야 좋을지 나는 알 수 없었다. 누구를 위해서 울어야 좋을지 알 수 없었다. 타인을 위해서 울기에는 나는 너무나도 나 자신밖에 모르는 인간이었고, 나 자신을 위해 울기에는 너무 나이를 먹어버렸다.

그러는 사이 가을이 다가왔다. 가을이 다가왔을 때에는, 내 마음은 거의 정해져 있었다. 이런 생활을 이대로 계속 이어나갈 수는 없다고 나는 생각했다. 그것이 내가 내린 최종적인 결론이 었다.

# 13

# 방황의 미로

◆
⋮
◆

아침에 두 딸을 차로 유치원에 데려다주고 나서, 나는 여느 때처럼 수영장에 가서 2천 미터쯤 수영했다. 나는 내가 물고기가 되었다고 상상하면서 헤엄쳤다. 나는 단지 물고기일 뿐이며 아무 생각도 하지 않아도 된다고. 헤엄치고 있다는 것조차 생각하지 않아도 된다고. 나는 단지 이곳에 있고 그냥 나 자신이면 된다고. 그것이 물고기로 존재하는 의미라고. 수영장에서 나와 샤워를 하고 나서 티셔츠와 반바지로 갈아입고 웨이트 트레이닝을 했다.

그러고는 집 근처에 사무실로 쓰려고 빌려놓은 원룸 맨션에 가서 두 가게의 장부를 정리하고, 종업원들의 월급을 계산하고, 내년 2월에 시작할 예정인 '로빈스 네스트'의 개조 공사 계획서를 검토했다. 그리고 1시가 되자 집으로 돌아가 여느 때처럼 아내와 둘이서 점심 식사를 했다.

"참, 여보. 오늘 아침 아버지한테서 전화가 왔었어." 유키코는 말했다. "늘 그렇듯이 몹시 바빠하면서 거셨는데 아무튼 요지는 주식 이야기였어. 확실히 큰돈을 벌 수 있는 주식이 있으니까 사라고 하시더라. 예의 극비 주식 정보라면서. 하지만 이번 건 아주 특별한 거라고 하셨어. 보통 주식이 아니라고. 이번 건 정보가 아니고 사실이라고도 하셨어."

"그렇게 확실하게 벌 수 있다면, 나한테 가르쳐주지 말고 장인이 그냥 사시면 되는 것 아닌가. 왜 그렇게 하시지 않지?"

"그건 당신이 해준 일에 대한 사례라고 하시던데. 개인적인 사례라고 하시더라고. 그렇게만 이야기하면 당신이 알 거라면서. 무슨 일인지 난 잘 모르겠지만, 아무튼 그래서 아버지 몫을 일부러 우리한테 돌려주신 거래. 동원할 수 있는 돈은 모조리 긁어모아 투자하라네, 걱정하지 말고. 확실하게 이익이 난다면서. 만약 벌지 못한다면, 손해 본 만큼 아버지가 메워주시겠다고까지 하셨어."

나는 파스타 그릇에 포크를 내려놓고 고개를 들었다. "그래서?"

"되도록 빨리 살 수 있는 만큼 사라고 하셔서 은행에 전화를 걸어 정기예금을 두 개 해약했어. 그 돈을 증권회사의 나카야마 씨에게 보내서 아버지가 지정한 주식을 사게 했고. 당장은 800만 엔 정도밖에 돌리지 못했는데, 더 사두는 게 좋지 않을까?"

나는 컵에 든 물을 마셨다. 그리고 할 말을 찾았다. "그렇게 하기 전에 왜 나한테 한 마디 상의도 안 했지?"

"상의라니? 당신은 늘 아버지가 하라는 대로 주식을 샀잖아." 그녀는 이해가 가지 않는 듯한 표정으로 말했다. "나한테 시킨 적도 몇 번이나 있잖아. 아버지가 하라는 대로 적당히 하면 된다면서. 그래서 난 이번에도 그렇게 한 거야. 아버지가 한시라도 빨리 사는 게 좋을 거라고 하셔서 그대로 했을 뿐이고. 게다가 당신은 수영장에 가서 연락도 안 되고, 뭐가 잘못된 거야?"

"됐어." 나는 말했다. "아무튼 오늘 아침에 산 건 다시 팔아줘."

"팔다니?"라고 유키코는 말했다. 그러고는 뭔가 눈이 부신 물체라도 보듯이 눈을 가늘게 뜨고 내 얼굴을 빤히 쳐다보았다.

"그러니까 오늘 산 건 전부 다시 팔아버리고 은행 정기예금으로 돌려놓으면 돼."

"하지만 그렇게 되면 주식 매매 수수료와 은행 수수료만으로도 상당한 손해를 보게 되잖아."

"상관없어." 나는 말했다. "수수료 같은 건 지불하면 되잖아. 손해를 봐도 상관없어. 그러니까 아무튼 오늘 산 건 모조리 팔아줘."

유키코는 한숨을 쉬었다. "당신, 며칠 전에 아버지하고 무슨일 있었어? 뭔가 이상한 일에 연루된 거야? 아버지 때문에?"

나는 대답하지 않았다.

"무슨 일이 있었구나."

"유키코, 솔직히 말해 난 이런 게 싫어졌어. 단지 그뿐이야. 나는 주식으로 돈 같은 건 벌고 싶지 않아. 나는 스스로 일해서 내 손으로 돈을 벌겠어. 지금까지 나름대로 그렇게 잘해왔잖아. 돈 문제로 이제껏 당신을 불편하게 하지는 않았을 거야, 안 그래?"

"그래. 그건 물론 잘 알고 있어. 당신은 정말로 잘하고 있고, 난 불만 같은 건 한 번도 가져본 적도 없어. 난 당신에게 감사하고 있고, 당신을 존경하고 있어. 하지만 그건 그거고, 이번 건은 아버지가 순전히 호의로 알려준 거야. 아버지는 당신한테 잘해주고 싶으신 것뿐이라고."

"그건 알아. 하지만 말이야, 극비 정보라는 게 도대체 뭐라고 생각해? 확실하게 벌 수 있다는 게 도대체 어떤 의미라고 생각해?"

"모르겠어."

"주가 조작이야." 나는 말했다. "이제 알겠어? 회사 내부에서 고의로 주가를 조작해서 인위적으로 엄청난 이익을 내게 해서 패거리들끼리 나눠 먹는 거야. 그리고 그 돈이 정계로 흘러 들어가기도 하고, 기업의 비자금이 되기도 하는 거야. 이건 예전에 아버님이 우리에게 권해 주신 주식하고는 이야기가 달라. 이제까지의 주식도 **분명** 벌 수 있는 주식이었어. 하지만 그건 귀가 솔깃해지는 정보에 지나지 않았어. 대부분 돈을 벌었지만 잘되지 않은 적도 없었던 건 아니야. 하지만 이번 건 달라. 이번 건 어쩐지 너무

수상쩍은 것 같단 말이야. 가능하다면 난 연루되고 싶지 않아."

유키코는 포크를 손에 든 채 한동안 생각에 잠겼다.

"하지만 그게 정말로 당신이 말한 것 같은 부정한 주가 조작일까?"

"만약 정말로 그걸 알고 싶다면 당신이 직접 당신 아버지께 여쭤보면 될 거야"라고 나는 말했다. "하지만 유키코, 이것만은 확실하게 말할 수 있어. 절대로 손해를 보지 않는 주식 같은 건 이 세상 어디에도 없다고. 만약 절대로 손해를 보지 않는 주식이 있다면 그건 부정한 주식 거래 주야. 우리 아버지는 정년퇴직할 때까지 40년 가까이 증권회사에서 월급쟁이 생활을 하셨어. 아침부터 밤까지 정말이지 열심히 일하셨지. 하지만 우리 아버지가 남기신 거라곤 보잘것없는 집 한 채가 전부였어. 아마도 타고날 때부터 워낙 요령이 없는 분이셨겠지. 우리 어머니는 매일 밤 가계부를 뚫어져라 보면서 일이백 엔이 맞지 않는다며 골머리를 앓으셨지. 알겠어? 난 그런 집에서 자랐다고. 당신은 800만 엔 정도밖에 돌리지 못했다고 했지. 하지만 말이야, 이건 진짜 돈이야. 모노폴리 게임에서 쓰는 종이돈이 아니라고. 보통 사람들은 말이지, 매일 아침 만원 전철에서 흔들리며 회사에 가서 할 수 있는 한 잔업까지 해가며 뼈 빠지게 1년 내내 일해도 800만 엔을 벌기는 힘들어. 나도 8년 동안 그런 생활을 했어. 말할 것도 없이 800만 엔이나 되는 연봉은 받지 못했지. 8년 동안 일하고 난 다음에도 그런 연봉은 멀고도 먼 꿈이었어. 아마도 당신은 그게 어떤 생활인지 모를 거야."

유키코는 아무 말도 하지 않았다. 그녀는 입술을 굳게 다물고 테이블 위에 놓인 그릇을 가만히 보고 있었다. 나는 내 목소리가 평상시보다 커진 걸 깨닫곤 목소리를 낮추었다.

"당신은 투자한 돈이 보름 만에 확실하게 두 배가 된다는 이야기를 아무렇지도 않게 하지. 800만 엔이 1600만 엔이 된다고 말이야. 난 하지만 그런 감각에는 뭔가 잘못된 데가 있다고 생각해. 그러면서도 나도 모르는 사이에 그 잘못 속으로 조금씩 휩쓸려 들어가고 있지. 아마 나도 그 잘못에 가담하고 있을 거야. 나는 요즘 들어 조금씩 내가 텅 비어가고 있는 듯한 기분이 들어."

유키코는 테이블 너머로 물끄러미 나를 보고 있었다. 나는 잠자코 식사를 계속했다. 내 몸 안에서 어떤 떨림 같은 것을 느낄 수 있었다. 그것이 초조함인지 분노인지 난 잘 알 수 없었다. 하지만 그것이 무엇이든 나는 그 떨림을 멈출 수 없었다.

"미안해. 쓸데없는 짓을 할 생각은 없었는데" 하고, 한참이 지난 다음 유키코가 나지막한 목소리로 말했다.

"됐어. 당신을 비난하고 있는 건 아니야. 다른 누구를 비난하고 있는 것도 아니고." 나는 말했다.

"지금 바로 전화해서 오늘 산 주식은 한 주도 남기지 않고 팔도록 할게. 그러니까 이제 그렇게 화내지 마."

"뭐 딱히 화를 내고 있는 건 아니야."

우리는 묵묵히 식사를 계속했다.

"여보, 당신 나한테 뭔가 말하고 싶은 게 있는 것 아니야?" 유키코가 말했다. 그러고는 내 얼굴을 뚫어지게 쳐다보았다. "혹시 마음에 담아두고 있는 게 있다면 나한테 솔직히 말해줘. 말하기 거북한 거라도 괜찮아. 만약 내가 할 수 있는 일이 있다면 뭐든 할게. 난 그렇게 대단한 사람도 아니고, 세상일도, 경영도 잘 모르지만 아무튼 당신이 불행해지는 건 싫어. 그런 식으로 혼자서 괴로운 표정을 짓지 않았으면 좋겠어. 혹시라도 지금 생활에 불만 같은 게 있다면 말해주지 않을래?"

나는 고개를 가로저었다. "불만 같은 건 아무것도 없어. 난 지금 내가 하고 있는 일을 좋아하고, 보람도 느끼고 있어. 물론 당신도 좋아해. 난 단지 장인어른의 방식에는 이따금 동의하지 못하는 것뿐이야. 나는 장인을 개인적으로는 싫어하지 않아. 이번 일도 호의는 호의로서 감사하게 받아들일 거야. 그러니까 화를 내고 있는 건 아니야."

"하지만 왠지 화를 내고 있는 것처럼 보이는걸."

나는 한숨을 쉬었다.

"이렇게 한숨도 자주 쉬고." 유키코는 말했다. "아무튼 당신, 요즘 들어 뭔가 좀 초조한 듯이 보여. 곧잘 혼자서 골똘히 무슨 생각에 잠겨 있는 것 같기도 하고."

"난 잘 모르겠는데……."

유키코는 내 얼굴에서 시선을 떼지 않았다.

"당신은 틀림없이 뭔가를 생각하고 있어." 아내는 말했다. "하지만 난 그게 뭔지 알 수 없어. 내가 도와줄 수 있는 게 있으면 좋겠는데……."

나는 갑자기 모든 것을 유키코에게 고백해버리고 싶은 강한 충동에 사로잡혔다. 내 마음속에 있는 것을 살살이 모두 지껄여버리면 얼마나 마음이 편해질까, 하고 생각했다. 그렇게 되면 난 더 이상 아무것도 숨기지 않아도 된다. 연기를 할 필요도 없고, 굳이 거짓말을 하지 않아도 된다. 유키코, 실은 말이지. 당신 말고 좋아하는 여자가 있는데, 그 여자를 도저히 잊을 수 없어. 나는 몇 번이나 망설였어. 당신과 아이들이 있는 이 세계를 지켜내기 위해서 멈춰 서려 했어. 하지만 이제 더 이상은 무리야. 나는 이제 더 이상 버텨낼 수가 없어. 이번에 그녀가 나타나면, 난 무슨 일이 있어도 그녀를 안을 생각이야. 더 이상 참을 수가 없어. 난 그녀를 생각하면서 당신을 안은 적도 있어. 그녀를 생각하면서 마스터베이션을 한 적도 있어.

하지만 물론 나는 아무 말도 하지 않았다. 유키코에게 지금 그런 이야기를 한들 아무런 도움도 되지 않을 것이다. 틀림없이 우리 모두 불행해질 뿐이다.

식사를 마치고 나는 사무실로 돌아가 일을 계속할 생각이었다. 하지만 일에 정신을 집중할 수 없었다. 유키코에게 필요 이상으로 고압적으로 이야기한 것에 대해 난 몹시 기분이 언짢았다. 내가 한 말 그 자체는 아마도 틀리지 않을 것이다. 하지만 그런 말은 좀 더 그럴듯한 사람 입에서 나와야 했다. 나는 유키코에게 거짓말을 하고 그녀 몰래 시마모토를 만났다. 유키코에게 잘난 체하며 그런 말을 할 자격이 내게는 전혀 없다. 유키코는 나를 진정으로 생각해주고 있다. 그건 너무나 명백한 사실이고 일관성 있는 것이다. 그런 유키코에 비해 내 삶의 방식에 언급할 만한 일관성이나 신념 같은 것이 과연 존재하는 것일까? 그런 생각을 하다 보니 아무것도 할 기분이 들지 않았다.

나는 책상 위에 다리를 얹고 연필을 손에 쥔 채 창밖을 오랫동안 멍하니 바라보고 있었다. 사무실 창밖으로는 공원이 보였다. 날씨가 좋아 공원에는 아이들을 데리고 나온 몇몇 엄마들의 모습이 보였다. 아이들은 모래사장과 미끄럼틀에서 놀고 있었고, 엄마들은 곁눈으로 아이들을 지켜보면서 모여 앉아 두런두런 이야기를 나누고 있었다. 공원에서 놀고 있는 어린아이들은 나에게 두 딸을 떠올리게 했다. 딸들이 무척 보고 싶다는 생각이 들었다. 그리고 언제나처럼 두 팔에 한 명씩 매달리게 하고 길을 걷고 싶었다. 딸들의 체온을 확실하게 느끼고 싶었다. 하지만 딸들 생각을 하던 도중 나도 모르게 시마모토가 떠올랐다. 살며시 열린 그녀의 입술이. 시마모토의 이미지는 딸들의 그것보다도 훨씬 강렬한 것이었다. 시마모토의 생각이 일기 시작하자 더 이상 다른 뭔가를 생각할 수도 없게 되고 말았다.

나는 사무실에서 나와 아오야마 거리를 걷다가 시마모토와 자주 만나던 커피숍에 들어가 커피를 마셨다. 나는 그곳에서 책을 읽고, 책을 읽다 지치면 시마모토를 생각했다. 그 커피숍에서 시마모토와 나누었던 대화의 단편을 떠올렸다. 그녀가 핸드백에서 살렘 담뱃갑을 꺼내 라이터로 담배에 불을 붙이던 장면을 떠올렸다. 그녀가 앞머리를 자연스럽게 쓸어 넘기거나 살짝 고개를 갸웃하며 방긋 미소 짓는 장면을 떠올렸다. 하지만 그곳에서 혼자 가만히 앉아 있는 것에도 지쳐, 시부야까지 산책을 하기로 했다. 나는 거리를 걸으면서 거기에 있는 다양한 건물과 가게를 바라보고, 다양한 사람들이 삶을 꾸려나가는 모습을 보는 걸 좋아했다. 내가 두 다리로 거리를 이동하고 있다는 감각 그 자체가 좋았다. 하지만 지금은 내 주위를 둘러싸고 있는 모든 것이 음울하고 공허하게 보였다. 모든 건물은 무너져 내리고, 모든 가로수는 그 빛깔을 잃고, 모든 사람들은 신선한 감정과 생생한 꿈을 버리고 떠나버린 듯이 보였다.

나는 될 수 있는 대로 한산할 것 같은 영화관에 들어가 화면을 꼼짝 않고 응시했다. 그리고 영화가 끝나자 해 질 녘의 거리로 나와 눈에 들어오는 레스토랑에 들어가 간단하게 식사를 했다. 시부야 역 앞은 귀가하는 샐러리맨들로 북적거렸다. 마치 영화를 빠른 화면으로 보고 있는 것처럼 연이어 전차가 들어와서는 플랫폼에 있는 사람들을 집어삼키고 떠났다. 그러고 보니 이 부근에서 시마모토의 모습을 발견했었지, 하고 나는 생각했다. 그건 벌써 10년이나 지난 오래전의 일이다. 나는 그때 스물여덟이었고 아직 독신이었다. 그리고 시마모토는 다리를 절고 있었다. 그녀는 빨간 코트를 입고 커다란 선글라스를 쓰고 있었다. 그리고 그녀는 이곳에서 아오야마까지 걸어갔다. 그건 아주 먼 옛날에 일어난 일처럼 느껴졌다.

나는 그때 본 정경을 차례대로 떠올려보았다. 연말의 인파, 그녀의 걸음걸이, 구부러진 모퉁이 하나하나, 흐린 하늘, 그녀 손에 들려 있던 백화점 종이봉투, 손도 대지 않은 채 놓여 있던 커피 잔, 크리스마스 캐럴. 어째서 그때 시마모토에게 용기를 내어 말을 걸지 않았던 것일까, 하고 나는 새삼스럽게 후회했다. 그때 내게는 아무런 제약도 없었고, 버려야 할 것도 없었다. 나는 그 장소에서 그녀를 꼭 껴안고 둘이서 그대로 어디론가 가버릴 수도 있었다. 시마모토에게 설사 어떤 사정이 있었다 해도, 적어도 그 문제를 해결하기 위해 전력을 다해 뭔가 할 수 있었을 것이다. 그런데 나는 그 기회를 결정적으로 놓치고 말았고, 그 기묘한 중년 남자에게 팔꿈치를 잡혔고, 그 사이에 시마모토는 택시를 타고 어디론가 사라져버렸던 것이다.

나는 저녁 시간의 붐비는 지하철을 타고 아오야마로 돌아왔다. 내가 영화관에 들어가 있는 사이에 갑자기 날씨가 궂어진 듯 하늘은 습기를 머금은 묵직한 구름으로 뒤덮여 있었다. 당장이라도 비가 쏟아져 내릴 것 같았다. 나는 우산도 갖고 있지 않았고, 아침에 수영장에 갈 때 입었던 파카와 청바지에 스니커즈 차림이었다. 보통 때 같으면 집에 들러 양복으로 갈아입고 가게로 나갔을 것이다. 하지만 지금은 집에 들어가고 싶지 않았다. 아무렴 어때, 하고 난 생각했다. 한 번쯤 넥타이를 매지 않고 가게에 나간다고 해서 그 때문에 뭔가가 잘못되는 것은 아니다.

7시에는 이미 비가 내리고 있었다. 조용히 내리는 비였다. 하지만 단단히 채비를 하고 오래 내릴 듯한 가을비였다. 나는 여느 때처럼 먼저 재즈바 쪽에 얼굴을 내밀고 한동안 손님이 드는 상황을 살폈다. 사전에 면밀한 계획을 세우고 공사 기간 중에 줄곧 내가 현장에 나가 있었던 덕분에 개조는 세세한 부분에 이르기까지 내가 생각했던 대로 잘 마무리되어 있었다. 가게는 그전보다 훨씬 활동하기 편해졌고, 훨씬 안정감 있는 공간으로 바뀌었다. 훨씬 은은해진 조명에 음악이 잘 스며들어 있었다. 나는 새롭게 단장한 가게 안쪽에 독립된 주방을 만들고 본격적인 전문 요리사를 고용했다. 그리고 심플하면서도 정성 들인 요리로 메뉴를 새로 꾸몄다. 부수적인 메뉴는 모두 없애고, 전문 요리사가 아니면 절대로 만들어낼 수 없는 요리를 내놓을 것, 그것이 내 새로운 방침이었다. 그리고 그건 어디까지나 술안주니까 먹기에 번거

롭지 않은 것이어야 했다. 또한 모든 메뉴는 매달 바꾼다. 내 주문에 맞는 그런 요리를 만들 수 있는 요리사를 찾아내기란 쉬운 일이 아니었다. 어떻게 간신히 찾아내기는 했지만 높은 보수를 주지 않으면 안 되었다. 내가 생각했던 것보다도 훨씬 높은 보수였다. 하지만 그는 그 보수만큼의 일을 해냈고, 나는 그 결과에 만족했다. 손님들도 무척 만족스러워하는 듯했다.

나는 9시가 지나서 가게에 있던 우산을 쓰고 '로빈스 네스트' 쪽으로 옮겼다. 그리고 9시 반에 시마모토가 그곳으로 들어왔다. 이상하게도 그녀는 언제나 조용히 비가 내리는 밤에 찾아온다.

# 14

# 국경의 남쪽, 태양의 서쪽

⬥
⬥

시마모토는 하얀 원피스 위에 네이비블루의 품이 넉넉한 재킷을 걸치고 있었다. 재킷의 깃에는 물고기 모양의 작은 은 브로치가 달려 있었다. 원피스는 아무런 장식도 없는 지극히 심플한 디자인이었지만, 시마모토가 입고 있으니까 더할 나위 없이 품위 있고 세련되게 보였다. 그녀는 전에 보았을 때보다는 살짝 햇빛에 그을어 있는 듯했다.

"이제 두 번 다시 오지 않을 줄 알았어." 나는 말했다.

"넌 나를 만나면 언제나 같은 말을 하는구나." 그녀는 그렇게 말하며 웃었다. 시마모토는 여느 때와 마찬가지로 카운터의 내 옆자리 의자에 앉아서 카운터 위에 두 손을 올려놓고 있었다. "그렇지만 한동안 오지 못할 거라는 메모를 남겨두었잖아."

"**한동안**이라는 건 말이지, 시마모토. 기다리는 입장인 사람에겐 길이를 헤아릴 수 없는 말이야."

"하지만 그런 말이 필요한 상황이라는 게 있어. 그런 말밖에 쓰지 못하는 경우가 말이야." 그녀는 말했다.

"그리고 **아마도**라는 건 무게를 가늠할 수 없는 말이야."

"동감이야." 그녀는 여느 때의 그 가벼운 미소를 얼굴에 떠올렸다. 그 미소는 어딘가 먼 곳에서 불어오는 부드러운 바람처럼 느껴졌다. "분명히 네 말이 맞아. 미안해. 하지만 변명을 하는 건 아니지만 어쩔 수 없었어. 나로서는 그런 말을 쓸 수밖에 없었어."

"아무것도 나한테 사과할 건 없어. 전에도 말했지만 여기는 가게고 넌 손님이야. 넌 여기에 오고 싶을 때 오면 되는 거야. 난 그런 데 익숙해져 있어. 난 단지 혼잣말을 하고 있을 뿐이야. 네가 신경 쓸 건 없어."

그녀는 바텐더를 불러 칵테일을 주문했다. 그리고 마치 뭔가를 점검하듯이 한동안 나를 훑어보았다. "오늘은 무척이나 편안한 차림을 하고 있네."

"아침에 수영장에 가면서 입은 그대로야. 옷을 갈아입을 짬이 없었어." 나는 말했다. "가끔은 이런 것도 나쁘지 않더라고. 본래의 내 모습으로 돌아온 것 같은 기분이 들거든."

"젊어 보여. 서른일곱 살로는 아무래도 보이지 않아."

"너도 여간해선 서른일곱 살로는 보이지 않아."

"하지만 열두 살로도 보이지 않아."

"열두 살로도 보이지 않지."

칵테일이 나오자 그녀는 그것을 한 모금 마셨다. 그리고 뭔가 조그마한 소리에 귀를 기울일 때처럼 살며시 눈을 감았다. 그녀가 눈을 감자 나는 예의 그 눈꺼풀 위에 있는 가느다란 선을 볼 수 있었다.

"있잖아, 하지메. 나, 이 집 칵테일을 자주 생각했었어. 그 칵테일을 마시고 싶구나 하고. 어디에서 칵테일을 마셔도 여기에서 마시는 칵테일하고는 뭔가가 좀 다르거든."

"어디 먼 곳에 가 있었어?"

"왜 그렇게 생각하는데?" 시마모토는 되물었다.

"그렇게 보이니까 그렇지." 나는 말했다. "왠지 네 주위에는 그런 냄새가 나거든. 오랫동안 줄곧 아주 먼 곳에 가 있었던 것 같은."

그녀는 고개를 들고 나를 바라보았다. 그러고는 고개를 끄덕였다. "있잖아, 하지메. 난 오랫동안……" 하고 그녀는 말을 하려다 문득 무슨 생각이 난 것처럼 입을 다물었다. 나는 그녀가 자신 안에서 말을 찾으려고 애쓰는 모습을 바라보았다. 하지만 말은 찾아지지 않는 모양이었다. 그녀는 입술을 깨물고 다시 미소 지었다. "미안해, 아무튼 뭔가 연락 정도는 했어야 하는데. 그렇지만 난 어떤 종류의 것은, 손을 대지 않고 놔두고 싶었어. 완전한 상태로 보존해두고 싶었어. 나는 여기에 오든가, 아니면 여기에 오지 않든가 둘 중 하나였어. 여기에 올 때는 난 여기에 오는 거야. 여기에 오지 않을 때는…… 난 다른 곳에 있는 거야."

"그 중간은 없다는 거군."

"중간은 없어." 그녀는 말했다. "왜냐하면 거기에는 중간적인 건 존재하지 않기 때문이야."

"중간적인 것이 존재하지 않는 곳에는 중간도 존재하지 않지."

"맞아. 중간적인 것이 존재하지 않는 곳에는 중간도 존재하지 않아."

"개가 존재하지 않는 곳에는 개집이 존재하지 않는 것처럼."

"그래, 개가 존재하지 않는 곳에는 개집이 존재하지 않듯이 말이야." 시마모토는 말했다. 그리고 우습다는 듯이 나를 보았다. "너에겐 희한한 유머 감각이 있어."

피아노 트리오가 여느 때처럼 〈스타 크로스드 러버스〉 연주를 시작했다. 나와 시마모토는 한동안 묵묵히 그 곡을 들었다.

"뭐 하나 물어봐도 돼?"

"그럼" 하고 나는 대답했다.

"이 곡이 너하고 혹시 무슨 관계가 있는 거야?" 그녀가 내게 물었다. "네가 여기 오면 언제나 한 번은 이 곡이 연주되는 것 같거든. 이 집의 무슨 정해진 룰 같은 건가."

"꼭 그렇게 정해진 건 아니야. 그냥 호의로 연주해주는 거지. 내가 이 곡을 좋아하는 걸 그들이 알거든. 그래서 내가 여기 있을 때는 늘 이 곡을 연주해주지."

"멋진 곡이네."

나는 고개를 끄덕였다. "아주 아름다운 곡이지. 하지만 그뿐 아니라 복잡한 곡이기도 해. 몇 번 듣다 보면 알 수 있지. 누구든 쉽게 연주할 수 있는 곡이 아냐." 나는 말했다. "〈스타 크로스드 러버스〉, 듀크 엘링턴과 빌리 스트레이혼이 아주 오래전에 만들었지. 1957년이었던가?"

"스타 크로스드 러버스, 그건 무슨 뜻이야?"

"엇갈린 운명을 타고난 연인들. 불운한 연인들. 영어로는 그런 표현을 쓰거든. 이 곡에서는 로미오와 줄리엣 이야기지. 엘링턴과 스트레이혼은 온타리오에서 열린 셰익스피어 페스티벌에서 연주하기 위해 이 곡을 포함한 조곡을 만들었어. 오리지널 연주에서는 조니 호지스의 알토 색소폰이 줄리엣 역을 연주했고, 폴 곤잘베스의 테너 색소폰이 로미오 역을 연주했지."

"엇갈린 운명을 타고난 연인들" 하고 시마모토는 말했다. "마치 우리를 위해서 만들어진 곡 같네."

"우리가 연인일까?"

"넌 아니라고 생각해?"

나는 시마모토의 얼굴을 쳐다보았다. 그녀의 얼굴에는 이미 미소가 걷혀 있었다. 그 눈동자 속에 희미한 광채 같은 것이 보일 뿐이었다.

"시마모토, 난 지금의 너를 전혀 알지 못해." 하고 나는 말했다. "난 네 눈을 볼 때마다 늘 그런 생각을 하지. 난 너에 관한 무엇 하나 알지 못한다고. 내가 안다고 말할 수 있는 건 열두 살 때의 너 뿐이야. 같은 동네에 살았고, 같은 반이었던 시마모토에 관한 것 뿐이지. 그리고 그건 벌써 25년이나 지난 옛날이야기야. 트위스트가 유행했고, 거리에 전차가 다니던 시절의 일 말이야. 카세트테이프도, 탐폰도, 신칸센도, 다이어트 식품도 없었을 적의 일이야. 아주 옛날이지. 그 무렵의 너에 대한 것 말고는 난 아무것도 아는 게 없어."

"내 눈에 그렇게 쓰여 있어? 넌 나를 모른다고?"

"네 눈에는 아무것도 쓰여 있지 않아." 나는 말했다. "그건 내 눈에 쓰여 있어. 난 너에 관해 아무것도 알지 못한다고. 그게 네 눈에 비치고 있을 뿐이야. 그러니 넌 전혀 신경 쓰지 않아도 돼."

"있잖아, 하지메." 시마모토는 말했다. "너한테 아무런 이야기를 할 수 없어서, 정말 미안하게 생각해. 정말로 그렇게 생각하고 있어. 하지만 어쩔 수 없는 일이야. 나로서도 어떻게 할 도리가 없는 일이야. 그러니까 이제 아무 말도 하지 말아줘."

"방금 전에도 말했듯이 이건 단지 혼잣말일 뿐이야. 그러니까 신경 쓰지 않아도 돼."

그녀는 재킷 깃 쪽으로 손을 뻗어 물고기 모양의 브로치를 한참 동안 손가락으로 만지작거렸다. 그리고 아무 말도 하지 않고 피아노 트리오의 연주를 듣고 있었다. 연주가 끝나자 그녀는 박수를 치고 칵테일을 한 모금 마셨다. 그리고 긴 한숨을 내쉬고 나서 내 얼굴을 바라보았다.

"정말 여섯 달은 길었어." 그녀는 말했다. "하지만 어쨌든 이제부터 한동안은 아마도 여기에 올 수 있을 거야."

"매직 워드magic word로군." 나는 말했다.

"매직 워드?"

"**아마도**와 **한동안**" 하고 나는 말했다.

시마모토는 미소를 띠며 내 얼굴을 바라보았다. 그리고 작은 케이스에서 담배를 꺼내어 라이터로 불을 붙였다.

"너를 보고 있으면 때때로 먼 하늘에 떠 있는 별을 보고 있는 듯한 기분이 들 때가 있어." 나는 말했다. "그 별은 무척 밝게 보이지. 하지만 그 빛은 몇만 년이나 이전에 보내진 빛이야. 그건 지금은 존재하지 않는 천체의 빛인지도 몰라. 그렇지만 그 빛은 어떤 때에는 다른 어떤 것보다도 사실적으로 보이지."

시마모토는 잠자코 있었다.

"넌 지금 여기에 있어. 여기에 있는 것처럼 보여. 하지만 넌 여기에 없는지도 몰라. 여기에 있는 건 네 그림자 같은 것에 지나지 않는지도 몰라. 진짜 너는 어딘가 다른 곳에 있는지도 모르지. 아니면 아주 오래전에 사라져버렸는지도 모르고. 난 그걸 점점 알 수 없게 되어버렸어. 내가 손을 뻗어 확인하려 해도 넌 언제나

'아마도'라든지 '한동안' 같은 말로 몸을 감추고 말지. 언제까지 이런 일이 계속되는 걸까?"

"아마도 당분간은" 하고 그녀는 말했다.

"너에겐 희한한 유머 감각이 있어." 나는 말했다. 그리고 웃었다.

시마모토도 웃었다. 그 미소는 비가 그친 후에 소리도 없이 구름이 갈라지고, 그 틈새로부터 최초의 태양 빛이 쏟아지는 듯한 미소였다. 눈가에 온화하고 잔잔한 주름이 잡히고, 그것은 나에게 뭔가 멋진 일을 약속하고 있었다.

"하지메. 너에게 줄 선물이 있어"라고 말하더니 그녀는 예쁜 포장지에 빨간 리본을 매단 그 선물을 내 손에 건넸다.

"레코드처럼 보이는데." 나는 그 무게를 가늠하며 말했다.

"냇 킹 콜의 레코드야. 옛날에 둘이서 곧잘 함께 듣던 레코드. 그립지? 너한테 줄게."

"고마워. 그런데 넌 필요하지 않아? 이건 네 아버지 유품이 잖아?"

"난 이거 말고도 다른 걸 몇 장 가지고 있으니까 괜찮아. 그건 너한테 선물하는 거야."

나는 포장지로 싸인, 리본이 달려 있는 그 레코드를 가만히 바라보았다. 그러고 있자니 어느덧 사람들의 웅성거림과 피아노 트리오의 연주가 마치 썰물이 급속히 빠져나갈 때처럼 멀어져 갔다. 거기에 있는 건 나와 시마모토 두 사람뿐이었다. 그 이외의 것은 단지 환영에 지나지 않았다. 거기에는 일관성도 없을뿐더러 필연성도 없었다. 그건 종이를 붙여서 만든 무대장치 같은 것에 지나지 않았다. 거기에 존재하는 진짜라곤 나와 시마모토뿐이었다.

"시마모토." 나는 그녀를 불렀다. "어디론가 가서 둘이서 이걸 듣지 않을래?"

"그럴 수 있다면 정말 근사하겠지." 그녀는 말했다.

"내게 하코네에 있는 작은 별장이 있어. 거긴 아무도 없고, 스테레오도 있어. 이 시간이라면 자동차로 한 시간 반이면 도착할 거야."

시마모토는 시계를 보았다. 그리고 내 얼굴을 보았다. "지금 가는 거야?"

"그럼" 하고 나는 대답했다.

그녀는 뭔가 먼 곳에 있는 것을 볼 때처럼, 눈을 가늘게 뜨고 내 얼굴을 쳐다보았다. "벌써 10시가 지났어. 지금 하코네에 갔다가 돌아오려면 무척 늦어질 거야. 그래도 괜찮아?"

"난 괜찮아. 넌?"

그녀는 다시 한번 시계에 눈길을 주었다. 그리고 10초쯤 눈을 감고 있었다. 눈을 떴을 때 그녀의 얼굴에는 뭔가 새로운 표정이 떠올라 있었다. 그녀는 눈을 감고 있는 동안에 어딘가 먼 곳에 가서 거기에다 무엇인가를 두고 돌아온 것처럼 보였다. "좋아, 가자." 그녀는 말했다.

나는 매니저 역할을 하는 종업원을 불러 오늘은 이만 돌아갈 테니 뒷일을 잘 알아서 하라고 했다. 금전 등록기를 잠그고, 전표를 정리하고, 매상을 은행의 야간 금고에 입금하면 된다. 나는 맨션의 지하 주차장까지 걸어가 BMW를 꺼내왔다. 그리고 근처에 있는 공중전화로 아내에게 전화를 걸어 하코네에 다녀오겠다고 했다.

"지금?" 아내는 깜짝 놀라 물었다. "왜 이 시간에 하코네엘 가야 하는데?"

"생각을 좀 하고 싶어서 그래." 나는 대답했다.

"그럼 오늘 들어오지 않을 거야?" 아내는 말했다.

"아마도 돌아올 수 없을 거야."

"여보, 아까 일은 미안해. 여러 가지로 생각을 해보았는데 내가 경솔했어. 당신 말이 맞는 것 같아. 주식은 이미 다 처분했어. 그러니까 집으로 들어와."

"저 유키코, 난 당신한테 화가 나 있는 게 아니야. 화 같은 건 전혀 나지도 않았어. 오늘 일은 신경 쓸 것 없어. 난 단지 이런저런 생각을 하고 싶은 거야. 하룻밤만 내게 생각할 시간을 줘."

그녀는 잠시 침묵하더니, "알겠어"라고 말했다. 아내의 목소리는 몹시 지쳐 있는 듯했다. "그럼 다녀와. 운전 조심하고. 비도

오고 있으니까."

"조심할게."

"나로선 여러 가지 일들을 잘 알 수 없거든." 아내는 말했다. "내가 당신을 방해하고 있는 거야?"

"방해 같은 건 하고 있지 않아. 당신한텐 아무 문제도 없고 책임도 없어. 혹시 문제가 있다면 그건 내 쪽이야. 그러니까 그 일은 이제 신경 쓰지 않아도 돼. 난 단지 생각을 하고 싶을 뿐이야."

나는 전화를 끊고 차를 타고 가게로 돌아왔다. 아마도 유키코는 점심 식사 자리에서 우리가 나누었던 대화에 대해 줄곧 생각했을 것이다. 내가 한 말에 대해서 생각하고, 자기가 한 말에 대해서 생각했을 것이다. 그건 그녀의 목소리로 알 수 있었다. 지치고 혼란스러운 목소리였다. 그런 생각을 하자 난 서글퍼졌다. 비는 아직도 줄기차게 내리고 있었다. 나는 시마모토를 차에 태웠다.

"넌 따로 어딘가에 연락하지 않아도 돼?" 나는 물었다.

그녀는 잠자코 고개를 끄덕였다. 그리고 하네다에서 돌아올 때처럼 얼굴을 창문에 바짝 대고는 물끄러미 밖을 바라보고 있었다.

하코네까지 가는 길은 한산했다. 나는 아쓰기에서 도메 고속도로를 빠져나와, 오다하라 아쓰기도로를 타고 오다하라까지 곧장 달렸다. 속도계의 바늘은 130과 140 사이를 왔다 갔다 하고 있었다. 빗줄기가 이따금씩 세차졌으나 그 길은 내가 수도 없이 다녀 익숙한 길이었다. 나는 하코네로 가는 길에 있는 모든 커브와 언덕길을 샅샅이 기억하고 있었다. 나와 시마모토는 고속도로에 들어서고부터는 거의 말을 하지 않았다. 나는 모차르트의 4중주를 조그맣게 틀어놓고 운전에 신경을 집중하고 있었다. 그녀는 창밖을 바라보면서 무슨 생각엔가 골똘히 잠겨 있는 듯했다. 이따금 내 쪽으로 얼굴을 돌리고 가만히 내 옆얼굴을 쳐다보았다. 그녀의 그런 시선이 느껴지면 난 입 안이 바짝바짝 말라왔다. 나는 마음을 가라앉히기 위해 몇 번이나 침을 삼켜야 했다.

"있잖아, 하지메." 그녀는 말했다. 그때 우리는 고우즈 부근을 달리고 있었다. "가게 밖에선 재즈를 잘 안 들어?"

"그렇네. 별로 안 들어. 평소에는 대개 클래식을 듣지."

"왜?"

"아마도 그건 내가 재즈라는 음악을 직업으로 삼게 되었기 때문일 거야. 가게 밖으로 나오면 다른 걸 듣고 싶어지거든. 클래식 말고 록을 들을 때도 있지. 하지만 재즈는 거의 듣지 않아."

"네 부인은 어떤 음악을 듣는데?"

"그녀는 스스로 음악을 찾아 들으려고 하지는 않아. 내가 들으면 그 음악을 같이 듣지. 자기 스스로 레코드를 골라 듣는 일은 거의 없어. 아마도 레코드를 어떻게 얹는지도 모를 거야."

그녀는 카세트테이프 케이스에 손을 뻗어 그중 몇 개를 집어

들고는 바라보았다. 그중에는 딸들과 함께 노래를 부르기 위한 동요 테이프도 있었다. '멍멍이 경찰 아저씨'나 '튤립' 같은 노래가 들어 있는 테이프다. 우리는 유치원을 오갈 때 곧잘 그 테이프를 틀어놓고 노래를 부르곤 했다. 시마모토는 스누피 그림의 라벨이 붙은 그 카세트테이프를 신기하다는 듯이 한동안 바라보고 있었다.

그러고서 그녀는 다시 내 옆얼굴을 쳐다보았다. "하지메." 잠시 후에 그녀가 나를 불렀다. "네가 운전하고 있는 걸 이렇게 옆에서 보고 있으면 난 이따금 손을 뻗어서 그 핸들을 힘껏 확 틀어버리고 싶어져. 그런 짓을 하면 죽게 되겠지?"

"뭐 확실하게 죽겠지. 시속 130킬로미터 이상으로 달리고 있으니까."

"나랑 같이 여기서 죽는 건 싫지?"

"그렇게 죽는 건 별로 멋진 방법이 아닌 것 같은데." 나는 웃으며 말했다. "게다가 아직 레코드도 듣지 않았다고. 우리는 레코드를 들으러 가는 거잖아."

"걱정 마. 정말 그런 짓을 하지는 않을 테니." 그녀는 말했다. "그냥 그런 생각을 해봤을 뿐이야. 가끔."

아직 10월 초순이었지만 하코네의 밤은 꽤 쌀쌀했다. 별장에 도착하자 나는 불을 켜고 거실의 가스 스토브를 켰다. 그리고 선반에서 브랜디와 브랜디 잔을 꺼냈다. 잠시 후 방이 따뜻해지자 우리는 옛날처럼 소파에 나란히 앉아 냇 킹 콜의 레코드를 턴테 이블에 얹었다. 스토브의 불꽃이 붉게 타올라 브랜디 잔에 비쳤 다. 시마모토는 양쪽 다리를 소파 위에 올려 엉덩이 아래로 접듯 이 하곤 앉아 있었다. 그리고 한 손을 등받이에 올리고, 다른 한 손을 무릎 위에 놓고 있었다. 예전과 똑같다. 그 무렵의 그녀는 아 마도 남에게 자기 다리를 보여주는 게 싫었을 것이다. 그리고 그 습관은 수술로 다리를 고친 지금도 여전히 남아 있었다. 냇 킹 콜 은 〈국경의 남쪽〉을 부르고 있었다. 그 곡을 듣는 건 정말이지 오 랜만이었다.

"사실 난 말이지, 어렸을 적에 이 레코드를 들으면서 국경의 남쪽에는 도대체 뭐가 있을까 하고 늘 불가사의하게 생각했었거 든." 나는 말했다.

"나도 그래." 시마모토는 말했다. "어른이 되어 영어 가사를 읽어보고 굉장히 실망했어. 그냥 멕시코를 노래한 것뿐이잖아. 국경의 남쪽에는 더 굉장한 것이 있는 게 아닐까 하고 생각했었 는데."

"이를테면 어떤 거?"

시마모토는 손으로 머리카락을 뒤로 빗어 넘겨 가볍게 묶고 있었다. "모르겠어. 뭔가 아주 아름답고 크고 부드러운 것."

"뭔가 아주 아름답고 크고 부드러운 것" 하고 나는 말했다. "그건 먹을 수 있는 건가?"

시마모토는 웃었다. 그 입 속의 새하얀 이를 언뜻 볼 수 있었다. "아마도 먹을 수는 없을 거야."

"만질 수는 있을 거라고 생각해?"

"**아마도** 만질 수는 있을 거야."

"**아마도**가 너무 많은 것 같은데." 나는 말했다.

"그곳은 아마도가 많은 나라야." 그녀는 말했다.

나는 손을 뻗어 등받이 위에 놓여 있는 그녀의 손가락을 만졌다. 그녀의 몸에 닿게 된 건 참으로 오랜만이었다. 고마쓰 공항에서 하네다로 향하는 비행기 안에서의 접촉 이후 처음이었다. 내가 손가락을 만지자 그녀는 고개를 살짝 들고 나를 쳐다보았다. 그러고는 다시 고개를 숙였다.

"국경의 남쪽, 태양의 서쪽." 그녀는 말했다.

"뭐야? 그 태양의 서쪽이라는 건?"

"그런 곳이 있어." 그녀는 말했다. "히스테리아 시베리아나라는 병을 들어본 적 있니?"

"잘 모르겠는데."

"옛날 어느 책에선가 그 이야기를 읽은 적이 있어. 중학생 때였던가? 무슨 책이었는지는 도무지 생각이 나지 않지만……. 아무튼 그건 시베리아에 사는 농부들이 걸리는 병이야. 상상해봐. 네가 농부고, 시베리아의 벌판에서 홀로 외로이 살고 있어. 그리고 매일매일 밭을 가는 거야. 아무리 사방을 둘러보아도 아무것도 보이지 않아. 북쪽에는 북쪽의 지평선이 있고, 동쪽에는 동쪽의 지평선이 있고, 남쪽에는 남쪽의 지평선이 있고, 서쪽에는 서쪽의 지평선이 있어. 그것뿐이야. 넌 매일 아침 동쪽의 지평선에서 태양이 떠오르면 밭에 나가 일을 하고, 태양이 바로 네 머리 위로 오면 일하던 손을 멈추고 점심을 먹고, 그리고 서쪽의 지평선으로 태양이 저물면 집으로 돌아가 자는 거야."

"그런 생활은 아오야마 부근에서 바를 경영하는 것과는 상당히 다른 종류의 인생처럼 들리는데."

"아마도." 그녀는 미소 지었다. 그리고 살짝 고개를 갸웃했다. "무척 다르겠지. 그런 생활이 몇 년이고 몇 년이고 매일같이 계속되는 거야."

"하지만 시베리아에서는 겨울엔 밭갈이를 하지 않을 텐데."

"겨울에는 쉬지, 물론" 하고 시마모토는 말했다. "겨울에는 집 안에 머물면서 집 안에서 할 수 있는 일을 해. 그리고 봄이 오면 밖으로 나가 밭일을 하고. 네가 그런 농부인 거야. 상상해봐."

"하고 있어."

"그리고 어느 날, 네 안에서 무엇인가가 죽어버리는 거야."

"죽다니, 어떤 것이?"

그녀는 고개를 저었다. "몰라. 그저 무엇인가가. 동쪽의 지평선에서 떠올라, 하늘의 정중앙을 지나, 서쪽의 지평선으로 저물어가는 태양을 매일매일 보고 있는 동안, 네 속에서 무언가 뚝 하고 끊어져 죽어버리는 거야. 그리고 넌 땅바닥에다 괭이를 내던지고는 그대로 아무 생각도 하지 않고 하염없이 서쪽을 향해 걸어가는 거야. 태양의 서쪽을 향해. 그렇게 뭔가에 홀린 듯이 며칠 동안 아무것도 먹지 않고 계속해서 걷다가 그대로 땅바닥에 쓰러져 죽고 말아. 그게 히스테리아 시베리아나야."

나는 대지에 엎드린 채 죽어가는 시베리아 농부의 모습을 떠올렸다. "태양의 서쪽에는 도대체 뭐가 있는데?"

그녀는 또다시 고개를 가로저었다. "난 몰라. 거기에는 아무것도 없을지도 몰라. 아니면 뭔가가 있을지도 모르고. 하지만 아무튼 그건 국경의 남쪽과는 좀 다른 곳이야."

냇 킹 콜이 〈프리텐드〉를 부르자, 시마모토는 예전에 자주 그랬던 것처럼 나지막한 소리로 그 노래를 따라 불렀다.

Pretend you're happy when you're blue.
It isn't very hard to do.

"시마모토." 나는 말했다. "네가 떠나고 나서 난 줄곧 네 생각을 했어. 반년 동안이야. 그 여섯 달 가까이 난 매일같이 아침부터 밤까지 네 생각을 했어. 그만 생각하려 했지. 하지만 도저히 그게 마음대로 되지 않았어. 그리고 최종적으로 이런 생각을 했어. 난 이제 두 번 다시 네가 어딘가로 가지 않기를 바란다. 난 네가 없으면 안 된다. 난 이제 두 번 다시 네 모습을 잃고 싶지 않다. **한동안**이라는 말 같은 건 이제 두 번 다시 듣고 싶지 않다. 아마도라는 말도 싫다. 난 그렇게 생각했어. 한동안 만날 수 없을 거 같아, 라고 하곤 넌 어디론가 사라져버렸지. 하지만 정말로 언젠가 네가 돌아올 것인지 아닌지 도무지 알 수 없었어. 확증 같은 건 아무것도 없었지. 넌 두 번 다시 돌아오지 않을지도 모른다. 난 이제 너를 만나지 못하고 인생을 끝마치게 될지도 모른다. 그런 생각을 하니 난 너무나도 서글퍼졌어. 내 주변에 있는 모든 것들이 무의미하게 느껴졌어."

시마모토는 아무 말도 하지 않고 나를 보았다. 그녀의 얼굴에는 변함없이 똑같은 희미한 미소만이 떠올라 있었다. 그 미소는 결코 어떤 것에도 흐트러지지 않는 고요한 미소였다. 나는 그 미소로부터 그녀의 감정이라는 걸 읽어낼 수 없었다. 그 미소는 그 저편에 숨어 있을 무엇인가의 모습이나 형태에 대해서 전혀 아무것도 일러주지 않았다. 그 미소를 보고 있자니, 나는 한순간 나 자신의 감정까지 잃어버릴 것만 같았다. 내가 도대체 어디에 있는지, 어느 쪽을 향하고 있는지, 전혀 알 수 없게 되었다. 하지만 나는 시간을 들여서 내가 해야 할 말을 찾았다.

"난 널 사랑하고 있어. 그건 분명해. 내가 너에 대해 품고 있는 감정은, 다른 어떤 것과도 바꿀 수 없는 거야." 나는 말했다. "그건 특별한 거고, 두 번 다시 잃어선 안 되는 거야. 나는 이제까지 몇 번이나 네 모습을 놓쳐왔어. 하지만 그래서는 안 될 일이었어. 그건 잘못된 일이었어. 난 네 모습을 놓치지 말아야 했어. 지난 몇 달 동안에 난 그걸 깨닫게 되었어. 난 너를 정말 사랑하고 있고, 네가 없는 생활을 더 이상 견딜 수 없어. 이젠 아무 데도 가지 말아줘."

내가 이야기를 끝마치고 나서도 그녀는 한동안 아무 말도 하지 않고 눈을 감고 있었다. 스토브의 불꽃이 타오르고, 냇 킹 콜은 옛날 노래를 계속해서 부르고 있었다. 난 무슨 말인가를 덧붙이려 했다. 하지만 더 이상 할 말은 없었다.

"저기, 하지메. 잘 들어줘." 한참 있다가 시마모토는 말했다. "이건 아주 중요한 이야기니까 잘 들어줘. 아까도 말했듯이 내게는 중간이라는 게 존재하지 않아. 내 안에는 중간적인 것은 존재하지 않고, 중간적인 것이 존재하지 않는 곳에서는 중간도 존재하지 않는 거야. 그러니까 네가 나를 모조리 갖든지, 아니면 갖지 않든지, 그 어느 쪽밖에 없어. 그게 기본적인 원칙이야. 만약 네가 지금 같은 상황을 이어나가도 상관없다면 우린 이어질 수 있을 거야. 언제까지 계속될지 나도 알 수 없지만 난 그걸 이어나가기 위해서 내가 할 수 있는 건 다 할 거야. 내가 널 만나러 올 수 있을 때는 널 만나러 오는 거야. 그러기 위해서 나도 내 나름대로 노력할 거야. 하지만 올 수 없을 때는 올 수 없는 거야. 언제든지 내가 오고 싶을 때마다 항상 널 만나러 올 수는 없어. 그건 명백해. 하지만 만약 네가 그런 게 싫다고, 두 번 다시 내가 어디에도 가는 걸 원치 않는다고 한다면, 넌 나를 모조리 가져야 해. 나를 머리끝에서 발끝까지 하나도 빠짐없이 전부. 내가 끌고 가는 것이나, 내가 안고 있는 것 전부. 그리고 나도 분명 네 모든 걸 갖게 돼야겠지. 모든 걸 말이야. 넌 그걸 알고 있어? 그게 뭘 의미하는지도 알고 있는 거야?"

"잘 알고 있어."

"그래도 넌 정말 나와 함께하고 싶은 거야?"

"나는 이미 그렇게 결정했어, 시마모토." 나는 말했다. "네가 없는 동안에 난 몇 번이고 몇 번이고 그에 대해서 생각했어. 그리고 난 이미 마음을 정했어."

"하지만 하지메, 네 부인과 두 딸은 어떡할 건데? 너는 부인도 딸들도 사랑하고 있잖아? 너는 그들을 무척 소중하게 여기고 있을 텐데 그렇게 할 수 있겠어?"

"난 그들을 사랑하고 있어. 무척 사랑하고 있어. 그리고 소중하게 여기고 있지. 그건 분명 네 말이 맞아. 하지만 난 알아버렸어. 그것만으로는 부족하다는 걸 말이야. 내게는 가정이 있고, 일이 있어. 난 그 어느 쪽에도 불만을 품고 있지 않았고, 지금까지 가정도 사업도 원활하게 잘 돌아갔었다고 생각해. 난 행복했다고 해도 될 거야. 그렇지만 말이지, 그것만으로는 부족해. 난 그걸 알아버렸어. 1년쯤 전에 널 만나고 나서부터, 난 그걸 잘 알게 되었어. 시마모토, 가장 큰 문제는 내게 뭔가가 결여되어 있다는 거야. 나라는 인간에게는, 내 인생에는, 뭔가가 빠져 있는 거야. 상실되어버린 거야. 그리고 그 부분은 언제나 굶주려 있고 메말라 있어. 그 부분은 아내도 메우지 못하고 애들도 메우지 못해. 그 일을 할 수 있는 건 이 세상에 너 한 사람밖에 없어. 너랑 있으면 난 그 부분이 충만해지는 걸 느끼거든. 그리고 그것이 채워지고서야 나는 비로소 깨달았어. 이제까지의 긴 세월 동안 내가 얼마나 굶주리고 메말라 있었던가 하는 걸 말이야. 난 이제 두 번 다시 그런 세계로 돌아갈 수는 없어."

시마모토는 두 팔로 내 몸을 껴안고 살며시 기대왔다. 그녀의 머리가 내 어깨 위에 얹혀졌다. 나는 그녀의 부드러운 몸을 느낄 수 있었다. 그 몸은 내 몸에 따스하게 밀착되어 있었다.

"나도 널 사랑해, 하지메. 난 태어나서 네가 아닌 다른 사람은 사랑해본 적이 없어. 내가 널 얼마나 사랑하고 있는지 넌 모를 거야. 난 열두 살 때부터 줄곧 널 사랑해왔어. 다른 사람에게 안기면서도 늘 널 생각했어. 그래서 난 널 만나고 싶지 않았어. 널 한번 만나고 나면 돌이킬 수 없을 것만 같은 기분이 들었어. 하지만 만나지 않을 수 없었어. 정말로 네 얼굴만 보고 바로 돌아갈 생각이었어. 그런데 막상 네 얼굴을 보자 말을 걸지 않을 수 없었어." 시마모토는 내 어깨 위에 머리를 살며시 올려놓은 채 말했다. "난 열두 살 때부터 너에게 안기고 싶다는 생각을 했어. 하지만 넌 그런 걸 몰랐지?"

"몰랐어." 난 말했다.

"난 열두 살 때부터 이미 발가벗고 널 껴안고 싶다는 생각을 했거든. 너는 그런 것도 몰랐었지?"

나는 그녀의 몸을 으스러지게 껴안고 키스했다. 그녀는 내 팔 안에서 가만히 눈을 감고 꿈쩍도 하지 않았다. 내 혀는 그녀의 혀와 얽혔고, 나는 그녀의 가슴 아래로 심장의 고동을 느꼈다. 그것은 격렬하고 따뜻한 고동이었다. 나는 눈을 감고 거기에 있는 그녀의 붉은 피를 생각했다. 나는 그녀의 부드러운 머리카락을 어루만지고 그 냄새를 맡았다. 그녀의 양손은 내 등 위에서, 뭔가를 찾듯이 더듬고 있었다. 레코드가 다 돌고, 턴테이블이 멈추고, 톤 암tone arm은 거치대로 돌아갔다. 다시금 빗소리만이 우리 주변을 감싸고 있었다. 잠시 후 시마모토는 눈을 뜨고 내 얼굴을 바라보았다. "하지메." 그녀는 조그마한 목소리로 속삭이듯이 말했다. "정말로 그래도 되니? 정말로 나를 선택할 거야? 나를 위해 네 모든 걸 버려도 괜찮겠어?"

나는 고개를 끄덕였다. "괜찮아. 이미 결정한 일이야."

"하지만 만약 네가 날 만나지 않았더라면, 넌 현재 생활에 불만이나 의문을 느끼지 않고 그대로 평온하게 살지 않았을까? 그런 생각은 하지 않아?"

"어쩌면 그랬을지도 모르지. 하지만 현실은 널 만나게 됐잖아.

그리고 그건 이미 돌이킬 수 없는 일이야." 나는 말했다. "네가 예전에 말했듯이 어떤 종류의 일은 두 번 다시 제자리로는 돌아가지 않아. 그건 앞으로 나아갈 수밖에 없어. 시마모토, 어디든 좋으니 둘이서 갈 수 있는 데까지 가자. 그리고 둘이서 처음부터 다시 시작하자."

"하지메." 시마모토는 말했다. "옷을 벗고 몸을 보여주겠어?"

"내가 벗는 거야?"

"그래. 너 먼저 옷을 모두 벗는 거야. 그리고 난 네 알몸을 보는 거야. 싫어?"

"아니, 상관없어. 네가 그러길 원한다면" 하고 나는 말했다. 나는 스토브 앞에서 옷을 벗었다. 파카를 벗고, 폴로셔츠를 벗고, 청바지를 벗고, 양말을 벗고, 티셔츠를 벗고, 팬티를 벗었다. 그러고 나자 시마모토는 알몸이 된 나를 바닥에 무릎 꿇게 했다. 내 페니스는 단단하고 크게 발기되어 있어서 나를 부끄럽게 했다. 그녀는 조금 떨어진 곳에서 내 몸을 지그시 쳐다보고 있었다. 그녀는 아직 재킷도 벗지 않고 있었다.

"나만 발가벗고 있자니 어쩐지 기분이 묘한걸." 나는 웃으며 말했다.

"아주 멋져, 하지메." 시마모토는 말했다. 그리고 그녀는 내 곁으로 다가와 내 페니스를 살며시 손가락으로 감싸고 내 입술에 키스했다. 그러고 나서 그녀는 내 가슴에 손을 가져다 댔다. 그녀는 꽤 긴 시간 동안 내 젖꼭지를 핥고 음모를 어루만졌다. 내 배꼽에 귀를 대고 고환을 입에 물었다. 그녀는 내 온몸에 키스했다. 내 발바닥에까지 키스했다. 그녀는 마치 시간 그 자체를 애무하고 있는 듯이 보였다. 시간 그 자체를 어루만지고 키스하고 핥고 있는 것처럼 보였다.

"넌 옷을 벗지 않을 거야?" 나는 물었다.

"좀 더 있다가." 그녀는 대답했다. "난 네 몸을 이대로 바라보며 내가 좋아하는 대로 핥고 만지고 싶어. 만약 내가 발가벗으면 넌 곧바로 내 몸을 만지려고 할 거잖아? 아직 안 된다고 해도 참지 못할 거잖아? 안 그래?"

"아마 그렇겠지."

"그런 식으로 하고 싶지 않아. 난 서두르고 싶지 않아. 그렇잖아, 여기까지 오는 데 이렇게 오래 걸렸는걸. 난 먼저 네 몸을 샅샅이 내 눈으로 보고, 이 손으로 만지고, 이 혀로 핥고 싶어. 하나하나 시간을 들여서 확인하고 싶어. 먼저 그렇게 하지 않고는 난 앞으로 나아갈 수 없어. 그러니까 하지마, 만약 내 행동이 좀 이상하게 보여도 너무 신경 쓰지 마. 난 그렇게 할 필요가 있어서 그렇게 하고 있을 따름이야. 아무 말도 하지 말고 내가 그렇게 하도록 해줘."

"그건 상관없어. 네 맘대로 하고 싶은 걸 하면 돼. 단지 그렇게 빤히 쳐다보고 있으니 왠지 이상한 기분이 들어서 그래."

"넌 내 거잖아?"

"그렇지."

"그럼 부끄러워할 것 없잖아?"

"확실히 그건 그래." 나는 대답했다. "아직 익숙하지 않아서 그럴 거야."

"그래도 조금만 참아봐. 이렇게 하는 게 오랫동안 내 꿈이었으니까." 시마모토는 말했다.

"이런 방식으로 내 몸을 바라보는 게 네 꿈이었다고? 넌 옷을 입은 채 내 발가벗은 몸을 보고 만지는 게?"

"그럼" 하고 그녀는 말했다. "나는 옛날부터 줄곧 네 몸을 상상했어. 네 발가벗은 몸은 어떨까 하고 말이야. 페니스는 어떤 모양이고, 얼마나 딱딱하고, 얼마나 클까 하고."

"왜 그런 생각을 했는데?"

"왜냐고?" 그녀는 말했다. "왜 그런 걸 묻지? 난 널 사랑한다고 했잖아? 사랑하는 남자의 알몸을 생각하면 안 되는 거야? 넌 내 알몸을 생각하지 않았어?"

"생각했던 것 같아." 나는 대답했다.

"내 발가벗은 몸을 상상하면서 마스터베이션한 적 없어?"

"있을 거야. 중학교 때와 고등학교 때"라고 말하고 나서 난 정정했다. "아니, 그뿐만이 아니야. 얼마 전에도 했어."

"나도 그랬어. 네 벗은 몸을 떠올리면서 말이야. 여자라고 그런 걸 하지 않는 건 아니야." 그녀는 말했다.

나는 그녀의 몸을 다시 한번 끌어안고 천천히 입맞춤했다. 그녀의 혀가 내 입 속으로 미끄러져 들어왔다. "사랑해. 시마모토."

"사랑해. 하지메." 시마모토가 말했다. "네가 아닌 그 누구도 사랑하지 않았어. 하지메, 조금만 더 네 몸을 보고 있어도 돼?"

"그럼" 하고 나는 대답했다.

그녀는 내 페니스와 고환을 손바닥으로 살며시 감쌌다. "멋있어." 그녀는 말했다. "이대로 전부 먹어버리고 싶어."

"먹어버리면 곤란하지."

"그래도 먹어버리고 싶어." 그녀는 말했다. 그녀는 마치 정확한 무게를 재듯이 내 고환을 언제까지고 손바닥에 올려놓고 있었다. 그리고 아주 소중하다는 듯이 내 페니스를 천천히 핥고 빨았다. 그리고 내 얼굴을 보았다. "있잖아, 맨 처음에는 내 마음대로 하게 해줄래? 내가 하고 싶은 대로 하게 해주겠어?"

"좋아. 뭐든 네가 하고 싶은 대로 해." 나는 말했다. "진짜로 먹어버리지만 않는다면 뭘 해도 좋아."

"좀 이상한 짓을 해도 신경 쓰지 마. 그리고 부끄러우니까 그에 대해선 아무것도 묻지 마."

"아무 이야기도 하지 않을게."

그녀는 내 무릎을 바닥에 꿇게 한 채 왼손으로 내 허리를 안았다. 그리고 그녀는 원피스를 입은 채로 한 손으로 스타킹을 벗고 팬티를 벗었다. 그런 다음 오른손으로 나의 페니스와 고환을 잡고 혀로 핥았다. 그리고 스커트 속으로 다른 쪽 손을 넣은 후 내 페니스를 빨면서 그 손을 천천히 움직이기 시작했다.

나는 아무 말도 하지 않았다. 그녀에게는 그녀의 방식이 있는 것이다. 나는 그녀의 입술과 혀와 스커트 속으로 들어간 손의 완만한 움직임을 보고 있었다. 그리고 그 볼링장의 주차장에 세웠던 렌터카 속에서 딱딱하고 하얗게 질려 있던 시마모토를 문득 떠올렸다. 나는 그때 그녀의 눈동자 깊은 곳에서 본 것을 아직도 또렷이 기억하고 있었다. 그 눈동자 깊은 곳에 있었던 것은 땅 밑의 맨 밑바닥의 빙하처럼 딱딱하게 얼어붙은 암흑의 공간이었다. 거기에는 모든 울림을 빨아들이고 두 번 다시 떠오르게 하지 않는 깊은 침묵이 있었다. 침묵 외에는 아무것도 없었다. 얼어붙은 공기는 어떤 종류의 소리도 울리게 하지 않았다.

그것은 내가 태어나서 처음으로 목격한 죽음의 광경이었다. 나는 그때까지 가까운 누군가의 죽음을 체험한 적이 없었다. 눈 앞에서 누군가가 죽어가는 것을 본 적도 없었다. 그래서 죽음이라는 것이 도대체 어떤 것인지 나는 그때까지 구체적으로 떠올릴 수 없었다. 그런데 그때, 죽음이 그 본연의 모습으로 바로 내 눈앞에 있었다. 내 얼굴에서 불과 몇 센티미터 앞에 그것은 펼쳐져 있었다. 그것이 죽음의 모습이라고 나는 생각했다. 너도 언젠가는 이곳에 오게 될 것이라고 그들은 말하고 있었다. 누구든 언젠가는 그 암흑의 근원 속으로, 공명을 잃은 침묵 속으로, 한없이 깊은 고독 속으로 떨어져가는 것이다. 나는 그 세계를 눈앞에 두고 숨이 막힐 정도의 공포를 느꼈다. 그 암흑의 구멍에는 바닥이라는 게 없다고 나는 생각했다.

나는 그 얼어붙은 암흑의 깊은 곳을 향해 그녀의 이름을 불렀다. 시마모토, 하고 나는 몇 번이나 큰 소리로 불렀다. 하지만 내 목소리는 끝도 없는 허무 속으로 빨려 들어갔다. 내가 아무리 불러도 그녀의 그 눈동자 깊은 곳은 미동조차 하지 않았다. 그녀는 여전히 기묘한 바람 소리 같은 소리를 내며 숨을 쉬고 있었다. 그 규칙적인 숨결은 그녀가 아직 이쪽 세계에 있다는 사실을 내게 알려주었다. 하지만 그 눈동자 깊은 곳에 있는 것은 모든 것이 죽음으로 단절된 저쪽 세계였다.

그녀의 눈동자 속의 그 암흑을 뚫어져라 들여다보면서 시마모토의 이름을 부르는 사이, 나는 점점 내 몸이 그 속으로 빨려 들어가는 듯한 감각에 휩싸였다. 마치 진공의 공간이 주위의 공기를 빨아들이듯이 그 세계는 내 몸을 끌어당기고 있었다. 나는 그 확실한 힘의 존재를 지금도 기억해 낼 수 있었다. 그때 그들은 나도 원하고 있었던 것이다.

나는 눈을 꼭 감았다. 그러고는 그 기억을 머리에서 떨쳐냈다.

나는 손을 뻗어 시마모토의 머리카락을 어루만졌다. 나는 그녀의 귀를 만지고 그녀의 이마에 손을 가져갔다. 시마모토의 몸은 따뜻하고 부드러웠다. 그녀는 마치 생명 그 자체를 흡입하려는 듯이 내 페니스를 쉴 새 없이 빨고 있었다. 그녀의 손은 마치 뭔가를 그곳에 전하려는 듯이 스커트 아래에 있는 자신의 성기를 쓰다듬고 있었다. 잠시 후 나는 그녀의 입 속에 사정했고, 그녀는 손의 움직임을 멈추고 눈을 감았다. 그리고 내 정액을 마지막 한 방울까지 핥아 마셨다.

"미안해." 시마모토는 말했다.

"사과할 건 없어." 나는 말했다.

"처음에는 이렇게 하고 싶었어. 부끄럽지만 한 번 이렇게 하지 않고는 도저히 마음이 진정될 거 같지 않았어. 이건 내게 있어 의식과 같은 거야. 알겠지?"

나는 그녀의 몸을 안았다. 그리고 그녀의 뺨에 살며시 내 뺨을 가져갔다. 그녀의 뺨에는 확실한 따스함이 느껴졌다. 나는 그녀의 머리카락을 쓸어 올리고 귀에 키스했다. 그러고서 나는 그녀의 눈을 들여다보았다. 그녀의 눈동자에 비친 내 얼굴을 볼 수 있었다. 그 속에는 늘 그렇듯이 바닥도 보이지 않을 만큼 깊은 샘이 있었다. 그리고 거기에서 희미한 광채가 빛나고 있었다. 내게는 그것이 생명의 등불인 양 느껴졌다. 언젠가는 사라져버릴지도 모르지만 지금은 분명히 거기에 있는 등불이었다. 그녀는 내게 미소 지었다. 그녀가 미소 짓자 언제나처럼 잔잔한 주름이 눈가에 번졌다. 나는 그 잔잔한 주름에 키스했다.

"이번에는 네가 내 옷을 벗겨줘. 그리고 네가 하고 싶은 대로 해도 좋아. 방금 전에는 내가 하고 싶은 대로 했으니까 이번에는 네가 하고 싶은 대로 해."

"난 지극히 평범한 게 좋은데, 그래도 괜찮겠어? 어쩌면 난 상상력이 부족해서 그런지도 모르겠지만 말이야."

"좋아." 시마모토는 말했다. "나도 평범한 걸 좋아해."

나는 그녀의 원피스를 벗기고 속옷을 벗겼다. 그리고 그녀를 바닥에 눕히고 온몸에 키스했다. 그녀의 몸 구석구석을 바라보며, 그 몸을 손으로 만지고 입맞춤했다. 나는 그 몸을 확인하고 기억했다. 나는 아주 긴 시간 동안 그렇게 했다. 오랜 세월이 걸려 가까스로 여기까지 온 것이다. 나도 그녀와 마찬가지로 서두르고 싶지 않았다. 나는 참을 수 있는 데까지 참았다가, 더 이상 참을 수 없을 정도가 되자 천천히 그녀의 안으로 들어갔다.

우리가 잠든 건 동이 트기 전이었다. 우리는 바닥 위에서 몇 번인가 몸을 섞었다. 우리는 부드럽게 몸을 섞기도 하고, 그리고 격렬하게 섞기도 했다. 도중에 한 번 내가 그녀 속에 들어가 있을 때 그녀는 감정의 끈이 끊어진 것처럼 격렬하게 울었다. 그리고 주먹으로 내 등과 어깨를 세차게 쳤다. 그동안 나는 그녀의 몸을 꼭 껴안고 있었다. 내가 껴안고 있지 않으면 시마모토는 그대로 흩어져버릴 듯이 보였다. 나는 달래듯이 그녀의 등을 계속해서 쓰다듬었다. 나는 그녀의 목덜미에 입 맞추고 머리카락을 손가락으로 빗어 내렸다. 그녀는 이미 냉정하고 자기 자제력이 강한 시마모토가 아니었다. 오랜 세월 그녀 마음의 저 밑바닥에 딱딱하게 얼어붙어 있었던 것이 조금씩 녹아내려 표면에 모습을 드러내기 시작한 듯했다. 나는 그 숨소리와 먼 태동을 느낄 수 있었다. 나는 그녀를 꼭 껴안고 그 떨림을 내 몸 안에 받아들였다. 이렇게 그녀는 조금씩 내 것이 되려 하고 있는 것이다, 하고 나는 생각했다. 이제 난 여기에서 떠날 수 없다.

"난 너에 대해 알고 싶어." 나는 시마모토에게 말했다. "난 너의 모든 것을 알고 싶어. 네가 이제까지 어떻게 살아왔는지, 지금은 어디에 살고, 무엇을 하고 있는지. 결혼은 했는지, 안 했는지. 그런 모든 걸 알고 싶어. 설사 어떤 것이든 뭔가 비밀을 지니고 있는 걸 이제 더 이상 견딜 수 없을 것 같아."

"내일이 되면" 하고 시마모토는 말했다. "내일이 되면 모든 걸 말해줄게. 그러니까 그때까지는 아무것도 묻지 마. 오늘은 그냥 이렇게 아무것도 모르는 상태로 있어줘. 만약 내가 여기서 이야기해버리면 넌 영원히 제자리로 돌아갈 수 없게 되고 말아."

"어차피 난 제자리로 돌아갈 수 없어. 그리고 어쩌면 내일은 오지 않을지도 몰라. 그리고 만약 내일이 오지 않는다면 난 네가 가슴속에 담고 있었던 걸 아무것도 모르는 채 끝나버리게 돼." 나는 말했다.

"정말로 내일이 오지 않았으면 좋겠다." 시마모토가 말했다. "그럼 넌 아무것도 모르는 상태로 있을 수 있을 테니까 말이야."

내가 무슨 말인가를 더 하려 하자 그녀는 입맞춤을 해서 그걸 가로막았다.

"내일 같은 건 항라머리검독수리가 먹어치우면 좋을 텐데. 내일을 먹는 게 항라머리검독수리가 맞지?"

"그래. 항라머리검독수리는 예술도 먹지만 내일도 먹거든."

"독수리는 뭘 먹더라?"

"이름 없는 사람들의 사체." 나는 대답했다. "항라머리검독수리와는 완전히 다르지."

"항라머리검독수리는 예술과 내일을 먹는 거지?"

"그래."

"왠지 근사한 조합이네."

"그리고 디저트로 이와나미(일본의 유명 출판사—옮긴이)의 신간 목록을 먹지."

시마모토는 웃었다. "하지만 아무튼 내일이야." 그녀는 말했다.


내일은 어김없이 찾아왔다. 하지만 눈을 떴을 때 나는 혼자였다. 비는 이미 그쳐 있었고, 침실 창문으로 투명하고 밝은 아침 햇살이 스며들고 있었다. 시각은 9시가 지나 있었다. 침대에 시마모토의 모습은 없었다. 내 옆의 베개는 그녀의 머리 자국을 남긴 듯이 희미하게 꺼져 있었다. 그녀의 모습은 어디에도 보이지 않았다. 나는 침대에서 나와 거실로 가 그녀의 모습을 찾았다. 부엌을 뒤지고 아이들 방과 욕실을 들여다보았다. 하지만 그녀는 어디에도 없었다. 그녀의 옷도 없었고 현관에는 그녀의 신발도 사라지고 없었다. 나는 크게 호흡을 하고, 나 자신을 다시 현실 속에 동화시켰다. 하지만 그 현실 속에는 뭔가 익숙하지 않은 묘한 구석이 있었다. 그것은 내가 생각했던 현실과는 다른 형태를 지닌 현실이었다. 그것은 있어서는 안 되는 현실이었던 것이다.

나는 옷을 입고 집 밖으로 나가 보았다. 거기에는 BMW가 어젯밤 세워두었을 때 모습 그대로 세워져 있었다. 어쩌면 시마모토는 아침 일찍 일어나 혼자 산책을 하러 나갔는지도 모른다. 나는 집 주변을 두리번거리며 그녀의 모습을 찾아보았다. 그러고 나서 차를 몰고 부근의 길을 한동안 빙빙 맴돌았다. 큰길로 나가 한참 차를 몰고 미야노시타 근처까지도 가보았다. 그러나 시마모토의 모습은 어디에도 보이지 않았다. 별장으로 다시 돌아와도 시마모토는 없었다. 메모 같은 것이 없을까 하고 집 안을 샅샅이 뒤졌다. 하지만 그런 건 어디에도 없었다. 그녀가 그곳에 있었다는 흔적조차 없었다.

시마모토의 모습이 보이지 않는 집 안은 텅 비고 숨이 막혔다. 공기 중에는 뭔가 깔깔한 입자 같은 것이 섞여 있어 숨을 들이쉬면 그것이 목에 걸리는 것처럼 느껴졌다. 그리고 나는 레코드를 떠올렸다. 그녀가 내게 준 냇 킹 콜의 오래된 레코드. 하지만 아무리 찾아봐도 그 레코드 역시 보이지 않았다. 시마모토는 이곳에서 나가면서 그것마저 함께 가지고 간 듯했다.

시마모토는 또다시 내게서 사라져버렸다. 이번에는 **아마도**나 **한동안**도 없이.

# 15

# 캄캄한 밤바다에 내리는 비

◆
⋮
◆

나는 그날 오후 4시 조금 전에 도쿄로 돌아왔다. 불쑥 시마모토가 돌아올지도 모른다는 생각이 들어, 나는 하코네의 별장에서 정오가 지날 때까지 기다리고 있었다. 아무것도 하지 않고 가만히 앉아 있기가 괴로워서 부엌 청소를 하거나, 방 안에 벗어놓은 옷을 정리하거나 하며 시간을 보냈다. 침묵은 무겁게 가라앉아 있었고, 이따금씩 들려오는 새 소리나 자동차의 배기음도 어딘지 모르게 부자연스럽고, 제 소리가 아닌 것 같았다. 주변에서 나는 소리라는 소리는 모두 무엇인지 모를 힘으로 무리하게 일그러지거나, 어쩌면 꽉 눌려서 뭉개져버린 것처럼 들렸다. 나는 그런 속에서 무슨 일인가가 일어나기를 기다리고 있었다. **무슨 일인가** 일어나지 않으면 안 될 것이다, 하고 나는 생각했다. 이런 상태로 어떤 일이 끝나버릴 리는 없을 테니까, 하는 생각뿐이었다.

하지만 아무 일도 일어나지 않았다. 시마모토는 한 번 결정한 일을 시간이 지나고 나서 다시 생각하는 사람이 아니었다. 도쿄로 돌아가야 한다고 나는 생각했다. 만약 시마모토가 내게 연락을 한다면—그건 아무래도 있을 수 없는 일일지도 모르지만—아마도 가게로 해올 것이다. 어쨌든 더 이상 이곳에 머물러 있을 의미는 없을 것 같았다.

차를 운전하는 동안, 나는 몇 번이나 억지로 운전 쪽으로 의식을 전환하려고 애써야 했다. 몇 번인가 신호를 보지 못할 뻔했고, 꺾이는 길을 잘못 알고 들어서거나, 차선을 어긴 채 달리거나 했다. 가게 주차장에 차를 세우고 나서 나는 공중전화로 집에 전화를 걸었다. 유키코에게 돌아왔다고 하고 바로 일하러 간다고 말했다. 유키코는 그에 대해서는 아무 말도 하지 않았다.

"늦어져서 계속 걱정했어. 전화라도 한 통 걸어줬으면 좋잖아?" 그녀는 딱딱하고 메마른 목소리로 말했다.

"괜찮아. 아무 걱정 하지 않아도 돼." 나는 말했다. 내 목소리가 그녀의 귀에 어떻게 울리고 있을지 나로서는 짐작도 가지 않았다. "시간이 없으니까 이대로 곧장 사무실로 가서, 잠깐 장부를 정리하고 나서 가게로 갈 거야."

나는 사무실로 가서 책상 앞에 앉아 아무 일도 하지 않고 혼자서 밤까지 시간을 보냈다. 그리고 어젯밤 일에 대해 생각했다.

아마 시마모토는 내가 잠든 후에도 한숨도 자지 않고 깨어 있다가 날이 밝자 별장에서 나갔을 것이다. 그곳에서 어떻게 도쿄로 돌아갔는지는 모르겠다. 큰길까지는 거리가 제법 되고, 큰길로 나가도 그렇게 이른 아침에 하코네의 산속에서 버스나 택시를 잡기란 매우 힘든 일이었을 것이다. 더군다나 그녀는 하이힐을 신고 있었다.

어째서 시마모토는 내 앞에서 사라져버려야 했던 것일까? 나는 운전을 하고 오면서 줄곧 그 생각을 떨칠 수 없었다. 나는 그녀를 선택하겠다고 했고, 그녀도 나를 선택하겠다고 했다. 그리고 우리는 아무런 유보도 없이 서로의 몸과 마음을 나누었다. 그런데 그녀는 나를 남겨두고 한마디 말도 없이 혼자서 어디론가 떠나버렸다. 시마모토는 내게 주겠다고 한 레코드까지 함께 가져가버렸다. 그런 그녀의 행위가 의미하는 바를 나는 어떻게든 추측해보려 했다. 거기에는 무엇인가 의미가 있고 이유가 있을 것이었다. 시마모토는 즉흥적인 생각으로 행동하는 타입은 아니다. 하지만 지금 난 무엇인가를 논리적으로 따지면서 생각할 수 있는 상태가 아니었다. 온갖 사고의 실이 내 머리에서 소리도 없이 넘쳐 흘러가버렸다. 그래도 억지로 뭔가를 생각하려하면 머릿속이 둔중하게 아려왔다. 나는 내가 몹시 지쳐 있다는 사실을 깨달았다. 나는 바닥에 주저앉아 벽에 기댄 채 눈을 감았다. 한 번 눈을 감아버리자 뜰 수가 없었다. 내가 할 수 있는 거라곤 단지 어젯밤을 떠올리는 것뿐이었다. 생각하기를 포기하고 끝도 없는 테이프를 돌리듯이 그냥 몇 번이고 몇 번이고 사실만을 되풀이하여 떠올리는 것. 나는 시마모토의 몸을 떠올렸다. 눈을 감고 스토브 앞에 누워 있던 그녀의 알몸을, 그리고 거기에 있었던 걸 하나하나 떠올려갔다. 그녀의 목과 가슴과 옆구리와 음모와 성기와 등과 엉덩이와 다리를. 그 이미지들은 너무나도 가깝고 너무나도 선명했다. 어떨 때는 현실보다도 훨씬 가깝고 선명했다.

머지않아 나는 좁은 방 안에서 그런 생생한 환상에 둘러싸여 있는 것이 견딜 수 없어졌다. 난 사무실이 있는 건물에서 나와 그 부근을 정처 없이 걸어 다녔다. 그리고 가게에 나가 화장실에서 수염을 깎았다. 생각해보니 난 아침에 세수도 하지 않았다. 게다가 어제 입었던 파카를 아직도 입고 있었다. 종업원들은 아무 말도 하지 않았지만 묘한 표정으로 힐끔힐끔 나를 보았다. 하지만 난 집에 들어가고 싶지 않았다. 지금 집에 들어가면, 그리고 유키코를 보면, 난 모든 것을 털어놓고 말 것 같았다. 내가 시마모토를 사랑하고 있고, 그녀와 하룻밤을 보냈고, 집도 딸들도 일도 그 모든 것을 버리려고 했던 것을.

사실은 모든 것을 고백해야만 한다고 생각했다. 하지만 난 그럴 수가 없었다. 지금의 나에게는 무엇이 옳고 무엇이 옳지 않은지 판단할 힘이 없었다. 내 신상에 일어난 일을 정확하게 파악할 수조차 없었다. 그렇기에 집에는 돌아가지 않았다. 나는 가게로 가서 시마모토가 오기를 기다렸다. 그녀가 올 리 없다는 건 잘 알고 있었다. 하지만 기다리지 않을 수 없었다. 나는 재즈바에 가서 그녀의 모습을 찾았고, 다시 '로빈스 네스트'의 카운터에 앉아 가게 문을 닫을 때까지 공허하게 그녀를 기다렸다. 거기에 있던 몇 명의 단골손님들과 여느 때처럼 이야기를 했다. 하지만 나는 거의 아무 이야기도 듣고 있지 않았다. 맞장구를 치면서도 줄곧 시마모토의 몸을 떠올리고 있었다. 그녀의 성기가 얼마나 다정하게 나를 맞아주었는지 떠올리고 있었다. 그리고 그때 그녀가 어떤 식으로 내 이름을 불렀는지 떠올리고 있었다. 그리고 전화벨이 울릴 때마다 가슴이 두근거렸다.

가게의 영업이 끝나고 모두 돌아간 후에도 나는 혼자서 카운터에 앉아 술을 마시고 있었다. 아무리 술을 마셔도 전혀 취기가 돌지 않았다. 오히려 점점 머리가 맑아질 뿐이었다. 어떻게 해볼 도리가 없구나, 하고 난 생각했다. 집에 들어갔을 때, 시곗바늘은 이미 2시가 지나 있었지만 유키코는 자지 않고 나를 기다리고 있었다. 내가 잠들지 못하고 식탁에 앉아 위스키를 마시고 있으려니, 그녀도 잔을 들고 와서는 나와 같은 걸 마셨다.

"아무거나 음악 좀 틀어줘"라고 유키코가 말했다. 나는 눈에 띈 카세트테이프를 데크에 집어넣고 스위치를 켜고 아이들이 깨지 않도록 볼륨을 줄였다. 그리고 우리는 식탁을 사이에 두고 한동안 아무 말도 하지 않고 각자의 잔에 담긴 술을 마시고 있었다.

"당신 나 말고 좋아하는 여자가 있는 거지?" 유키코는 내 얼굴을 뚫어지게 바라보며 물었다.

나는 고개를 끄덕였다. 유키코는 지금까지 그 말을 몇 번이고 몇 번이고 머릿속에서 되풀이했겠지, 라고 난 생각했다. 그 말에는 분명하게 그어진 윤곽과 무게가 있었다. 그녀 목소리의 울림 속에서 나는 그것을 느낄 수 있었다.

"그리고 당신은 그 사람을 좋아하는 거지? 단순히 즐기는 게 아니라."

"그래." 나는 말했다. "즐기는 건 아니야. 하지만 그건 당신이 생각하고 있는 것과는 좀 달라."

"내가 무슨 생각을 하는지 당신이 알아?" 하고 그녀가 말했다. "내가 생각하는 걸 당신이 **정말로** 안다고 생각해?"

나는 잠자코 있었다. 나는 아무 말도 할 수 없었다. 유키코도 침묵을 지켰다. 음악은 나지막하게 흐르고 있었다. 비발디인지 텔레만인지, 그런 음악이었다. 나는 그 멜로디를 생각해낼 수 없었다.

"내가 무슨 생각을 하고 있는지 당신은 아마 모를 거야." 유키코는 말했다. 그녀는 아이한테 뭔가를 설명할 때처럼 천천히 한 음절 한 음절을 차근차근하게 발음하고 있었다. "당신은 틀림없이 모를 거야."

그녀는 나를 보았다. 하지만 내가 아무 말도 하지 않을 걸 깨닫자 술잔을 들어 위스키를 한 모금 마셨다. 그리고 천천히 고개를 한 번 저었다. "있잖아, 나도 그렇게 멍청하진 않아. 난 당신과 함께 살고, 당신과 함께 자. 얼마 전부터 당신한테 좋아하는 여자가 생겼다는 것 정도는 알고 있어."

나는 아무 말도 하지 않고 유키코를 바라보았다.

"하지만 난 당신이 한 일을 책망하고 있는 건 아니야. 누군가를 좋아하게 되었다면, 그건 어쩔 수 없는 일이라고 생각해. 좋아진 건 좋아진 거니까. 당신은 틀림없이 나만으로는 부족했던 거야. 그것도 나는 나름대로 이해할 수 있어. 우리는 이제까지 줄곧 잘 지내왔고 당신은 나에게 아주 잘해줬어. 난 당신과 살면서 정말 행복했어. 그리고 지금도 당신은 나를 좋아한다고 생각해. 하지만 결국 나는 당신에게 충분한 여자가 아니었던 거야. 난 그걸 알고 있었고, 언젠가 틀림없이 이런 일이 일어날 거라고 생각하고 있었어. 할 수 없지. 그러니까 당신이 다른 여자를 좋아하게 되었다고 해서 당신을 책망하는 건 아니야. 사실대로 말하면, 화가 나 있는 것도 아니야. 이상하게도 그렇게 화도 나지 않아. 난 그저 괴로울 뿐이야. 몹시 괴로울 뿐이야. 이런 일이 생기면 아마 괴로울 거라고 상상은 했었지만, 상상보다 훨씬 괴로워."

"잘못했어." 나는 말했다.

"사과할 건 없어." 그녀는 말했다. "만약 당신이 나와 헤어지고 싶다면 헤어져도 괜찮아. 아무 말 않고 헤어질게. 나랑 헤어지고 싶어?"

"모르겠어." 나는 말했다. "저, 내 설명을 들어주지 않겠어?"

"설명이라면 당신과 그 여자에 대한 것 말이야?"

"그래."

유키코는 고개를 내저었다. "그 여자에 관한 이야기는 아무것도 듣고 싶지 않아. 날 더 이상 괴롭히지 말아줘. 당신이 그 여자와 어떤 관계고 둘이서 무슨 짓을 하고 있든 그런 건 이제 아무래도 상관없어. 그런 건 알고 싶지도 않아. 내가 알고 싶은 건, 당신이 나와 헤어지고 싶어 하느냐 아니냐 하는 것뿐이야. 집도 돈도 아무것도 필요 없어. 아이들을 원한다면 당신이 맡아. 정말이야. 심각하게 하는 말이야. 그러니까 헤어지고 싶다면 그냥 헤어지고 싶다고 해. 내가 알고 싶은 건 그뿐이야. 그 이야기 말고는 아무것도 듣고 싶지 않아. 예스인지 노인지 어느 쪽인지."

"모르겠어."

"나랑 헤어지고 싶은지 어떤지 모르겠다는 이야기야?"

"그렇지 않아. 내가 답변할 수 있을지 없을지 그 자체를 모르겠다는 거야."

"언제쯤이면 알 수 있을 것 같은데?"

나는 고개를 가로저었다.

"그럼 천천히 생각해봐." 유키코는 한숨을 쉬고 나서 말했다. "기다릴 테니까. 괜찮으니 천천히 시간을 두고 생각해서 결정해."

그날 밤부터 나는 거실 소파에 이불을 깔고 잤다. 아이들이 이따금 한밤중에 일어나 내게 와서 왜 아빠는 이런 데서 자고 있는 거야, 하고 물었다. 아빠는 요즘 들어 코를 많이 골아서, 당분간 엄마와 다른 방에서 자기로 했단다, 그러지 않으면 엄마가 잠을 못 자니까 말이야, 하고 나는 설명했다. 두 딸 중 한 명이 내 이불 속으로 파고들 때도 있었다. 그럴 때는 난 소파 위에서 딸아이를 꼭 껴안았다. 이따금씩 침실에서 유키코가 울고 있는 소리가 들려올 때도 있었다.

그로부터 2주일쯤 나는 끝없는 기억의 재현 속에서 살았다. 나는 시마모토와 보낸 마지막 밤에 일어난 일을 하나하나 떠올리고 그 속에서 뭔가 의미를 찾아내려 애썼다. 거기에서 뭔가 메시지를 읽어내려 했다. 나는 내 팔에 안겨 있던 시마모토를 떠올렸다. 하얀 원피스 자락 안으로 들어가던 그녀의 손을 떠올렸다. 냇킹 콜의 노래와 스토브의 불꽃을 떠올렸다. 그녀가 그때 입에 담은 한마디 한마디를 되씹어보았다.

"아까도 말했지만 내게는 중간이라는 게 존재하지 않아"라고 시마모토는 말했다. "내 안에는 중간적인 것은 존재하지 않고,

중간적인 것이 존재하지 않는 곳에서는 중간도 존재하지 않는 거야."

"난 이미 그렇게 하기로 결정했어"라고 나는 말했다. "네가 없는 동안 난 몇 번이고 몇 번이고 그 일에 대해서 생각했어. 그리고 난 이미 마음을 정했어."

나는 자동차의 조수석에 앉아 꼼짝 않고 나를 바라보던 시마모토의 눈을 떠올렸다. 어떤 종류의 격렬함을 담은 그 시선은 내 뺨에 아직도 또렷이 각인돼 있는 것 같았다. 그것은 어쩌면 시선 이상의 것이었다. 그때 그녀에게 감돌던 죽음의 분위기 같은 것을 지금은 또렷이 느낄 수 있었다. 그녀는 정말로 죽을 생각이었던 것이다. 아마도 그녀는 나와 둘이서 죽기 위해 하코네까지 갔을 것이다.

"그리고 나도 분명 네 모든 것을 갖게 돼야겠지. 모조리 말이야. 넌 그걸 알고 있어? **그게 뭘 의미하는지도 알고 있는 거야?**"

그렇게 말했을 때 시마모토는 내 목숨을 원하고 있던 거였다. 이제야 난 그것을 이해할 수 있었다. 내가 최종적인 결론을 내렸듯이, 그녀 또한 최종적인 결론을 내리고 있었던 것이다. 왜 그걸 알아채지 못했던 것일까? 그녀는 나와 하룻밤을 보낸 다음 돌아가는 고속도로에서 BMW의 핸들을 꺾어 둘이서 함께 죽어버릴 생각이었던 것이다. 그녀로서는 그 이외의 선택의 여지는 아마도 존재하지 않았을 것이다. 하지만 무엇인가가 그때 그녀를 제지

했다. 그리고 모든 것을 집어삼킨 채 그녀는 모습을 감추고 만 것이다.

시마모토는 도대체 어떤 상황에 놓여 있었던 것일까, 하고 나는 나 자신에게 물어보았다. 그것은 어떠한 종류의 막다른 골목이었을까? 어떻게, 어떤 이유로, 어떤 목적으로, 그리고 **도대체 누가** 그녀를 그런 곳으로 몰아넣은 것일까? 어째서 그곳으로부터 도망치는 것이 죽음을 의미하는 것이어야 했을까? 나는 몇 번이고 몇 번이고 그것에 대해서 생각해보았다. 나는 온갖 단서를 내 앞에 열거해보았다. 생각할 수 있는 한 모든 추측을 해보았다. 하지만 아무런 결론에도 다다르지 못했다. 그녀는 그 비밀을 가슴에 품은 채 사라져버린 것이다. **아마도, 한동안도** 없이 그냥 어디론가 사라져버렸다. 그렇게 생각하자 견딜 수 없는 기분이 들었다. 결국 그녀는 그 비밀을 나와 공유하기를 거부한 것이다. 그만큼 우리 몸이 하나가 되었는데도 불구하고.

"어떤 종류의 일은 한 번 앞으로 나아가버리면 두 번 다시 제자리로 돌아가지 못해, 하지메"라고 시마모토는 말할 것이다. 한밤이 지난 시간, 소파 위에서 내게 그렇게 말하는 그녀의 목소리를 들을 수 있었다. 나는 그 목소리가 자아내는 말을 정확히 알아들을 수 있었다. "네 말처럼 둘이서 어디론가 가서 새로운 인생을 시작할 수 있다면 얼마나 멋질까. 하지만 안타깝게도 나는 이 장소에서 벗어날 수가 없어. 그것은 **물리적으로** 불가능해."

그곳에서 시마모토는 열여섯 살 소녀가 되어 정원에 핀 해바라기 앞에 서서 어색하게 미소 짓고 있었다. "결국 난 널 만나러 가지 말았어야 했어. 그건 처음부터 나도 알고 있었어. 이렇게 되리란 건 예상할 수 있었어. 하지만 난 도저히 참을 수 없었어. 꼭 네 모습을 보고 싶었고, 너를 막상 눈앞에서 보니 말을 걸지 않을 수 없었어. 하지메, 그게 나야. 나는 그럴 생각이 없는데도 마지막에는 늘 모든 걸 망치고 말아."

앞으로 시마모토와 만나는 일은 없을 것이라고 난 생각했다. 그녀는 이미 내 기억 속에만 존재할 뿐이다. 그녀는 내 앞에서 사라져버렸다. 그녀는 거기에 있었으나 지금은 사라져버렸다. 거기에는 중간이라는 것이 존재하지 않는다. 중간적인 것이 존재하지 않는 곳에는 중간이라는 것도 존재하지 않는다. 국경의 남쪽에는 **아마도**가 존재할지도 모른다. 하지만 태양의 서쪽에는 **아마도**가 존재하지 않을 것이다.

나는 매일, 혹시 자살한 여자에 관한 기사가 실리지 않았을까 하고 신문을 샅샅이 읽었다. 하지만 그런 기사는 실리지 않았다. 이 세상에서는 매일 많은 사람들이 자살을 했다. 하지만 그것은 모두 다른 사람들이었다. 멋진 미소를 지을 줄 아는 아름다운 서른일곱 살의 여자는 내가 아는 한 아직 자살하지 않은 모양이었다. 그녀는 단지 내 앞에서 사라져버렸을 뿐이었다.

나는 겉으로 보기에는 이전과 거의 다를 바 없는 일상생활을 계속해나가고 있었다. 매일 아이들을 유치원에 데려다주고 또 데리러 갔다. 나는 차 안에서 아이들과 함께 노래를 불렀다. 때때로 유치원 앞에서 벤츠 260E를 타고 다니는 젊은 여자와 마주치면 이야기를 나누었다. 그녀와 이야기를 하다 보면 이런저런 일들을 잠시나마 잊을 수 있었다. 나와 그녀는 여전히 음식이나 옷에 관한 이야기만 했다. 우리는 만날 때마다 아오야마 지역의 정보나 자연식에 관한 뭔가 새로운 정보를 가지고, 열심히 의견을 교환하곤 했다.

가게에서도 난 여느 때처럼 내 역할을 지나치거나 부족하지 않게 잘 하고 있었다. 넥타이를 매고 매일 밤 가게에 나가 친한 단골손님들과 세상 사는 이야기를 하고, 종업원들의 의견과 불만을 들어주고, 여종업원의 생일에는 조그마한 선물을 했다. 놀러 온 뮤지션에게 술을 대접하고, 칵테일을 시음했다. 피아노 조율이 제대로 되어 있는지, 술에 취해 다른 손님에게 폐를 끼치는 손님은 없는지 늘 주의를 기울였다. 그리고 무슨 문제가 일어나면 곧바로 해결했다. 가게의 경영은 지나치리만큼 순조로웠다. 내 주변에서는 모든 일이 원활하게 진행되고 있었다. 단지 나는 예전만큼 가게의 경영에 열중하지는 않게 되었다. 나는 그 두 가게에 대해서 옛날만큼의 열의를 느낄 수 없었다. 아마도 다른 사람의 눈에는 드러나지 않았을 것이다. 겉으로 보아서는 나는 예전과 전혀 다름이 없었다. 아니, 예전보다도 오히려 상냥해지고 친절해지고 말을 많이 하게 되었는지도 모른다. 하지만 난 잘 알고 있었다. 카운터 의자에 앉아 가게 안을 빙 둘러보면 예전과는 달리 여러 가지 것들이 그저 평이하고 색이 바래 보였다. 그것은 이미 예전의 정묘하고 선명한 색채를 띤 공중정원이 아니었다. 어디에나 있는 그저 시끌벅적한 술집일 따름이었다. 모든 것이 인공적이고 얄팍하고 초라하게 변모해 있었다. 거기에 있는 것은 술 취한 손님으로부터 돈을 뜯어내기 위해 만들어진 무대장치에 지나지 않았다. 내 머릿속에 있었던 환상 같은 것은 어느덧 모조리 사라져버렸다. 왜냐하면 그곳에 시마모토는 두 번 다시 오지 않을 것이기 때문이다. 그녀가 찾아와서 카운터 의자에 앉아 방긋 웃으며 칵테일을 주문할 일은 이제 없을 것이기 때문이다.

집에서도 나는 예전과 다름없는 생활을 하고 있었다. 식구들과 함께 식사를 하고, 일요일에는 아이들을 데리고 산책을 하러 가거나 동물원에 가기도 했다. 유키코도 적어도 겉으로는 나를 예전과 다름없이 대했다. 우리는 여전히 많은 이야기를 나누었다. 구태여 말하자면 나와 유키코는 우연히 한 지붕 아래서 살게 된 옛 친구처럼 지내고 있었다. 우리 사이에는 입 밖에 낼 수 없는 말이 있고, 말할 수 없는 사실이 있었다. 하지만 우리 사이에 험악한 공기가 떠돌지는 않았다. 단지 서로 몸을 접촉하지 않을 따름이었다. 밤이 되면 우리는 따로 잤다. 나는 거실 소파에서 잤고, 유키코는 침실에서 잤다. 어쩌면 그것이 우리 가정에서 형태로 파악되는 유일한 변화였는지도 모른다.

결국 모든 것이 연기에 지나지 않았던 것이 아닐까 하는 생각이 들 때도 있었다. 우리는 각자에게 주어진 역을 하나하나 소화해 왔다는 것뿐. 다른 무슨 의미가 있을까? 그러니까 거기에서 중요한 무엇인가를 잃어버렸다 해도 기교만으로 종전과 다름없이 하루하루를 별 탈 없이 지낼 수 있는 것이 아닐까? 그런 생각이 들자 몹시 괴로웠다. 이렇게 공허하고 기교적인 생활은 아마도 틀림없이 유키코의 마음에 깊은 상처를 주고 있을 것이다. 하지만 나는 아직 그녀의 물음에 답변할 수가 없었다. 물론 유키코와 헤어지고 싶지는 않았다. 그것은 명백했다. 하지만 그런 말을 할 수 있는 자격이 내게는 없었다. 나는 그녀와 아이들을 버리려고 했던 것이다. 시마모토가 어디론가 사라져버리고 이제 돌아오지 않을 거라고 해서 다시 원래의 생활로 돌아갈 수는 없는 일이다. 모든 것은 그렇게 간단하지 않고, 또한 그렇게 간단해서는 안 된다. 더구나 나는 아직도 시마모토의 환영을 머릿속에서 몰아내지 못한 채로 있었다. 그건 너무나도 선명하고 생생한 환영이었다. 눈을 감으면, 시마모토의 몸과 그 모든 세부를 속속들이 떠올릴 수 있었다. 손바닥을 통해 그녀 피부의 감촉을 느낄 수도 있었다. 그녀의 목소리를 귓가에서 들을 수도 있었다. 나는 그런 환상을 가슴속에 품은 채 유키코의 몸을 껴안을 수는 없었다.

되도록이면 혼자이고 싶었고, 달리 무엇을 해야 할지도 알 수 없었기 때문에 매일 아침 하루도 거르지 않고 수영장에 다녔다. 그리고 사무실에 가서 혼자서 천장을 바라보며 하염없이 시마모토의 환영에 빠져 있었다. 나는 그런 생활에 종지부를 찍고 싶었다. 나는 유키코와의 생활을 어중간하게 내버려 둔 채, 그녀에게 줄 답변도 보류한 채, 어떤 공백 속에서 살아가고 있는 것이다. 언제까지고 이러고 있을 수는 없었다. 그건 어떻게 생각해도 올바른 일이 아니었다. 나는 한 사람의 인간으로서, 남편으로서, 아버지로서의 책임을 져야 했다. 하지만 실제로는 아무것도 할 수 없었다. 환상은 늘 거기에 있었고, 그것은 나를 단단히 옭아매고 있었다. 비가 내리면 상황은 더욱 나빠졌다. 비가 내리면 시마모토가 당장에라도 나를 찾아와줄 것만 같은 착각에 사로잡혔다. 비 냄새를 머금고 그녀가 살며시 문을 연다. 나는 그녀의 얼굴에 떠오른 미소를 상상할 수 있었다. 내가 뭔가 틀린 이야기를 하면 그녀는 미소 띤 얼굴로 조용히 고개를 저었다. 그러면 나의 모든 언어는 힘을 상실하고 유리 창문에 매달린 빗방울처럼 현실의 영역으로부터 서서히 흘러내리고 말았다. 비가 내리는 밤엔 늘 숨이 찼다. 그것은 현실을 일그러뜨리고 시간을 뒤틀리게 했다.

환상을 보는 것에 지쳐버리면, 나는 창가에 서서 언제까지고 바깥 풍경을 바라보았다. 때때로 나 자신이 생명의 흔적도 없는 메마른 땅에 홀로 남겨져버린 듯이 느껴졌다. 환상의 무리가 주변 세계에서 색채라는 색채는 모조리 남김없이 빨아들인 것 같았다. 눈에 비치는 모든 사물과 풍경이 마치 임시방편으로 만들어진 것처럼 납작하게 되어 텅 비어 있었다. 그리고 그것들은 모두 먼지 섞인 모래 빛깔을 띠고 있었다. 나는 이즈미의 소식을 내게 알려준 고등학교 동창생을 떠올렸다. 그는 이렇게 말했다. "모두들 다양한 방식으로 살아가지. 죽는 방법도 제각기 다르고. 하지만 그건 그리 중요한 게 아니야. 남는 건 사막뿐이지."

그다음 주에는 마치 기다리고 있었다는 듯이 몇몇 기묘한 일들이 잇달아 일어났다. 월요일 아침, 나는 문득 생각이 나서 10만 엔이 들어 있는 예의 그 봉투를 찾아보았다. 딱히 이렇다 할 이유가 있었던 건 아니지만, 왠지 그 봉투가 마음에 걸렸던 것이다. 나는 벌써 몇 년 전부터 그 봉투를 사무실 책상 서랍에 넣어두고 있었다. 위에서 두 번째 서랍으로, 그 서랍은 열쇠로 잠글 수 있게끔 되어 있었다. 나는 사무실로 이사했을 때 다른 귀중품과 함께 그 봉투를 서랍에 넣어두곤 이따금씩 그것이 거기에 있는지 확인하는 것 외에는 전혀 손을 대지 않았다. 그런데 서랍 속에서 봉투가 보이지 않았다. 그것은 아주 기묘하고 있을 수 없는 일이었다. 왜냐하면 그 봉투를 어딘가로 옮긴 기억이 전혀 없기 때문이다. 그에 관한 한 100퍼센트 확신이 있었다. 혹시나 해서 다른 책상 서랍도 모두 열고 구석구석 샅샅이 뒤져보았다. 하지만 역시 봉투는 어디에서도 찾아볼 수 없었다.

마지막으로 돈이 들어 있는 그 봉투를 본 게 언제였던가 하고 생각해보았다. 나는 정확한 날짜를 떠올릴 수 없었다. 그다지 오래전도 아니지만, 그렇다고 해서 얼마 전도 아니었다. 한 달 전이었는지도 모르고 두 달 전이었는지도 모른다. 아니면 세 달쯤 전이었는지도 모른다. 하지만 아무튼 그리 오래되지 않은 과거에 나는 봉투를 꺼내어 그 존재를 분명히 확인했던 것이다.

나는 영문을 알지 못한 채 의자에 걸터앉아 그 서랍을 한동안 뚫어지게 쳐다보고 있었다. 어쩌면 누군가가 방에 들어와 서랍을 따고 그 봉투만 훔쳐갔는지도 모른다. 그건 가능성이 희박한 일이었지만(왜냐하면 서랍 속에는 그 이외에도 현금이라든지 돈이 될 만한 것들이 들어 있었으니) 전혀 가능성이 없다고 할 수는 없었다. 아니면 내가 뭔가 커다란 착각을 하고 있는지도 모른다. 나는 나도 모르는 사이 그 봉투를 처분하고 그것에 대한 기억을 말끔히 지워버린 것인지도 모른다. 그런 일이 일어나지 말라는 법은 없다. 어쨌든 아무렴 어떤가, 하고 난 스스로에게 일렀다. 어차피 언젠가는 처분할 생각이었다. 그만큼 수고를 던 게 아닌가, 하고.

하지만 그 봉투가 사라져버렸다는 사실을 내가 인식하고, 내

의식 속에서 그 부재와 존재가 명확히 뒤바뀌고 나자, 봉투가 존재한 사실과 더불어 존재했을 현실감도 마찬가지로 급속히 상실되어 갔다. 그것은 현기증과도 흡사한 기묘한 감각이었다. 나 스스로를 아무리 타일러도, 그 부재의 느낌은 내 속에서 점점 부풀어 올라 내 의식을 격렬하게 침식해갔다. 그 부재감은 예전에 거기에 분명히 존재했을 터인 존재감을 짓눌러 부숴버리고, 탐욕스럽게 집어삼켜 갔다.

이를테면 어떤 사건이 현실이라는 것을 증명하는 현실이 있다. 왜냐하면 우리 기억과 감각은 너무나도 불확실하며 단편적이기 때문이다. 우리가 인식하고 있다고 생각하는 사실이 어디까지가 사실이고, 어디부터가 '우리가 사실이라고 인식하고 있는 사실'인가를 식별하는 것은 대부분의 경우 불가능한 것처럼 여겨진다. 그렇기에 우리는 현실을 현실로 붙들어두기 위해서 그것을 상대화할 또 다른 현실을—인접하는 현실을—필요로 한다. 하지만 그 따로 인접해 있는 현실 역시 그것이 현실이라는 것을 실감 있게 상대화하기 위한 근거를 필요로 한다. 즉 그것이 현실이라는 것을 증명할 또 다른 인접한 현실이 있게 마련이다. 그와 같은 연쇄가 우리 의식 속에서 끝없이 이어지고, 어떤 의미로는 그것이 이어지는 것으로 그들 연쇄가 유지되고, 그리하여 나라는 존재가 성립되어 있다고 해도 과언이 아닐 것이다. 하지만 어딘가에서 어쩌다가 그 연결 고리가 끊겨버린다. 그렇게 되는 순간 나는 어찌할 바를 모르게 된다. 단절의 저쪽에 있는 것이 진짜 현실인지, 아니면 단절의 이쪽에 있는 것이 진짜 현실인지.

내가 그때 느낀 건 그런 종류의 단절된 감각이었다. 나는 서랍을 닫고 모든 것을 잊어버리려 했다. 그런 돈은 애당초 버려야만 했다. 그런 걸 지니고 있었던 그 자체가 잘못이었다, 하고.


같은 주의 수요일 오후, 가이엔 동쪽 길을 자동차로 달리다가 뒷모습이 시마모토와 아주 흡사한 여자를 보았다. 그 여자는 파란색 면바지에 베이지색 레인코트를 입고 하얀 덱 슈즈를 신고 있었다. 그리고 한쪽 다리를 약간 절듯이 하며 걷고 있었다. 그 여자의 모습을 보았을 때 내 주위에 있는 모든 풍경이 한순간에 얼어붙어버린 듯이 느껴졌다. 내 가슴속에서 공기 덩어리 같은 것이 목 언저리까지 솟아 올라왔다. **시마모토다**, 하고 나는 생각했다. 나는 그녀를 앞질러 가서 백미러로 그 모습을 확인하려 했지만 다른 오가는 사람들에 가려 그녀의 얼굴은 잘 보이지 않았다. 내가 브레이크를 밟자 뒤차가 거세게 클랙슨을 울렸다. 어쨌든 그 몸매와 머리 길이가 시마모토와 똑같았다. 나는 그 자리에서 바로 차를 세우려고 했으나 도로는 주차 중인 차로 꽉 차 있었다. 200미터쯤 나아가 겨우 아슬아슬하게 차 한 대를 주차할 만한 공간을 찾아내고, 거기에 억지로 차를 세우고 그녀를 발견한 부근까지 뛰어갔다. 그러나 그곳에 그녀의 모습은 없었다. 나는 필사적으로 그 부근을 헤매며 다녔다. 그녀는 다리가 불편하다. 그렇게 멀리까지 갈 수 없을 거라고 나는 스스로에게 일렀다. 나는 사람들을 헤치고, 길을 무단 횡단하고, 육교를 뛰어올라, 높은 곳에서 길 가는 사람들의 얼굴을 바라보았다. 내가 입은 셔츠는 땀으로 흠뻑 젖어 있었다. 그러던 중 내가 본 여자가 시마모토일 리 없다는 사실을 문득 깨달았다. 그 여자는 시마모토와는 다른 쪽 다리를 절고 있었던 것이다. 그리고 **시마모토는 이제 다리를 절지 않는다.**

나는 고개를 젓고 깊은 한숨을 내쉬었다. 나는 정말로 어떻게 되고 만 것이다. 마치 갑자기 일어설 때 엄습하는 현기증처럼 온몸에서 급속히 힘이 빠져나가는 것이 느껴졌다. 나는 신호등에 기대어 한동안 내 발 언저리를 바라보고 있었다. 신호가 파랑에서 빨강으로 바뀌고 빨강에서 다시 파랑으로 바뀌었다. 사람들이 길을 건너고, 신호를 기다리고, 그리고 또 길을 건넜다. 나는 그러는 동안 내내 신호등 기둥에 기대어 숨을 고르고 있었다.

문득 눈을 떴을 때, 거기에 이즈미의 얼굴이 있었다. 이즈미는 내 앞에 멈춰 서 있는 택시에 타고 있었다. 그 뒷좌석 창문에서 그녀는 내 얼굴을 멀거니 바라보고 있었다. 택시는 빨간 신호에 걸려 정차해 있었고, 이즈미의 얼굴과 나 사이는 불과 1미터 정도의 거리밖에 되지 않았다. 그녀는 이미 열일곱 살의 소녀가 아니었다. 하지만 나는 그 여자가 이즈미라는 걸 한눈에 알아볼 수 있었다. 그건 이즈미가 아닌 그 누구일 수도 없었다. 거기에 있는 건 내가 20년이나 전에 안았던 여자였다. 그 여자는 내가 처음으로 입맞춤한 여자였다. 내가 열일곱 살 적 어느 가을날 오후에 그 옷을 벗기고, 가터벨트를 잃어버린 여자였다. 20년이라는 세월이 아무리 사람을 바꾸어놓았다 해도 그 얼굴을 잘못 볼 리는 없었다. "아이들이 그녀를 무서워한다"라고 누군가가 말했다. 그 이야기를 들었을 때 난 그 의미를 이해하지 못했다. 그 말이 무엇을 전하려고 하는 건지 제대로 이해할 수 없었다. 하지만 지금 이렇게 이즈미를 눈앞에서 보니 나는 그가 말하려 했던 걸 정확히 이해할 수 있었다. **그녀의 얼굴에는 표정이란 게 없었다.** 아니, 그건 정확한 표현이 아니다. 어쩌면 난 이렇게 말해야 할 것이다. **그녀의 얼굴에서는, 표정이라는 이름으로 불릴 만한 것이 하나도 남김없이 박탈되어 있었다,** 라고. 그것은 가구라는 가구는 한 점도 남기지 않고 치워버린 텅 빈 방을 연상시켰다. 그녀의 얼굴에는 감정의 한 조각조차 떠올라 있지 않았다. 마치 깊은 바닷속 밑바닥처럼 거기에서는 모든 것이 소리도 없이 죽음에 다가가 있었다. 그리고 그녀는 그 표정이라곤 없는 얼굴로 나를 멀거니 바라보고 있었다. 그녀는 아마 나를 바라보고 있었을 것이다. 적어도 그 눈은 똑바로 내 쪽을 향하고 있었다. 하지만 그녀의 얼굴은 나를 향해 아무런 이야기도 하지 않았다. 만약 그녀가 내게 뭔가를 말하려 했다면, 그건 끝도 없는 공백이었을 것이다.

나는 거기에 망연히 멈춰 선 채 말이라는 것을 잃어버렸다. 나는 그저 내 몸을 가까스로 지탱하면서 천천히 호흡을 하고 있었을 뿐이다. 그때 나는 자신이라는 존재를 정말로 문자 그대로 잃어버린 상태였다. 한동안 내가 누구인지조차 나는 알 수 없게 되고 말았다. 마치 나라는 인간의 형체가 소멸해서 흐물흐물한 액체가 되어버린 듯한 느낌조차 들었다. 나는 뭔가를 생각할 여유도 없이 거의 무의식적으로 손을 뻗어 그 유리창을 만졌다. 그리고 나는 손가락 끝으로 그 표면을 살며시 쓰다듬었다. 그 행위가 무엇을 의미하는지 나는 알지 못했다. 몇 명의 행인이 멈춰 서서 놀란 듯이 내 쪽을 보고 있었다. 하지만 나는 그렇게 하지 않을 수 없었다. 나는 유리창 너머의 이즈미의 표정 없는 얼굴을 천천히 어루만졌다. 그래도 그녀는 꿈쩍도 하지 않았다. 그녀는 눈조차 깜빡거리지 않았다. 그녀는 죽은 것일까? 아니, 죽은 게 아냐, 하고 나는 생각했다. 그녀는 눈을 깜빡거리지 않은 채 살아 있었다. 소리 없는 유리창 속의 깊은 세계에 그녀는 살아 있었다. 그리고 그녀의 움직이지 않는 입술은 한없는 허무를 말해주고 있었다. 이윽고 신호가 파랑으로 바뀌고 택시는 떠나갔다. 이즈미의 얼굴은 마지막까지 표정을 잃은 그대로였다. 나는 거기에 꿈쩍않고 멈춰 서서 택시가 자동차의 물결 속으로 빨려 들어가 사라져가는 것을 바라보고 있었다.

나는 차를 세워 둔 곳으로 돌아가 시트에 몸을 던졌다. 아무튼 이곳을 벗어나지 않으면 안 되겠다고 나는 생각했다. 시동을 걸려고 하는데, 몹시도 속이 울렁거렸다. 심한 구역질이 났다. 하지만 토할 수는 없었다. 그저 구역질만 날 뿐이었다. 나는 핸들에 양손을 걸치고 15분쯤 그곳에 가만히 앉아 있었다. 땀이 겨드랑이 밑으로 솟아났다. 온몸에서 악취가 나는 것 같았다. 그것은 예전에 시마모토가 다정하게 핥아준 내 몸이 아니었다. 그것은 불쾌한 냄새가 나는 중년 남자의 몸이었다.

잠시 후 교통경찰이 다가와 유리창을 두드렸다. 나는 창문을 열었다. 여기에 주차를 하면 안 됩니다, 하고 경찰은 안을 들여다보며 말했다. 빨리 차를 빼세요, 하고 그는 지시했다. 나는 고개를 끄덕이고 시동을 걸었다.

"안색이 좋지 않은데 어디 안 좋은 겁니까?" 경찰이 물었다.

나는 묵묵히 고개를 저었다. 그리고 차를 출발시켰다.

그로부터 몇 시간 동안 나는 나라는 존재를 되찾을 수 없었다. 나는 단지 빈 껍질이었고 몸 안에서는 공허한 소리만이 울리고 있을 뿐이었다. 난 내가 정말로 텅 비어버린 걸 알 수 있었다. 방금 전까지 몸속에 남아 있었을 것들이 죄다 바깥으로 빠져나가버린 것이다. 나는 아오야마 묘지 안에 차를 세우고 앞 창문 저편으로 펼쳐져 있는 하늘을 멍하니 바라보았다. 이즈미는 거기에서 나를 기다리고 있었다, 하고 나는 생각했다. 그녀는 분명 어딘가에서 늘 나를 기다리고 있었던 것이다. 어딘가의 길모퉁이에서, 어딘가의 창문 안에서, 그녀는 내가 오기를 기다리고 있었던 것이다. 그녀는 물끄러미 나를 보고 있었던 것이다. 나는 그것을 볼 수 없었을 뿐이다.

그로부터 며칠 동안 나는 어느 누구와도 거의 말을 할 수 없었다. 무슨 말인가를 하려고 입을 열어도 그때마다 말은 휑하니 사라져버렸다. 마치 이즈미가 내게 말하고 있던 허무가 내 속으로 쏙 들어와버린 것처럼.

하지만 이즈미와의 그 기묘한 해후가 있고 난 후, 내 주변을 감싸고 있던 시마모토의 환영과 잔향은 시간을 두고 조금씩 옅어져 갔다. 눈에 들어오는 풍경은 어느 정도 색채를 되찾았고, 달의 표면을 걷는 것 같던 붕 뜬 감각도 점차로 치유되는 듯했다. 중력이 미묘하게 변화함으로써, 내 몸에 단단히 달라붙어 있던 것들이 조금씩, 하나하나 떨어져 나가는 것을 나는 마치 타인의 몸에 일어나고 있는 일을 유리창 너머로 바라보듯이 어렴풋이 느끼고 있었다.

아마도 그때를 전후해서 내 속에 있던 무엇인가가 사라지고 단절되어 버린 것이리라. 소리도 없이, 그리고 결정적으로.


나는 밴드의 휴식 시간에 피아니스트에게 다가가 앞으로는 〈스타 크로스드 러버스〉를 연주하지 않아도 된다고 말했다. 나는 빙그레 웃으면서 상냥하게 말했다. "지금까지 충분히 들었으니 이젠 그만 들려줘도 돼. 통달했거든."

그는 뭔가를 헤아리는 듯한 시선으로 내 얼굴을 보았다. 나와 그 피아니스트는 개인적인 친구라고 해도 좋을 사이였다. 우리는 때때로 함께 술을 마시고, 개인적인 이야기를 나눌 때도 있었다.

"정확히 감이 오질 않는데, 그러니까 그 곡을 **딱히** 연주하지 않아도 된다는 건가? 아니면 **두 번 다시** 연주하지 말라는 건가? 그 둘 사이에는 상당한 차이가 있으니 되도록 분명히 해줬으면 좋겠는데." 그는 말했다.

"연주하지 말아줬으면 한다는 이야기야." 나는 말했다.

"내 연주가 마음에 들지 않는 건 아니지?"

"연주에는 아무런 문제도 없어. 훌륭해. 그 곡을 제대로 연주할 수 있는 사람은 그리 흔치 않지."

"그렇다면 그 곡을 이제 듣고 싶지 않다는 얘긴가?"

"그런 이야기가 되겠지."

"어쩐지 영화 〈카사블랑카〉 같은데, 사장님."

"맞아."

그 이후부터, 그는 내 얼굴을 보면 가끔씩 장난으로 〈애스 타임 고스 바이〉(영화 〈카사블랑카〉의 주제곡―옮긴이)를 연주했다.

내가 〈스타 크로스드 러버스〉를 더 이상 듣고 싶지 않다는 생각을 하게 된 것은, 그 멜로디를 들을 때마다 시마모토가 생각나기 때문이라는 것과 같은 이유는 아니었다. 그 곡은 이제 예전만큼 내 마음에 감동적으로 다가오지 않게 된 것이다. 왜 그런지는 모르겠다. 하지만 예전에 내가 그 음악 속에서 발견했던 특별한 무엇인가는, 이미 거기에서 사라져버렸기 때문이다. 내가 오랫동안 그 음악에 계속 의지해왔던 어떤 종류의 감정 같은 것은 이제 사라지고 없었다. 그것은 변함없이 아름다운 음악이었다. 하지만 그뿐이었다. 그리고 나는 이제 그 무엇인가의 유골과도 같은 아름다운 멜로디를 몇 번이고 몇 번이고 되풀이하여 듣고 싶다고는 생각하지 않았다.

"무슨 생각을 하고 있어?" 유키코가 다가와 내게 물었다.

자정이 지난 새벽 2시 반이었다. 나는 소파 위에 드러누운 채, 잠이 오지 않아 눈을 뜨고 말끄러미 천장을 바라보고 있었다.

"사막에 관한 생각을 하고 있었어." 나는 말했다.

"사막?" 하고 그녀는 말했다. 그녀는 내 발치에 걸터앉아 내 얼굴을 보았다. "어떤 사막?"

"그냥 보통 사막. 모래가 쌓인 언덕이 있고 드문드문 선인장이 자라는 사막. 여러 가지 것들이 거기에 포함되어 있고, 거기에서 살고 있지."

"거기에 나도 속해 있어? 그 사막에 말이야." 그녀는 물었다.

"물론 당신도 거기에 포함되어 있지. 모두 거기서 살고 있어. 하지만 정말로 살고 있는 건 사막이지. 영화랑 똑같이 말이야."

"영화라고?"

"〈사막은 살아 있다〉라는 디즈니 영화 말이야. 사막에 관한 기록 영화지. 어렸을 적에 안 봤어?"

"못 봤어"라고 그녀는 대답했다. 난 그 대답을 듣자 조금 이상한 기분이 들었다. 나는 학교에서 단체로 극장에 가 그 영화를 보았기 때문이다. 그러나 생각해보면 유키코는 나보다 다섯 살이나 연하다. 아마 그 영화가 상영되었을 무렵, 그녀는 그 영화를 보러 가기에 너무 어렸을 것이다.

"다음에 비디오 가게에서 빌려올게. 일요일에 함께 보자. 좋은 영화야. 풍경도 아름답고 많은 동물과 꽃들이 나오지. 어린아이가 봐도 좋을 내용이야."

유키코는 미소 지으며 내 얼굴을 바라보았다. 그녀의 미소를 본 건 정말로 오랜만이었다.

"당신, 나랑 헤어지고 싶어?" 그녀는 물었다.

"유키코, 난 당신을 사랑하고 있어." 나는 말했다.

"그럴지도 모르지만, 난 '당신, 나랑 헤어지고 싶어?'라고 물었어. 대답은 예스 아니면 노 둘 중 하나밖에 할 수 없어. 그 이외의 대답은 받아들일 수 없어."

"헤어지고 싶지 않아." 나는 고개를 저었다. "나에겐 이런 말을 할 자격이 없을지도 모르지만, 난 당신과 헤어지고 싶지 않아. 이대로 당신과 헤어지면 난 정말로 어떡해야 좋을지 알 수 없게 될 거야. 나는 이제 두 번 다시 고독해지고 싶지 않아. 또다시 고독해진다면 죽어버리는 편이 나을 거야."

그녀는 손을 뻗어 살며시 내 가슴에 대었다. 그리고 가만히 내 눈을 보았다. "자격 같은 건 잊어. 그 누구에게도 자격 같은 건 없을 테니까." 유키코는 말했다.

나는 가슴 위로 유키코 손바닥의 따스함을 느끼면서 죽음에 대해서 생각했다. 나는 그날 고속도로에서 시마모토와 함께 죽었을지도 모른다. 만약 그랬더라면 내 몸은 이미 여기에는 존재하지 않을 터였다. 나는 사라지고 상실되었을 터다. 다른 많은 것들과 마찬가지로. 하지만 나는 이렇게 여기에 존재한다. 그리고 내 가슴 위에는 유키코의 따스한 손바닥이 존재하는 것이다.

"유키코." 나는 말했다. "난 당신을 아주 많이 좋아해. 처음 만난 날부터 좋아했고 지금도 마찬가지로 좋아해. 만약 당신을 만나지 않았더라면, 내 인생은 훨씬 비참하고 훨씬 형편없는 것이 되었을 거야. 그렇기에 난 당신에게 말로 표현할 수 없을 정도로 깊이 감사하고 있어. 하지만 그럼에도 불구하고 나는 지금 이렇게 당신에게 상처를 주고 있어. 그것은 아마도 내가 제멋대로고 형편없고 가치 없는 인간이기 때문일 거야. 나는 주변 사람들에게 의미도 없이 상처를 주고, 그로 인해 동시에 나 자신도 상처를 받지. 누군가를 망가뜨리고, 나 자신도 망가지지. 내가 그러고 싶어서 그러는 건 아니야. 하지만 그러지 않을 수가 없어.”

"그건 맞는 이야기야." 유키코는 나직한 목소리로 말했다. 미소의 여운이 그녀의 입가에 아직도 남아 있는 것처럼 느껴졌다. "당신은 분명히 제멋대로인 인간이고 형편없는 인간이고 내게 상처를 줬어.”

나는 그 순간 유키코의 얼굴을 보았다. 그녀가 입에 담은 말속에는 나를 비난하는 느낌은 없었다. 그녀는 화를 내고 있는 것도 아니고 슬퍼하고 있는 것도 아니었다. 그녀는 단지 사실을 사실로서 이야기하고 있을 뿐이었다.

나는 천천히 시간을 두고 말을 찾았다. "나는 지금까지의 인생에서 늘 어떻게든 다른 인간이 되려고 했던 것 같아. 나는 늘 어딘가 새로운 장소에 가서, 새로운 생활을 하곤 했어. 거기에서 새로운 인격을 갖추려 했다고 생각해. 나는 이제까지 몇 번이나 그러기를 되풀이해왔어. 그것은 어떤 의미로는 성장이었고, 어떤 의미로는 인격의 가면을 교환하는 것과 같은 것이었지. 하지만 어쨌든 나는 또 다른 내가 되는 것으로서 이제까지 내가 안고 있던 무엇인가로부터 해방되고 싶다고 생각했던 거야. 나는 정말로 진지하게 그러길 원했고, 노력만 한다면 언젠가는 그것이 가능할 것이라고 믿었어. 하지만 결국 나는 어디에도 다다를 수 없었던 거 같아. 나는 어디까지나 나 자신일 수밖에 없었어. 내가 안고 있던 뭔가 빠지고 모자란 결핍은 어디까지나 변함없이 똑같은 결핍일 뿐이었지. 아무리 나를 둘러싸고 있는 주변 풍경이 바뀌고, 사람들이 내게 말을 걸어오는 목소리의 톤이 바뀌어도 나는 한 사람의 불완전한 인간에 지나지 않았어. 내 속에는 늘 똑같은 치명적인 결핍이 있었고, 그 결핍은 내게 격렬한 굶주림과 갈증을 가져다주었어. 나는 줄곧 그 굶주림과 갈증 때문에 괴로워했고, 아마 앞으로도 마찬가지로 괴로워할 거야. 어떤 의미로는 그 결핍 그 자체가 나 자신이기 때문이지. 난 그걸 알 수 있어. 나는 지금 당신을 위해 가능하다면 새로운 내가 되고 싶다는 생각을 하고 있어. 그리고 아마 난 그럴 수 있을 거야. 쉬운 일은 아니더라도 난 노력해서 어떻게든 새로운 나를 성취할 수 있을 거야. 하지만 솔직히 말해, 똑같은 일이 또다시 일어나게 되면, 나는 또다시 똑같은 짓을 하게 될지도 몰라. 나는 또다시 당신에게 상처를 주게 될지도 몰라. 난 당신에게 아무런 약속도 할 수 없어. 내가 말하는 자격이란 그런 거야. 나는 그 힘을 물리쳐낼 수 있다는 자신을 도저히 가질 수가 없어."

"당신은 이제까지 그 힘으로부터 줄곧 도망치려 했던 거지?"

"아마 그런 거 같아."

유키코는 아직도 내 가슴 위에 손바닥을 얹고 있었다. "불쌍한 사람" 하고 그녀는 말했다. 마치 벽에 적힌 커다란 글자를 읽는 듯한 목소리였다. 정말로 벽에 그렇게 씌어 있는지도 모르겠다고 난 생각했다.

"난 정말로 모르겠어. 난 당신과 헤어지고 싶지 않아. 그건 분명해. 하지만 그 대답이 정말로 옳은 대답인지 어떤지, 그걸 모르겠어. 그걸 내가 선택할 수 있는 것인지, 어떤지조차 모르겠어. 유키코, 당신은 거기에 있어. 그리고 괴로워하고 있어. 나는 그것을 볼 수 있어. 나는 당신 손을 느낄 수 있어. 하지만 그와는 별개로 볼 수도 느낄 수도 없는 것이 존재하는 거야. 그건 예를 들면, 생각 같은 것이고, 가능성 같은 거야. 그것은 어딘가로부터 배어 나오기도 하고 자아내기도 하는 거야. 그리고 그것은 내 안에 있어. 그건 나 자신의 힘으로 선택하거나 결정하거나 할 수 없는 거야."

유키코는 한참 동안 말이 없었다. 이따금 야간 운송 트럭이 창문 아래로 나 있는 도로를 지나갔다. 나는 창밖으로 눈길을 주었으나 거기에는 아무것도 보이지 않았다. 거기에는 단지 한밤중과 새벽녘을 잇는 이름도 없는 공간과 시간이 펼쳐져 있을 따름이었다.

"이번 일로 난 몇 번이나 정말로 죽으려고 했어." 그녀는 말했다. "이건 당신을 겁주려고 하는 말이 아니야. 정말 그랬어. 나는 몇 번이나 죽을 생각을 했어. 그 정도로 나는 고독하고 외로웠어. 죽는 것 자체는 그다지 어려운 일이 아니야. 여보, 알고 있어? 방의 공기가 조금씩 엷어지는 것처럼 내 속에서 살고 싶다는 마음이 점점 줄어들어 가는 것을. 그럴 때는 죽는 것 따위는 그다지 어려운 일이 아니지. 나는 아이들조차 생각하지 않았어. 내가 죽고 나면 아이들이 어떻게 될까 하는 것조차 거의 생각하지 않았어. 나는 그 정도로 고독하고 외로웠어. 당신이 그런 걸 알겠어? 당신은 정말로 그것에 대해서 진지하게 생각하지 않았지? 내가 어떻게 느끼고, 어떤 생각을 하고, 무엇을 하려고 했는지에 대해서."

나는 아무 말도 하지 않았다. 그녀는 내 가슴에서 손을 떼고 그 손을 자신의 무릎 위에 놓았다.

"하지만 아무튼 내가 죽지 않은 건, 내가 아무튼 이렇게 살아 있을 수 있는 건, 만약에 당신이 언젠가 내 곁으로 돌아온다면, 결국은 내가 당신을 받아들일 거라고 생각했기 때문이야. 그래서 나는 죽지 않았던 거야. 그것은 자격이라든지 옳다든지 옳지 않다든지 하는 그런 문제가 아니야. 당신은 형편없는 인간일지도 몰라. 가치 없는 인간일지도 몰라. 당신은 내게 또다시 상처를 줄지도 몰라. 하지만 그런 문제가 아니야. 당신은 아무것도 모르고 있어."

"맞아. 난 아무것도 모르고 있어."

"그리고 당신은 내게 아무것도 물으려 하지 않았어." 그녀는 말했다.

나는 무슨 말인가 하려고 입을 열었지만 말이 나오지 않았다. 분명히 나는 유키코에게 무엇 하나 물으려고 하지 않았다. 왜 그랬을까, 하고 나는 생각했다. 왜 나는 그녀에게 무엇인가를 물으려고 하지 않았던 것일까?

"자격이라는 건 당신이 앞으로 만들어가는 거야. 혹은 우리가. 우리에게는 그런 것이 부족했는지도 몰라. 우리는 지금까지 함께 많은 것을 만들어온 것 같으면서도 사실은 아무것도 만들지 않았는지도 모르지. 아마도 여러 가지 일들이 너무나도 순조로웠던 거야. 아마도 우리는 너무나도 행복했던 거야. 그렇게 생각하지 않아?"

나는 고개를 끄덕였다.

유키코는 팔짱을 낀 채 한동안 내 얼굴을 보았다. "내게도 옛날에는 꿈 같은 것이 있었고, 환상 같은 것도 있었어. 하지만 언젠가, 어딘가에서, 그런 것들은 사라져버렸어. 당신을 만나기 전의 일이야. 나는 그런 걸 죽여버렸어. 아마 내 의지로 죽이고 버려버린 걸 거야. 이제 쓸모없어진 육체의 기관처럼 말이지. 그것이 올바른 일이었는지는 나도 몰라. 하지만 나는 그때 그렇게 할 수밖에 없었다고 생각해. 때때로 꿈을 꿔. 누군가가 그것을 내게 다시 가져다주는 꿈을. 몇 번이고 몇 번이고 같은 꿈을 꿔. 누군가가 두 손 가득 그걸 껴안고 나를 찾아와선 '저기, 이거 잊어버리신 물건이에요'라고 말하는 거야. 그런 꿈. 난 당신과 살며 내내 행복했어. 불만이라고 할 것도 없었고 더 이상 가지고 싶은 것도 없었어. 하지만 그럼에도 불구하고 무엇인가가 늘 내 뒤를 쫓아오는 거야. 한밤중에 땀으로 흠뻑 젖어 눈을 번쩍 떠. 분명히 내가 버렸던 그것이 나를 쫓아오는 바람에 말이야. 무엇인가에 쫓기는 건 당신만이 아니야. 무엇인가를 버리고, 무엇인가를 잃는 건 당신만 그런 게 아니야. 내 말이 무슨 뜻인지 알겠어?"

"알 것 같아." 나는 말했다.

"당신은 언젠가 또다시 내게 상처를 줄지도 몰라. 그때 내가 어떻게 될지 그것 역시 난 몰라. 어쩌면 이번에는 내가 당신에게 상처를 주게 될지도 모르지. 뭔가를 약속한다는 건 아무도 할 수 없는 거야. 나도 할 수 없고 당신도 할 수 없어. 하지만 아무튼 나는 당신을 좋아해. 그뿐이야."

나는 그녀의 몸을 껴안고 그녀의 머리카락을 어루만졌다.

"유키코." 나는 그녀의 이름을 불렀다. "내일부터 다시 시작하자. 우린 처음부터 다시 시작할 수 있을 거야. 하지만 오늘은 너무 늦었어. 나는 손도 대지 않은 온전한 하루의 처음부터 제대로 시작하고 싶어."

유키코는 잠시 내 얼굴을 물끄러미 쳐다보았다. "내 생각에," 유키코는 말했다. "당신은 아직도 내게 아무것도 묻지 않았어."

"내일부터 다시 새로운 생활을 시작하고 싶은데 당신은 그것에 대해서 어떻게 생각해?" 나는 물었다.

"그게 좋겠어." 유키코는 살며시 미소 지으며 대답했다.

유키코가 침실로 돌아간 후 나는 똑바로 누워 오랫동안 천장을 바라보았다. 그것은 아무런 특징도 없는 보통 맨션의 천장이었다. 거기에 재미있는 것이라곤 아무것도 없었다. 하지만 나는 그것을 계속해서 바라보고 있었다. 이따금씩 거기에 자동차 불빛이 반사되어 비치기도 했다. 환영은 더 이상 떠오르지 않았다. 시마모토의 젖꼭지의 감촉과 목소리의 울림과 그 살갗의 냄새를 이제는 또렷하게 떠올릴 수 없었다. 때때로 이즈미의 표정 없는 얼굴이 떠올랐다. 나와 그녀의 얼굴을 격리하고 있었던 택시 유리창의 감촉이 떠올랐다. 그럴 때 가만히 눈을 감고 유키코를 생각했다. 나는 유키코가 방금 전에 한 말을 몇 번이나 머릿속으로 되뇌었다. 눈을 감고 내 몸속에서 움직이고 있는 것에 귀를 기울였다. 아마 나는 변화하려고 하고 있는 것이리라. 그리고 변화하지 않으면 안 된다.

내 속에 앞으로 변함없이 유키코와 아이들을 지켜나갈 힘이 있는지 어떤지, 나로서는 아직도 잘 알 수 없었다. 환상은 더 이상 나를 구해주지 않았다. 그것은 나를 위해 꿈을 빚어내주지 않았다. 공백은 어디까지나 공백 그대로였다. 나는 그 공백 속에 오랫동안 몸을 담그고 있었다. 그 공백에 내 몸을 익숙하게 하려 했다. 이것이 결국 내가 다다른 장소인 것이다, 라고 생각했다. 나는 그 의미에 익숙해지지 않으면 안 된다. 그리고 아마 이번엔, 내가 누군가를 위해서 환상을 빚어내주어야 할 것이다. 그것이 내게 요구되고 있는 일인 것이다. 그런 환상이 도대체 어느 정도의 힘을 지니게 되는 것인지 알 수 없었다. 하지만 지금의 나라는 존재로부터 어떤 의미를 찾아내려고 한다면 나는 힘이 미치는 한 그 작업을 이어나가야 할 것이다, **아마도**.

동틀 녘이 다가오자 나는 잠들기를 단념했다. 파자마 위에 카디건을 걸치고 부엌으로 나가 커피를 끓여 마셨다. 나는 부엌 식탁에 앉아 조금씩 하늘이 밝아오는 걸 바라보았다. 해 뜨는 걸 보기는 참으로 오랜만이었다. 하늘 한 모퉁이에서 한 줄기 파란 윤곽이 나타나고, 그것이 종이에 번지는 파란 잉크처럼 천천히 주위로 퍼져나갔다. 그것은 온 세상의 파랑이라는 파랑은 죄다 그러모아 그 속에서 누가 봐도 파랑인 것만 뽑아내어 합친 듯한 파랑이었다. 나는 식탁에 팔꿈치를 괴고 그런 광경을 아무 생각 없이 물끄러미 바라보고 있었다. 그러나 태양이 지표에 모습을 드러내자, 그 파랑은 이윽고 일상적인 한낮의 햇살 속으로 삼켜져갔다. 묘지 위로 구름이 한 점 떠 있는 것이 보였다. 형체가 또렷한 새하얀 구름이었다. 그 위에 글씨를 쓸 수 있을 정도로 또렷한 구름이었다. 또 다른 새로운 하루가 시작된 것이다. 하지만 그 새로운 하루가 내게 무엇을 가져다줄 것인지 나는 짐작도 가지 않았다.

나는 지금부터 딸아이들을 유치원에 데려다주고 수영장에 갈 것이다. 여느 때와 마찬가지로. 나는 중학교 시절에 다니던 수영장을 떠올렸다. 그 수영장 냄새와 천장에 울려 퍼지는 목소리를 떠올렸다. 그 무렵 나는 새로운 무엇인가가 되려 하고 있었다. 거울 앞에 서면 내 몸이 변화되어 가는 걸 볼 수 있었다. 조용한 밤이면, 그 육체가 성장해가는 소리를 들을 수도 있었다. 나는 새로운 나라는 옷을 걸치고 새로운 장소에 발을 내디디려 하고 있었다.

부엌 식탁에 앉은 채 나는 아직도 묘지 위에 떠 있는 구름을 가만히 바라보고 있었다. 구름은 꿈쩍도 하지 않았다. 마치 하늘에 못 박힌 듯이 거기에 정지되어 있었다. 슬슬 딸들을 깨우러 가야겠군, 하고 나는 생각했다. 이미 날은 밝았고, 딸들을 깨우지 않으면 안 된다. 아이들은 나보다 훨씬 강하게, 훨씬 절실하게, 새로운 하루를 필요로 하고 있는 것이다. 나는 아이들의 침대로 가서 이불을 들추고, 그 부드럽고 따뜻한 몸 위에 손을 얹고 새로운 하루가 찾아온 것을 알려야 하는 것이다. 그것이 지금 내가 해야 할 일이다. 하지만 나는 그 부엌 식탁에서 도저히 일어날 수가 없었다. 내 몸에서 모든 힘이 다 빠져나간 듯했다. 마치 누군가가 내 뒤로 살며시 돌아가 소리도 없이 몸의 마개를 따버린 듯이. 나는 식탁에 양 팔꿈치를 괴고 손바닥으로 얼굴을 감쌌다.

나는 그 어둠 속에서, 바다에 내리는 비를 생각했다. 광활한 바다에, 아무도 모르게 은밀하게 내리는 비를 생각했다. 비는 소

리도 없이 해수면을 두드리고, 물고기들조차 그 비를 알아차리지
는 못했다.

누군가가 다가와 내 등에 살며시 손을 얹을 때까지, 나는 내
내 그런 바다를 생각하고 있었다.

# 환상적 러브 스토리 속의
# 깊은 주제

하루키의 《상실의 시대》와 매우 흡사한 소설 구조와 모티프를 지닌 이 소설에서 가장 감명 깊었던 부분은, 유키코처럼 배반의 아픔을 통해 타인을 이해하는 성숙된 힘을 기르고, 하지메처럼 자신의 내부에 사악함이 잠재해 있다는 사실을 바로 볼 수 있어야 한다는 것이다. 환상적인 러브 스토리를 통해 심각한 주제를 흥미진진하게 엮어낸 하루키의 천재적 재능을 이 작품에서도 새삼 실감할 수 있었다.

**권택영 (문학평론가)**

## 떠나지 않는 그림자들

'노르웨이의 숲(《상실의 시대》의 원제)'에는 깊은 우물이 있다. 아름답고 완벽해 보이는 숲속 여기저기에는 크고 작은 함정들이 있어, 한번 빠지면 누군가 와서 끌어 올려줄 때까지 기다려야 한다. 어떻게 살아야 노르웨이의 숲속에서 사람은 고독을 덜고 안전해질 수 있는 걸까. 고독의 사막에서 어떻게 살아야 우리는 남에게 덜 상처 주고, 자신의 상처도 덜어질 수 있는 걸까. 하루키 문학은 이런 주제를 끊임없이 추구한다. 인간은 늘 완벽함을 추구하는 결핍의 존재다. 그러나 결핍이란 채우려고 서둘수록 더 멀어지는 신기루와도 같은 것이다. 신기루의 실체는 아무것도 아닌 죽음이요, 텅 빈 사막이기 때문이다.

이 소설에서 삶은 '아마도'라는 가정 속에서 이루어진다. "아마도 '국경의 남쪽'에는 무엇인가 커다랗고 부드럽고 아름다운 것이 있을 거야." 그런 꿈을 가지고 소설의 주인공인 하지메와 시마모토는 어린 시절 냇 킹 콜의 〈국경의 남쪽〉이라는 노래를 함께 듣는다. 둘은 그 무엇인가를 찾아서 헤매지만 그것은 꿈이었을 뿐, 완벽함이란 어디에서도 찾을 수 없었다. 태양이 동쪽에서 떠서 서쪽으로 기울 때, 우리는 부드럽고 따스한 잠자리를 찾는다. 가족이 기다리는 집을 찾는다. 내일은 내일의 태양이 있기에 우리는 어둠의 결핍을 포근한 휴식으로 대치한다. 그러나 시베리아의 농부에게 그런 휴식은 없다. 어디를 보아도 막막한 지평선인 대지 위에서 외롭게 서 있다 보면, 가슴속에서 무언가가 죽어가고 냉기가 자리 잡는다. 이즈미의 차가운 얼굴처럼 열정이 사라진 냉기는 태양의 서쪽을 향해 달려가는 죽음의 길이다. '서쪽'은 내일의 '국경의 남쪽'이라는 상상력이 사라져버린, 이즈미와 같은 냉기를 지닌, 사막과 같은 고독의 삶을 의미한다.

결핍은 생존의 조건이지만 지나친 결핍이 가져오는 고독은 오아시스를 볼 수 있는 열정을 앗아가기에 위험하다. 반대로 지나친 완벽함도 우리를 행복하게 하지 못한다. 시마모토는 지나친 완벽함을 추구하고, 이즈미는 결핍의 동굴에 침잠한 냉기의 사막이다. 둘은 극과 극이지만 중간을 인정하지 않는 점에서 쌍둥이였고, 하지메의 삶을 위협하는 떠나지 않는 그림자들이다.

## 하지메를 스쳐간, 애정과 관능의 여인들

《상실의 시대》와 매우 흡사한 소설 구조와 모티프를 지닌 《국경의 남쪽, 태양의 서쪽》에서, 하지메의 삶은 시마모토와의 연결로 시작된다. 한쪽 다리를 저는 시마모토는 열두 살 때 전학을 왔고, 하지메와 이웃이 되었다. 성적도 우수하고 친절한 시마모토는 남에게 호감을 주면서도 긴장감을 유발한다. 눈에 띄게 아름다운 외모와 냉정함, 그리고 외동딸이 갖는 고립감 때문이다. 역시 외아들인 하지메는 시마모토와 함께 있으면 한없이 마음이 편안해진다. 둘은 음악과 책을 좋아하고 대화가 통하며 서로의 마음을 잘 안다. 그들은 완벽한 동질성이요, 쌍둥이다. 프로이트가 말하는 무의식의 단계에서 형성되는 자아며, 이마고(Imago, 어렸을 때의 사랑의 대상이 이상화된 것)다. 어릴 적에 형성되는 이마고는 사춘기 이후의 삶에서 결핍을 충족해줄 것처럼 보이는 완벽한 연인상이 된다. 그 이미지는 삶을 지배하는 엄연한 현실이면서도 잡으면 저 멀리 도망치는 신기루일 뿐이다.

　대부분의 상상계想像界의 연인이 그렇듯이 하지메도 시마모토와 이별을 겪는다. 삶의 제2단계로 접어들면서 그는 다른 도시로 이사하고 자의식과 자기방어가 싹트기 시작한다. 상상계에서 상징계象徵界로 진입한 것이다. 그리고 자신의 삶에서 시마모토가 차지할 비중이 얼마나 클지 미처 가늠하지 못하면서도 시마모토의 이미지를 가슴속에 간직한다. 하루키는 이 부분을 "마치 레스토랑의 구석진 조용한 자리에 예약석이라는 팻말을 살며시 세워놓듯이 나는 그녀를 위하여 그 부분만은 남겨두었다"라고 아름답게 표현한다.

　시마모토가 하지메의 영원한 연인이라면, 이즈미는 하지메가 사춘기에 만난 닮은꼴이다. 닮은꼴은 비슷하지만 똑같지는 않다는 의미다. 이즈미는 순수하고 귀엽고 따스하지만 동생이 둘이다. 그녀가 외동딸이 아니라는 사실은, 그녀가 하지메를 사로잡는 운명의 연인이 아니라는 의미다. 그녀는 모범생이다. 그래서 매사에 신중하지만 그를 위한 어떤 것, "결정적인 어떤 것"이 없었다. 한참 성욕에 눈뜰 시기에 그녀를 집에 데려와 옷을 벗기려는 순간, 이모가 예고도 없이 나타나는 바람에 실패하고 간신히 집을 벗어났을 때 이즈미는 이렇게 말한다. "이런 짓은 이제 두 번 다시 하지 않을 거야"라고. 그녀는 결혼을 약속할 때에만 잠자리를 나눌 완고한 성격이었다. 하지메가 이즈미를 떠나 도쿄의 대학을 지망하려 했던 것은 그에게는 낯선 것에 대한 동경과 꿈이 있었기 때문이다. 이즈미에게는 그런 상상력이 없었다.

이즈미는 교과서적으로 옳다. 모든 부모는 자식에게 그렇게 가르친다. 그러나 실제 삶은 그렇지 못했다. 사람의 가슴을 두근거리게 하는 본능은 함정의 유혹이기 때문이다. 하지메도 그런 사람들 가운데 한 사람이었다. 하지메의 사랑을 이해하지 못한 이즈미는 시마모토만큼 하지메의 일생에 지울 수 없는 그림자가 된다. 그녀의 사촌 언니에게 격렬한 육체적 충동을 느낀 하지메가 사랑이 아닌 섹스에 몰입하고, 그 일은 완고한 이즈미에게 큰 상처를 주고 마는 것이다. 정신을 차렸을 때 하지메는 처음으로 자신에게 혐오감을 느끼면서 인간의 내부에는 자신이 제어하지 못하는 사악함이 있다는 것을 깨닫지만 이미 때는 늦었다.

> 그것은 나라는 인간이 궁극적으로 악을 행할 수 있는 인간이라는 사실이었다. 나는 누군가에게 악을 행하고자 했던 적은 단 한 번도 없었다. 하지만 동기나 생각이 어떻든, 나는 필요에 따라 제멋대로일 수 있었고, 잔혹해질 수 있었다. 나는 정말로 소중히 해야 할 상대에게조차 그럴듯한 이유를 대며 돌이킬 수 없을 정도로 결정적인 상처를 줄 수 있는 인간이었다. (73p)

하지메를 함정에 빠트린 격렬한 충동은 노르웨이의 숲속에 있는 깊은 함정이고, 도시의 한가운데 있는 깊은 우물이다. 이성의 경계를 넘어 그의 행동을 지배한 강렬한 '흡인력'은 프로이트가 말한 본능이다. 리비도는 죽음충동이다. 그것이 현실 속에서 '국경의 남쪽'을 꿈꿀 때만이 죽음은 삶이 된다. 본능은 사막과 같아서 본질은 텅 빈 죽음이지만, 그 안에 꿈틀거리는 생명의 씨앗이 묻혀 있고, 그것이 승화되어 꿈이 된다. 그러므로 강렬한 '흡인력'이란 삶과 죽음을 낳은 동인이다. 이즈미는 이것이 약했고, 사촌 언니는 이것밖에 없었다. 둘을 적절히 조화시킨 연인이 가장 이상적인 연인이요, 프로이트가 말한 애정성향과 관능성향의 조화지만 이것을 누리기는 쉽지 않다. 사람에게는 어느 한쪽으로 치우치려는 경향이 있기 때문이다.

한국의 70년대 세대들처럼, 학원의 데모 열풍과 고독한 방황을 경험한 하지메는 관능과 애정이 어느 정도 조화된 유키코를 만난다. 시마모토와 이즈미를 조화시킨 세 번째 여자가 유키코다. 그녀는 한때 실연의 상처를 입고 자살을 시도하기도 했지만, 다시 꿈을 가지고 오아시스를 볼 수 있는 여자다. 만일 하지메가 시마모토를 다시 만나지 않거나 이즈미에 관한 소식을 듣지 않고 유키코와 평탄한 삶을 살 수 있었다면, 이 소설은 나오지 않았을 것이다. 아니 격동의 역사도, 실패의 삶도 없을 것이다. 그러나 실상 우리 주위에 그렇게 평탄하고 성공적인 삶은 흔치 않다. 우리

는 늘 완벽함을 갈망하지만, 막상 그런 삶이 이루어지면, 그 삶이
주는 평화를 참지 못하는 이상한 본능을 가지고 있기 때문이다.

이성과 의식의 투명한 경계선 너머에는 국경을 무너트리려는
강렬한 무의식이 있다. 아니 이미 그것은 우리 안에 들어와 있다.
그러므로 우리는 '태양의 서쪽'으로 넘어가지 않도록 조심해야
할 뿐, 밀려드는 어둠을 막을 수는 없는 것이다.

## 국경을 무너뜨리려는 강렬한 무의식

하지메의 아내 유키코는 시마모토와 달리 배반의 상처를 입었고
죽음의 문턱까지 갔었다. 그리고 이즈미와는 달리 죽음의 사막에
멈추지 않고 그 속에서 오아시스를 볼 줄 알았다. 하지메는 그런
그녀를 보는 순간 자연스럽게 사랑에 빠지고 결혼한다. 그리고
건설회사의 사장인 장인의 도움으로 재즈바를 열게 된다. 상상력
이 풍부한 그는 재즈바를 성공시키고, 다시 바 하나를 더 개업할
만큼 경제적으로 안정을 찾는다. 그리고 다정한 아내와 두 딸을
낳아 중산층이 희구하는 좋은 집과 고급 차와 별장까지 가진, 부
족함이 없는 삶을 누린다. 그러나 완벽해 보이는 삶이란 언제나
위험이 내재되어 있다. 그의 번창하는 사업은 잡지에 실리게 되
고, 잡지를 읽은 두 사람이 찾아오는데, 그들은 바로 숲속의 함정
인, 이즈미와 시마모토라는 하지메의 억압된 그림자(무의식)였다.

바를 찾은 고교 동창생은 이즈미의 소식을 전한다. 그녀는 상

처를 극복하지 못하고 증오의 희생자로 변모하여 언제나 상처 준 사람을 지켜본다. 누구와도 만나지 않고 고립된 채 살다 보니 어느 사이 동네 아이들이 무서워하는 얼굴이 되었다. 그녀에게는 증오의 이면을 볼 수 있는 능력이 없었다. 그녀는 삶이 우연과 본능에 의해 계획과 달리 빗나가며 인간은 오류에 의해 성장한다는 것을 모른다. 증오와 사랑이 하나의 리비도고 어느 쪽을 선택하느냐에 의해 죽음과 삶이 갈라진다는 것을 볼 수 없기에 그녀는 성장하지 못하고 상처는 커진다. 자신에게 상처를 입힌 사촌 언니가 죽었을 때, 그 소식을 하지메에게 전하는 그녀의 증오심은 배반자를 지켜보는 그림자요, 집념 그 자체다. 남을 용서하는 것은 곧 자신을 용서하는 것인데, 그녀는 그것을 풀어가는 상상력이 없었다.

시마모토는 이즈미보다 더 무섭다. 그녀는 밤 9시가 되어야 바에 나타나는 아름다운 여인이다. 하지메는 그녀가 절던 다리를 수술한 후, 완벽한 미모를 지니게 된 사실을 몇 번이나 강조한다. 그녀는 하지메의 트라우마요, 자살충동이요 무의식이다. 그가 성장하기 위해 필연적으로 이별한 원초적 본능이며 쾌락원칙이다. 그녀는 하지메가 이룬 거의 완벽한 가정을 파괴하는, 상실한 순수다. 만일 하지메가 유키코를 만나 결혼하기 전에 그녀를 만나 청혼했더라면 마찬가지로, 이 소설은 성립하지 않는다. 그녀의 역할은 완벽함을 가로막는 또 다른 완벽함이기 때문이다. 완벽함이란 인간이 지상에서는 결코 누릴 수 없는 '어떤 것'이다.

엇갈리는 사랑이 있기에 삶은 우회하고 환상은 지속된다. 이제 소설은 시마모토와 유키코와 하지메라는 삼각관계로 발전한다. 주변에서 흔히 보는 잃어버린 옛사랑과 아내 사이에서 갈등하는 러브 스토리다. 왜 하루키는 이 유부남의 사랑 이야기를 썼을까? 태양의 서쪽에 죽음이 있다는 리비도에 관한 서사에 멈출 경우, 독자는 어딘지 아쉬움을 느끼게 될 것이다. 그러나 자세히 보자. 유키코의 장인이 어떻게 그와 연루되고, 시마모토의 이상한 삶의 정체는 무엇일까. 이것이 독자의 상상력을 자극하는 서사적 공간이다.

> 우리는 이른바 운동권 세대로서, 60년대 후반에서 70년대 전반에 걸친 치열한 학원투쟁의 시대를 살아온 세대였다. 좋든 싫든 우리는 그런 시대를 살았다. 아주 간략하게 말하자면 그건 전후 한 시기에 존재했던 이상주의를 배경으로 탐욕스럽게 살쪄가는 고도의, 보다 복잡하고 보다 세련된 자본주의의 논리에 맞서 주창했던 노(No)였다. 적어도 나는 그렇게 인식했다. 그것은 전환기 사회의 격렬한 발열 같은 것이었다. 하지만 지금 내가 머물고 있는 세계는 이미, 더욱 **고도의 자본주의 논리**에 의하여 성립된 세계였다. 결국 나는 나도 모르는 사이에 그 세계에 꿀꺽 집어삼켜지고 만 것이다. (108p)

이야기 속의 하지메는 80년대 고도성장의 일부다. 당시 일본에서 성공의 기준은 방이 네 개 딸린 고급 맨션, 고급 자동차, 그리고 숲속의 작은 별장을 가지는 것이다. 그는 이 모든 것을 갖추고도 장인의 도움으로 남는 돈은 주식과 부동산에 투자해 성공한 중산층이다. 여기까지는 모든 게 완벽하다. 도쿄의 남은 택지에 높은 빌딩을 짓는 것이 장인의 소망이고 그 꿈에 부정적 견해를 내놓기는 해도 하지메는 장인의 도움을 거부하지 않는다. 그런데 이번의 제안은 그 경계를 넘어선다. 마치 시베리아 농부가 고독에 지쳐 태양의 서쪽으로 계속 가듯이.

장인의 요구는 비자금을 모으는 유령회사에 명의를 빌려달라는 것이다. 그리고 주식으로 돈을 벌 수 있다고 유혹한다. 하지메는 장인의 계획을 쉽게 알아챈다. 장인은 회사의 비자금을 모아 정계와 관료들에게 뇌물로 주고 사내에서 주가를 조작하여 폭리를 취하려 하는 것이다. 이것이 70년대에 밀려드는 자본주의에 저항하고 데모에 참여했던 하지메가 어느 사이에 말려든 80년대 상황이다.

하지메는 장인의 부정한 돈에 더 이상 연루되지 않기 위해 주식 매입을 거부한다. 이제 가치의 기준은 돈을 벌어 중산층의 삶을 누리는 것을 넘어섰고, 그 욕망은 경계를 모르고 있다. 아무도 이것에 저항하지 않는다. 그러므로 이제 남은 것은 개인이 경계를 넘지 않는 일뿐이다. 오늘날 일본의 경기 침체를 부른 거품경제는 80년대에 부정하게 이루어졌고, 이것은 70년대의 저항이 실패했음을 의미한다. 아내가 사들인 주식을 거부하면서 하지메는 "스스로 일해서 내 손으로 돈을 벌겠어"라고 말한다. 사실, 그의 가게는 자신의 상상력이 만들어낸 걸작이었다.

## 태양의 서쪽으로 치닫는 타나토스의 유혹

아마도 시마모토는 그러한 거품경제의 희생자인지도 모른다. 돈을 쓰기만 하는 그녀는 결코 행복하지 않았다. 돈을 번 중년의 남자들은 바람을 피우는 것이 당연하고, 다만 그 바람을 조심스럽게 피워야 한다는 장인의 충고는 시마모토와 연관된다. 돈을 부정한 방식으로 벌듯이 장인이 충고하는 바람도 사랑이 아닌 부정한 방식의 성관계였다. 그것이 거품경제의 어두운 이면이다. 시마모토의 불행은 완벽한 외모 때문이었다. 다리를 수술하고 눈에 띄게 아름다운 외모를 지닌 그녀는 남자의 시선을 끌었고, 그런 완벽한 외모가 그녀의 내면세계를 사막으로 만들었다. 태어나자마자 죽은 아기의 재를 강물에 뿌리면서 그녀는 말한다. 내게 중간이란 없다. 이것 아니면 저것이 있을 뿐이다. 중간이 없다는 것은 오아시스가 없는 사막이란 뜻이다. 오아시스는 죽음을 미루고 삶을 연장시키는 중간자의 역할을 한다. 그녀에게는 이런 건전한 욕망과 꿈이 없다. 냇 킹 콜의 국경의 남쪽에는 멕시코가 있지만 어릴 적에 그들은 그 너머에 행복이 있다고 믿었다. 그것은 그들의 결핍의 꿈이었다. 그런데 중간이 없으면 곧장 태양의 서쪽으로 가는 것이다. 그녀는 아직도 순수한 시간으로 돌아갈 수 있다고 믿는 하지메를 찾는다. 그에게는 자신에게 없는 꿈이 있고, 그러면서도 자신의 쌍둥이기에, 그녀는 삶의 마지막 동반자로 하지메를 선택한 것이다.

중간이 없는 삶은 유혹이다. 강렬한 성적충동이다. 에로스는 그 경계를 넘는 것을 의미한다. 너와 내가 하나가 되어 죽고 싶은 죽음충동이기에 곧장 국경을 넘어 태양의 서쪽으로 치닫는 타나토스(Thanatos, 자기를 파괴하고 생명이 없는 무기물로 환원시키려는 죽음의 본능)의 유혹이다. 자신을 질책하면서도 하지메는 국경을 넘고 싶은 충동에 사로잡힌다. 그 충동은 지금까지 이룬 모든 것을 한순간에 파괴할 만큼 대단한 위력이다. 그 힘은 과거 일본이 군국주의를 밀어붙인 힘이고, 70년대 집단 시위의 힘이며, 현대 후기 산업 사회 거품경제의 동인이다. 하지메는 그 큰 힘의 위력을 내재한 채 다가선 시마모토의 유혹을 뿌리치지 못한다. 유키코와 완벽에 가까운 안정된 삶만으로 충족되지 않는 어떤 불만이 마음속에 깊숙이 자리 잡고 있는 것을 보면서, 그는 옛날의 순수로 돌아가기 위해 그녀와 함께 냇 킹 콜의 음악을 듣는다. 잃어버린 순수와 지나간 시간을 찾으려는 그의 욕망은 너무나 처절하다.

그러나 시마모토는 마지막 순간에 자취를 감춘다. 그녀는 이 소설에서 상징적인 존재다. 현실적인 인물이라기보다 거품경제의 이면을 보여주는 신비한 인물이다. 그녀는 무의식적 충동을 상징하는 현실과 허구의 경계를 넘나드는 인물이다. 하지메가 마지못해 장인의 유령회사에 이름을 빌려줄 때 시마모토는 그를 유혹했다. 그리고 하지메가 주가 조작에 참여하기를 거부할 때 그녀는 사라진다. 그리고 서랍에 간직한 돈 봉투도 함께 사라진다. 시마모토는 결국 하지메가 자신의 내면에 잠재한 거대한 괴물을 볼 수 있도록 해준 미학적 장치인 셈이다.

## 젊은 날의 상처를 치유하는 구원의 길을 제시한 최초의 작품

시마모토가 그러한 상징적인 역할을 하는 비현실성을 지닌 인물이라는 것에서 독자는 이 소설이 단순한 연애소설이 아니라는 결론에 이른다. 시마모토는 하지메의 무의식이었다. 헤어진 후에도 늘 그녀의 그늘에서 살아온 하지메는 가정의 평화를 뒤흔드는 충동 앞에서 인간이 얼마나 나약하고 쉽게 타인에게 상처를 줄 수 있는지 깨닫는다. 그런 '과거'라는 이름의 괴물이 빚어낸 절박한 위기에 부딪혔을 때 그 구원의 길이 무엇인지를 이 소설은 명확하게 제시하고 있다.

《바람의 노래를 들어라》부터 《상실의 시대》를 정점으로 한, 하루키의 '연애와 실연 그리고 상실'을 모티프로 한 일련의 청춘소설을 관통하는 주제의 흐름은 젊은 날의 감미로운 사랑 끝에 오는 실연이요 상실이며, 그 상처의 아픔을 치유하고 구원을 모색하는 정경이었다고 요약할 수 있을 것이다. 그러나 그 일련의 소설 속에서 하루키는 구원의 길이 어디에 있는지는 제시하지 않았다. 대표적인 예로 《상실의 시대》의 주인공 '나'는 실연과 상실의 환상적 세계에서 눈을 뜨고, 이쪽 세계의 현실적 연인 미도리를 목매어 부르지만, 자신이 어디에 있는지, 또 어디로 가야 하는지를 모르는 데서 종지부를 찍는다. 하루키는 《상실의 시대》 발표 후 5년 뒤에 발간된 《국경의 남쪽, 태양의 서쪽》에서 데뷔 이후 16년 만에 처음으로, 마음의 상처를 입은 '나'가 어디에 서 있고, 어디로 가야 하는지를 명확히 제시했다고 생각된다. 요컨대, 현재의 생활 깊숙이 침투해 있는 과거라는 어두운 그림자를 떨치고, 하지메 부부가 화해와 재생의 다짐을 하는 데서, 그 구원의 해답을 찾을 수 있는 것이다.

이 소설에서 감명 깊었던 부분은, 시마모토처럼 공허한 삶을 살아도 안 되고, 이즈미처럼 남을 용서하지 못하는 완고한 삶을 살아서도 안 된다는 것, 그리고 삶의 현실은 그 순수했던 기억을 돌이킬 수 없다는 것, 유키코처럼 배반의 아픔을 통해 타인을 이해하는 성숙된 힘을 기르고, 하지메처럼 자신의 내부에 사악함이 잠재해 있다는 사실을 바로 볼 수 있어야 한다는 것이었다. 삶은 이것 아니면 저것이 아니라 그 중간에 존재하기 때문이다.

환상적인 연애 이야기를 통해 환상과 현실의 갈등이라는 심각한 주제를 경쾌하고 흥미진진하게 이야기하는 하루키의 천재적 재능을 새삼 실감케 하는 작품이라고 하겠다.

# 하루키 '사랑-실연-상실' 시리즈의 완결편

고독과 방황 그리고 상실의 상처를 입은 채, 이제 '나'는 어디로 가야 할 것인가. 이 절박한 물음에 하루키는 '나'로 하여금 과거의 울림이라는 덫으로부터 탈출하는 길을 모색한 끝에, 확연한 결론을 내리게 된다. 즉 이 작품은 하루키가《바람의 노래를 들어라》이후 16년에 걸쳐 계속 추구해온, 젊은 날의 상실의 아픔과 회한의 완결편으로서 큰 의미를 갖는다고 볼 수 있다.

임홍빈

## '사랑-실연-상실' 시리즈의 궤적을 밟는 작품

누구나 이성과의 만남과 헤어짐의 무수한 과정을 겪으면서, 젊은 날의 화인火印처럼 마음속 깊이 찍힌 '과거'라는 이름의 정경을 지니고 있을 것이다. 그것은 때로는 감미로운 추억으로 남기도 하지만, 때로는 운명의 주박呪縛처럼 일상생활에 깊숙이 파고 들어 어두운 그림자를 드리우기도 하고, 회한의 눈물에 젖게도 한다. 데뷔작《바람의 노래를 들어라》이후의 '쥐 3부작'과《상실의 시대》를 비롯한 하루키의 전반기 청춘소설들에는 그러한 '사랑-실연-상실'의 궤적이 큰 강줄기처럼 흐르고 있다.

《국경의 남쪽, 태양의 서쪽》은 그러한 일련의 작품을 통해 그려온, 젊은 날의 아름답고 슬픈 사랑의 이야기와 밀접한 관련이 있으며, 그 완결편이라고도 평가되고 있다. 그 때문에 이 소설을 심도 있게 이해하고 감상하기 위해서는, 그 일련의 하루키 작품 시리즈의 궤적을 훑어볼 필요가 있다고 생각된다.

## 《바람의 노래를 들어라》에서《상실의 시대》까지

1979년《바람의 노래를 들어라》로 화려하게 데뷔한 하루키는, 불과 3년 동안 장편소설《1973년의 핀볼》과《양을 쫓는 모험》등 이른바 '쥐 3부작'을 잇달아 발표함으로써, 작가적 토대를 확고히 구축했다. 그 세 작품은 모두 1인칭인 '나'를 주인공으로, 깊은 정신적 상흔을 남긴 젊은 날의 '실연과 상실'을 다루고 있다.

《바람의 노래를 들어라》에는 '나'의 애인이었던 불문과 여대생이, 봄방학 때 테니스 코트가 있는 잡목 숲에서 목을 매어 자살한 지 2주일 만에 발견되어, 심각한 충격을 받게 된 비극이 그려져 있다.

'나'의 페니스를 보고 '당신의 레종 데트르(존재 이유)'라고 말할 정도로, 매우 유별난 성격의 그 애인의 죽음을 접하고, '나'는 "어떤 이유로, 그리고 어떤 목적으로 이런 일이 일어날 수 있는지 나는 알 수가 없다, 누구도 알 수 없다"라고 애끓는 슬픔을 토로한다.

《바람의 노래를 들어라》 이후 꼭 1년 만에 발표된 두 번째 작품《1973년의 핀볼》에는, 그 자살한 불문과 여대생에게 '나오코'라는 이름이 붙여지고, 다음과 같이 그녀를 그리워하는 애달픈 심정이 그려졌다.

돌아가는 전차 안에서 나는 몇 번이고 나 자신을 타일렀다. 모든 건 끝났어, 이젠 잊어버려, 그 때문에 여기까지 왔잖아, 라고. 하지만 잊어버릴 수가 없었다. 나오코를 사랑했던 것도, 그리고 그녀가 이미 죽어버렸다는 사실도. 결국은 아무 것도 끝나지 않았기 때문이다.

그 후 2년 만에 '쥐 3부작'을 마무리하는《양을 쫓는 모험》에도, '나'는 그 아물지 않는 마음의 상처를 이렇게 표현했다.

"너와 함께 누워 있으면, 가끔 아주 슬퍼져."
"미안하게 생각해"라고 나는 말했다.

"네 탓이 아니야. 더군다나 네가 나를 안고 있을 때에 다른 여자를 생각하고 있기 때문도 아니고. 그런 일은 아무래도 좋아. 내가……"

그녀는 거기서 갑자기 입을 다물고 천천히 땅바닥에 세 줄의 평행선을 그었다.

여기서 '나'의 대화 상대로 나오는 '그녀'는 대학 근처의 카페에 자주 드나드는 17세의 소녀로, '아무하고나 자는 여자'로 그려져 있다.

주인공 '나'는 상심과 슬픔의 절정에서 텅 빈 마음을 채우기 위해, 1주일에 한 번 만나서 함께 밤을 보내는 여자로 하여금 세 줄의 평행선을 그리게 할 정도로, 허탈한 심리 상태가 계속되고 있다.

《양을 쫓는 모험》이 간행된 지 3년 만인 1985년에 발표된 《세계의 끝과 하드보일드 원더랜드》는, '쥐 3부작'의 문학세계에서 벗어나, 현대를 사는 인간이 지닌 존재의 의미를 탐색하는 데 주력한 작품이다. 이 작품은 평화롭고 풍요로운 시대를 사는 현대인의 고뇌와 위기 상황을 그려내는 데 있어, 하루키의 독특한 세계관과 문학관을 잘 나타낸 획기적인 성공작이라는 지배적 평가를 받았다.

이 작품이 발표된 후 2년 만인 1987년 9월에 간행된 《상실의 시대》는, 또다시 '쥐 3부작'의 속편이라고도 볼 수 있는 '실연과 상실'을 모티프로 한 작품이었다. 이 작품은 순문학 장편소설로는 현대의 문명권 언어를 망라한 30여 개의 언어로 번역되어, 현재까지도 세계적으로 유례가 드문 공전의 베스트셀러로, 국경을 초월해서 젊은이들의 애독서로 자리매김하고 있다.

이 작품에서는 '쥐 3부작'에서 단편적으로 나타났던 실연의 경과가 모티프의 중심을 이루고 있다. 이야기의 줄거리는 37세가 된 '나'가 독일의 함부르크 공항 안에서, 대학 시절에 자살한 연인 나오코가 좋아했던 비틀스의 〈노르웨이의 숲〉이라는 음악을 듣고, 18년 전의 사랑과 상실의 기억으로 아로새겨진 젊은 날을 회상하는 데에서 시작된다. 하루키는 이 소설의 발간에 즈음하여 이런 메시지를 독자들에게 보냈다.

이 소설은 내가 한 번도 쓰지 않았던 종류의 소설입니다. 그리고 어떻게 해서든지 한번 쓰고 싶었던 종류의 소설입니다. 이것은 연애소설입니다. 연애소설이라고 하면 무척 낡은 방식의 표현 같지만, 그 이외에 적당한 말이 생각나지 않습니다. 격렬하고 차분하고, 애절한 100%의 연애소설입니다.

이 소설은 애절하고도 황홀한 젊은 날의 고독한 청춘상을 그리며, '나'가 내향적인 순정을 간직한 나오코와, 나오코와는 대조적인 적극적이고 외향적인 젊음의 상징 같은 미도리라는 두 여인 사이에서 갈등하는 모습을 통해, 독특한 '삼각의 인간관계'를 이끌어나간다.

결국 '죽음은 삶의 대극에 있는 것이 아니라 삶의 일부'라고 굳게 믿고 있는 '나'는, 나오코의 자살로 충격을 받고 걷잡을 수 없는 방황과 허탈 상태에 빠진 채 미도리에게 전화를 건다. 그러나 미도리가 지금 어디에 있느냐고 묻는 말에, '나'는 있는 장소가 어디인지를 알지 못하고, 어디로 가야 하는지도 모른 채 망연자실해 있다. '나는 아무 데도 아닌 장소의 한가운데에서, 계속 미도리를 부르고 있었다'라는 말로 이 소설은 끝이 난다.

《상실의 시대》를 발표한 지 1년 만에 하루키는 다시 《댄스 댄스 댄스》를 발간하여, 고도자본주의 사회의 전통적 가치관이 마구 흔들리고, 자본이 신격화된 사회에 사는 의미와 가치를 모색한 성공작으로 호평을 받았다. 이 작품은 《상실의 시대》에서 젊음과 애정의 문제를 다룬 후, 다시 현대 사회의 세계관 탐험에 도전한 작품이었던 것이다.

하루키는 그 후 유럽에서 3년간 머물면서 견문을 넓히고, 다시 일본으로 돌아와 1년간 작품 구상과 집필을 마쳐, 장편소설 《국경의 남쪽, 태양의 서쪽》을 간행했다. 《상실의 시대》 이후 5년 만에 내놓은 이 소설은, 《상실의 시대》의 '나'와 나오코 그리고 미도리를 중심으로 전개되는 삼각관계를 비롯한, 사랑과 실연의 이야기와 거의 비슷한 소설적 구조와 내용을 지니고 있는데,《국경의 남쪽, 태양의 서쪽》에서는 시마모토라는 첫사랑의 여인과 아내 유키코 사이에 끼어 있는 '나'의 갈등과 고뇌를 그려냄으로써,《상실의 시대》의 속편 아닌 속편, 혹은 완결편이라는 평가를 받게 되었다.

이 소설은 당초《태엽 감는 새》의 일부로서 구상했었으나, 집필 도중에 독립된 다른 소설로 쓰는 게 좋겠다는 아내의 의견을 듣고, 작품화하게 되었다고 하루키는 자작해설에서 밝히고 있다.

### '사랑-실연-상실' 주제의 다섯 작품의 완결편 같은 소설

《바람의 노래를 들어라》로 시작된 '쥐 3부작'을 비롯해《상실의 시대》를 정점으로 한 하루키의 청춘소설을 관통하는 중심 테마는, 앞에서 잠시 살펴본 바와 같이, 슬프고 애절한 실연과 상실의 아픔 속에서 회상하는, 황홀한 젊은 날의 사랑의 정경이었다. 그러나 그간의 여러 작품 속에서 하루키는 특유의 모티프라고 할, 그러한 상실의 아픈 상처와 회한의 정경을 여러모로 그리고 있을 뿐, 구원을 위한 해결의 방향은 제시하지 않았다. 그러한 여러 감정과 회한이 주마등처럼 펼쳐지는 이야기의 흐름은, 특히《상실의 시대》에서 '나'와 나오코 그리고 미도리 사이에서 끝없이 갈등하며 흔들리고 있지만, 그 가물거리는 망령, 혹은 과거의 영향으로부터 벗어나지 못한 채 갈 길을 찾지 못한다.

그런데《바람의 노래를 들어라》이후 16년 만에 발표한《국경의 남쪽, 태양의 서쪽》은 시마모토와 아내 유키코를 등장시켜, 하루키의 '사랑-실연-상실'을 주제로 한 다섯 편의 작품들 속에서 계속 결론을 미루어왔던 미완의 명제를 풀어낸 해결편과 같은 작품이다.

《국경의 남쪽, 태양의 서쪽》에서의 '나'는 이십 대에 고독과 회한에 찬 젊은 날을 보내고, 지금은 유키코와 단란하고 부유한 가정을 영위하고 있었지만, 어린 시절에 순수한 사랑을 나누었던 시마모토라는 여인이 나타나자 그 흡인력에 압도당하고 만다.

'나'는 현실 생활에서 벗어나지 않으려고 하면서도, 그녀와의 밀회를 계속 즐기게 된다. 그리고 죽음의 한 발짝 앞까지 다가서게 되지만, 홀연히 시마모토가 자취를 감추어버림으로써, 다시 집으로 돌아와 혼자 남겨진다.

이제 '나'는 어디로 가야 할 것인가. 이 절박한 물음에 하루키는 '나'로 하여금 '과거의 울림'이라는 이름의 덫으로부터 탈출하는 길을 아내와 함께 모색한 끝에, 확연한 결론을 내리게 된다. 말하자면 이 작품은 하루키가《바람의 노래를 들어라》이후 16년에 걸쳐 계속 추구해 온, 젊은 날의 상실의 아픔과 회한의 완결편으로서, 큰 의미를 갖는다고 볼 수 있을 것이다.

하루키는 2003년에 발간된《무라카미 하루키 전집》시리즈에《국경의 남쪽, 태양의 서쪽》을 수록하면서, 이 작품에 대한 창작 과정과 함께 상세한 해설을 곁들여 발간했다. 하루키는 독자가 여러 번 읽을 때마다 새롭게 읽히고, 독자마다 감상이 다를 수 있는 작품이기를 바란다며 자기 작품에 대해서 그 후기나, 작품의 의도 같은 것은 잘 밝히지 않았다. 그런데 이 작품에 대해서는 보기 드물게 해설과 창작 과정의 에피소드까지 밝혔다. 그 해설에는 하루키가 이 작품을 마무리하면서, '나'의 갈 길을 모색하기 위하여 자신의 아내를 비롯한 많은 사람들의 의견을 듣고, 여러 번 그 결론 부분을 다시 쓰고 고쳐 쓰곤 했다는 흥미로운 사연도 밝혔다.

이 작품의 감상에 도움이 될 것으로 생각되어 그 자작 해설의 개요를 첨가하고자 한다.

### 내가 《국경의 남쪽, 태양의 서쪽》에서 쓰고 싶었던 것

(전략)《태엽 감는 새》의 도오루는 타자의 과거성過去性 속에서 여지없이 끌려 들어가는 것이 작품의 주류를 이루고 있다.

반면 《국경의 남쪽, 태양의 서쪽》에 등장하는 주인공인 하지메는, 도오루와는 정반대로 타자가 아닌 자기 자신의 과거라는 울림의 영향 아래 놓여 있고, 어떤 때는 그의 현재란 그의 과거에 의하여 여지없이 지배당하고 있는 듯이 보이기도 한다. 달리 말하면, 그의 머릿속에는 언제나 '과거'라고 하는 구름이 떠 있다. 그가 어디를 가든 그 구름은 언제나 그의 머리 위에 있고, 그의 어깨 위에 그 작고 딱딱한 그늘을 드리우고 있다. 그는 자기 존재의 적지 않은 부분을 과거라는 영역에서 나오는 것으로 구축해나가지 않으면 안 된다.

그 같은 과거라는 영향으로부터 빚어진 모습을 분류해서, 거기에 내포된 의미랄지 규칙성 같은 것을 발견하고(혹은 발견하려고 노력하며), 그것이 현재 생활에 제기하고 있는 몇 가지인가의 명제에 대해서, '예스'냐 '노'냐 하는 명확한 결론을 내놓지 않으면 안 된다고 생각했다. 그것은 결코 간단한 일은 아니다. 그렇지만 현실 생활에 있어서는, 그 누구나 다소간의 차이는 있지만, 과거란 극복해야만 할 일이다. 그런 의미에서《국경의 남쪽, 태양의 서쪽》은 현실적인 지평에 직접적인 형태로 연결된 이야기라고 할 수 있지 않을까 생각된다.

단지 이 작품을 리얼리즘 소설로서 파악하기에는 역시 무리한 점이 있을 것이다. 그 이유는 시마모토라는 여자가 어디까지나 메타포적인 형태를 취하지 않을 수 없기 때문이다. 그와 같은 일상과는 동떨어진 비현실의 존재를 통해서만이 주인공 하지메는 현실이 아닌 과거의 울림을 유효하게 실재화할 수 있기 때문이다.

이 작품 속에 시마모토는 실제로 있는가? 하는 것이《국경의 남쪽, 태양의 서쪽》의 가장 중요한 명제의 하나가 될 것이다. 그녀는 실재하는 건지, 실재하지 않는 건지, 그것은 작가가 작품 속에 구체적인 답을 낼 문제는 아니다. 작품 속에 시마모토는 물론 존재한다. 그녀는 살아서 움직이고 말을 하고 섹스도 한다.

그녀가 이 이야기를 움직여나간다. 그러나 그녀가 실제로 존재하는가 그렇지 않은가, 하는 것은 작가 자신으로서는 판단할 수 없는 문제이다. 어쩌면 작가로서는 판단할 자격이 없는 문제라고 할 수 있다. 만약 독자 여러분이 "시마모토는 실제로 있는 인물이라고 느낀다면, 그녀는 거기에 실재한다. 그녀는 육체를 갖고 숨을 쉬고 있다." "아니다. 시마모토란 인물은 존재하지 않는다고 느낀다면, 그녀는 거기에 존재하지 않는다." 그녀는 하지메가 자아내는 세밀하고 정교한 환상에 지나지 않는 것으로 되어버린다. 그녀가 실재하느냐, 실재하지 않느냐 하는 것은, 독자 여러분과 시마모토(혹은 여러분에게 있어 시마모토적인 것)의 사이에서 결정되어야 할 개별적인 문제인 것이다. 작품이란 어디까지나 개별성을 부각하는 하나의 텍스트에 불과하다.

나는 이 소설을 쓰면서, 줄곧 우에다 아키나리上田秋成의 달과 비의 이야기로 엮어낸《우게쓰모노가다리雨月物語》(중국의 소설이나 일본의 고전을 번안하거나 개작한 괴기소설집)에 관한 것을 생각하고 있었다.

그 책은 내가 아주 좋아하는 작품이지만, 그것이 쓰인 시대(에도江戸 시대. 일본 역사의 시대 구분 가운데 1603~1867년의 시기. 봉건 사회 체제가 확립된 시기이며, 쇼군將軍이 권력을 장악하고 전국을 통일·지배하던 시기)에는 그 작품 속에 등장하는 실재하지 않는 초자연적인 세계란 일반 사람에게 있어 동시에 실재하는 자연적인 세계이기도 했을 것이다. 그 두 개의 세계 사이에 명확한 경계선을 긋는 일은, 그 당시 사람들로서는 불가능한 일이었으며, 동시에 거의 의미를 찾을 수 없는 일이었음에 분명하다.

나로서는 그와 같은 의식과 무의식 사이에 가로놓인 경계라고 할까, 어쩌면 각성과 비각성 사이의 경계가 확실하지 않은 작품세계를, 현대의 이야기로서 제기해보고 싶었던 것이다. (중략)

내가 이《국경의 남쪽, 태양의 서쪽》에서 표현하고 싶었던 것은, 첫째로 사람이 직접적인 과거로부터의 영향에 대해서 도대체 무엇이 가능한 것인가 하는 것이며(그것은 도덕적인 문제와 깊이 관련되어 있다), 둘째로 사람은 현실과 비현실을, 또는 각성과 비각성을 어떠한 형태로 같이 공생할 수 있는가(요컨대 자기 자신 안에서 어떻게 동시에 존재시킬 수 있는가) 하는 것이었다.

나는 이 소설에 관해서 말한다면, 하지메처럼 그와 같은 명제에 대한 몇 가지 결론을 깔끔하게 내지 않으면 안 된다고 생각했다. 그가 무엇을 버리고 무엇을 선택한다는 것은 바꾸어 말하면 작가로서의 내가 무엇을 버리고 무엇을 선택하느냐 하는 것이었다.

그리고 그 결론을 이끌어내는 과정에서 나는 갈피를 잡을 수 없어 무척 고민하고 여러 번 고쳐 쓰지 않을 수 없었다. 나는 대체로 소설을 쓸 때 결론을 썼다가 지우고, 다시 고쳐 쓰거나 하지는 않는다. 오랜 시간을 들여서 긴 소설을 쓰고 있으면, 작가로서 이것저것 갈피를 못 잡고 헤맬 여지도 없이, 결론이란 게 스스로 나버리기 때문이다. 결론이란 그렇게 가만히 놔두어도 저절로 저쪽에서 찾아와서 제자리를 알고 슬쩍 앉아버린다. 그런데《국경의 남쪽, 태양의 서쪽》만은 결론을 어떻게 내려야 할까 하고 여러 차례 헤매고 또 망설였다. 내 아내에게도 의견을 들었고, 출판사의 여성 편집자에게도 의견을 듣고, 시간을 두고 의견을 교환하며 어느 정도 납득할 수 있을 때까지, 마지막 몇 장은 몇 번인지도 모르게 고쳐 썼다.

이 대목은 여러 가지의 다른 가능성이 있고, 몇 가지인가 다른 버전의 결론이 있었다. (중략)

이 소설은 나의 개인적이라고 할까, 개인적인 색채가 농후한 작품이다. "나는 개인적으로 《국경의 남쪽, 태양의 서쪽》을 가장 좋아합니다"라고 말하는 많은 독자를 만났고, 동시에 "나는 이 작품을 안 사 봤습니다"라고 하는 독자도 적지 않게 만났다. 그건 당연한 일이라고 생각한다. 개인적인 작품에 대해서는 어디까지나 받아들이는 개인에 따라 개성적인 반응이 나타나게 마련이기 때문이다. (중략)

《국경의 남쪽, 태양의 서쪽》은 장기적으로 보면, 이 소설이 안주할 자리를 스스로 찾아나가게 될 것이라고 나는 믿고 싶다. 열성적인 독자들이 개인적으로 애호하는 작품으로서, 그 다사로운 품에 안겨 살아가게 될 것이라고 나는 믿고 있다. (무라카미 하루키)

## 《국경의 남쪽, 태양의 서쪽》 속의 여인들

이 소설에서 주목해야 할 점은 '나'의 어린 시절의 여자 친구들일 것이다. 가장 주목되는 여성은 종국적인 순수성의 세계라고 할 죽음의 세계에 자리를 잡은, 《상실의 시대》의 나오코를 연상시키는 시마모토의 존재라고 하겠다. 이 소설에서는 '외동아이'의 성격이 자폐의 껍질 속에 처박혀 있게 되는 원인으로 부각되고, '나'는 그녀와 함께 있을 때만 그러한 마음의 결락을 메울 수 있다.

시마모토는 이 소설에서 매력적인 수수께끼를 안고 있는 존재로서 등장하는데, 25년 만에 그녀를 만난 '나'는 그녀가 연출하는 죽음의 유혹에 서서히 휘말려 들어간다. 두 사람은 점점 위기의 구렁 속으로 빠져들어 가고, '나'는 시마모토에게 점점 깊숙이 몰입되어 간다.

'나'는 아내와 두 딸을 사랑하고 있지만, '내 속에는 늘 똑같은 치명적인 결핍'이 존재하고 있는데, 시마모토와 함께 있으면 그 결락 부분이 충족되는 까닭에, '두 번 다시 가정으로 돌아가지 않겠다'고 결심한다.

그리고 시마모토와 숲속 별장에서 하룻밤을 지새우며 섹스에 탐닉한 후, '나'가 잠시 잠든 틈에 시마모토는 흔적도 없이 사라진다. 그날 밤 시마모토는 "중간적인 것은 있을 수 없다"라고 하며, 사람이 사는 일상의 세계를 암시하는 '국경의 남쪽'과, 환상의 세계, 혹은 비현실적인 죽음의 세계를 암시하는 '태양의 서쪽' 중 어느 한쪽을 선택해야 하며, 그 중간적인 것은 존재하지 않는다고 말한다.

둘째로, '나'가 깊은 상처를 준 것으로 나오는 이즈미라는 고등학생 때 여자 친구가 있다. 하루키의 데뷔작 《바람의 노래를 들어라》에서는 그 여자 친구와 헤어진 이유에 대해서, "이유는 잊었지만 잊을 만한 정도의 이유였다"라고 쓰여 있다. 또한 그 여자 친구는 《상실의 시대》에서는 나오코와 가즈키를 추억하는 데 있어, 첨가물처럼 삽입되어 있을 뿐이다. 그런데 《국경의 남쪽 태양의 서쪽》에서는 그 여자 친구가 이즈미라는 이름을 달고, 중요한 모티프의 일부로서 등장한다.

'나'는 아무것도 모르고 헌신적인 사랑을 기울이고 있는 아내 유키코에 대해선 뼈저린 자책감을 느낀다.

그것은 사춘기 시절 이즈미와 사귀는 와중에 그녀의 사촌 언니와 몰래 육체관계에 빠져 있다 발각되어, 이즈미에게 치유할 수 없는 상처를 안겨준 행위와 더불어, 타인에게 상처를 입힌 것인 동시에 '나' 자신에게도 크나큰 상처를 입힌다.

그런데 이제 시마모토가 몰래 자취를 감춘 후, '나'는 극도의 허탈 상태에 빠지고, 아내에게 모든 걸 고백한다.

아내는 "당신, 나와 헤어지고 싶어?"라고 묻는다. '나'는 마침내 결심을 하고, "내일부터 다시 새로운 생활을 시작하고 싶은데, 당신은 그것에 대해서 어떻게 생각해?"라고 묻는다. "그게 좋겠어"라고 아내는 미소를 지으며 대답하고, 이 소설은 대단원의 막이 내려진다. 결국 과거라는 이름의 덫에서 벗어나는 길은, 망각과 현실긍정밖에 없다는 점을 시사한 것이다.

## 일상생활 같은 하루키 작품 속의 자연스러운 성 묘사

여담으로 특기할 만한 점은 이 작품에서도 《상실의 시대》와 마찬가지로, 성 묘사가 아주 사실적인 표현으로 빈번하게 등장한다는 것이다. 《상실의 시대》는 발표 당시, 작품 속의 직설적인 성 묘사에 대해 일부 평론가들로부터 통속소설이다, 포르노 소설이다, 하며 비난과 공격을 받기도 했다.

그와 같은 비난에 대해서, 하루키는 그렇게 말하는 사람들은 도대체 어떤 모습으로 성생활을 하는지 모르겠다고 일축했었다. 하루키 소설 속의 성 묘사는 독자로 하여금 수치심이나 혐오감을 일으키지 않고, 지극히 자연스런 행위로 받아들여진다는 것이 정평이다. 마치 맥주를 마시는 장면의 묘사에서는 맥주를 마시고 싶은 생각이 나듯, 관능적인 묘사를 대하면 자신이 그 정경 속에 몰입되는 것같이 느껴진다는 것이다.

《해변의 카프카》발간 당시 하루키 홈페이지에 게시된 독자의 질의와 하루키의 답변은, 그러한 독자의 반응과 하루키의 성적인 묘사에 대한 태도를 알 수 있다.

**독자** 저는 18세의 여대생입니다. 하루키 님의 작품을 읽고 언제나 느끼는 건 섹스나 마스터베이션 등의 성적인 묘사가 극히 자연스러운 것으로 느껴진다는 것입니다. 본래 자연스러운 행위임에도 불구하고, 세상의 일반적인 섹스관은 부정적이며 부끄러운 일처럼 보는 경향이 짙습니다. 그런데 하루키 님의 작품 속에 등장하는 섹스 장면은 눈살을 찌푸리거나 부끄러움을 느끼게 하는 충동은 일어나지 않는데, 그것은 성행위를 정신적인 것으로 파악하고 있기 때문인가요?

**하루키** 나는 개인적으로 섹스란 인간과 인간이 깊이 서로 이해하기 위한 매우 중요한 수단의 하나라고 생각합니다. 그것이 없어서는 안 된다고 하는 건 아니지만, 어떤 경우에는 인생의 중요한 열쇠가 되는 것입니다. 물론 강간과 같은 부정적인 예는 제외하고, 섹스라는 문제를 작가가 다루고 추구하는 것은 당연한 일이고, 그것을 빼놓고는 크고 중요한 이야기를 작품화하는 것이 거의 불가능에 가깝지 않을까 생각합니다.

나는 데뷔 시절 작품들, 즉 《바람의 노래를 들어라》와 《1973년의 핀볼》은 거의 성 묘사를 하지 않았습니다. 그렇지만 내가 쓰는 소설의 이야기가 크고 깊어감에 따라, 나는 아무래도 성이나 폭력에 대해서 다루지 않을 수가 없었습니다. 나는 성을 정신적인 것으로만 파악하고 있지는 않습니다. 오히려 성은 육체와 정신을 결부시키는 통로라고 파악하고 있습니다.

사람에 따라 섹스에 대한 생각이 다르기에, 섹스를 묘사한다는 것은 여간 어려운 일이 아닙니다. 그렇기 때문에 당신이 내 작품 속에 나타난 성 묘사를 불결하게 받아들이지 않았다는 것에 나는 무척 반갑게 생각합니다.


이 질문 속에 담긴 한 여대생의 하루키 작품 속의 성 묘사에 대한 견해는 독자들의 지배적인 반응이며, 평론가들의 중평이라고 생각된다. 또한 하루키의 답변은 일관된 그의 성 묘사에 관한 견해라고 생각되어 참고로 첨가한다.

# 《국경의 남쪽, 태양의 서쪽》에 흐르는 음악

**조아키노 안토니오 로시니** Gioacchino Antonio Rossini

1792~1868년. 이탈리아의 작곡가다. 38곡의 오페라를 비롯하여 칸타타·피아노곡·관현악곡·가곡·실내악곡·성악곡 등 여러 방면에서 많은 작곡을 한 그는 이탈리아 오페라의 전통을 계승·발전시킨 이탈리아 고전 오페라의 최후의 작곡가로 널리 알려져 있다. 그의 〈서곡집〉에는 〈세비야의 이발사〉 〈빌헬름 텔〉 등의 그의 대표적 오페라들의 서곡들이 담겨 있다. (18, 139쪽)

**루드비히 반 베토벤** Ludwig van Beethoven

1770~1827년. 청각 장애를 딛고 불멸의 음악을 만들어낸 클래식 음악의 대명사적 존재다. 네 살 때부터 음악에 재능을 보이기 시작하여, 고전주의 음악 형식을 독자적인 스타일로 계승·발전시

켰다. 〈전원 교향곡〉을 비롯한 말년의 음악들은 낭만주의 음악으로의 이행을 준비시켰다. (18쪽)

## 에드바르드 하게루프 그리그 Edvard Hagerup Grieg

1843~1907년. 노르웨이 출신의 작곡가다. H. 입센의 작품을 바탕으로 한 부대음악附帶音樂인 〈페르 귄트〉와 〈피아노협주곡〉으로 명성을 떨치게 되었다. 몸에 밴 고전적 형식에서 민족적인 음악을 찾으려고 노력한 그는, 작품 속에 민속음악의 선율과 리듬을 많이 도입함으로써, 오늘날 노르웨이 음악의 대표적 존재가 되었다. (18, 139쪽)

## 프란츠 폰 리스트 Franz von Liszt

1811~1886년. 헝가리 출신의 작곡가이자 전설적인 명피아니스트다. 그는 피아노 연주상의 명기주의의 완성과 표제음악의 확립이라는 음악사상 중요한 업적을 남겼다. 그의 작품은 방대하며 악종도 다양한데, 그 중심이 되는 것은 〈헝가리 광시곡〉과 〈순례의 해〉를 포함한 피아노곡과 교향시다. (18, 20, 217쪽)

## 냇 킹 콜 Nat King Cole

1917~1965년. 재즈 피아니스트로 출발해, 흑인 발라드로 최고의 인기를 누린 미국의 흑인 가수다. 세련된 도회적 정서와 따뜻한

인간미, 흑인 특유의 애수, 독특한 재즈 필링이 매력적이다. 〈프리텐드Pretend〉는 그의 대표적인 초기 히트곡이다. (20, 25, 139, 251, 257, 260, 262, 277, 286쪽)

## 〈국경의 남쪽 South Of The Border〉

1939년 지미 케네디Jimmy Kennedy가 작사, 마이클 카Michael Carr가 작곡한 곡으로, 프랭크 시나트라Frank Sinatra를 비롯한 여러 가수들이 불렀다. 국경의 남쪽 멕시코에서 사랑에 빠진 한 남자의 이야기를 담아내고 있다. 노래 중에 "내일이라…… 그러나 내일은 결코 오지 않아"라는 가사가 나오는데, 이 소설에 중요한 모티프로 작용했다. (25, 257쪽)

## 〈태양의 서쪽 West Of The Sun〉

이 책이 나오기 전까지는 실제로 〈태양의 서쪽〉이라는 곡은 없었다. 그런데 이 책의 주인공 하지메가 좋아하는 재즈 넘버를 모아 연주한 클로드 윌리암슨의 동 타이틀의 앨범에, 클로드가 직접 곡을 붙여 〈태양의 서쪽〉이라는 곡을 마지막 트랙에 실었다. 클로드 윌리암슨의 동 타이틀 앨범은 유려한 피아노 연주로 듣는 이를 아름다운 러브송의 세계로 이끌어간다.

## 빙 크로스비 Bing Crosby

1903~1977년. 가수 겸 배우로 맹활약한 미국의 국민가수다. 달콤한 목소리로 수백만 여성들의 가슴을 뒤흔들어놓으며 광적인 사랑을 받았고, 60여 편의 영화에서 주연을 맡았다. 특히 영화〈화이트 크리스마스〉에 삽입된 그의 노래〈화이트 크리스마스〉는 팝 역사상 가장 오랫동안 사랑받는 명곡으로 자리 잡고 있다. (20, 139쪽)

## 프란츠 피터 슈베르트 Franz Peter Schubert

1797~1828년. '가곡의 왕'으로 불리는 초기 독일낭만파 작곡가다. 633곡이나 되는 가곡을 완성해서 당시까지 별로 주목받지 못했던 가곡을 비로소 독립된 주요 음악의 한 부문으로 취급하게했다. 특히 W. 뮐러의 시에 곡을 붙인 가곡집〈아름다운 물방앗간의 처녀〉〈겨울 나그네〉등이 널리 사랑받고 있다. (108쪽)

## 〈로빈스 네스트 Robin's Nest〉

색소폰 연주자 일리노이 자크Lllinois Jacquet가 작곡한 재즈 스탠더드 명곡이다. 무척 세련된 곡으로, 한 유명한 디스크자키에게 바치기 위해 만들었다고 한다.〈블랙 벨벳〉〈로빈스 네스트〉등의 대히트곡을 포함, 300곡이 넘는 오리지널 곡을 작곡한 그는 혁신적인 스크리칭 스타일의 연주 기법으로 유명하다. (125쪽)

## 〈코르코바두 Corcovado〉

보사노바 재즈의 창시자라고 할 수 있는 안토니오 카를로스 조빔 Antonio Carlos Jobim이 작곡한 재즈 명곡이다. 코르코바두는 리우데 자이네루의 바위산 이름이며, '인생은 단지 고통스럽고 비참한 농담일 뿐이라고 믿었던 내가 그대를 만난 후 비로소 삶의 의미를 찾았네'라는 시적인 가사가 잔잔한 선율 속에 흐른다. (133쪽)

## 〈스타 크로스드 러버스 Star Crossed Lovers〉

듀크 엘링턴Duke Ellington과 빌리 스트레이혼Billy Strayhorn이 공동 작곡한 명곡이다. 〈서치 스위트 선더Such Sweet Thunder〉 앨범에 실려 있다. '스타 크로스드 러버스'는 마치 로미오와 줄리엣처럼 운명을 잘못 타고난, 엇갈릴 수밖에 없는 불행한 연인들을 의미한다. (141, 142, 247, 248, 302, 303쪽)

## 듀크 엘링턴 Duke Ellington

1899~1974년. 재즈 역사상 가장 걸출했던 인물로, 수많은 재즈 뮤지션과 재즈 저널리스트가 공동으로 인정하는 창조적인 작곡가이자 편곡자이자 피아니스트다. 하루키는 《재즈의 초상》에서 '엘링턴의 방대한 작품 중에 좋아하는 곡을 고르려 할 때면, 만리장성 앞에 선 야만족처럼 압도당하게 된다'고 쓰고 있다. (141, 248쪽)

**찰리 파커** Charlie Parker

1920~1955년. 비밥재즈의 창시자이자 재즈 역사상 가장 위대한 알토 색소폰 연주자다. 빠른 손놀림과 신기에 가까운 애드리브가 새가 노래하는 듯해서 '새Bird'란 별명을 얻었다. 그가 개척한 하모니·조성·리듬·멜로디 등은 모던 재즈의 기반이 되었으나, 서른다섯의 젊은 나이에 마약과 병마에서 벗어나지 못하고 죽었다. (159쪽)


**〈엠브레이서블 유**Embraceable You**〉**

〈우울한 광시곡Rhapsody in Blue〉으로 유명한 조지 거쉰George Gershwin 이 작곡하고, 그의 형 아이라 거쉰Ira Gershwin이 작사한 발라드 곡으로 두 형제의 대표적인 러브송이다. (159쪽)


**토킹 헤즈**Talking heads

'록 음악의 포스트모더니즘'이라는 칭호를 부여받은 뉴욕 출신의 4인조 펑크 밴드다. 1970~1980년대에 주로 활동했으며, 제3세계 음악(특히 남미와 아프리카)의 다양한 리듬을 일렉트로닉하고 멜로디 강한 기타 팝에 혼합시켜 실험적이고 지적인 사운드를 창조해 냈다. 〈버닝 다운 더 하우스Burning Down The House〉는 앨범 〈스피킹 인 텅스Speaking In Tongues〉에 수록된 곡이다. (205쪽)

## 빌리 스트레이혼 Billy Strayhorn

1915~1967년. 듀크 엘링턴 오케스트라의 피아니스트이자 작곡가다. 1939년에 가입해 1967년에 사망한 그는 28년을 엘링턴과 함께하면서 작곡을 도왔으며, 거의 양아들이나 다름없이 행동했다. '앞에는 엘링턴이 뒤에는 스트레이혼이 있다'라고 할 정도로 엘링턴의 전성 시기에 지대한 공헌을 했다고 평해진다. (248쪽)

## 조니 호지스 Johnny Hodges

1907~1970년. 듀크 엘링턴 오케스트라의 전설적인 알토 색소폰 연주자다. 약 40여 년에 걸쳐 엘링턴과 함께하며 수많은 스탠더드 명곡을 발표했다. 그의 알토 색소폰의 음색은 매우 깊은 맛을 풍기며, 한 음에서 다른 음으로 넘어갈 때 미끄러지듯이 넘어가는 뛰어난 테크닉을 가지고 있었는데, 엘링턴은 그런 그의 연주를 염두에 두고 그에 맞는 곡을 만들었다. (248쪽)

## 폴 곤잘베스 Paul Gonsalves

1920~1974년. 듀크 엘링턴 오케스트라의 테너 색소폰 연주가다. 1951년부터 1974년 죽음을 맞이하기까지 23년간 엘링턴 오케스트라에서 활약했다. 호쾌한 톤의 애드립과 발라드 스타일 연주로 유명하다. 그의 연주는 모가 나지 않는 부드러운 울림을 가지고 있었으나, 그럼에도 불구하고 멋진 긴박감이 있었다. (248쪽)

**볼프강 아마데우스 모차르트** Wolfgang Amadeus Mozart

1756~1791년. 동서고금의 음악 역사상 가장 지대한 영향력을 가진 천재 음악가다. 성악·기악을 막론하고 거의 모든 분야에 걸쳐 작품을 썼고 대부분이 불멸의 명작으로 남아 있다. 그는 하이든으로부터 실내악 특히 현악 4중주곡 작곡법의 중요한 암시를 받아, 그것을 완전히 체화시키고 깊은 감정과 정서를 불어넣어 독자적 양식의 〈현악 4중주〉를 만들었다. (255쪽)

**안토니오 비발디** Antonio Vivaldi

1678~1741년. 성직자이면서 근대 바이올린 협주곡의 기초를 다진 이탈리아 음악가다. 세상을 떠날 때까지 소녀 고아들을 보육하는 피에타 음악원에 몸담으며, 많은 종교적 성악곡과 가곡 등을 남겼다. 〈사계〉를 비롯해 현악기 위주의 맑고 깨끗한, 쉬운 음악이 많은 것은 어린 소녀들의 맑은 심성을 키워주기 위한 뜻도 있었다. (283쪽)

**게오르크 필리프 텔레만** Georg Philipp Telemann

바로크 시대의 진보적인 독일 작곡가다. 그의 음악은 바로크와 고전주의 양식의 프랑스·이탈리아·독일 음악의 특성이 모두 포함되어 있다고 평가되며, 종교음악과 세속음악을 한 무대에 올림으로써 전통적인 연주회의 관습을 무너뜨리기도 했다. 그의 이름

은 바흐의 그늘에 가려 알려지지 않았지만 20세기 들어 그 음악적 업적이 재평가되었다. (283쪽)

### 〈애스 타임 고스 바이 As Time Goes By〉

제1차 세계대전 당시 모로코의 도시 카사블랑카를 배경으로, 성공한 한 남자의 옛사랑에 대한 미련과 그를 위한 희생을 그린 미국 영화 〈카사블랑카〉의 주제곡이다. 허먼 헙펠드Herman Hupfeld가 작곡해 오늘날까지도 사랑받는 사랑의 명곡이 되었다. 세월이 흘러도 변치 않는 사랑을 이야기하는 가사가 가슴 저리게 다가온다. (303쪽)

옮긴이 **임홍빈**

서울대학교 법대를 졸업한 후 취재와 해설기자 활동을 거쳐, 20여 년간 〈민국일보〉〈한국일보〉
〈경향신문〉 등에서 논설위원과 논설주간 등 요직을 역임했다. 하버드대학교에서 신문학을, 도
쿄대학교에서 국제관계론을 전후 2년 동안 연구했으며, 고려대학교와 이화여자대학교에서 신
문학을 강의했다. 1960년대 중반부터 8년간 신문 방송 간부들로 구성된 한국신문편집인협회
보도자유분과위원장을 4기 연임하며 언론자유 수호에 힘썼고, 2009년 제1회 베델Bethell언론상
을 수상했다. (주)문학사상의 대표 및 편집고문을 역임하면서 무라카미 하루키의 작품을 적극
적으로 알려왔다. 편저한 책으로 《광복 30년-시련과 영광의 민족사 30년》 등이 있으며, 옮긴
책으로는 《대통령의 안방과 집무실》《사업가는 세상에 무엇을 남기고 가는가》《어둠의 저편》
《렉싱턴의 유령》《도쿄기담집》《비 내리는 그리스에서 불볕천지 터키까지》《비밀의 숲》《달리
기를 말할 때 내가 하고 싶은 이야기》《소녀들의 수난시대》 등이 있다.


# 국경의 남쪽, 태양의 서쪽

1판 1쇄    2006년 8월 14일        1판 34쇄    2019년 7월 1일
2판 1쇄    2022년 1월 14일        2판 5쇄     2024년 5월 30일


지은이      무라카미 하루키
옮긴이      임홍빈


펴낸이      임지현
펴낸곳      (주)문학사상
주소        경기도 파주시 회동길 363-8, 201호(10881)
등록        1973년 3월 21일 제1-137호


전화        031) 946-8503
팩스        031) 955-9912
홈페이지     www.munsa.co.kr
이메일       munsa@munsa.co.kr


ISBN   978-89-7012-522-0  (03830)